LES FEMMES
DES TERRES SALÉES

DU MÊME AUTEUR

NON-FICTION

Les Enfants de l'apartheid, Fayard, 1988
Feu sur l'enfance, Fayard, 1989
Nous, les derniers mineurs. L'épopée des gueules noires, avec Camille Oster, essai, Hors Collection, 2005
Le Roman de la place Stanislas, Place Stanislas, 2007
La Lorraine au cœur, Place Stanislas, 2008
Je vous écris de Nancy, photos Michel Joseph, Serge Domini, 2015

ROMANS

La Colère de Mouche, Mazarine/Fayard, 1998
Les pommes seront fameuses cette année, Mazarine/Fayard, 2000 (prix du Roman du terroir décerné par le salon de L'Œil et la Plume de Cosne-sur-Loire)
L'Inaccomplie, Mazarine/Fayard, 2000 (prix Feuille d'or de la ville de Nancy et prix France-Bleu Sud-Lorraine)
Trois Reines pour une couronne, Presses de la Cité, 2002
Le Dernier Amour d'Auguste, Fayard, 2002
Les Alliances de cristal, Presses de la Cité, 2003
Un petit carré de soie, Fayard, 2003
Le Soleil des mineurs, Presses de la Cité, 2005 (prix Victor Hugo, prix des Conseillers généraux de la région Lorraine)
L'Enfant perdu des Philippines, Presses de la Cité, 2006
Les cigognes savaient, Presses de la Cité, 2007
Appelez-moi Jeanne, Fayard, 2007 (mention spéciale du prix des Écrivains croyants)
Confession d'Adrien le colporteur, Presses de la Cité, 2008
Un rire d'ailleurs, Fayard, 2008
Le Secret du pressoir, Presses de la Cité, 2009

(Suite en fin d'ouvrage)

Élise Fischer

LES FEMMES DES TERRES SALÉES

Roman

Collection
« France de toujours et d'aujourd'hui »
dirigée par
Jeannine Balland

CALMANN LEVY

COUVERTURE
Maquette : Le Petit Atelier
Illustration : Émile Friant, *La Toussaint* (détail, 1888) /
Musée des Beaux-Arts de Nancy / © Photo Josse/Leemage

ISBN 978-2-7021-6291-0
ISSN 2107-2639

À celles et ceux qui ont usé leur corps
mais aussi enrichi leur âme pour le bien de tous
en œuvrant aux salines.
À celles et ceux qui ont osé dans le silence
et la discrétion résister pour que nous soyons libres.

« Plus on a d'esprit et d'imagination, plus il est utile d'avoir de l'instruction et de la mémoire. »

Le Dictionnaire des proverbes français, 1822

« Vous êtes le sel de la terre, mais si le sel s'affadit, avec quoi salera-t-on ? »

Matthieu, V, 13

I

HENRIETTE ET ÉMILIENNE

1

Ferme de Buzémont, Dieuze, février 1857

Émilienne se releva, secoua ses jupes. La colère, après l'humiliation subie, éveillait en elle des pensées meurtrières. Elle eut envie de hurler sa détresse à la terre comme au Ciel resté sourd à ses prières. Elle cracha par terre en se rajustant. Foi de fille bafouée, un jour, elle planterait cet homme et quitterait la ferme.

– Je le jure, murmura-t-elle, le poing levé, il crèvera.

Elle voyait comme en rêve le corps de cet homme se décomposer, devenir une charogne rongée par les vers. Il ne méritait pas autre chose. Et elle jubilait déjà par avance. Elle se reprit, baissa les yeux vers le sol souillé où serpentaient les filets de déjection. « Je ne veux pas rester une fille de ferme dans ces conditions, je croyais valoir mieux que ça ! »

Un jeune veau la regardait.

– Tu n'y es pour rien, petit Blanchot, et tu ne peux rien pour moi qui t'ai aidé à sortir des entrailles de ta mère, la brave Perlette.

Quitter la ferme était son obsession. Elle s'en irait travailler aux salines avec sa cousine Henriette qui y avait trouvé son salut, malgré le travail dur et pénible.

Au moins, après sa journée, elle serait libre. « Bien sûr, les hommes regardent les filles là-bas aussi, mais il y a du monde et ils ne peuvent pas nous culbuter devant tous, lui avait dit sa cousine en lui faisant ses adieux. Je penserai très fort à toi. »

Henriette clamait à qui voulait bien l'entendre qu'en ces murs, en dépit des vapeurs et de cette odeur de sel, elle respirait. Bien mieux qu'à la ferme, depuis qu'elle n'avait plus à redouter les assauts de Jules Waldmann, une bête de la chose. Jules, toujours émoustillé et prêt à planter son dard entre les cuisses des filles de ferme, puisque sa femme ne pouvait le satisfaire autant qu'il l'aurait voulu. De toute façon, Germaine avait fait son temps ou presque. À peine trente-cinq et déjà vieille et tordue, se plaignait-il. Son petit palais de douceur manquait de fermeté pour un homme comme lui. Les chairs molles d'avoir trop servi, flasques d'avoir trop subi. Certes, Germaine lui avait donné quatre gaillards et deux pisseuses. Mais Jules avait encore de l'ardeur et de la semence à répandre. Ce serait dommage que ces belles choses se perdissent. Il était un vrai paysan, un homme de la terre qui plante, qui sarcle, qui retourne tout sur son passage. La fatigue n'avait pas de prise sur lui. Un mollet, une gorge, un fessier dodu qu'il devinait sous les jupes et son os durcissait, se tendait. Il se vantait de faire jouir les filles comme personne.

– Elles gueulent, les petites garces, mais elles aiment ça !

Il le savait. Ah, leurs soupirs provoquaient chez lui contentement, fierté et jubilation au point de redoubler d'ardeur. Il affirmait lire dans le regard des donzelles et déceler le plaisir. Il était sûr de son fait et s'en enorgueillissait auprès des autres ouvriers agricoles ou du forgeron du bout de la rue quand il allait boire son godot[1] avec lui.

– L'homme est maître sur ses terres. La vie est courte, il faut savoir en profiter et rendre grâce. C'est ma prière, fanfaronnait-il en claquant la langue.

Qui donc avait osé se plaindre au curé pour que l'homme de Dieu se sentît obligé de lui rendre visite au milieu d'un champ de betteraves à la fin juillet ? Le soleil cognait dur. La Lorraine tremble et grelotte en hiver pour mieux transpirer en été.

– Jules, faut qu'on cause tous les deux…

– Je vous écoute, mais si c'est pour que j'aille dans votre bâtisse plus souvent… ce sera dur, l'ouvrage ne manque pas, comme vous voyez.

– Tu es un bosseur, tout le monde le sait. Mais tu ignores le mot respect !

– Mais je respecte tout, mon père : la ferme, les champs, les animaux, même le bon Dieu, aux grandes fêtes, et je fais mes Pâques chaque année. Vous le savez bien, vous qui me confessez.

– Et les femmes ?

1. Verre.

– Les femmes, je les honore comme il se doit et je leur permets d'exulter quand elles le demandent. Elles en ont autant besoin que nous, les hommes.

– Sauf que la plupart du temps, elles ne te demandent rien. Toi, tu prends. Ce ne sont pas des poules… Tu te comportes comme un coq ombrageux et fougueux.

– Je ne prends rien, mon père, je me dévoue et j'offre. J'ai des cadeaux plein le ventre, vous me comprenez ? Ne me dites pas que vous n'en faites pas autant avec la jolie petite Marinette, la bonne qui gère votre maison ! Cré nom d'un chien, sous votre soutane, vous êtes un homme !

– Ah, ça, non, Jules ! Jamais ! Marinette se garde pour son mariage avec Vincent.

– Ben, je n'aurais pas cru ! Et vous, comment faites-vous quand ça vous tortille jusqu'à en perdre la boule ?

– À chacun sa méthode, Jules. Moi, je puise des forces dans la prière et je respecte mes semblables. Je veille sur les âmes. C'est ma vocation et mon devoir. J'aurai des comptes à rendre, toi aussi.

– Bon Dieu ! Pardon, ça m'a échappé. Moi, je veille aussi sur mes semblables, mais pas comme vous. Je suis un homme qui a ses besoins. Faut exprimer, sinon on éclate, disait mon père qu'était pas le dernier des imbéciles.

– Faudrait veiller sur toi et sur ton âme. Que diras-tu au Seigneur quand tu arriveras là-haut et qu'il dressera la liste de tes outrances ?

– Outrances, c'est un peu fort, non ? Le bon Dieu m'a créé comme je suis, bien vigoureux, loué soit-il ! J'ai encore le temps de penser à là-haut.

– Sans te souhaiter du mal, ce sont des choses qui arrivent parfois plus vite que prévu. Essaye de t'en souvenir avant de t'endormir, juste après la prière... Nul ne connaît le jour et l'heure où le Seigneur rappellera son âme.

– Bon, vous n'allez pas encore me rabâcher que je dois aller à confesse ?

– Non, tu es assez grand pour savoir ce que tu dois faire. Quoique cela ne te ferait sans doute pas de mal. Mon petit doigt me dit que tu ne te comportes pas toujours très bien avec tes servantes. Si on dressait la liste de celles qui se sont sauvées sans demander leur reste... Sans compter Henriette qui a filé, grosse de toi... D'ailleurs, son enfant te ressemble comme deux gouttes d'eau. Tu ne peux pas le nier.

– Ah, ça, non ! Il n'est pas de moi, je fais attention. C'est comme sauter en marche de la carriole. Je sais éviter les ornières, moi.

– Permets-moi de mettre ta parole en doute. Et la petite Émilienne ?

– Oh, c'est une jolie gosse qui a tout à apprendre de la vie. Vous pouvez compter sur moi, monsieur le curé, j'en ferai une femme comme il faut. Tiens, si je n'avais pas marié Germaine, Émilienne m'aurait bien plu.

– N'oublie pas, Jules, le respect... Cette jeune fille est fragile. Il faut veiller sur elle. Elle n'est pas majeure et doit aider ses parents endettés jusqu'au cou à cause de son frère...

– Oui, je sais, c'est la raison pour laquelle on l'a prise chez nous. Elle aide Germaine à torcher nos six mioches et me donne un coup de main parfois.

– Veille sur elle avec RESPECT, je compte sur toi.

– Comme le lait sur le feu. Mais que je vous dise quand même, monsieur le curé, elle n'est pas si fragile, la donzelle, et surtout elle se laisse monter le bourrichon par Henriette, sa cousine. C'est qu'elle m'en crache, des horreurs.

– Si tu la laissais tranquille, la petite Émilienne, elle ne te cracherait rien du tout. Quant à Henriette, c'est une femme bien, qui a préféré fuir ta ferme que trop te servir. Je te le répète, Jules, apprends à modérer tes ardeurs.

– Bon, ça va, j'ai entendu votre sermon, monsieur le curé. C'est votre boulot, c'est comme lire votre machin…

– Le bréviaire.

– Ce n'est pas le tout, j'ai de l'ouvrage, moi. Merci pour la visite.

Le curé Berzinger remit son chapeau et s'éloigna, les épaules voûtées, accablé par tant de mauvaise foi. Il n'y avait rien à tirer de ce Jules ; un obsédé, voilà ce qu'il était.

2

Salines de Dieuze, 1857

Henriette aperçut Émilienne qui l'attendait à la sortie des salines. Elle était adossée à la porte monumentale remontant à Louis XV. Elle comprit immédiatement la raison de la présence de sa petite-cousine. Émilienne s'était décidée, elle aussi, à quitter la ferme de Jules. Elle l'embrassa, la serra contre elle et l'entraîna jusqu'à la Grand-Rue derrière l'église Sainte-Marie-Madeleine où elle logeait avec l'homme qui l'avait accueillie, elle et Pierrot, l'enfant né de ses étreintes forcées avec Jules.

– Ce n'est pas bien grand chez nous, mais on va te faire une petite place. Ne pleure pas, tu as bien fait de venir me voir.

– Mais que va dire ton homme ?

– Eugène Kessler est brave. Il m'a épousée et a reconnu Pierrot qui vient d'avoir huit ans, Je ne pouvais pas espérer mieux. Il est chef d'équipe aux salines. Un homme respecté, tu sais. Ses parents sont agriculteurs et éleveurs. Au début, Eugène travaillait aux salines uniquement à la mauvaise saison. Et puis on lui a trouvé des qualités et il est resté. Balthazar, son père, a compris et l'a laissé décider de sa vie. Ça existe, les gens bien, et comme Lucien, son frère, était là pour la ferme, il n'y a eu aucun problème.

Elle observa Émilienne, remarqua ses yeux cernés. Émilienne, à tout juste dix-sept ans, s'éteignait déjà. L'épuisement ravageait son joli minois et se lisait dans son allure. Une flétrissure, un étiolement avant l'âge. Elle semblait porter toute la misère du monde sur ses épaules. Henriette en fut émue. Elle posa une main sur son ventre.

– Tu n'es pas grosse, au moins ?

– J'ai pris de la tisane d'armoise, de persil aussi. J'ai mis quelques branches de ces plantes dans l'endroit secret. Ne fais pas cette tête ! Bien sûr que j'ai honte, mais je n'ai pas tes qualités de cœur… Je n'aurais pas pu aimer un enfant de Jules, cette horreur d'homme.

– Qui t'a aidée dans cette sinistre besogne ?

– La mère Grisouille, qu'on traite de sorcière parce qu'elle court sans cesse autour de l'étang de Lindre pour trouver les herbes qui guérissent ou font mourir. Mère Grisouille n'est pas un assassin en jupons. Elle est simplement humaine. Elle a ses secrets et ne cherche qu'à aider. Elle connaît les herbes fortes, les herbes amères qui font se tordre le ventre. J'avais peur d'être obligée de subir la canule et les injections, mais j'ai eu de la chance, le sang est revenu et me voici avec toi. C'est sûr, j'irai en enfer. Ça ne se fait pas, ces choses-là. C'est un ange qu'on assassine, dirait le curé. Mais ce n'est pas lui, le saint homme, qui les élève, les enfants qu'on nous fourre dans le ventre sans qu'on n'ait rien demandé.

Émilienne se mordit les lèvres, réprima un sanglot. Prise de compassion, Henriette la serra contre elle.

– Allons, les curés ont leur discours, mais le bon Dieu comprend mieux les cœurs. Il lit dans nos âmes. Raconte-moi tout.

– Ben, Jules a disparu et Germaine m'a dit de m'en aller, qu'elle se débrouillerait avec le petit Marcel, son beau-frère. Le petit Marcel, c'est le frère de Jules. Ce n'est pas le même genre d'homme, il ne force pas les femmes.

– Explique-toi calmement, j'ai peur de ne pas comprendre. Tu dis que Jules a disparu ?

– Oui, depuis huit jours. C'est arrivé un matin, comme ça, Germaine s'est levée et il n'était plus là. Elle a cru qu'il était à l'atelier pour préparer les faux. Mais non. Le soleil était déjà haut dans le ciel et personne ne se rappelait l'avoir croisé ou entendu. « Et pourtant, a dit Germaine, il s'est couché à côté de moi hier au soir, ça, je le sais, a-t-elle dit plus bas, avant d'ajouter en haussant les épaules : Bah, il a dû attendre que je dorme pour rejoindre une de ses poules de Château-Salins. Ça ne serait pas la première fois qu'il reste chez l'une de ses rombières. Il paraît que, là-bas, il a quelques bonnes adresses. »

– Elle a signalé sa disparition ?

– Bien sûr, elle le fait rechercher.

– Alors ?

– Ben, rien. Pas la moindre piste. Les gendarmes enquêtent. Jules, c'est leur copain, alors ils ont mis tout en branle. Sont allés tambouriner à toutes les portes de ferme, de café, de maison chaude. Mais rien de rien. Pas plus de traces de Jules que de beurre à la broche, pas le moindre cheveu lui appartenant, ni à Château-Salins ni ici, à Dieuze, et pas plus dans les hameaux voisins. À la ferme, ils nous ont tous interrogés. Germaine nous avait prévenus, inutile de raconter qu'il troussait les filles. On n'a rien dit, tu penses, déjà qu'on est si peu payé. Elle nous a fait la morale sur son Jules. Il a des enfants, on ne salit pas l'image d'un père. C'est ce qu'elle nous a répété. Elle a ses grands principes, Germaine. Même si elle connaît très bien Jules… Enfin, tu le sais mieux que moi, ton Pierrot en est la preuve.

– Je ne comprends pas. Jules disparu, tu aurais pu rester à la ferme, il n'y avait plus de danger.

– Ah, oui, j'y ai cru aussi. Secrètement, j'étais plutôt contente. C'était comme un ciel nouveau qui s'offrait. Germaine devenait la grande patronne. Tu vois, j'ai ressenti une impression bizarre. C'était comme si elle tournait la page d'une époque grise et triste et qu'elle prenait sa revanche. Elle nous a payé deux fois nos gages. Elle m'a donné une coquette somme et un petit collier de vraies perles en disant : « Je te rends ta liberté, oublie la ferme et Jules et file. » À part « merci », je n'ai pas eu le temps d'ajouter autre chose. Elle a fait pareil avec les autres jeunes servantes, mais Delphine et Sidonie n'ont eu que leurs gages. Elle a gardé la vieille Séverine, sourde comme un pot. Vu son grand âge, elle n'avait jamais été un danger pour Germaine. Séverine avait déjà servi ses parents. Pour moi, la patronne avait peur qu'on parle. J'ai haussé les épaules, qu'est-ce que je pouvais faire d'autre ? J'ai pris mes affaires, mon baluchon et j'ai claqué la porte sans rien demander et me voici. S'il y a du travail aux salines, je veux bien essayer. Je ne suis pas plus fainéante qu'une autre. Ne t'inquiète pas, je ne t'encombrerai pas. Tu connais sans doute des gens qui louent des chambres à des filles comme moi. Germaine m'a donné de quoi payer.

– Il faut d'abord savoir si les salines embauchent. Laisse-moi faire, j'irai parler au contremaître de l'empaquetage, celui qui s'occupe des nouvelles recrues. Depuis les derniers mouvements sociaux, on est méfiant ici. Tu as entendu parler des nouvelles machines qui sont arrivées pour pomper l'eau salée quand on creuse profond ? Même qu'il y a eu une inondation qui a causé la mort de cinq gars. On n'allait pas continuer à pomper l'eau avec un levier à bascule comme faisaient les Égyptiens avant Jésus-Christ. Maintenant, on a un système à chaîne qu'on appelle « patenôtre ». Elle est posée sur le puits salé et équipée d'un chapelet d'étoupes de cuir circulant à l'intérieur de troncs de bois creusés.

– Tu en sais des choses…

– Eugène m'a fait partager sa passion. Je t'avouerai qu'au début j'avais du mal à comprendre. Il faut être sur place et voir les hommes du sel œuvrer.

– Quelle chance ! Tu es vraiment tombée sur la perle rare.

– Et tu ne sais pas tout. Ce sont des chevaux qui actionnent la chaîne du mécanisme. Et quand on n'a pas assez de chevaux, on met des bœufs. Ils ne sont pas fainéants. Mais Eugène m'a dit qu'on allait bientôt remplacer les animaux par une roue hydraulique, alimentée par le courant du Spin[1]. Ça, c'est pour l'eau qui contient

1. Ruisseau qui traverse Dieuze et les environs.

le sel. Maintenant, on creuse aussi la roche. Le sel est dans la roche. J'ai appris que toute la Lorraine est une terre de sel, comme la Pologne. Il n'empêche que le métier est dangereux et, parfois, ça grogne aux salines, surtout quand il y a des accidents graves. Mais tu es une fille, tu seras moins exposée. Je parlerai pour toi. Si tu es embauchée, tu devras garder ta langue dans ta bouche. Il faudra obéir aux ordres. Tu commenceras à l'empaquetage. Ce n'est pas un travail trop difficile, mais la fatigue te prendra tout le dos en fin de journée, tu seras debout du matin au soir. C'est là, en général, que travaillent les femmes. Elles peuvent aussi s'occuper des animaux, des chevaux par exemple. Et les femmes costaudes sont dirigées aux poêles ou au triage des blocs de sel et ça, c'est très dur. Surtout les poêles, à cause de la chaleur. Mais le salaire n'est pas le même. Je vois à ta mine que tu ne comprends pas tout ce que je te raconte. Ne t'inquiète pas, tu seras vite dans l'ambiance. Il y a un bon esprit ici et tu feras comme moi, tu apprendras sur le tas. Surtout, ne t'avise pas de voler du sel, même quelques grammes. Tu serais renvoyée sur-le-champ. Et encore, faut s'estimer heureux. Avant la Révolution, le vol de sel pouvait t'envoyer aux galères ou en prison, si tu n'avais pas de quoi payer l'amende. Les salines étaient royales et propriétés des Fermiers généraux, donc du roi. Et avant les galères, c'était le fouet pour les hommes comme pour les femmes. Voler du sel, c'est la faute la plus grave aux salines.

Émilienne se retint de pleurer. Elle serra les dents, se mordit l'intérieur des joues et se redressa en regardant droit devant elle.

– Ne t'inquiète pas, Henriette, je ne te ferai pas honte.

– J'ai toute confiance en toi, ma jolie. Allons boire une tasse de café, j'en ai encore dans la casserole, sur le coin de la cuisinière, et il doit me rester un peu de tarte aux pommes. Eugène ne va pas tarder à rentrer.

3

Dieuze, 1858

Fourbu, comme chaque soir, Eugène se laissa choir dans le baquet d'eau chauffé par Henriette. Elle avait sorti les vêtements propres du coffre à linge et la grande serviette. Elle le frotterait, le sécherait, le câlinerait éventuellement. Elle aimait déposer de petits baisers sur sa nuque et le sentait frémir à chaque fois. Il fallait prendre soin de l'homme qui l'avait sauvée des griffes de Jules et lui avait permis de recouvrer son honorabilité. Une fille mère ne vaut pas mieux qu'une catin. Ne dit-on pas : « L'homme propose, la femme dispose » ? Si une femme attrapait le gros ventre, c'est qu'elle y avait trouvé du contentement. Henriette ne pouvait justifier sa situation en invoquant un veuvage, on la connaissait depuis l'enfance. Née d'une mère couturière, qui avait appris le métier à quelques jeunes filles de Dieuze, et d'un père qui possédait une fermette, elle avait dû se placer très tôt. Deux garçons donnaient leurs bras au père, ce seraient eux qui hériteraient. Les hommes ont tous les droits, y compris de trousser comme bon leur semble. Elle en savait quelque chose. Elle avait préféré fuir Buzémont, errer quelque temps autour de l'étang de Lindre, à l'endroit où se forme la Seille, près du Spin qui s'en va ensuite serpenter dans la plaine jusqu'à Metz. Elle avait songé à s'y jeter. La tentation avait été très forte, mais immédiatement arrêtée, repoussée par un mouvement de ses entrailles. Non, elle ne rêvait pas. L'enfant avait bougé dans son ventre. Une curieuse impression de presque bonheur l'avait irriguée. Elle avait frissonné un instant. Elle n'avait pas le droit. Sa vie ne lui appartenait plus dès lors qu'une autre vie grandissait en elle. Alors, elle s'était présentée aux salines. Elle n'avait pas refusé les tâches les plus pénibles. Aux jours de grisaille, elle nourrissait encore le secret espoir que le marmot décroche. S'il pouvait en être ainsi, elle serait libérée.

Et puis elle l'avait senti bouger de nouveau en elle. Oui, c'était bien ça. Son petiot gigotait dans son ventre. Il lui adressait un message : « Je suis vivant, moi. Laisse-moi voir le ciel de la terre et je t'aimerai pour deux. Tu ne seras jamais déçue. » « Ce petit, avait-elle songé, a le courage que je n'ai pas toujours et, surtout, il n'est pas responsable des agissements de ce monstre. » Elle avait mis ses deux mains sur son ventre. « Tout doux, le gamin, je te garde et nous ferons de grandes choses. »

La naissance de l'enfant avait tout changé. Une force inouïe galvanisait tout son corps. Il fallait demeurer debout, oser, faire. Elle se sentit louve pour le petit accroché à ses seins. Ne pas faiblir, le défendre. Bec et ongles. Être son rempart, lui ouvrir les portes, dessiner pour lui un avenir.

Et son regard avait croisé celui d'Eugène. Un éclat de bonté avait brillé quand il lui avait souri. Elle n'avait pas oublié cet instant. Elle savait parfaitement le jour et l'heure de cet éclat qui l'avait nimbée de lumière. Une course à faire à la tonnellerie pour rendre service au chef.

– Va, Henriette, et dis à Eugène qu'il presse son équipe. C'est pour les greniers à sel de la Marne. Les tonneaux devront être prêts et cerclés dans deux semaines. S'il n'a pas assez de tonneliers, qu'il recrute. Il y aura une prime pour ses hommes.

Chaque fois qu'elle s'était rendue à la tonnellerie des salines, c'est lui qu'elle avait croisé. Fallait-il y voir une simple coïncidence ? Il se trouvait sur son chemin, faisant naître en elle la petite musique qui tendait toutes les fibres de son être et affolait son cœur. Il était grand et a baissé sur elle un regard plein de bonté, de bienveillance. Il l'appelait « mademoiselle Henriette ». Elle parlait peu, n'osait guère répondre à ses questions. Il ne ressemblait pas à Jules. Il n'y avait point d'arrogance dans son attitude. Ses yeux étaient doux et attentifs. Henriette travaillait à l'atelier des toiles de chanvre qui servait à fabriquer les sacs pouvant contenir jusqu'à cent soixante-seize livres de gros sel. On travaillait essentiellement le chanvre qui poussait bien dans tout l'est de l'empire. Mais il se disait que, bientôt, une autre matière textile pourrait être utilisée avec une plante qui poussait dans l'île de La Réunion, comme en Inde. La toile de jute[1] était déjà très en vogue. Le travail d'Henriette consistait à coudre les

1. Fabriquée à partir du *corchorus capsularis*, une plante haute de deux à quatre mètres, originaire d'Inde et du Bangladesh, qui pousse essentiellement dans les régions tropicales.

sacs ou à confectionner les cordelettes de chanvre qui les fermeraient.

Il y avait eu la fête de Sainte-Barbe. Jour où on mettait à l'honneur la patronne des artificiers et des mineurs, de tous les mineurs, ceux qui sortent le charbon des entrailles de la terre, comme ceux qui en extraient le fer ou le sel. Sainte Barbe qui, dans sa sagesse, protège et répand ses bontés. Henriette avait vu la procession suivie par les hommes. Les femmes, elles, observaient et applaudissaient.

Le dimanche suivant, après les vêpres, elle avait hésité quand Eugène s'était arrêté devant elle en lui tendant la main. Quelques musiciens grattaient l'épinette, d'autres jouaient du violon. Elle avait reconnu l'air d'une soyotte, une danse qu'on pratique dans les hautes Vosges et dont le succès s'était étendu bien au-delà, jusqu'en Haute-Saône et dans tout le massif du Jura. Elle avait montré son ventre et Eugène avait dit :

– Il aimera le rythme et nous ne sauterons pas trop haut. Il vous suffira de vous incliner, même si j'aimerais vous faire tourner jusqu'à ce que votre cœur chavire pour moi.

Il avait bien parlé, Eugène, mieux que son visage, aurait dit la mère d'Henriette qui ne l'aurait pas trouvé assez beau pour elle. Mais son cœur l'était tellement que ses yeux brillaient d'une tendresse qui lui donnait beaucoup de charme.

– Vous pourriez vivre auprès de moi, vous aimeriez ? avait-il demandé pendant la soyotte, tandis qu'ils dansaient bras dessus, bras dessous.

Elle n'avait pas dit oui, s'était contentée de sourire.

– On en reparlera, on se connaît si peu, lui avait-elle confié, heureuse de se sentir appréciée.

Consciente de son état, elle était restée prudente. Elle n'avait pas voulu donner l'impression d'agripper le premier homme qui passait parce que ça l'arrangeait. Dame, un homme comme Eugène, doux et tout sourires, qui voulait bien faire d'elle une femme respectable et respectée ! Elle lui avait offert un franc sourire, volontaire jusqu'à l'insistance. Y avait-il lu une sorte d'encouragement pour lui répondre d'un signe de tête ? Comme un acquiescement. Il avait compris. Il serait patient. Il avait deviné les blessures d'Henriette. Peut-être faudrait-il beaucoup de temps pour l'apprivoiser. C'était une tâche de plus dans sa vie. Mais il ne doutait pas de sa réussite. La lumière serait au bout du chemin, dessinant un paysage nouveau.

À Noël, il avait renouvelé sa demande. Du temps avait passé. Des paroles, des rires complices, des frôlements aux salines, des mains effleurées dans le silence qui font bouillonner le sang, le soir, avant de s'endormir, quand la mémoire rappelle les faits alors qu'on murmure la prière…

Il l'avait mise dans son lit avec douceur et tendresse. Pour la réchauffer, disait-il.

– Les hivers sont rudes en Lorraine, autant se tenir chaud, avait-il déclaré avec une simplicité désarmante. Et puis faut bien qu'on s'habitue l'un à l'autre, que je puisse te connaître et que ce petiot devienne le mien. Je l'aime déjà, je le sens.

Henriette lui en avait été reconnaissante. Elle espérait être heureuse, un jour, à ses côtés. Était-ce cela l'amour ? La petite musique se confirmait… C'était comme dans les romans de la collection bleue que distribuaient les colporteurs. Elle connaissait quelques accélérations du rythme cardiaque et s'en réjouissait. Elle allait confiante vers cette vie qui lui ouvrait les portes du grand amour, celui qui fait perdre tout bon sens, qui tient en éveil, qui fait rêver… Une chose était certaine, elle se sentait apaisée à ses côtés. Elle ferait tout pour lui. Il le méritait. Ne l'avait-il pas accueillie sans poser de questions embarrassantes ? Elle avait tenté de se confier.

– Rien ne presse, avait-il répété. Je ne suis pas un juge. Tu as sans doute vécu des moments difficiles qu'il te faut oublier pour vivre notre histoire.

Mais où avait-il appris à parler ainsi, avec tant de bonté ? Henriette s'interrogeait souvent sur Eugène. De lui, elle savait peu de chose.

Il avait encore ses vieux parents : Eulalie, sa maman, une dentellière œuvrant de l'autre côté de l'étang de Lindre, pendant que Balthazar, son mari, aidait le régisseur du domaine des Masson de Montalivet, une illustre famille propriétaire de l'étang depuis 1807, tout en s'occupant de la ferme familiale. L'un des descendants des Masson de Montalivet, Georges Timothée, avait mis un point d'honneur à veiller sur ce patrimoine unique regorgeant de poissons et alimentant un moulin à grains et à huile. Il avait même écrit un fort beau texte, publié en 1843, ça se racontait en haut lieu, du moins. Le curé l'admirait et hochait la tête en disant :

– C'est un homme intelligent.

La région était prospère : d'un côté les mines de sel, de l'autre, la faune et la flore, grâce à cet étang remontant à la nuit des temps, affirmait Balthazar, le père d'Eugène. L'étang avait aussi servi de défense à la ville de Dieuze en 1641. Les fantassins du comte de Grancey, partis de Saint-Nicolas, avaient échoué à l'envahir, même après avoir fait sauter les barrages pour inonder Dieuze, qui tenait bon, malgré le siège installé sous ses remparts. Ce sont eux, les fantassins, qui furent pris au piège des eaux boueuses. Ils s'étaient repliés dans le plus grand désordre en abandonnant leurs précieux canons.

Et les habitants du Saulnois[1] louaient le ciel et le dieu de Lindre de les avoir protégés. Depuis, l'étang était respecté, glorifié parfois. Quand la Lorraine devint propriété du roi de France, à la mort de Stanislas – une aubaine pour Louis XV qui avait attendu si longtemps –, le sel représentait encore une manne conséquente pour le royaume. La gabelle garnirait les caisses et c'était toujours cela que le clergé n'aurait pas. Les querelles n'avaient pas manqué au cours des siècles entre les ducs de Lorraine et l'Église. Au Moyen Âge, les salines étaient la propriété des abbayes.

Le peuple de Dieuze et des environs, de Vic-sur-Seille aux portes de Nancy, haussa les épaules. Il était devenu français. Ce qui ne changerait pas grand-chose pour lui.

1. Pays du sel en Lorraine.

Il se sentait pris en otage. Après les Germains et le clergé qui avaient puisé dans leurs richesses, avec le traité de Ryswick[1], ça avait été le tour des ducs de Lorraine, mais eux, au moins, aimaient leur région et envoyaient promener la France. Surtout Léopold. Stanislas, qui lui avait succédé, n'avait pas les mains libres. Son intendant lui avait été imposé par Versailles et M. Chaumont de la Galaizière n'avait que peu d'estime pour les Lorrains, des têtes dures qu'il devait mettre en pas. Ces têtes dures devinrent françaises, donc. Elles servirent le royaume, de gré ou de force, et participèrent à l'effort collectif. M. le grand chancelier réinstaura les corvées et les Lorrains furent assujettis à la gabelle. Une taxe honnie ! Vint la Révolution, qui supprima cet impôt. Cette même Révolution, qui voulait qu'on asséchât toute étendue d'eau et de marécage pour les transformer en terre à blé, épargna l'étang de Lindre.

Se souvenait-on de la cuisante défaite imposée aux soldats du comte de Grancey en 1641 ? Un diable plus puissant que tous les dieux rôdait-il en ces lieux, un esprit vengeur qui mettait en échec ceux qui osaient s'attaquer à ces étendues d'eau regorgeant de carpes[2] ? L'étang demeura donc et les habitants des lieux continuèrent d'y pêcher, d'y puiser l'eau aux jours de grande sécheresse

1. En 1698, la Lorraine est rendue aux Habsbourg, qui peuvent se réinstaller sur son sol.

2. Les carpes de Fontainebleau sont originaires de l'étang de Lindre. En 1605, un document atteste que le duc de Lorraine, Charles de Vaudémont, fit don à Henri IV de soixante carpes de l'étang de Lindre qu'il fit transporter par eau et par terre jusqu'à Fontainebleau.

ou simplement de le traverser en barque pour se rendre sur l'une ou l'autre rive. On faisait plus que respecter l'étang de Lindre, on l'honorait, car on se méfiait de ses eaux troubles. Que cachaient-elles ? Quel bon génie ou monstre abritaient-elles ? Les amoureux venaient y prêter serment. On dit que les sorcières le hantaient pour jeter leurs sorts les nuits de pleine lune.

Tout en crochetant, Eulalie racontait et Henriette ouvrait grandes ses oreilles. Balthazar aussi donnait quelques précisions sur l'histoire de la Lorraine tout en maniant le soufflet pour que le feu ne s'éteignît pas dans la cheminée, tandis que la soupe dans la marmite suspendue au-dessus du foyer finissait de cuire.

Eulalie était fière de ses origines.

– Ma famille est d'ici depuis au moins six générations et celle de mon Balthazar encore bien davantage.

Pour rien au monde, elle n'eût voulu vivre ailleurs. Elle était heureuse qu'Eugène travaillât aux salines qui avaient été royales. Il ne fallait pas l'oublier, spécifiait-elle, même si elle ajoutait qu'elle eût préféré que la Lorraine restât indépendante.

– Léopold avait laissé de bons souvenirs. Il aimait son peuple. Stanislas aussi, mais on se moquait de lui à Versailles. Un roi de Pologne sans royaume... La France ne nous aime pas. On l'a bien vu aux funérailles de Léopold et, plus tard, à celles de son épouse. Interdit de faire l'éloge des souverains, d'annoncer les messes qui seraient célébrées pour la paix de leurs âmes. Quelle honte !

Et elle rappelait que c'était une habitude à Versailles de mépriser cette terre sur le chemin de l'Alsace, le beau jardin qu'appréciait tant Louis XIV. Au point d'avoir tracé une route qui menait de Paris à Strasbourg sans passer en terre étrangère. C'est ainsi que certains villages de Lorraine, près de la Moselle ou des Vosges, étaient passés sous la férule française bien avant le rattachement officiel de l'Alsace, qui ne s'était pas fait en un jour. Il fallut attendre la mort de Stanislas, qui n'en finissait pas de vivre, pour que la Lorraine devînt française. Et quand il tomba dans la cheminée, un matin avant le petit déjeuner, le vieil homme mit plus de trois semaines à mourir, se confessant tous les jours et souffrant le martyre. Louis XV n'avait que faire de ce beau-père qui n'ajoutait rien à sa grandeur. Il avait aimé sa fille Marie, vraiment aimé, avant de se tourner vers d'autres femmes, des favorites officielles, dont la belle et cultivée Mme de Pompadour qu'il admira jusqu'à sa mort.

Louis XIV n'avait pas fait mieux que Louis XIII, qui avait laissé Mazarin s'occuper de ces territoires et de quelle sinistre façon !

– Que de guerres ! Celle de Trente Ans a saigné la Lorraine et l'Alsace à blanc. Mon Dieu, gémissait Eulalie, que de misères pour les pauvres gens ! Les mercenaires, des Suédois employés par Richelieu, s'en sont donné à cœur joie. Sur leur étendard figurait une horrible devise : « Tuez-les tous ! » Ces habitants de l'Est qui valaient moins que des chiens. Comme s'ils étaient galeux… C'est comme je te le dis, ma petite Henriette. Nous n'étions que des barbares tout juste bons à être donnés aux cochons ou jetés dans l'étang. Deux siècles plus tard, tu vois, ma fille, on s'en souvient encore. Ce cardinal nous a fait tellement souffrir. On s'est raconté toutes ces histoires, le soir, au coin du feu, pour ne pas oublier. Souviens-t'en et parles-en à tes enfants ! C'est notre histoire. Il ne faut pas qu'elle se perde.

4

Salines de Dieuze, décembre 1859

Les hommes fêtaient la Sainte-Barbe. La statue avait été sortie de sa niche, brossée en tous sens et les hommes, les mineurs, ceux qui creusaient et poussaient wagonnets et chariots dans les galeries, se relayaient pour la porter jusqu'à l'église, accompagnés par la fanfare. Les patrons et les employés des salines suivaient et, loin derrière eux, les amis et les familles. Le curé les attendait sous le porche. On entrait dans le lieu saint en chantant :

Sainte Barbe, ô douce patronne,
Nous sommes à vos pieds, implorant votre secours.
Quand le rocher s'abat ou que la poudre tonne,
Veillez, veillez sur nous toujours…
Veillez, veillez sur nos amours.

Les femmes étaient rassemblées dans la grande salle du presbytère où des tables avaient été dressées. Des draps les recouvraient en guise de nappe. Les gâteaux, brioches et tartes découpées attendaient d'être mangés. Le vin restait au frais dans les cuveaux emplis d'eau. On boirait bière et tokay de Hongrie puisque c'était jour de fête. Des femmes avaient même préparé du vin chaud parfumé aux clous de girofle et à la cannelle. La célébration serait parfaite, mais la sainte serait fêtée sans elles. C'était une affaire d'hommes. On se régalait entre hommes, on buvait entre hommes. Et si l'un ou l'autre trouvait la serveuse à son goût le temps d'un soir, rien ne serait répété à la fiancée ou à la femme légitime. À la Sainte-Barbe, on gardait le silence sur les excès commis et sur les chemins de traverse empruntés par certains. Un secret était un secret. Amitié et solidarité obligent.

Henriette et Émilienne avaient confectionné des brioches et avaient décidé de se rendre chez Eulalie. Elles lui apporteraient une tarte aux pommes et une bouteille de vin.

– Que les hommes festoient, soit, s'était écriée Henriette, mais nous aussi, nous allons nous régaler ! Ne travaillons-nous pas autant que ces messieurs à la mine ? Sainte Barbe était une jeune femme, comme nous, et elle a subi la tyrannie des mâles… Son père l'a dénoncée parce qu'elle était chrétienne et c'est même lui qui a commis le geste fatal, c'est lui qui lui a ôté la vie. Comment un père peut-il faire ça, comment un père peut-il tuer son enfant ?

– Et laisser sa fille aux mains des bourreaux ? Elle a enduré un calvaire, on l'a déshabillée, on a mutilé ses seins et on dit que ce sont les anges qui l'ont couverte d'un voile quand ces tristes sires ont décidé de la promener ainsi dans les rues puisqu'elle ne voulait pas renier sa foi. Mais le Très-Haut a foudroyé ce père. On ne le plaindra pas.

– Ô, très grande sainte, ajouta Henriette en se signant, nous te fêterons aussi, sans nos hommes, et nous mangerons et boirons en ton honneur. Amen !

– Ah, ben, s'exclama Émilienne, je ne te savais pas aussi déterminée ! Mais tu as raison, Eulalie nous approuvera. Cette semaine nous avons travaillé dur, j'ai le dos en compote. J'en ai rempli, des cornets[1], tu peux me croire. Regarde mes mains. J'ai les doigts bouffés par le sel. Et pourtant je fais des bains d'huile chaque soir, en rentrant dans ma chambrette. J'en profite pour dire mon chapelet.

– Tu as tant de fautes à te reprocher que tu prépares déjà ton arrivée au Ciel ? la taquina Henriette.

– Pas plus que ça mais… je voudrais surtout que les gendarmes cessent de me harceler.

Devant la mine effarée d'Henriette, Émilienne ajouta :

– Oui, va. Ils ne cessent de me tourmenter avec leurs questions sournoises. Ben, tu sais bien, même toi, ils t'ont interrogée à propos de la disparition de Jules. C'est vrai qu'une fois je l'ai menacé de le planter et de lui couper la chose, à ce vieux cochon… La vieille Séverine, pourtant bien sourde, a dû m'entendre. J'en suis sûre, elle leur a causé.

– Qu'est-ce qu'ils veulent savoir ? Ils n'ont donc rien à faire ?

– Si je l'ai zigouillé, où j'ai mis le corps et pourquoi je suis partie. Mon départ est un aveu pour eux. Ils n'en

1. Sachets.

démordent pas. Ils ne m'ont pas crue quand je leur ai dit que la patronne m'a renvoyée.

– Et alors ?

– Ben, pour eux, c'est un coup monté. J'ai essayé d'expliquer que Germaine avait trop de chagrin, raison pour laquelle elle a mis dehors toutes les filles de mon âge ou presque.

– Tu parles qu'elle avait du chagrin…

– Je suis d'accord avec toi, Henriette, elle était surtout soulagée d'être débarrassée de ce rustre. M'est avis que, de temps en temps, Jules devait avoir la main leste. Elle avait des bleus sur les bras, parfois, ou le cou marqué comme s'il avait voulu l'étrangler. Mais jamais je ne l'ai entendue se plaindre. Ah, ça, non !

– Quand même, elle a du mérite. Se retrouver seule à la tête de la ferme avec six mioches, faut du courage.

– Je ne te dirai pas le contraire, subir les assauts de Jules chaque nuit et plusieurs fois par jour quand ça le prenait… Pauvre Germaine ! Mieux vaut travailler le double et avoir l'esprit libre. En tout cas, je l'ai revue. C'était dans les rues de Dieuze. Elle était venue en carriole faire des emplettes chez Mme Friant[1]. Ben, tu sais, j'ai failli ne pas la reconnaître. Elle a changé. Rajeunie. Ce n'est plus la femme qu'on a connue, épuisée, avachie. Elle a rigolé quand je lui ai demandé comment elle se portait. « Comme tu le vois, comme un charme. Les hommes ne sont pas indispensables à notre bonheur, ma petite Émilienne. – Et si on retrouvait Jules ? ai-je demandé. – M'étonnerait »,

1. La mère du peintre Émile Friant était couturière à Dieuze.

a-t-elle soupiré. Puis elle a laissé passer un long silence et s'est reprise. « Je vais te faire une confidence, la vérité vraie : je n'y tiens pas du tout. S'il a trouvé mieux ailleurs, on va dire ça comme ça, je me réjouis pour lui. Je ne suis pas jalouse. Faut reconnaître qu'il a tout laissé. Enfin, il m'a rendu mon bien. Je suis fille unique et j'avais apporté la ferme dans la corbeille de noces. Il en était le gestionnaire, donc le patron. Un patron qui se haussait du col. Mais après toutes ces années pas faciles, tu le sais, je me sens libre, presque heureuse. Toi, tu peux me comprendre, mais chut, c'est notre secret. »

– Je ne suis pas vraiment surprise des réactions de Germaine, fit Henriette. Une grande comédienne. Allons chez Eulalie, j'aime ma belle-mère. Eugène m'a promis de ne pas se saouler. À son retour, nous lui annoncerons une grande nouvelle…

– Je me doute un peu, ta taille s'est épaissie et tu as attrapé une poitrine à rendre bigleux tous les hommes du coin.

– Bien vu. Pierrot et Constant vont avoir un petit frère…

– Ou une petite sœur.

– Ce sera comme le bon Dieu le voudra, ma chère Émilienne. Et toi ? Aucun garçon ne te fait tourner la tête ?

– Non et je n'en ai pas envie du tout. J'aime ma liberté et retrouver ma petite chambre au-dessus de la mercerie, rue de l'Église. Mme Metzer est très gentille avec moi. Elle dit que je suis une locataire en or. Et quand M. Metzer s'en va à Delme, il me dépose à Laneufville pour que je puisse voir mes parents, c'est sur le chemin. Et le soir, je l'attends près de la fontaine et on revient tranquillement en faisant la causette. Je lui donne des nouvelles des siens. Il a de la famille à Laneufville.

– Après Buzémont, tu n'as pas songé à t'installer près de chez tes parents ou à Delme ?

– Les parents m'avaient, comme on dit, placée chez Germaine et Jules et mes gages leur étaient versés pour aider le grand frère à s'établir sur une terre qu'il avait achetée. Si j'étais revenue… la source se serait tarie.

– Mais maintenant, comment ils font ?

– Eh bien, je continue de leur donner une grande partie de mon salaire. Le frère a promis de ne pas m'oublier quand tout irait mieux pour lui, c'est-à-dire quand ses créanciers seraient remboursés. Mais je préférerais disparaître de sa mémoire et ne pas être obligée de verser l'argent. Tant que je ne suis pas majeure, il paraît que je dois honorer mes parents… Or eux ne voient que par mon frère, leur bon Gustave, leur fils chéri. Une fille, c'est la poisse, c'est ce qu'ils disent. J'aurais pu travailler pour mon frère, dans sa ferme, mais ils ont fait le calcul, mon frère avait besoin de liquidités. Aux salines, le chef me paie mes heures supplémentaires de la main à la main. Je m'en contente. Et comme tu es généreuse avec moi, ma chère Henriette, que tu m'invites parfois à souper[1], j'économise. Ma corbeille de noces sera longue à remplir… Mais cela m'est égal, je n'ai pas envie d'un homme. J'apprécie trop ma tranquillité.

---

1. À la campagne, on disait « souper » pour « dîner ».

5

Dieuze, fin décembre 1859

Eugène, en homme sage, rentra de bonne heure et serra sa femme contre lui un long moment. Il s'assit et Henriette entreprit de mettre le couvert. Elle avait cuisiné une tourte et préparé une compote de pommes et de poires pour ne pas perdre les fruits qui commençaient à blettir.

– Viens-t'en près de moi, murmura Eugène, les petits dorment.

Elle s'approcha et posa ses mains sur ses épaules tandis que, de ses deux bras, il entourait sa taille et posait sa tête sur son ventre.

– C'est que je t'aime, dit-il gentiment. Tu es une femme parfaite. J'ai l'impression que tu te sens bien ici, avec moi. Ta taille a pris quelques centimètres, non ?

– Il y a de cela, fit-elle, je ne me suis pas vue depuis plus de deux mois, j'attendais d'être certaine…

– Tu portes donc un autre petit ?

– On dirait, mon cher Eugène.

– Ah, la merveilleuse femme qui est la mienne ! Après ce brave Pierrot, un bel enfant au cœur immense, et notre petit Constant tout sourires et si farceur pour ses deux ans, voilà que tu m'en offres un autre ! Je suis le plus heureux des hommes.

– Et moi, la plus comblée des femmes ! Nous voilà sur le même pied.

– Ma mère sera ravie.

– Elle sera moins surprise que pour Constant. Tu te souviens qu'avant Constant elle me demandait sans cesse quand j'allais la faire grand-mère ?

– Tu lui répondais chaque fois qu'elle avait déjà Pierrot. Elle hochait la tête et ajoutait qu'un autre enfant lui ferait plaisir.

– Et que j'allais finir par la désoler à mettre autant de temps à la combler. Bien sûr, Constant restera pour elle son « vrai » premier petit-fils.

– Pour moi, ça ne changeait rien, je te l'ai dit, ma douce. Constant est notre deuxième enfant et celui qui se prépare sera le troisième. Merci, Henriette.

Henriette sourit et posa ses mains sur celles d'Eugène, un homme dont elle connaissait les qualités de cœur et d'âme. « Fasse que Pierrot se sente toujours son fils ! songea-t-elle. Fasse qu'Eugène l'aime toujours de la même manière, sans manifester de préférence pour ses propres enfants ! » Si les intentions sont bonnes, la réalité pourrait ne pas être à la hauteur… Henriette redoutait cela. Parfois, elle se risquait à en parler avec Émilienne, qui la rassurait.

– Tu as trouvé un homme rare, la perle des hommes. Crois-moi, ils ne sont pas si nombreux. Fais-lui confiance, il n'est ni pervers ni retors.

Aux salines, on agrandissait le magasin à sel. On fonçait de nouveaux puits. L'Empire avait besoin de cet or blanc.

Napoléon III était venu à Dieuze, il y a peu[1], et personne n'avait oublié l'intérêt qu'il avait manifesté pour les salines. Il ne pouvait faire moins que Bonaparte qui avait honoré la cité. Napoléon III s'était longuement fait expliquer l'exploitation du sel. Il avait regardé les boutefeux préparer les explosifs, installer les mèches dans la mine. On les prévoyait longues pour avoir le temps de quitter les lieux avant l'explosion. Quand la poussière était retombée, il fallait redescendre pour trier les blocs de sel et veiller à aérer. Et les trieurs, aidés des rouleurs, se mettaient en action. Les blocs de belle taille étaient chargés dans les chariots de bois et les rochers, comme les appelaient les ouvriers, intransportables parce que trop lourds, étaient fendus, éclatés à coups de pic et de pioche. Les pousseurs et les rouleurs suivaient le travail et emplissaient chariots et wagonnets. Parfois, quand le chargement était important, un cheval tirait le convoi jusqu'aux portes de la grande salle de conditionnement.

L'empereur avait voulu rencontrer les socqueurs[2] affairés aux poêles. Il les avait observés œuvrer avec beaucoup d'attention. Un labeur précis qui épuisait les hommes, il le devinait rien qu'en respirant l'atmosphère des lieux où on chauffait la saumure pour faire évaporer l'eau et

1. 1857.

2. Ouvriers qui font chauffer le sel ou la saumure (eau salée) pour obtenir les cristaux de sel.

récolter le sel, qu'on remuait avec des râbles[1]. Il s'était intéressé à tout, se faisait préciser le nom des outils. Et avait interrogé le menuisier. Pourquoi tout était en bois ? La réponse était simple : le sel est corrosif. L'acier risquait d'être rongé et le sel manipulé avec des outils rouillés aurait été impropre à la consommation.

L'empereur comprit qu'on produisait le sel de deux façons : par des explosions en sous-sol ou en fonçant un puits, dans lequel on envoyait de l'eau douce qui allait dissoudre. Cette eau était ensuite pompée et on la chauffait. Elle s'évaporait et le sel était récolté. C'est ce que faisaient les socqueurs.

Il demanda à voir les bâtiments, les habitations. Les salines de Dieuze avaient pour particularité de rassembler tous les corps de métiers. L'empereur ne cacha pas son émerveillement.

De mémoire d'homme, on avait toujours vécu du sel en cette région. Les salines de Dieuze étaient entourées d'un mur d'enceinte. Une protection. Une ville dans la ville. Quand on se trouvait dans la localité, on parvenait difficilement à imaginer que, derrière les remparts, vivaient entre six cents et sept cents personnes qui avaient pignon sur le travail avec magasins, école, infirmerie et même une charmante chapelle que l'empereur visita. Il prit de l'eau dans le bénitier et se signa.

L'empereur voulait en savoir davantage. Comment récoltait-on le sel avant la technique des puits et de l'eau douce injectée dans les profondeurs ? La saumure, les

1. De grandes pelles de bois.

Romains et les Gaulois connaissaient déjà… Eugène avait expliqué.

– On travaille ainsi quand la couche de sel n'est pas profonde ou lorsque le sel affleure à ras de terre. Il y a dans la région, en maints endroits, de petits lacs et des sources d'eau salée. Les anciens recouraient au briquetage. Ils fabriquaient des poteries, des sortes de briques creuses en argile qu'ils remplissaient d'eau salée. Ces récipients étaient posés sur un foyer. L'eau s'évaporait, restait le pain de sel. Il fallait ensuite casser le moule pour le récupérer.

– Et l'idée de taper dans la roche dure ? demanda l'empereur.

– Elle nous est venue de Pologne, avait répondu un salinier. Là-bas, on sort le sel du sous-sol comme on extrait le charbon de la terre à Saint-Étienne ou ici, en Lorraine. En Pologne et en Franche-Comté, le sel est pur mais enfoui à deux ou trois cents mètres, voire davantage. Dans ce cas, envoyer de l'eau pour la pomper ensuite est presque impossible. Mais exploiter ce sous-sol ne manque pas d'intérêt. D'où l'idée, ici, à Dieuze de foncer des puits un peu plus profond pour vérifier de quoi il était fait.

L'intuition s'était révélée payante. À plus de cent mètres sous terre, la roche rencontrée était du sel… En Lorraine, on descendait à plus de huit cents mètres sous terre pour extraire le charbon. On travaillait dans des puits en dressant, c'est-à-dire à la verticale, ou en semi-dressant, à demi inclinés, pour épouser le relief. À Merlebach, non loin de la frontière allemande, c'était à plus de mille deux cents mètres qu'on recueillait le précieux combustible.

Puis l'empereur avait fait le tour de l'étang de Lindre et admiré les forêts. On coupait, on bûcheronnait de l'autre côté de la pièce d'eau et on apportait aux salines le bois nécessaire à l'extraction du sel par flottage.

Napoléon III avait posé beaucoup de questions. Est-ce qu'on prenait soin de la forêt ? Il faut du temps pour qu'un arbre pousse et arrive à maturité, or il savait parfaitement que les mines de charbon, comme les industries du verre et du sel, avaient un grand besoin de bois. Ne risquait-on pas de couper trop d'arbres ? La forêt allait s'épuiser. Est-ce qu'on veillait à l'équilibre du paysage ?

– Oui, Votre Majesté, nous prenons soin de replanter. Deux ou trois jeunes pousses pour un arbre coupé. Parfois, nous aussi, nous nous interrogeons sur cette matière première indispensable. Nous massacrons en partie nos belles forêts. Mais depuis que les mines de charbon produisent de l'énergie, le bois coupé pour les salines ne sert plus qu'à la fabrication des outils, des wagonnets, des bassoirs et à la construction des puits et non plus pour chauffer les poêles. C'est une économie qui a son importance.

Napoléon III semblait fasciné par ces blocs qui seraient conditionnés en gros sel ou en sel fin, puis exporté dans l'Empire. Il observa le labeur des femmes, il les regarda remplir les cornets[1] ou les sacs de chanvre, selon les commandes et les usages. Il eut une pensée pour sa jolie épouse qui avait la chance d'être bien née et ne serait jamais obligée de travailler de la sorte. Il voyait les mouvements répétitifs des ouvrières : plonger la pelle dans le

1. Sachets.

tas, la diriger vers les cornets qui gonflaient à mesure que le sel les emplissait. On pesait les cornets, on les fermait et on les déposait dans les wagonnets qu'on confiait aux rouleurs, qui les transportaient jusqu'au dépôt. À l'écurie, les chevaux attendaient. Ceux qui tiraient les chariots et partaient sur les routes étaient les plus chanceux. Les animaux qui travaillaient dans les galeries voyaient leur espérance de vie considérablement réduite ; beaucoup n'en remontaient jamais. Il eut mal pour eux, lui qui aimait les chevaux. Il préféra écourter la conversation. Il ne voulait pas passer pour un homme peu soucieux de son peuple. Il félicita toutes les équipes.

Il songea aux voisins allemands qui lorgnaient ces richesses et espéraient reconstruire le Saint Empire germanique. Certains Länder[1] s'organisaient avec l'aide de l'Autriche. Napoléon III savait qu'autrefois le clergé avait réclamé sa part sur les récoltes de sel. Au Moyen Âge, les salines étaient la propriété d'abbayes. Les Germains régnaient alors sur la Sarre toute proche. De ce fait, l'utilisation de la langue française était récente à Dieuze, comme à Château-Salins ou à Vic. Aux XVe et XVIe siècles, rares étaient les personnes capables de s'exprimer en bon français. L'empereur parlait avec simplicité pour être compris de tous. Il avait une promesse à faire avant de quitter Dieuze.

– Le temps est venu pour moi de partir pour poursuivre ma visite de notre beau pays. J'espère revenir bientôt pour

1. Mot allemand pour désigner l'équivalent d'une province. Un Land, des Länder.

me réjouir avec vous des nouveaux moyens de transport qui rapprocheront la Lorraine de Paris. Vous êtes sans doute informés de la construction de nouvelles voies de chemins de fer. Dieuze sera relié à Paris, à Nancy et à Strasbourg en 1860, c'est presque demain, avait-il déclaré en souriant.

Les anciens ne parvenaient pas à s'imaginer qu'on allait parcourir de longues distances grâce à ces rails, sur lesquels serait posée une énorme machine appelée locomotive qui roulerait grâce à la vapeur. On mettrait du charbon qu'on ferait brûler pour produire une énergie si puissante qu'elle pourrait mouvoir plusieurs wagons. Ils avaient entendu parler de vaisseaux qui avançaient ainsi sur les mers et les océans. Ce procédé avait remplacé la force du vent. Inutile de hisser la voile… des moteurs se mettaient en route et propulsaient les bateaux. Le même principe pouvait se décliner sur terre. On avait ainsi expérimenté le transport du charbon depuis Saint-Étienne jusqu'aux portes de Paris.

6

Septembre 1860

Après la naissance de Nicolas, Eugène et Henriette s'étaient installés à l'intérieur des remparts. Ce serait plus facile pour tous. Eugène avait pris du galon et était passé chef d'atelier. On lui avait attribué une jolie maison avec jardin. Henriette s'en réjouissait. Elle pourrait cultiver un potager et élever quelques lapins et des poules pour améliorer l'ordinaire. Dès la naissance de Constant, elle avait quitté son emploi aux salines. Elle espérait reprendre son poste plus tard et, quand elle faisait ses grands discours, comme disait Eugène, elle ne voyait pas son mari froncer les sourcils en signe de désapprobation. Il estimait, et c'était vrai, gagner correctement sa vie. La place d'une femme était d'abord au foyer. Eulalie, qui avait souvent gardé Pierrot, n'était plus en âge de s'occuper de trois jeunes enfants. Elle aimait bien Henriette, mais trouvait que les choses changeaient trop vite. Pourquoi vouloir travailler quand on avait des enfants à élever et qu'on ne manquait pas d'argent ? Qui lui avait fourré de telles idées dans la tête ? Quant à cette jeune Émilienne, charmante, au demeurant, pourquoi s'obstinait-elle à ne pas prendre époux ? Qu'attendait-elle ? De coiffer sainte Catherine, de devenir la risée de tous et d'entendre sous sa fenêtre des hommes ivres chanter ?

Vieille fille, vieille guenille,
Vieille fille, viens que je te déshabille…
Je verrai tes petits tétons,
Aussi bon que des bonbons,
Vieille fille, vieille…

Elle ne devait plus rien à sa famille, elle était majeure. On finirait par jaser si elle tardait trop. Émilienne riait quand Eulalie la taquinait tout en crochetant un napperon, un rideau, un couvre-lit ou une nappe en dentelle.

Vint ce jour où les gendarmes reprirent l'enquête sur la disparition de Jules. Le petit Marcel, le frère de Jules, avait parlé et ce qu'il avait révélé n'était pas sans importance selon les agents qui vinrent un soir tambouriner à la porte d'Émilienne. Elle avait ouvert en toute confiance, pensant que sa propriétaire, comme c'était parfois le cas, lui apportait une part de tarte. Sa surprise fut totale lorsqu'elle reconnut les deux hommes.

– Tout arrive, jolie demoiselle, les remords pèsent sur la conscience et la vérité finit toujours par surgir.

Sans y avoir été invités, les deux hommes prirent place. Ils avaient tiré une chaise à eux et s'y étaient laissés choir.

– Maintenant, mademoiselle Monnier, vous allez tout nous dire sur cette sordide affaire. Marcel a parlé…

– Ah oui ? s'écria Émilienne. Et qu'a-t-il donc raconté de si important plus de trois ans après les faits ?

– Que vous étiez sa complice.

Devant une telle affirmation, Émilienne pâlit avant de se mettre en colère.

– Complice de quoi, messieurs ? Il n'était même pas là quand Jules a disparu ! tonna-t-elle en frappant la table de son poing. Je me souviens bien de Germaine qui le cherchait. Elle braillait en tapant du pied : « Il n'est quand même pas parti chez son frère, près de Delme. Il y va parfois pour visiter sa poule. » Jules avait une bonne amie pas loin de chez Marcel. Germaine s'y est rendue juste après votre départ. Vous le savez, vous étiez avec elle.

– Oh, on peut accomplir un acte criminel et s'ensauver tout aussitôt, jolie demoiselle.

– Ça fait quand même un bout de chemin. Et personne n'a rien vu ni entendu que je sache.

Elle voyait leur embarras et lança, sûre d'elle, les poings sur les hanches :

– Alors, nous aurions fait quoi ? Qu'a-t-il raconté, ce bonhomme en qui Germaine a toute confiance ?

– Que vous vous y êtes mis à deux pour le tuer et faire disparaître le corps dans l'étang de Lindre. Que Germaine, au fond, ne demandait peut-être que ça, mais on n'en a aucune preuve.

– Et pourquoi nous aurions fait ça ? Les deux frères n'étaient pas du tout en froid. Jules protégeait son cadet.

– Marcel a parlé d'une querelle. Vous en étiez la cause.

– Moi ?

– Ben oui, Marcel avait des vues sur vous et, s'il vous embarquait, c'est deux bras qui auraient manqué à la ferme.

– C'est la meilleure ! On rêve… Marcel ne m'a jamais regardée. C'est à peine s'il connaît le son de ma voix. Juste un signe de tête pour me saluer, rien de plus. Je vais vous dire, je pensais même que ce n'était pas un vrai homme. Les femmes ne l'ont jamais vraiment intéressé, sa mère en était désespérée. Elle parlait d'une tare, qu'il était comme un de ses petits cousins qui s'encanaillait avec d'autres hommes. Ça, je l'ai entendu un jour de fête à la ferme.

– C'est peut-être vrai. Mais Marcel a ajouté qu'il voulait se ranger, faire taire les ragots. Il avait besoin de vous.

– Permettez-moi de douter de vos racontars.

– Justement, on a besoin de savoir la vérité, la vérité vraie.

– Le pauvre Marcel vous a dit ça après que vous l'avez fait boire ? Ça, vous savez faire, messieurs… Tout le monde connaît vos pratiques pour extorquer une vérité qui vous arrange et qui vous permet d'envoyer les innocents en prison et de recevoir les félicitations du juge avec une petite enveloppe et quelques billets dedans.

– Attention à vos paroles, nous représentons la loi et, des bécasses comme vous, on en a déjà mis en cabane.

– Vous ne m'impressionnez pas du tout, j'ai ma conscience pour moi.

– Alors qu'avez-vous à répondre aux propos du fameux Marcel ?

– Ma foi, tuer Jules n'aurait pas été une mauvaise idée, ricana-t-elle. Jules m'a souvent énervée, c'est vrai.

Il voulait toujours trousser les filles, mais non, je ne l'ai pas tué ni jeté à l'eau. Même avec l'aide de son frère, un gringalet, je n'aurais pas eu la force de balancer un tel gaillard dans l'étang.

– Nous reviendrons poursuivre cet interrogatoire, il faudra bien que la vérité éclate. En attendant, le gringalet, comme vous dites, on va le mettre à l'ombre pour un bon bout de temps. On verra avec le juge si une confrontation s'impose. S'il persiste à dire que vous êtes sa complice, on vous trouvera un lieu sûr. On vous soignera jusqu'à ce que le couperet de la guillotine vous expédie de vie à trépas.

Ils s'étaient levés et s'apprêtaient à remettre leurs chapeaux.

– Ça vous plaît d'intimider les honnêtes gens, n'est-ce pas ? Peut-être que si vous le saoulez encore, Marcel avouera que sa belle-sœur était avec nous ! Et même que vous avez assisté au meurtre ! Bonsoir, messieurs, et bonne enquête ! dit-elle en les poussant dehors.

Elle s'adossa à la porte sitôt les gendarmes partis et s'épongea le front en murmurant :

– Mon Dieu, aurai-je un jour le loisir de vivre tranquille ?

Elle revoyait les deux gendarmes. Leur odeur flottait dans son logis. Ces deux-là sentaient l'alcool à plein nez. De toute évidence, ils mentaient. Mais dans quel but ? Elle en parlerait à Eugène, un homme raisonnable qui saurait la conseiller. Et, avant toute chose, elle se rendrait à Buzémont pour savoir si Marcel avait été ou non arrêté.

7

Ferme de Buzémont, 1861

Des champs avaient été amputés pour créer la ligne de chemin de fer[1] qui allait relier Nouvel-Avricourt à Bénestroff en passant par Dieuze[2]. Il fallait accepter l'irruption du progrès qui serait bénéfique à tous et faciliterait les échanges, raccourcirait les temps de voyage. Les salines voyaient l'avancée des travaux d'un bon œil. L'empereur avait promis. Cette ligne avait été déclarée d'utilité publique sur décision impériale le 14 juin 1861 et serait d'abord propriété des salines[3].

---

1. Ligne n° 13.

2. Cette ligne va jusqu'à Bénestroff en 1882, puis à Metz d'un côté et à Nancy de l'autre. Ainsi Dieuze se trouve sur la ligne Paris-Strasbourg.

3. La convention concédant la ligne aux anciennes salines domaniales de l'Est fut signée le 16 août 1862 et approuvée par décret impérial à la même date. Finalement, une convention datée et signée le 15 mars 1863 la concède à la Compagnie des chemins de fer de l'Est, approuvée par décret impérial le 11 juin 1863. La ligne Avricourt-Dieuze est ouverte officiellement le 25 novembre 1864. Elle sera en fonction jusqu'au 8 décembre 1958 et fermera le

Parfois, les paysans profitaient d'une accalmie à la ferme pour venir observer les ouvriers sur le chantier. Aplanir le terrain, poser les traverses de bois, les arrimer solidement dans le sol pour y poser les rails qu'on fixait avec d'immenses écrous et boulons. On admirait leur force et le savoir des ingénieurs. Un train, c'est lourd et il doit rouler à bonne vitesse. Les paysans imaginaient le tableau en plein été, alors que les moissons battraient leur plein. On verrait passer les trains. Des gens venus d'ailleurs scruteraient le paysage. Ils découvriraient ce bout de France si loin de Paris, mais qui travaillait pour eux, pour produire leur nourriture et aussi pour le progrès. Le train pourrait s'arrêter à Dieuze. Le sel, si nécessaire à la conservation des aliments, indispensable pour le bétail, serait peut-être un objet de curiosité pour ces riches curieux. Sans oublier les dérivés du sel qui commençaient à voir le jour. On fabriquait des phosphates pour les épandre dans les champs. Ils donnaient de la force à la terre. La soude aussi, qui facilitait les grands nettoyages. Les ménagères en connaissaient les bienfaits, elles qui jetaient dans les lessiveuses une poignée de cristaux pour que le linge blanc soit débarrassé de toute tache. À Dieuze, hommes et femmes savaient ce qu'ils devaient au sel et à son exploitation.

Eugène tira sur les rênes et le cheval s'immobilisa. Émilienne, du haut du vallon, regardait la ferme de

28 septembre 1969. Le trafic de marchandises se poursuivra jusqu'en 1986.

Buzémont. Un frisson la parcourut. Les souvenirs lui revenaient.

Presque cinq années s'étaient écoulées depuis qu'elle avait quitté les lieux. Elle revit les écuries, la porcherie, l'étable. Elle sentit les mains de Jules sur elle, son souffle de bête en rut auquel elle ne pourrait se soustraire. La première fois, elle avait cru réussir à lui échapper. Une course-poursuite qui s'était achevée dans l'étable où étaient rassemblés les excréments des vaches avant d'être transportés sur le tas de fumier.

– N'oublie jamais, petite garce, je serai toujours le plus fort. Tu es à mon service pour toute tâche et celle-là aussi. Je suis le patron. Si tu te comportes bien, tu en seras heureuse, rugissait-il en arrachant ses vêtements d'une main, gardant l'autre plaquée sur sa bouche. Tu peux gigoter, j'aurai encore plus de plaisir.

Elle avait bien tenté de le mordre, ensuite de relever ses jambes pour taper là où il aurait pu avoir mal. La baffe qu'il lui avait administrée l'avait assommée. Elle avait perdu conscience. Quand elle avait repris ses esprits, elle gisait dans ce cloaque nauséabond. Du fumier s'échappait un ruisseau de misère putride encore plus malodorant. À deux pas, une vache pissait. Elle eut envie de vomir. Du sang avait coulé entre ses cuisses et son bas-ventre la brûlait. Elle espérait que personne ne l'avait vue. Elle se releva et courut au premier abreuvoir pour se laver avant de tordre ses jupes et de gagner la soupente où elle dormait pour se changer. Elle aurait voulu pouvoir se frotter pendant des heures, encore et encore, jusqu'à enlever la peau, l'arracher à tout jamais. Son corps la dégoûtait. C'était donc ça qu'une femme devait endurer pour satisfaire un homme…

Elle voulut mourir sur-le-champ pour chasser l'horrible souvenir qui reviendrait hanter ses nuits. Et elle se rappela les confidences et les mises en garde d'Henriette avant son départ.

– Quand il commence avec l'une ou l'autre fille de ferme, il ne s'arrête plus. Je me sauve et, hélas, tu risques de devenir sa proie… Peut-être devras-tu, toi aussi, fuir…

Rien n'avait changé à Buzémont. Dans la cour, elle aperçut la calèche, prête à recevoir les deux chevaux qui la tiraient. Germaine était donc là. « C'est fort bien », songea-t-elle. Elle pourrait lui dire ce qu'il en était et faire la lumière sur la visite des deux gendarmes.

Eugène n'avait pas voulu la laisser aller seule à Buzémont. Il s'inquiétait pour elle et voulait prouver à ces gens qu'Émilienne n'était pas une pauvre petite jeune fille jetée en pâture par ses parents à de sinistres personnes. Que celles et ceux qui osaient s'attaquer à elle prennent garde, ils trouveraient à qui parler ! Émilienne s'était réjouie de la réaction d'Henriette et d'Eugène qui avaient fait bloc, d'un commun accord. Le même regard, un regard ferme. Celui de personnes décidées à défendre, à soutenir une cause. Puis tous deux l'avaient serrée dans leurs bras. Et ce geste avait fait chaud au cœur d'Émilienne. On la comprenait, on la croyait, on l'aimait.

– Nous sommes là et veillons sur toi, avait déclaré Eugène, je t'accompagnerai.

– Eugène a raison, ce serait une folie de te rendre seule à Buzémont, avait ajouté Henriette.

Elle n'était pas encore descendue de la carriole que Germaine se dirigeait vers elle.

– Quelle bonne surprise ! Il y a longtemps que je ne t'ai vue !

– Je passais non loin et, ma foi, je me suis dit que je pouvais bien vous rendre une petite visite, d'autant que j'ai quelques questions à vous poser qui me turlupinent, là, dans ma caboche, dit-elle en heurtant sa tempe de son index. Mais peut-être n'avez-vous pas le temps, je vois que vous vous apprêtiez à partir ?

– Je suis en effet un peu pressée. Pour tout dire, j'ai rendez-vous avec le notaire de Dieuze. C'est bien compliqué, les affaires, même si la ferme est devenue ma propriété. Comme on ne sait pas vraiment si Jules est mort ou non…

– Bien sûr, ce n'est pas facile pour vous. Est-ce que Marcel vous aide toujours ?

– Mais oui, il s'y est mis. Et justement c'est pour lui que je dois voir le notaire… Nous allons peut-être nous marier. Tu le sais, sans doute. Mais notre demande ne pourra aboutir qu'avec la certitude de la mort de Jules. Or rien à ce jour ne vient confirmer les soupçons. Les gendarmes font ce qu'ils peuvent… Mais s'ils ne trouvent rien, il faudra attendre encore cinq ans. Dix ans sont nécessaires pour qu'un disparu soit considéré tel un mort. Et c'est long, dix ans. Nous n'avons fait que la moitié du chemin, sourit-elle.

– À ce propos, la coupa Eugène, est-il vrai que Marcel a été soupçonné ? Aurait-il avoué quelque chose ?

– Oh, il a été interrogé, le pauvre. On a essayé de le faire parler, mais que voulez-vous qu'il avoue ? Il n'était pas là. Il est forcément innocent. Il n'a rien compris au charabia de la justice.

– Alors ?

– Les gendarmes étaient dépités. Ils comptaient sur lui. Car ils ont une piste.

– Ah, oui ?

– Quelqu'un qui aurait travaillé ici. Ce serait une bien vilaine histoire que ce crime exécuté avec des complices. Mais ils sont sûrs d'eux et jurent sur la tête de leur commandant, de leur mère et du bon Dieu. Je reste sceptique. Je connaissais mon Jules, tout comme les gens d'ici. Mon homme ne s'est pas fait que des amis, mais de là à se faire assassiner… Au début, je le reconnais, j'ai pensé qu'il m'avait quittée pour une jeunette. Cela lui ressemblait bien de partir sans prévenir. Sauf qu'il aime la belle vie et qu'il est parti les poches vides.

– Donc, Marcel n'a pas été mis en prison ?

– Pas du tout ! Il a seulement été interrogé pendant un jour et une nuit au poste de police. Il faisait une de ces chaleurs, on ne lui a même pas donné un verre d'eau. Il a failli se trouver mal. Tenez, le voilà, il m'accompagne chez le notaire. Repassez un autre jour, nous casserons la croûte. Peut-être que tout sera éclairci d'ici là et que les bans de notre mariage auront été publiés. Je sais bien que Jules ne reviendra pas. J'aimerais que la situation soit claire et que nous puissions nous marier. Donner un enfant à mon petit Marcel ne serait pas pour me déplaire.

– Vous seriez toujours en famille, admit Eugène en soulevant son chapeau, ça ne vous changerait pas.

– Détrompez-vous. Marcel n'a rien à voir avec Jules. Si je l'avais connu avant… Mais je n'ai pas eu mon mot à dire, vous devez vous en douter. Ce sont les parents qui décident du sort de leurs enfants. On unit deux terres, on enrichit les domaines. Moi, je devais m'estimer heureuse. Ce mariage me mettait sous la protection d'un homme solide, me répétait-on. J'avais bien dit à ma mère que Jules ne me plaisait pas, que je ne pourrais pas l'aimer. Elle m'a répondu qu'une fille devait obéissance à ses parents, qui savaient mieux qu'elle ce qui était bon pour son avenir. L'amour viendrait au fil des ans. Je n'y ai jamais cru. J'ai surtout constaté que Jules était un crétin, un obsédé du bas du ventre, c'est tout. Avec Marcel, ce n'est pas du tout pareil. Lui, il est tendre, prévenant, ne sait pas quoi faire pour me rendre heureuse…

Émilienne l'écoutait avec bienveillance, elle comprenait ce qu'avait enduré Germaine avec ce monstre. Elle se contenta de hocher la tête pour lui signifier sa compassion. Eugène la regarda longuement avant d'indiquer au cheval le chemin du retour. À peine eurent-ils quitté la cour qu'ils aperçurent deux hommes montés qui se rendaient à la ferme.

– Cache-toi, ordonna-t-il à Émilienne. Il y a un tas de sacs dans la carriole, cache-toi vite, je tiens à te ramener à Dieuze. Ce sont les gendarmes. Je vais essayer de prendre par une autre route. Moi, ils ne me connaissent pas.

8

« Qui ment ? » se demandait Émilienne tandis qu'Eugène répondait calmement aux gendarmes qui l'interrogeaient. D'où venait-il ? Avait-il rencontré une jeune femme plutôt jolie, un peu plus que blonde, mais pas vraiment rousse, avec quelques taches de son sur le visage et d'immenses yeux verts ? Une corpulence moyenne, mais la taille bien faite, précisèrent-ils. Cependant, il fallait se méfier des belles filles, d'ailleurs les rouquines, ça porte malheur. Elles ont affaire avec le diable et retournent les sangs du meilleur des hommes, dit-on, surtout les nuits de pleine lune au bord de l'étang de Lindre.

– Pourquoi vous la cherchez ? s'enquit Eugène.

– Pour l'interroger, pour qu'elle crache le morceau.

– …

– Comme si vous n'étiez pas au courant de la disparition du fermier de Buzémont !

Eugène avait secoué la tête.

– Elle aurait tué Jules Waldmann, il y a quatre, cinq ans.

– Qui vous a dit cela ?

– Sa veuve qui veut se remarier avec le frère de Jules.

– C'est elle qui l'affirme ?

– Ben oui, sinon, nous n'aurions pas repris l'enquête. Le plus embêtant, c'est qu'on n'a jamais retrouvé le corps de Jules.

– Il est peut-être parti de lui-même, rien ne prouve que la rouquine, comme vous dites, l'ait tué.

– On l'a pensé, monsieur. Mais sa veuve, enfin nous imaginons qu'elle l'est, insiste, revient à la charge. Son notaire frappe à notre porte, on doit se remuer. Pour eux, ça ne peut être qu'elle.

– Et pourquoi ce serait elle et pas quelqu'un d'autre ?

– Elle l'a menacé devant témoins. Une jolie colère, paraît-il.

– Oh, je ne vais pas vous apprendre que, sous le coup de la colère, on dit des choses qu'on ne fera jamais. Vous savez bien que les filles causent et que ça reste de la parlotte.

– Mouais ! Reste que la pauvre veuve, si on ne retrouve pas le corps de Jules, ne pourra pas faire la noce avant cinq ans. Sauf en cas de révélations, a dit le notaire. Imaginons que le ou la coupable se dénonce. Parfois, il est bon de dire la vérité. La conscience libérée, on respire mieux, n'est-ce pas ? Enfin, si vous voyez la rouquine, prévenez-nous, ça nous rendrait service. Nous, on pense que c'est elle qui a fait le coup. Mais comment lui en vouloir ? Le fameux Jules, ce n'était pas le genre à respecter les jeunes filles. La pauvre gosse en a bavé avec cet homme qui ne pensait qu'à ça. Pour sûr, si c'est elle, elle aura droit à des circonstances atténuantes et n'ira pas à la guillotine, ça, non. Si vous la voyez, rassurez-la !

– Je vous trouve bien optimistes, messieurs. On en a guillotiné pour moins que ça, répondit Eugène, et des innocents. Vous avez déjà une belle carrière derrière vous, vous le savez bien.

– Enfin, cher monsieur, si vous la rencontrez, faites-nous signe, vous serez récompensé, pas par nous, mais par Germaine. Ah, ça, elle n'est pas radine. Le cœur sur la main, toujours à offrir un coup de mirabelle ou de prune quand on va chez elle.

– C'est ça, allez, bonne enquête ! leur lança Eugène en donnant un léger coup de fouet sur l'arrière-train du cheval. Hue, Bibiche !

Eugène songea immédiatement à Germaine, qui avait vu Émilienne. Qui mentait ? Les gendarmes ou elle ? Soudain, il eut une idée. Il irait voir le notaire. Il avait un bon motif pour cela. Il voulait qu'un lot de terrains dont il était propriétaire soit transmis à ses fils, Pierrot, Constant et Nicolas, à parts égales. Il tenterait par la même occasion de faire parler cet homme au sujet de ce qu'on appelait l'affaire de la ferme de Buzémont.

Quand Eugène constata qu'il s'était suffisamment éloigné et que les gendarmes étaient hors de vue, il s'adressa à Émilienne, toujours enfouie sous les sacs de toile qui allaient servir à son frère Lucien pour récolter les pommes de terre. Elle pouvait se montrer.

Le beau temps était de la partie et ce serait presque un jeu d'enfants de taper dans les buttes, de secouer la troche[1] pour extraire de la terre les racines qui cachaient les précieux tubercules.

1. Le plant de pomme de terre.

Il en avait fallu, du temps, avant que l'on consomme ces racines... Les recettes étaient nombreuses. Louis XVI, qui se voulait à la pointe du progrès et avait toute confiance en la sagesse de Parmentier, voyait en elles un moyen d'éradiquer les famines dans le royaume. On pouvait conserver longtemps la récolte au frais et dans le noir. Marie-Antoinette était du même avis et tous deux n'avaient pas hésité à orner boutonnières et chapeaux de fleurs de pomme de terre. Les méchants avaient même surnommé Marie-Antoinette la « Reine patate ». Les plus réticents faisaient la fine bouche, prenaient un air dégoûté. Beurk, on mangeait les racines... Bah, on mangeait bien les carottes.

Peu à peu, la pomme de terre avait fini par séduire, sans doute parce que sa culture était aisée et qu'elle remplissait les estomacs.

– Il va falloir agir avec prudence, ils ne vont pas lâcher le morceau.

– J'ai ma conscience pour moi, tu me crois, Eugène ?

– Bien sûr. Je sais que tu ne ferais jamais une chose pareille. Mais ce qui m'inquiète, c'est que Germaine t'a vue. Et si ces deux bonshommes vont de ce pas chez elle, elle va leur dire que tu étais avec moi, me décrire et ils auront tôt fait de découvrir mon identité. Nous ne serons plus en sécurité. Il faudrait tirer au clair cette affaire. Germaine a sa version et eux la leur. Je dois voir le notaire. Je te dépose à la maison, tu t'enfermes à clé et tu ne réponds pas si l'on tambourine à la porte. Je te conduirai chez Eulalie, histoire de calmer les esprits. Il faut qu'on t'oublie.

– Mais pour le travail ? Le chef ne va pas être content du tout.

– Ne t'inquiète pas, j'en fais mon affaire. Je n'aurai pas besoin de mentir. Ma mère ne va pas bien du tout, elle a besoin qu'on s'occupe d'elle.

– C'est vrai, elle est malade ?

– Tu sais, elle n'est plus très jeune et son cœur lui joue des tours. Je ne suis pas loin de la vérité. Elle a beaucoup changé et, surtout, elle ne peut plus s'occuper de la maison. Mon père est un peu perdu avec le ménage. On va te mettre en congé.

Le même jour, Eugène se rendit chez maître Gassin, notaire à Dieuze. Il arriva devant sa porte au moment où celui-ci sortait de son bureau.

– Bonjour, maître. Auriez-vous quelques instants à m'accorder à propos de terrains que je souhaite léguer à mes trois fils ?

Eugène put présenter son projet et, subtilement, il évoqua son épouse qui avait travaillé à la ferme de Buzémont.

– Ah, oui, je connais bien Germaine, une brave femme, très courageuse. Elle aimerait, au bout de cinq ans, être enfin reconnue comme veuve afin de pouvoir se remarier. Le temps a passé et Jules… Vous êtes au courant sans doute ?

– Oui, un peu. C'est une situation délicate…

– Si on ne retrouve pas le corps de son mari, il faudra attendre encore cinq ans avant qu'elle puisse épouser son beau-frère, un gentil garçon qui la seconde bien dans la marche de la ferme. Et cinq ans, c'est long…

– Les gendarmes auraient repris l'enquête.

– Ah, parlons-en de ces gugusses ! Ne le répétez pas, mais ils ne sont pas très futés. Ils préfèrent user de la bouteille pour, comme ils disent, « faire cracher le morceau aux coupables qui persistent à nier ».

– Je crois même savoir qu'ils racontent de drôles d'histoires. Par exemple, qu'ils auraient emprisonné Marcel.

– Non, ils se vantent de cela ?

– Que dit la « fiancée » sur ces racontars ?

– Oh, Germaine Waldmann, c'est une femme étrange. Je la trouve parfois trop aimable pour être honnête. J'ai même pensé, monsieur Kessler, qu'elle faisait tout pour les orienter sur de fausses pistes. Elle affirme connaître les coupables. Des femmes qui auraient été molestées par son homme et se seraient vengées. Elle se veut magnanime. Elle peut comprendre un tel geste. « Un homme, dit-elle, ne doit jamais forcer une femme, mais en attendant, c'est moi qui suis enquiquinée. » Et quand elle s'aperçoit que son petit numéro éveille une certaine curiosité, elle en remet deux louches.

– Elle veut sans doute en finir avec cette histoire et tourner la page, concéda Eugène. Si, par la peur ou tout autre moyen, elle obtenait des aveux, alors elle pourrait prétendre au remariage. Ce n'est pas plus compliqué.

– J'essaie de la tempérer, mais elle a une tête de holz[1], comme on dit ici. Si je peux vous donner un conseil, je sais que vous aidez la jeune Émilienne Monnier, une cousine de votre épouse qui a aussi travaillé à la ferme

1. Tête de bois.

de Buzémont, éloignez cette jeune femme avant qu'il ne lui arrive des ennuis. Il se dit des choses pas très jolies à son endroit... Vous me comprenez ?

– Oui, maître. Les notaires savent tout des histoires de famille, mais doivent toujours se taire et garder les secrets...

– C'est presque cela, Eugène. Entre nous, je ne crois pas Émilienne capable d'un tel acte.

La lourde porte de l'étude refermée, Eugène remit son couvre-chef. Il avait réussi à obtenir quelques informations et ce notaire lui paraissait plutôt brave homme. Ses impressions à l'égard de Germaine et des gendarmes se confirmaient. « Méfiance, méfiance et prudence », se répéta-t-il tout au long du chemin. Des jours difficiles s'annonçaient. Il avait eu raison de demander à Émilienne de rester chez Eulalie. Et si la maison d'Eulalie devenait risquée, on en trouverait une autre, plus loin. On irait à Metz ou même à Nancy s'il le fallait.

9

Ce matin-là, Émilienne se réveilla en sursaut. Elle avait entendu six heures sonner dans la salle à manger d'Eulalie. Balthazar l'avait prévenue la veille.

– Je me lèverai tôt pour aller semer le blé d'hiver, tu veilleras bien sur Eulalie. Pauvre femme qui ne peut plus parler ni bouger le bras gauche… Le docteur dit qu'elle baisse de jour en jour et qu'elle n'ira pas loin. J'espère qu'elle ne souffre pas.

Mue par un mauvais pressentiment, elle se vêtit à la hâte pour gagner la salle à manger. Près de la grande cheminée se trouvait l'alcôve où Eulalie avait été installée pour ne pas prendre froid. La pièce était étrangement silencieuse. Elle s'arrêta au milieu de l'escalier, la main posée sur la rampe, et tendit l'oreille. D'ordinaire, elle entendait le léger sifflement de la respiration d'Eulalie. Elle descendit quelques marches et perçut enfin le souffle inspiré et expiré. Elle se précipita.

– Madame Kessler, bonjour…

Eulalie gardait les yeux clos. Elle lui prit les mains.

– Madame Kessler, regardez-moi, s'il vous plaît. C'est Émilienne. Il va être l'heure de notre café au lait. Peut-être préféreriez-vous une infusion ?

Les lèvres de la vieille femme remuaient et Émilienne y lut ce qu'elle tentait de lui dire. « Je vous salue Marie, pleine de grâce… »

– Je vais dire la prière avec vous. Regardez-moi, nous allons prier ensemble.

Émilienne tentait ainsi de ramener Eulalie sur les rives du réel. Elle ne devait pas les quitter si vite. Il fallait que Balthazar soit là, qu'on ait le temps d'aller quérir Eugène et sa famille.

Mais Eulalie gardait les yeux clos, déjà à la porte de l'autre monde.

« Le Seigneur est avec vous, sainte Marie, mère de Dieu… »

– Il va faire beau aujourd'hui, madame Kessler. Votre mari sème le blé d'hiver, je crois…

Émilienne caressa son front et ses joues, parvint à dire en même temps qu'elle :

– Priez pour nous, maintenant et à l'heure de notre mort…

Soudain, Eulalie ouvrit les yeux, mais ce ne fut pas Émilienne qu'elle vit. Elle regardait fixement devant elle. Elle voulut se redresser, tendit le bras et elle qui ne parlait plus depuis plusieurs jours s'écria : « Jésus, Marie », avant de se laisser tomber lourdement sur l'oreiller. Sa poitrine se souleva, elle se cambra et elle s'affaissa. Comme si tout était dit.

– Je vous aime, madame Eulalie, ne nous oubliez pas là-haut !

La pendule sonna un coup. Il était six heures trente. Émilienne se leva pour arrêter le balancier et voila les miroirs. Elle se rassit à côté d'Eulalie, remit de l'ordre autour du corps de la défunte. Arrangea ses cheveux, lui ferma les yeux avant de tracer un signe de croix sur son front. Elle lissa le drap de la paume de ses mains, saisit le chapelet dans le tiroir du chevet et le posa sur les mains d'Eulalie.

Elle récita une bonne dizaine d'Ave, un Pater aussi, avant d'ouvrir l'armoire et de se saisir du bénitier, du goupillon et de la petite bouteille contenant l'eau bénite. Elle décrocha le rameau de buis glissé entre le mur et le crucifix au-dessus du lit, en détacha un brin qu'elle posa près du bénitier. Sur le chevet, elle installa un chandelier et alluma une bougie. Il fallait prévenir le curé Berzinger qui l'avait administrée la veille. Le médecin avait bien dit que la fin était proche. Il devait constater le décès et délivrer le permis d'inhumer. Les larmes coulaient sur les joues d'Émilienne, elle essayait de se consoler. « J'étais là quand son âme s'est envolée, j'ai été témoin qu'elle a prié jusqu'au bout, qu'elle a vu Marie et son fils et les a appelés. Elle n'était pas seule pour le grand passage. J'espère qu'au paradis elle a été accueillie avec douceur et amour. Elle le méritait. »

Elle courut frapper à la porte de la cure, à deux pas de la maison du docteur Muller. Marinette ouvrit et comprit ce dont il s'agissait. M. le curé l'avait informée que Mme Eulalie Kessler se préparait à rejoindre le Ciel.

Le prêtre la suivit pour aller réciter les premières prières liées au passage sur l'autre rive. Il avait pris son bréviaire et marmonnait déjà quelque psaume. Le médecin les rattrapa sur le chemin et les invita à monter sur le banc de sa carriole.

Ils virent la défunte allongée, les mains jointes. Le curé la bénit en s'inclinant, tandis qu'Émilienne se signait.

– Balthazar n'est pas là ?

– Il est au champ de la Jucotte. Il faudrait aller le chercher, il ne rentrera pas avant midi. Je peux y aller, mais je ne veux pas laisser Eulalie seule.

– Ne t'inquiète pas, Émilienne, je m'en vais prévenir Balthazar. Marinette se rendra aux salines pour avertir Eugène et les siens. Tu peux rester prier à ses côtés.

– C'est bien aimable, monsieur le curé. Je ne saurais pas comment l'annoncer à son mari, ni à Eugène ou à Henriette. J'ai le cœur bien gros, vous savez.

– Je peux bien faire cela pour Eulalie. Elle a tant de fois fleuri l'église, brodé des nappes pour les cérémonies. C'est une âme simple, généreuse et dévouée qui nous quitte. Ne pleure pas, Émilienne, Eulalie priera pour nous tous là où elle se trouve. Elle vit toujours. Et quand nous ne la verrons plus, quand son corps aura été descendu en terre, sois certaine qu'elle veillera sur nous et qu'elle nous guidera. Tu auras l'occasion de t'en apercevoir. Que vas-tu faire maintenant ? Vas-tu rester à la ferme pour seconder Balthazar, comme tu le faisais depuis que la santé d'Eulalie s'était dégradée ?

– Ce ne sera pas à moi d'en décider, mais à Eugène et à Balthazar. Ce qui est sûr, c'est qu'Eulalie va me manquer. J'aimais tellement qu'elle me parle de sa jeunesse, de cette époque que je n'ai pas connue. Elle a vu le siècle changer. Elle se tenait informée et avait ses opinions. C'était une femme bien différente de la plupart des gens d'ici. Elle espérait voir l'arrivée du train. Elle nous a quittés trop vite…

– Ce n'est pas à nous de décider quand c'est le moment. Nous ne sommes pas maîtres de nos destinées.

On ne vit pas Émilienne à l'enterrement. Eugène lui avait conseillé de ne pas se montrer. Et il avait raison. Germaine et Marcel y assistèrent, tout comme les deux gendarmes. On vit aussi maître Gassin dans l'assemblée. Il savait qu'on passerait à son étude s'il y avait quelque bien à partager.

Germaine arrivait toujours à ses fins. Elle parvint à glisser un mot à Henriette en lui présentant ses condoléances.

– As-tu des nouvelles de ta cousine ?

– Laquelle ?

– Voyons, celle qui travaillait à la ferme au moment de la disparition de mon pauvre Jules.

– Il y a bien longtemps que je ne l'ai vue.

– Moi, je l'ai aperçue en compagnie de ton époux, il y a quelque temps déjà…

« Hou lala, songea Henriette, Germaine espère semer doute et zizanie dans mon foyer… Prudence ! »

– Oui, je sais. Elle était venue me porter des nouvelles de ses parents et comme elle avait quelques courses à faire au village d'à côté et qu'Eugène devait se rendre chez le notaire…

– Donc tu ne sais pas où elle vit ?

– Ah, non ! Sans doute chez ses parents ou bien elle se sera placée ailleurs, à Metz ou à Nancy. À moins qu'elle ait trouvé un amoureux.

– Je te trouve un peu trop compréhensive, Henriette. Ce genre de fille n'apporte jamais rien de bon. Elle peut user du couteau pour se débarrasser des importuns ou prendre le mari d'une autre. Tu es prévenue.

– C'est bien aimable à vous, Germaine. Mais concernant Émilienne, je n'ai pas à me méfier. Il ne faut pas lancer de telles accusations sans preuve. C'est dangereux et surtout très injuste. J'espère que vous êtes heureuse avec Marcel, il me semble être un homme bon et généreux.

– Que ne l'ai-je connu plus tôt ! C'est lui que j'aurais épousé si j'avais pu avoir le choix. Bien sûr, il était jeune, plus jeune que moi... Leurs parents voulaient caser Jules. Je les comprends. Il m'a fallu du temps pour comprendre. J'ignorais tout de sa sinistre réputation. Le fait est que, ni l'un ni l'autre, nous n'avons été heureux. J'aimerais surtout donner un enfant à Marcel avant qu'il ne soit trop tard... Allez, je te laisse à ton chagrin. Chacun le sien, n'est-ce pas ?

« La reine des pestes », ragea intérieurement Henriette qui rapporta cette conversation à Eugène alors que tous deux quittaient le caveau familial, juste après la descente du cercueil d'Eulalie. Seul Balthazar était resté, attendant que la pierre tombale fût mise en place pour poser sur le granit rose un bouquet d'asters mauve, bleu et rose. Des fleurs qu'Eulalie aimaient particulièrement parce qu'elles lui rappelaient la cour assidue que lui avait faite Balthazar, alors que l'automne s'installait.

– Tiens, mon Eulalie, avait murmuré Balthazar, en souvenir de nous, de nos danses et de nos étreintes. Mes parents ne voulaient pas croire que nous puissions nous aimer et nous n'avons eu nullement besoin d'eux. Attends-moi, je t'en prie, je ne tarderai pas. Vivre séparé de toi est au-dessus de mes forces, tu le sais. Je ne crois pas que je moissonnerai le blé que j'ai semé le jour où tu as fermé les yeux. Qui reprendra la ferme ? Pas Eugène, il aime tant travailler aux salines. Peut-être Lucien ? J'en doute. Je sais que Prudence, sa femme, risque de l'emmener bien loin de nous, dans son pays, aux portes du Jura suisse. Elle n'attend qu'une chose, que je ferme les yeux pour inciter son époux à tout vendre. Et mon imbécile de fils la suivra, tel un toutou. Eugène ne s'y opposera pas, je le sais. Il n'est pas du genre à entrer en guerre contre son frère. Pour lui, chacun mène la vie qu'il peut ou qu'il veut. Peut-être a-t-il raison, après tout… Nos petits-fils sont encore jeunes. On ne peut décider pour eux. Et Lucien n'a toujours pas d'enfant. Les deux petits que Prudence a mis au monde n'ont pas vécu longtemps. Deux ans et un an… La rougeole pour l'un, la coqueluche pour l'autre. L'espoir demeure, mais nul ne peut prédire ce qui adviendra. Vrai de vrai, le petit Pierrot aime la nature, les terres et nos bêtes… Mais qu'en sera-t-il quand il aura vingt ans ? Quant à Constant et à Nicolas, les verrai-je devenir des hommes ?

10

Dieuze, novembre 1861

La Toussaint était là avec son ciel plombé et sa froidure qui transperce. À la sortie de la messe, Balthazar et son fils Eugène allèrent se recueillir sur la tombe d'Eulalie. La brume nimbait le paysage d'une grisaille blanchâtre et le vent d'est soufflait. Ils déposèrent un pot de chrysanthèmes de couleur mauve sur la sépulture. Les tombes alentour étaient fleuries et chacun espérait que les gelées ne seraient pas trop fortes dans les jours qui allaient suivre. Que reste un peu de beauté en ces lieux où gisent les corps des disparus ! Un hommage à leur rendre. Des souvenirs à embellir. Une approche de la mort moins douloureuse pour ceux qui restent.

Balthazar remit son couvre-chef et rajusta son cache-nez autour de son cou. Il évoqua Eulalie, dont l'absence lui était une brûlure au cœur malgré les frimas. Et il se lança dans l'évocation de la succession de la ferme du Haut-Mont. Eugène écoutait.

– Le temps que ton Pierrot devienne un homme, je ne serai plus de ce monde. Bien avant que tout ça advienne, sans le regard de ta mère, je n'aurais guère eu le cœur à poursuivre.

– Allons, papa, votre chagrin cédera du terrain. Nous sommes là. Vous n'êtes pas sur le point de mourir. Il y a en vous une belle vigueur que certains jeunes pourraient vous envier.

Balthazar secoua la tête et posa une main sur l'avant-bras de son fils.

– Je sais ce que je dis, fiston. Je ne suis pas un père qui impose ses vues. Sinon tu n'aurais pas été travailler aux salines.

– Oui, je reconnais que vous êtes un père aimant et exceptionnel.

– Je n'ose pas te demander de quitter ton poste, c'est ta vie et tu as su gagner tes galons. Tu es un monsieur à présent, honorable et respecté. Je suis fier de toi, mais je reste inquiet…

– Pourquoi, père ?

– Pour l'avenir de la ferme. J'ai bien une petite idée pourtant…

– Ah, si le pater a une idée, elle est forcément intelligente… Je suis tout ouïe.

– Je me disais que, si nous mariions la petite Émilienne…

– Elle a presque vingt-deux ans maintenant.

– Justement, il ne faudrait pas tarder. Son époux pourrait être le gérant de l'exploitation, dont ton frère et toi resteriez les propriétaires. Et peut-être que l'un de tes garçons reprendrait ensuite le flambeau. Naturellement, nous ne léserions pas Émilienne et son mari.

– J'entends bien. Émilienne pourrait très bien seconder un homme à la tête de la ferme. Elle a le goût de la terre et des animaux. Elle est pleine de bon sens. Reste à savoir quel garçon lui présenter. Depuis son passage à Buzémont, je ne l'ai jamais vue dans les bras de quelqu'un. Comme si la gent masculine, à part nous, dont elle sait qu'elle n'a rien à craindre, lui faisait horreur. Vous savez qu'elle vit pour l'instant chez une famille bourgeoise de Delme… Cette famille pratique l'élevage de chevaux et d'ânes, dont, du reste, elle ne s'occupe pas. Elle est la gouvernante de leurs quatre enfants. Elle y est très appréciée et je crois qu'elle aime ce qu'elle fait. Elle ne revient que très rarement… Une sage précaution, l'affaire de Buzémont n'a toujours pas été élucidée. La belle Germaine a beau tempêter, tant que les dix ans ne seront pas écoulés, elle ne pourra épouser son Marcel. Et les gendarmes n'ont pas avancé d'un pouce dans leur enquête. Pendant six mois, on les voit sur les chemins et, pendant six autres, ils disparaissent du regard de tous. Ils ont eu beau mettre en cabane des suspects pour quelques jours, ils n'ont obtenu aucun aveu et pas le moindre renseignement. Si Jules vit encore, il doit bien rire et se frotter les mains du bon tour qu'il nous a joué.

– Nous devons penser à notre ferme, mon fils. C'est ton héritage et celui de Lucien. Je pourrai fermer les yeux en paix si je sais que nous avons trouvé une solution. Je te charge de lui dénicher un homme bien, à la petite Émilienne. Après tout, elle pourrait trouver le bonheur. Il me semble qu'elle le mérite. Je sais tout ce qu'elle a fait pour ma chère Eulalie.

– Émilienne a surtout besoin de choisir elle-même. Il n'est pas question de l'obliger. Elle ne se laissera pas passer la bague au doigt pour nous faire plaisir.

– Bien sûr, mais si on procède avec tact, on pourrait peut-être espérer parvenir à nos fins. Les mariages arrangés ne finissent pas tous en catastrophe, loin s'en faut.

– Elle doit craindre de rencontrer un rustre comme Jules.

– Un tel homme est une sorte d'exception dans le mal. Je vais te faire une confidence, fiston. Eulalie et moi avons longtemps cru que nous nous étions choisis. En fait, notre rencontre avait été soigneusement organisée. Mais nous sommes vraiment tombés amoureux et nous avons été très heureux. C'est après que nous avons compris ce qui s'était passé. Au cours d'une fête patronale bien arrosée, mon père, passablement éméché, a lâché le morceau. Il faudrait agir de la même manière.

– C'est-à-dire ?

– Organiser une fête où l'on inviterait des jeunes gens sérieux et travailleurs, honnêtes et susceptibles de lui plaire.

Eugène écoutait son père avec attention. Son front se creusait de deux rides, comme toujours quand il était soucieux. Il comprenait la demande du vieil homme. Il se sentait coupable, lui, l'aîné, de n'avoir pas repris la ferme. Tout était parti d'une bonne intention et d'une conversation qu'il avait eue avec Eulalie. Il n'avait jamais oublié.

– C'est toi qui dois hériter et c'est ton frère qui aime les travaux des champs, avait soupiré Eulalie en posant la nappe qu'elle était en train de broder.

Il y avait du vrai dans ce qu'elle disait, mais pas seulement. Eugène aurait pu succéder à son père. Il aurait travaillé avec ardeur. Mais il voyait la joie que ressentait Lucien à suivre Balthazar, à parler avec Eulalie des aménagements qu'il serait possible de faire si Eugène en était d'accord. On devait moderniser la ferme, s'agrandir pour ne pas périr. Lucien avait le désir d'être son propre chef… Et Lucien était beau garçon. Il fallait l'observer à la fête du village. Les filles le regardaient… Eugène préféra s'effacer. Il ferait sa vie ailleurs et laisserait la place. Lucien avait remercié son frère.

– Tu es le plus merveilleux des frères, lui avait-il confié. Nous ne sommes pas Caïn et Abel…

Et Eugène était parti. Son père, croyant l'affaire résolue, avait commencé à céder quelques responsabilités à Lucien. Balthazar secondait désormais le régisseur du domaine de Lindre. Tout était bien. Sauf que Prudence avait surgi. Prudence, jolie, comme il se doit. Coquette et décidée. Elle venait du Jura suisse. Comment avait-elle échoué aux salines ? À vrai dire, personne ne le savait. Elle avait raconté à Eulalie et à Balthazar qu'elle avait désiré s'éloigner de ses parents pour échapper à un mariage dont elle ne voulait pas et qu'elle était venue travailler chez une amie d'une vague parenté.

Et il y avait eu la fête patronale et elle avait dansé avec Lucien qui ne voyait plus qu'elle et avait délaissé Annette, sa presque fiancée. Les parents s'étaient déjà rencontrés ; on prévoyait le mariage à la fin des moissons. Annette avait perçu le changement d'attitude de Lucien. Elle devint triste, égarée. Était-ce la raison pour laquelle

elle avait décidé de se jeter dans l'étang, comme certains le prétendaient ? Les eaux sombres avaient absorbé son corps et son âme. C'est un pêcheur qui avait vu, quinze jours plus tard, flotter une drôle de chose, une sorte de bâton enrobé d'algue et de mousse, avait-il dit. S'il n'avait pas vu des cheveux, il aurait pensé qu'il s'agissait d'un détritus comme un autre. C'était Annette. Il avait reconnu la robe rouge à pois blancs. Le corps d'Annette en partie décomposé et rongé par la faune de l'étang. On enquêta, évidemment. Accident ou suicide ? S'il s'agissait d'un suicide, elle ne pourrait être enterrée au cimetière que de nuit. Mais surtout, ce que les médecins constatèrent en autopsiant le corps, c'est qu'elle était enceinte d'environ cinq mois… Lucien était-il au courant ? De qui était cet enfant ?

– Mais enfin, s'était écrié Balthazar, tu dois bien savoir si tu l'as mise dans ton lit ou si le foin vous a accueillis tous deux !

Lucien s'était mis à pleurer et avait juré sur la tête de sa mère et de la Sainte Vierge qu'il n'avait pas déshonoré Annette.

– Non, père, je n'ai pas fait ça. Annette était celle que je devais conduire à l'autel, il n'était pas question de petits jeux douteux. Je n'ai pratiqué qu'avec des filles qui se donnent et qu'on paie, des filles légères, mais qui ont mon estime. Sans elles, comment vivraient les hommes qui doivent respecter leur future épouse jusqu'au grand jour ? J'ai eu honte, parfois. Oui, je le confesse, je suis allé voir ces filles qui rendent de si grands services. Je suppose que cela vous est arrivé à vous aussi, père. La plupart des hommes normalement constitués agissent ainsi.

– En tout cas, avait coupé Eulalie, ton père n'a pas conté fleurette à deux jeunes filles en même temps.

– Que voulez-vous dire, maman ?

– Ne fais pas l'innocent, tout le monde t'a vu avec cette Prudence, pas prudente du tout.

– Des histoires qui se racontent, maman, rien de plus. Mais, père, vous n'avez pas répondu à ma question ni ne vous êtes mis en colère.

– Si je te réponds : « Oui, cela m'est arrivé », tu seras sans doute soulagé, ta conscience sera plus légère. Eh bien, non ! Je n'ai pas fréquenté ce genre de jeunes femmes que, moi non plus, je ne méprise pas. Je vais te parler d'homme à homme. Ta mère et moi étions amoureux et nous avons secrètement célébré nos noces un jour de moisson au bord de la rivière. Je n'ai pas de ce fait considéré ta mère comme une fille facile parce qu'elle se donnait à moi. Nous nous aimions et nous trouvions stupides et hypocrites les règles de la société et de la religion. Quand nous en avons parlé au prêtre qui nous a mariés et qui était d'ailleurs un oncle d'Eulalie, il a ri. Il nous a expliqué que toute institution avait son code de bonne conduite, que les lois étaient nécessaires pour que tout marche bien, mais que la transgression était inévitable. Il nous a aussi dit qu'aimer n'était pas un péché, mais un sentiment merveilleux et qu'il était bon que nous l'éprouvions.

Lucien était stupéfait d'entendre de telles paroles. Son père reprit :

– Alors, maintenant, parle ! Je peux tout comprendre. Le petit que portait Annette, il était de toi ?

– Sur mon âme, sur mon honneur, père, je n'ai jamais touché Annette. Je puis vous le jurer. J'avais promis de la respecter. Du reste, ça lui faisait peur. Nous pouvions parler de ces sujets, mais je la sentais rétive. Elle craignait de s'engager tout en affirmant qu'elle ne trouverait jamais meilleur homme que moi.

– Et elle travaillait où, Annette ?

– Vous le savez, papa, à la ferme de son père et de son oncle… Mais elle avait reçu une bonne éducation. Après le certificat d'études, elle avait passé trois ans chez les sœurs de la Providence pour devenir une bonne maîtresse de maison.

– Ses parents, qui étaient-ils ?

– Vous les connaissez bien, ils sont venus ici à deux reprises. Ils étaient ravis de nos futures épousailles.

– Et cet oncle, le frère de sa mère, je crois ?

– Un vieux garçon, bon vivant.

Balthazar avait soupiré et secoué la tête.

Le vieux curé Berzinger s'en était allé trouver les parents d'Annette. Ils étaient effondrés et se sentaient maudits à l'idée que leur fille pût être « enterrée comme un chien », c'est-à-dire sans messe de requiem. Le curé les avait rassurés. Annette aurait droit à des funérailles religieuses. Elle aimait la vie. Il s'agissait d'un stupide accident, tout le monde le savait. Il avait beaucoup plu les jours précédant sa disparition, elle avait dû glisser en ramenant le troupeau de brebis à la bergerie.

Ce furent des funérailles émouvantes et celui qui sanglotait le plus fut Aristide, l'oncle. « La si jolie petite Annette », répétait-il en reniflant.

On ne reparla jamais plus de ce drame qui avait brisé une famille et avait apporté le chagrin jusque chez les amis.

Il fallut laisser passer une année, le temps des convenances, avant que Lucien pût épouser Prudence. C'est à la sortie de l'église qu'elle déclara à sa belle-famille qu'elle resterait à Dieuze le temps que vivraient Eulalie et Balthazar, mais qu'ensuite elle et son mari s'établiraient dans le Jura suisse. Elle ne voulait pas avoir à affronter les fantômes des lieux. Balthazar se força à sourire et lui glissa :

– Ma chère Prudence, il est des fantômes bien moins dangereux que les vivants, ne l'oubliez jamais. Les fantômes, on peut les apprivoiser. Je reste persuadé que, s'ils se montrent à nous, c'est pour nous inciter à réfléchir. Mais certains êtres humains sont des monstres et aucune bonne parole ne parviendra à les remettre sur le bon chemin.

Elle avait souri. La jeune fille avait reçu une bonne éducation. Mais Balthazar sut qu'il ne l'avait pas convaincue. Il comprit, hélas, qu'elle et Lucien les quitteraient. Il soupira intérieurement. Le travail accompli au sein de la ferme n'aurait servi à rien si aucun de ses fils ne voulait prendre la succession.

11

Dieuze, août 1863

Émilienne avait décidé de rendre visite à Henriette et à Eugène. Une carriole l'avait déposée à Dieuze. Elle connaissait le chemin qui mène aux salines et elle n'eut aucune peine à trouver le logis de sa cousine. Deux des fils d'Henriette bâtissaient un village avec un jeu de construction. Pierrot guidait Constant avec patience et douceur, tandis que Nicolas observait.

– Mon Dieu, que le temps passe vite, murmura Émilienne en ôtant son chapeau et sa cape. Il y a longtemps que je voulais venir te voir, depuis la fête de Delme. Mais comme l'avaient suggéré Eugène et Balthazar, il fallait faire preuve de patience avec cette affaire dont on ne parle plus guère, d'après ce que tu m'as écrit.

– Je crois. En fait, Germaine semble avoir compris que Jules ne pointera plus le bout de son nez à Buzémont et elle s'affiche, sans gêne aucune, avec Marcel, comme si le mariage avait eu lieu. Elle est enceinte jusqu'aux yeux, heureuse de l'être, et clame que la situation de l'enfant sera régularisée d'ici à trois ans. Ce n'est pas la mer à boire, répète-t-elle à qui veut bien l'entendre.

– Elle n'a pas tout à fait tort. L'important est de vivre bien ce que le Ciel nous envoie. Pour le nom de l'enfant, ça ne changera rien. En épousant le frère du supposé défunt, elle s'évite bien des tracasseries administratives.

– Bien vu, ma chère Émilienne. N'as-tu rien remarqué ?

– Je constate que ton intérieur s'enrichit. La situation d'Eugène s'améliore d'année en année. Tu es une dame à présent. Balthazar, qui passe parfois par Delme pour me rendre visite, me parle avec admiration de sa réussite. Lucien et Prudence, eux, s'apprêtent à tout quitter pour aller planter leur tente dans le Jura suisse. Fasse le Ciel qu'ils n'aient jamais à le regretter. Car j'ai appris des choses à propos d'Annette.

– Lesquelles ?

– Aristide, l'oncle qui pleurait tant à ses funérailles, a mis fin à ses jours, très loin d'ici. Il s'est pendu… Et dans sa poche on a trouvé un mot. « Pardon pour Annette et pour ce que je fais aujourd'hui, Dieu seul sera juge. »

– Mais quelle horreur ! Tu crois que l'oncle la forçait ? Voilà pourquoi elle redoutait d'épouser Lucien…

– On ne le saura jamais. Il était plus âgé qu'elle. Elle ne devait pas oser lui résister. J'espère qu'au moins il n'était pas brutal comme Jules.

– Nous savons de quoi nous parlons toutes les deux. Bon, revenons à nos moutons, je t'ai posé une question à propos de moi…

– Oui, bien sûr…

– Je voulais simplement te parler de ma personne.

– Ah, si j'ai remarqué… J'ai l'impression que tu portes un enfant.

– C'est cela, soupira-t-elle, c'est pour fin février ou début mars.

– Mais que se passe-t-il, Henriette ? On dirait que cette nouvelle ne te ravit pas.

– Il y a de ça. Je ne suis pas très heureuse de cette situation. J'ai vieilli et je me sens très lasse. Et surtout j'espérais pouvoir reprendre une activité. Avec cette naissance, je peux dire adieu à mes rêves.

– Mais tu es bien avec Eugène, c'est un bon mari…

– Excellent. Il veut une femme et des enfants, une famille heureuse, être fier de sa situation. Il me voit en épouse comblée par une tripotée de marmots. C'est vrai que nos accordailles sont parfaites en tous domaines. Nous aimons être dans les bras l'un de l'autre. Il me désire autant que moi, nous nous connaissons si bien… Mais lui a un métier, il s'épanouit. La maison ne me suffit pas. Il dit qu'un enfant de plus ou de moins ne changera pas grand chose. Le travail ne doit pas m'effrayer puisque l'argent ne manque pas. J'avais, quant à moi, d'autres projets. Je ne suis sans doute pas normale.

– Quels projets ?

– Tu le sais bien et ça remonte à loin, avant même que je travaille à la ferme de Buzémont. Le tissu, les vêtements, la création m'ont toujours fait rêver. Il est vrai que j'ai tant vu ma mère tirer le fil… Mais elle, elle ne le faisait pas par plaisir, simplement pour gagner quelques sous. Elle ne nous a appris, à mes sœurs et à moi-même, que le minimum : repriser une toile, des chaussettes, coudre des boutons, allonger ou raccourcir un vêtement, poser des coudières, des genouillères. Le vrai travail, je l'ai découvert chez Mme Friant et ses amies couturières et, depuis, j'ai l'impression de ne vivre que pour cette perspective. M'installer, créer ma maison de couture. Elles ont tellement d'enthousiasme quand elles montrent les étoffes, les touchent, les déroulent, les drapent autour des mannequins qu'on a envie de les suivre. Elles ont aussi des catalogues sur la mode de Paris. J'ai envie d'inventer des modèles.

– Et tu crois qu'une naissance serait une entrave aux mille idées qui germent dans ta tête ?

– Je le pense. En tout cas, je suis contrariée et j'ai honte de ce que je ressens. J'aime beaucoup mes fils…

– Et si tu avais une fille, tu imagines les robes que tu pourrais lui faire ?

– Certes, admit Henriette avec une moue sceptique, mais mettre au monde un enfant, c'est toujours risquer sa vie. Or j'ai le désir de vivre vieille et pour moi… Je dois être anormale, non ?

– Bien sûr que non. Mais puisque tu as les moyens de te faire aider, peut-être peux-tu concilier les deux ?

– Ça me paraît difficile. Tu dois penser que je suis égoïste, n'est-ce pas ?

– Égoïste, toi ? Pas du tout ! Je n'oublierai jamais ce que tu as fait pour moi. En tout cas, de nous deux, la plus égoïste, c'est moi ! Moi qui jusqu'à maintenant ai refusé jusqu'à l'idée du mariage.

– Il ne faut pas dire ça. On ne refuse pas un mariage par égoïsme. On peut le refuser parce que l'amour n'est pas au rendez-vous ou bien parce que le ou la partenaire, malgré toutes ses qualités, ne parvient pas à faire vibrer la corde sensible.

– Ah, tout cela est vrai, ma chère cousine. Et puis pourquoi serions-nous obligées de nous marier ? Les parents voient en leurs filles des ventres à enfants, des lignées qu'on consolide, des domaines qui s'agrandissent et, si ce n'est pas possible, ce sont les portes du couvent qui s'ouvriront et ces mêmes jeunes filles prieront pour l'âme de la famille et pour que tout péché soit pardonné. Nous n'avons guère le choix. Je reconnais que François, que j'ai rencontré il y a trois mois à cette fête de famille, n'est pas déplaisant. C'est bien la première fois, depuis mon départ de Buzémont, que je trouve un jeune homme plutôt agréable. Sais-tu qu'il me fait la cour comme si j'étais une grande dame ?

– Non ? Raconte, tu es bien discrète dans tes lettres.

– C'est difficile à expliquer par courrier. Je n'ai pas toujours les mots.

– Alors ?

– Il vient me rendre visite chez mes patrons et m'apporte des bouquets de fleurs dans lesquels il glisse parfois quelques poèmes qu'il recopie ou bien qu'il compose. Car il compose, ce beau François.

– Et c'est joli ?

– Ah, c'est plutôt bien tourné et presque touchant.

– Alors, tu vas accepter ?

– J'hésite encore, car il se destine à diriger une ferme…

– Tu aimes la nature et les animaux, pourtant. Il semble même que tu as un don pour t'en occuper…

– C’est vrai, mais le mot « ferme » me glace les sangs, sans doute à cause de Jules.

– Il est au courant, François ?

– Vaguement, mais pas de tout.

– C’est-à-dire ?

– Que Jules me tournait autour, oui, il est vaguement au courant. Qu’il était obsédé, aussi. Personne ne l’ignore. Mais François est loin de soupçonner que je suis tombée enceinte et que j’ai fait passer l’enfant. S’il savait, il s’éloignerait de moi. Je ne serais plus digne, à ses yeux, d’être la mère de ses enfants.

– Donc, tu trouves sa cour séduisante et tu redoutes de le perdre ?

– Je ne sais plus trop quoi penser… Et puis j’ai cette crainte de ne pouvoir lui donner d’enfant. C’est une question d’honnêteté. La mère Grisouille m’avait prévenue. Elle m’a examinée après le retour du sang et j’ai bien vu que son front avait abaissé ses sourcils.

– Tout est mal distribué, tu ne crois pas ? Moi, je voudrais ne plus avoir d’enfants et la petite graine d’Eugène germe et, toi, tu as sans doute le désir secret d’en avoir et tu ne pourras peut-être jamais être mère.

– Le Ciel m’a punie pour ce que j’ai fait, mais je ne le regrette pas, même si François me tourne le dos.

– Ah, on progresse. Il t’a demandée en mariage ?

– Il veut le faire et je repousse de semaine en semaine. Cette fois, il va venir chez mes parents. Il partagera le dessert avec eux, dimanche prochain. Les mirabelles seront à point et il goûtera aux tartes de ma mère.

– Donc, il y a des épousailles dans l'air ? Tu vas dire oui, j'espère ?

– Je ne dirai pas non. Mes patrons ne seront pas toujours là.

– Quand ces festivités auraient-elles lieu ?

– Dans un an, à la fin août, lorsque les moissons seront terminées et le regain récolté, ou presque.

– J'aime te voir réaliste. J'ai une idée, un peu fofolle. Et si je cousais pour toi une belle robe… tu voudrais ? Je la vois déjà, du satin.

Henriette s'enflammait. Ses yeux brillaient, Ses mains bougeaient comme si le tissu était entre ses doigts.

– Le satin se travaille bien. Tourne-toi… Oui, encore un peu. Et dans l'autre sens. Marche devant moi. C'est que tu es bien faite ! Une robe blanche piquetée de fleurs, ça te plairait ?

– Eh, attends, je ne suis pas la reine Victoria qui a épousé son cousin vêtue de blanc parce qu'elle voulait prouver qu'elle était pure et vierge ! Ce qui est loin d'être mon cas. Depuis ce grand mariage, chez les aristocrates comme chez les grands bourgeois, on veut parer la mariée de blanc et la coiffer de fleurs d'oranger.

– Eh bien, ce n'est pas une mauvaise idée que de faire évoluer les traditions ! Ta robe sera blanche, mais au corsage, aux manches, à la taille et dans les frous-frous, nous aurons des fleurs de couleur. Tu seras la plus belle des mariées qu'on n'ait jamais vue ici !

Henriette et Émilienne finirent par éclater de rire toutes les deux.

– Alors, quand irons-nous à la noce ?

– Sans doute dans un an. Les familles décideront. Mais tu n'es pas au courant de tout ou peut-être es-tu déjà dans la confidence. Tu sais qui est François ?

– C'est un parent de Balthazar, mon beau-père.

– Oui, on découvre progressivement le dessous de l'histoire… Il ne faut pas me mentir, ma chère Henriette. Je devine le sympathique complot…

– Balthazar aimerait qu'il gère l'exploitation en attendant qu'un des enfants d'Eugène, puisqu'il est l'aîné, reprenne la ferme.

– Balthazar veut mourir tranquille. Dans le partage des terres, il n'oublierait pas François et son épouse. C'est un homme juste et bon.

Émilienne avait pressenti qu'on organisait la succession, ainsi que sa propre protection. Elle eût pu en être irritée. Qu'on décidât pour elle l'aurait rendue colère il y a quelques années, mais à présent, sans doute parce qu'elle avait retrouvé un certain équilibre et était estimée par ses patrons à Delme, elle osait en sourire.

– Et qu'en penses-tu, Émilienne ? s'enquit Henriette qui voulait avoir son avis.

– Ma foi, je trouve Balthazar généreux. Moi, la petite rien du tout, celle qui devait servir les miens sans rien attendre en retour, je dois me réjouir, n'est-ce pas ? C'est inespéré, presque trop beau pour être vrai ! J'ai peur de me réveiller et de retourner à une réalité épouvantable, telle que celle vécue chez Jules et Germaine.

– Allons, la roue tourne. Tu as connu le mauvais et le meilleur s'offre enfin à toi ! Toutes ces heures passées au chevet d'Eulalie n'auront pas été vaines. Veux-tu faire quelques pas avec moi pendant que les enfants terminent leur sieste sous la surveillance d'Honorine ?

– Quelle chance que cette grand-tante puisse t'aider !

– C'est vrai, je suis comme une fille pour elle. Et elle est un peu une mère pour moi, elle est tellement bienveillante et discrète. Elle ne s'est jamais mariée, parce que l'argent manquait pour la dot.

– Triste pour elle. Alors, on les fait, ces quelques pas ? Raconte-moi tout, chère Henriette.

– Tu dois trouver étrange notre maison à l'abri des remparts. Nous sommes dans Dieuze, mais sans y être. On nous préserve, mais on nous cache aussi, nous sommes à la fois à l'abri et coupés du monde. La communauté du sel vit à l'écart, comme si cette activité était un secret. Nous ne manquons de rien. Tout est là, tous les corps de métier. Personnellement, j'aime sortir, passer la porte Louis XV et retrouver la ville d'autrefois, celle où nous habitions, Eugène et moi, comme toi, du reste.

La promenade ne fut pas aussi longue que prévue. Henriette était fatiguée et la moiteur de l'été ne convenait guère à son état. Les rivières s'asséchaient et, autour des murailles fortifiées, les fossés habituellement emplis d'eau étaient presque à sec et laissaient échapper des odeurs nauséabondes. Combien de cadavres d'animaux avait-on retrouvés là ? Surtout des chats noirs, dont les vieux disaient qu'ils portaient malheur et dansaient avec les sorcières et le diable les nuits de pleine lune. Ne racontait-on pas qu'on y avait découvert des corps, des camelots un peu voleurs qu'on n'avait pas voulu payer et dont on s'était débarrassé à moindres frais ? Eugène avait évoqué ces rumeurs avec sa femme. Pour les animaux, oui, c'était vrai, hélas. La bêtise et la cruauté de certains étaient sans limites. Mais à sa connaissance, on n'y avait jamais retrouvé de restes humains. Les histoires terrifiantes contées pendant les veillées avaient la vie dure. Et les langues tournaient volontiers pour occuper les longues soirées d'hiver.

Elles rentrèrent à la maison et burent un sirop de brimbelles[1] qu'Henriette avait fait, il y a peu. La récolte avait été bonne, cette année-là.

– Je prendrais bien les mesures pour ta robe.

– De grâce, non ! C'est trop tôt. Quand les familles seront d'accord et auront fixé la date, ce sera avec plaisir. Sinon, ça pourrait me porter malheur. Tu connais le proverbe : on ne vend pas la peau de l'ours avant de l'avoir tué.

– Oui, jolie oursonne. Dis-moi, François t'a-t-il déjà donné un baiser ?

– Ce que tu es curieuse ! Pas un… Plusieurs déjà, qui m'ont fait rougir. Mais chut !

1. Myrtilles.

12

Dieuze, fin de l'hiver 1863

Les habitants de Dieuze et des hameaux environnants se rendirent à la gare pour ce grand événement. On ne parlait plus que de ce géant des rails qui allait arriver. Le maire, les gendarmes, quelques militaires, le sous-préfet (M. le préfet, lui, serait à bord), les enseignants et leurs élèves tenant les petits drapeaux qu'ils agiteraient dès que le directeur sifflerait, les religieuses de la congrégation de la Providence, le curé Berzinger, l'apothicaire, le notaire, la fanfare dont les cuivres avaient été astiqués et brillaient de mille éclats, tous étaient venus applaudir le train. Quelques-uns et quelques-unes se vantaient de l'avoir déjà vu à Nancy ou à Metz, mais confiaient n'avoir jamais espéré le voir arriver jusque chez eux. C'était pour les gens des villes, pour les Français qui l'étaient depuis longtemps, pas pour les Mosellans et les Sarrois qui l'étaient depuis peu. « En tout cas, devaient admettre les plus sceptiques, l'empereur ne nous a pas menti. » Les questions se bousculaient à propos de cette puissante machine. M. l'instituteur tentait d'expliquer que la vapeur en grande quantité, retenue et lâchée à dose régulière, fournissait l'énergie nécessaire pour faire avancer le train.

– Sans Denis Papin, médecin physicien, un ami de Colbert qui lui a fait quitter Blois pour le Louvre au XVIIe siècle, en serions-nous là ? Le grand Denis Papin a inventé la machine vapeur et, sans elle, jamais le train n'aurait pu exister ni les bateaux à roues à aubes. Mais son génie n'a pas été reconnu facilement. On le craignait et ses inventions bousculaient.

– Quand M. l'instituteur est lancé, plus rien ne l'arrête. Comme le train. Le coup de sifflet donné, c'est parti, le temps d'un long voyage, marmonna le notaire.

Qui oserait grimper dans ces wagons ? Il y avait trois classes. La première pour les gens riches. Les billets étaient chers, mais rien ne manquait : banquettes rembourrées de velours, dossiers avec appuis-tête, fenêtres avec rideaux… La deuxième classe était plus abordable, moins confortable, mais c'était encore très bien. Les sièges étaient capitonnés et recouverts d'un tissu évoquant la toile à matelas, les fenêtres devaient se contenter d'une simple toile de jute. Restait la troisième classe avec des banquettes de bois. Les vieilles dames affirmaient que ce n'était pas grave, on voyageait aussi vite, il suffisait d'emporter un coussin pour son postérieur et le tour était joué. Sauf qu'il fallait faire attention. Il y avait des wagons sans vitres. Gare aux courants d'air et à la poussière si on se penchait pour admirer le paysage. Et en hiver, le froid ne ferait pas de cadeau. Aux beaux jours, il faudrait apprendre aux enfants à bien fermer la bouche pour ne point avaler moustiques et autres bestioles, dont les guêpes. Tout le monde y allait de son petit commentaire. Mais tous rêvaient déjà d'un voyage à bord de ce monstre qui allait révolutionner leur vie et les rapprocher de Nancy, de Metz et même de Strasbourg et de Paris.

– C'est beau, c'est grand, le progrès, mais il faudra surveiller nos hommes, dit une femme en agitant son parapluie.

– Et pourquoi ? questionna une autre.

– Ils trouveront toujours un prétexte, une course à faire, et ils iront voir de jolies demoiselles en ville. Un aller-retour dans l'après-midi et le tour sera joué. Tu les porteras si haut que tu ne pourras plus rentrer chez toi qu'en te baissant…

Le rire secoua le petit groupe.

– Et nous, lança un homme, nous devrons faire attention à nos femmes et à nos portefeuilles. Elles iront traîner dans les magasins et dépenser tous nos sous.

– Sans oublier qu'elles aussi pourront faire des rencontres.

– Mais non, affirma Eugène, maris et femmes iront se promener ensemble, visiter des villes inconnues, casser une bonne petite croûte quelque part, heureux.

– Ah, bien dit ! Je m'inscris pour la semaine prochaine, promit Basile, un ouvrier des salines, en prenant sa femme par la taille.

– Eh bien, mon cher Basile, je te donne congé samedi prochain, nous ne sommes pas en retard dans la production. Nous avons un magasin plein de gros sel. Nos accidentés ont retrouvé leur poste. Les brûlures n'étaient que superficielles, heureusement. Nous ferons une escapade à Nancy ensemble. J'ai les horaires. On peut partir le matin vers huit heures et revenir dans la soirée. À vingt et une heures, le train nous déposera ici même.

– Et ton épouse pourra se joindre à nous ? C'est qu'elle est déjà bien ronde…

– Je pense que tout ira bien, fit Henriette. La naissance est prévue pour début mars. Encore un mois avant le terme. Le petit que je porte, je le dresse déjà et lui dis de rester sage. Une journée à Nancy nous changera les idées à tous. J'espère qu'Eugène nous trouvera une bonne table. Je me réjouis déjà.

– Émilienne et François, précisa Eugène, seront avec nous. Je les ai déjà prévenus la semaine passée, quand je suis allé voir les parents de François.

– Ah, la belle vie que nous offre le train ! lança la femme de Basile. Nous sortons de nos villes et de nos villages pour découvrir le monde.

– À condition que tout roule, ma poule, ricana Auguste, le vieux forgeron. Un train, ça déraille, et hop, cul pardessus tête dans les prés et les ravins ! Parfois, ça fait des morts et du boulot pour le menuisier, les fossoyeurs et le curé. Sans compter les malheureux orphelins et les estropiés. Faudrait un peu réfléchir avant de courir les bras ouverts en chantant « vive le progrès » !

– Oh, vous, l'oiseau de mauvais augure, répondit la femme de Basile, vous êtes simplement jaloux parce que vous ne pouvez pas vous offrir la balade.

– Mais si je peux, ma goyotte[1] est bien remplie, et je ne dilapide pas, moi.

– Mon cher Auguste, on n'a jamais vu une cassette ou une goyotte courir derrière un cercueil. Faut savoir profiter de la vie ! À moins que vous n'ayez la trouille... Ça se pourrait, des gros gars costauds comme vous qui se méfient du progrès.

– Au lieu de vous chercher des poux, venez donc boire un verre de vin blanc, c'est la municipalité qui paye, un petit riesling. Nos vignes n'ont pas encore été touchées par le puceron piqueur[2]. Bien sûr, le tout accompagné de quelques tranches de baba aux amandes et aux raisins secs offerts par notre boulanger-pâtissier. On sait fêter les bons événements par chez nous.

Le train avait fière allure quand il entra en gare. Monté sur un escabeau, le directeur de l'école avait d'abord aperçu la fumée, au loin. Il avait agité la main et mit l'autre à son oreille pour entendre les tchu, tchu. C'était bien cela... Il ne pouvait pas s'être trompé. Il se trémoussa, sautilla sur l'escabeau au risque de tomber.

– Il arrive ! s'écria-t-il d'un air victorieux. Messieurs de la fanfare, une, deux, trois...

Et la fanfare entonna *En passant par la Lorraine*... La foule tapait dans les mains en rythme. Les enfants des écoles agitaient leurs drapeaux bleu, blanc, rouge, aux armes de l'Empire imprimées sur le blanc au centre : un aigle

1. Bourse, économies.
2. Phylloxéra.

dans son tissu piqueté d'abeilles surmonté d'une couronne. La fumée blanche s'élevait, majestueuse, au-dessus de la locomotive. Un panache victorieux pour signifier : « Nous y sommes. »

M. le préfet se tenait debout, accroché à la porte du wagon des invités d'honneur, et agitait le bras. Dès que le train fut à l'arrêt, tous chantèrent *La Marseillaise*. Certains avaient une petite larme au coin des yeux. Émotion, quand tu nous tiens.

– C'est tout simplement magnifique, ce jour est à graver dans nos cœurs. Dans notre magasin de souvenirs, il y aura ce train ! s'écria Eugène en serrant son épouse contre lui.

– Si seulement mon Eulalie avait pu vivre jusqu'à cet instant, soupira Balthazar. Comme elle eût aimé se trouver sur ce quai pour fêter l'événement !

– Du haut du ciel, elle nous voit, glissa Henriette à son oreille.

13

Dieuze, août 1864

– Tu seras la plus jolie mariée qu'on ait vue dans les environs depuis longtemps ! s'exclama Henriette qui procédait à quelques retouches sur la robe qu'elle avait confectionnée pour Émilienne. J'espère que tu seras heureuse, au moins autant que je le suis, et davantage encore, c'est ce que je te souhaite.

Émilienne se regardait dans la psyché. Elle porta une main à sa bouche, n'osant croire qu'elle allait porter une telle toilette.

– Ai-je la taille si fine ? Tu as fait de moi une autre femme.

– C'est la crinoline oblongue qui incite à le croire. Regarde, les arceaux sont moins envahissants et leur dessin tombant allonge la silhouette. L'effet est plus doux. La robe gagne en sobriété. Il n'y a des volants qu'en bas et aux poignets… En revanche, la courte traîne donne une allure altière. Mme Friant m'a beaucoup appris. Elle aime les tissus, les chiffons, dit-elle. Maintenant que son petit Émile a grandi, elle va avoir un peu de temps pour elle. Sa grossesse l'avait beaucoup fatiguée. En tout cas, sans elle, je n'aurais pas réussi à faire ce que tu constates aujourd'hui. Tu vois les fleurs piquetées, les deux rangées de dentelle perlée de Lunéville au niveau du corsage ? Elle connaît parfaitement cette technique.

– Tant mieux... Mais tu n'as pas répondu à ma question, suis-je si mince ?

– Tu es plutôt du genre frêle et fluette, mais en toi se trouvent la force et la détermination, c'est important pour bien porter une toilette. Regarde un peu dans le miroir comme tout cela est joli.

– Si tu le dis. Pourvu qu'il ne pleuve pas sur le chemin de l'église Saint-Germain-d'Auxerre. Je ne voudrais point que ma robe soit maculée de boue.

– Nous relèverons la traîne si nécessaire. Après, elle pourra frotter le sol. C'est signe de bonheur.

– Comme tu y vas, Henriette, une si jolie robe... Aurais-je envie de la salir ?

Émilienne observait chaque détail avec attention, les arceaux d'osier pour donner le volume nécessaire et le tombé impeccable du tissu. Dans le dos, Henriette avait posé un nœud au-dessus de la taille dont les pans flottaient sur la robe jusqu'à hauteur des mollets. Ce nœud était bleu, comme les fleurs piquetées dans les volants.

– C'est trop chic pour une fille comme moi, murmura-t-elle. Je crains de paraître ridicule, voire prétentieuse. On va penser que je p... plus haut que mon derrière.

– Que vas-tu chercher ? Une mariée se doit d'être jolie au bras de son mari. Elle doit lui faire honneur... Et puis on saura que j'ai réalisé cette merveille. Ce sera mon jour de gloire en quelque sorte. On me passera commande. C'est ainsi que se font les réputations.

– Tu es bonne pour moi. Mais je reste inquiète. Je n'ai rien osé dire à François. Et il parle déjà des enfants que nous aurons.

– Puis-je te donner un conseil ? Certes, il vaut ce qu'il vaut…

– Je t'écoute.

– Ton honnêteté risque de te perdre et de faire voler en éclats ton bonheur. D'ailleurs, rien ne te prouve que la mère Grisouille a raison. Elle peut se tromper, ça s'est déjà vu. Marie-toi, vis ta vie dans les bras de François ! L'enfant viendra ou ne viendra pas. Il est inutile de lui révéler ce que tu as fait, c'est ton affaire, elle ne regarde que ta conscience et le Ciel. Que t'a dit le curé en confession ?

– Je ne le lui ai jamais avoué, j'ai honte, vois-tu…

– Tu n'es pas obligée non plus de le confesser. Si Dieu est, il voit au-delà de nos gestes. Tu étais bien seule à ce moment-là. Je suis autant coupable, moi qui me suis sauvée de la ferme et t'y ai laissée. Tant que j'étais à Buzémont, Jules te foutait la paix, non ?

– C'est vrai, mais tu n'es pas coupable.

– Et Germaine, tu en as des nouvelles ?

– Pas beaucoup. Je l'ai croisée à Dieuze. Elle sortait de chez le notaire avec Marcel. Elle devrait accoucher de nouveau fin septembre. « J'espère te voir en mariée, m'a-t-elle confié, si celui que je porte veut bien attendre pour sortir de sa cage. »

– Le mien ne va pas tarder à s'agiter…

– Qu'est-ce que tu me chantes ?

– Eugène n'a pas voulu rester sur un échec. Tu sais bien qu'après le voyage à Nancy le petit que je portais est mort-né. Je te passe certains commentaires… Le train a tué, j'en suis le meilleur exemple. Peut-être n'ai-je pas été assez prudente ? J'étais si heureuse de voir Nancy. J'ai eu le cœur bouffé de remords…

– Mais ça n'a rien à voir, d'autant que tu étais en fin de grossesse. Ton petit était terminé.

– C'est ce qu'a dit la sage-femme. Mais bon, c'est ainsi. Après beaucoup de larmes… Eugène s'est employé à me consoler.

– Comment ça ?

– Dès que j'ai été mieux, il a redoublé d'ardeur. Il caressait mon ventre. Que faire pour le dissuader de planter d'autres graines ? Eugène est un homme. Je ne peux pas me refuser à lui. Et pour être honnête, j'aime aussi ces moments où nous ne faisons qu'un. Parfois, c'est même moi qui demande. Je sais, ça ne se fait pas, mais nous nous entendons très bien. Le résultat est là, affirma-t-elle en posant une main sur son ventre. Ce sera pour l'Épiphanie.

– Peut-être aurez-vous une fille, cette fois. Si elle est aussi sage que ce petit Nicolas…

– Il faut y croire. Parfois, j'ai de drôles d'idées dans la tête. Des pensées horribles. Je fais même des cauchemars.

– Sans doute la fatigue. Était-ce le cas pour tes autres enfants ?

– Pas du tout. Je me portais comme un charme et j'avais envie d'embellir notre logis, de faire mille choses.

Je débordais d'énergie. J'étais sans cesse en mouvement et Eugène devait m'obliger au repos. Je ne me reconnais pas.

– Tes idées, quelles sont-elles ?

– Je crains de mourir en mettant au monde cet enfant. Je crains de faire de lui et de mes fils des orphelins… Ou bien mes cauchemars me font accoucher d'un monstre qui déclare, en sortant de mon ventre, vouloir tuer tout le monde. Comme si cette naissance était celle de trop.

– La vie est une chance. La donner est une bénédiction. Moi, je l'ai compris trop tard. C'est le désespoir qui est une faute. Pour toi, il n'y a aucune raison, tu es bien faite, tes précédents accouchements se sont bien passés.

– J'ai quand même perdu un bébé, c'était un garçon. On n'a même pas pu le baptiser. J'ai fait naître la mort. C'est affreux, n'est-ce pas ?

– Ce sont des choses qui arrivent, dit-on, la nature a ses lois. Dieu t'a peut-être soulagée d'un fardeau. Peut-être cet enfant n'était-il pas normal ?

– La sage-femme a usé des mêmes phrases que toi. Je me sens si lasse, si étrange. Promets-moi…

– Quoi, chère Henriette ? Qu'est-ce qui ne va pas ? Eh, pas de blague, Eugène et les enfants ont besoin de toi et moi aussi.

– C'est dur ce que je vais te demander… S'il m'arrivait quelque chose, Eugène ne pourra pas rester seul avec quatre enfants. T'occuperais-tu de nos enfants, le temps qu'il reprenne une épouse ?

– Tu peux compter sur moi, Henriette.

– Alors, tu seras la marraine de celui ou de celle qui va naître. Tu veux bien ?

– On ne refuse pas une telle chose. Je serai une vraie marraine. Merci d'avoir songé à moi, dit-elle en l'embrassant.

– Tu es bonne, Émilienne, mon angoisse se fait plus légère.

– Chasse tes idées noires. La vie est belle. Nous allons tous nous réjouir et festoyer.

– Je suis heureuse pour toi, je me sens moins coupable du malheur qui t'a accablée à la ferme. Si je dois mourir bientôt, ce sera sans crainte ou avec beaucoup moins d'appréhension. Tu es ma sœur de cœur, une amie exceptionnelle.

– Et si tu cessais tes bêtises, chère Henriette, ça t'éviterait de me piquer en prenant les repères pour les ultimes ajustements.

– Pardon, Émilienne, je me laisse distraire et je fais des sottises. Que dira l'homme de ta vie si ta peau est piquetée ?

– Et toi, as-tu pensé à ta toilette ?

– Pour sûr, c'est à peine si on voit que je suis grosse. Non, je plaisante. Je me suis fait une robe vert bronze avec une taille un peu plus relevée et une crinoline qui dissimule mes rondeurs. J'attirerai les regards avec un joli bustier orné de dentelle. Je peux découvrir le haut de ma gorge, je ne suis pas encore fripée. Le tour du bustier sera décoré avec de la dentelle réalisée par Eulalie. Je l'ai trouvée au fond de son armoire, enveloppée dans du papier de soie bleue pour éviter qu'elle ne jaunisse. Eulalie était soigneuse. Ainsi, elle sera avec nous et j'en ai suffisamment pour tes gants et la couronne qui sera dans tes cheveux. J'ai tout prévu…

– Tu es mon ange, comme toujours.

– Et tu ne sais pas tout, il paraît que François et Eugène s'étaient rendus à Nancy pour demander à un jeune photographe d'immortaliser la noce avec sa chambre noire. Personne n'a jamais encore fait cela ici ! Notre empereur se fait régulièrement photographier et Eugénie, son épouse, aussi… Mais les gens du peuple n'osent pas y penser. Tu imagines ? Nous serons sur un papier que l'on fera encadrer, grâce à toi.

– Grâce à eux, surtout, glissa Émilienne.

– Ce sera un souvenir exceptionnel. Pouvoir fixer un moment heureux et ainsi ne jamais l'oublier, c'est merveilleux, n'est-ce pas ?

– Tu parles des moments heureux, mais les photos montrent aussi les drames, ajouta Henriette.

– Les drames ?

– Oui, M. Parisot m'a fait lire un article sur la révolution de 1848 qu'il avait conservé dans ses archives.

– Ah oui, il me l'a montré aussi. Il y avait des photos.

– Je crois que c'est Daguerre qui les a prises. On reconnaît certaines rues de Paris et surtout on voit à quoi ressemblaient les barricades. Barricades du désespoir et de la faim… Ce ne fut pas un moment heureux, bien sûr, mais c'est une page d'histoire, un témoignage du courage des insurgés. Naturellement, je me serais rangée à leurs idées, j'aurais combattu avec eux. Le peuple avait faim.

– Ce fut une tragédie, nous en avons parlé avec François et avec mes patrons qui sont très attachés à l'histoire.

Imagine, nous avons même évoqué Victor Hugo. Il a d'abord été du côté des forces de l'ordre. En tant que maire d'un des arrondissements de Paris, il a demandé aux soldats de tirer sur les fauteurs de troubles. Je n'arrive pas à croire qu'il ait pu donner de tels ordres.

– Il l'a regretté amèrement quand il a su le nombre de victimes parmi les insurgés.

– Oui, ma chère Henriette, plus de quatre mille morts. Mais j'ai aussi appris le rôle du cardinal archevêque de Paris, Mgr Affre, qui est monté sur les barricades pour faire cesser le combat et tenter de réconcilier les forces en présence. Un courage qui a fait l'admiration de tous et qu'il a payé très cher… Il a donné sa vie en brandissant un crucifix, les soldats ont tiré sur lui. Il est tombé et, avant de mourir, il a dit : « Le bon pasteur meurt pour ses brebis… » C'est peut-être lui qui, indirectement, a éveillé les remords de Victor Hugo. L'auteur de *Notre-Dame de Paris* ne pouvait être du côté des riches et des oppresseurs.

– Tu en sais des choses, Émilienne…

– Je n'ai aucun mérite ou pas beaucoup. Mes patrons, israélites, sont très cultivés et me permettent, quand mon travail est fait, de me servir dans leur bibliothèque. Parfois, nous discutons de ce que j'ai lu et Monsieur me guide. Il dit que je dois éduquer mon esprit pour continuer de grandir. Je les regretterai quand je vais devoir les quitter.

– Ah, ça… Mais François me paraît un homme très ouvert, curieux de la vie et du monde.

– Oui, il l'est. Il a fait des études. Il est un peu comme Eugène, mais…

– Mais quoi ?

– Je me demande si je vais me réhabituer à la vie de fermière.

– Tu seras la maîtresse des lieux, ce sera différent.

– Mais je ne vais pas jouer à la patronne qui se contente de donner des ordres, je ne pourrai pas. J'ai pris goût à vivre dans de belles demeures qui disposent de plus de confort. J'aime les jolies pièces ornées de tentures et les hautes fenêtres parées de rideaux retenus par des embrases à pompons. Je me sens bien dans de tels décors.

– Ta ferme sera autre. Elle ne ressemblera pas à ce que tu as connu. Tu apporteras la beauté et personne ne s'en plaindra.

– On verra… Pour l'instant, mes parents ne cessent de se moquer de moi. Pour eux, cette alliance est stupide. J'avais trouvé une bonne place au sein de la famille Worms, alors pourquoi aller voir ailleurs ? Enfin, à quelques mois près, je ne coifferai pas sainte Catherine. Ils sont rassurés, on ne me traitera pas de vieille fille en me chantant « vieille guenille »… Le seul point positif pour moi, c'est qu'une fois mariée, ils n'auront plus leur mot à dire. J'ai beau être majeure, ils ne se privent pas pour me critiquer. Ils ont la langue bien pendue. Heureusement, François a promis de me protéger.

14

Dieuze, fin août 1864

Honorine avait dressé le couvert avant de rejoindre sa chambre. Henriette lui laissait toujours ses soirées, estimant qu'elle travaillait assez pendant la journée. S'occuper de trois enfants et donner un coup de main à la cuisinière suffisaient amplement à occuper son temps. De plus, Henriette aimait retrouver son époux en tête à tête, avait l'envie d'échanger avec lui sans craindre d'être entendue.

Eugène était rentré effondré ce soir-là. Il se laissa choir dans le fauteuil face à la cheminée, accablé par ce qu'il venait de vivre. Il secouait la tête en tous sens et gémissait.

– Ce pauvre Bastien est tombé tête la première dans la poêle. Mon Dieu, comment une telle chose a pu se produire ? Il ne pouvait pas se relever et la chaleur mangeait ses chairs. Les copains l'ont tiré de là, aspergé d'eau froide… Je suis arrivé et j'ai vu un visage boursouflé, rongé jusqu'aux os. Une vision horrible. On a jeté sur lui un linge propre et on l'a conduit à l'infirmerie. Le médecin est passé, a prescrit des onguents. Mais selon lui, Bastien ne s'en remettra pas. Il ne voit plus et le nez a disparu, comme ses lèvres. Comment le nourrir ? Il va passer de vie à trépas dans d'atroces souffrances. Cet accident m'a rappelé celui que m'avait raconté le vieux forgeron. Il avait vu son maître de forge, ivre mort, tomber dans le foyer. L'homme est mort dans la semaine qui a suivi et tout le village l'a entendu hurler de douleur. Les brûlures sont les blessures qui font le plus souffrir, dit-on. Et quand on en réchappe, il faut vivre avec un corps méconnaissable. On ne peut plus se regarder dans un miroir. On devient un repoussoir. Je pense à l'épouse de Bastien et à leurs enfants.

– Combien ?

– Quatre, le plus jeune a deux ans. Les salines aideront, j'ai longuement défendu Bastien. Mais l'argent ne peut reconstituer un visage ou ressusciter un mort. Je me sens terriblement responsable. Une commande urgente à honorer… J'avais promis une prime pour que les ouvriers accélèrent la cadence. C'est de ma faute, ces hommes travaillent dur, dans la chaleur et l'humidité, plus de huit heures d'affilée. Moi, je leur accorde une pause au bout de quatre heures. Mais la direction m'a déjà rappelé à l'ordre… « Ce n'est pas dans les textes, Eugène. » Je vais avoir à dos « les délégués du travail », ils ne me feront aucun cadeau. Je les comprends parfaitement. Leur rôle est de défendre les ouvriers, trop souvent considérés comme de simples outils de travail. Ce genre d'accident est inadmissible. Je n'ai aucune excuse, sauf celle d'avoir suivi les ordres. J'ai proposé ma démission au directeur qui l'a refusée en disant : « Ces gars sont parfois inconscients. Je trouve que, malgré l'interdiction de boire, ils ont tendance à trop flatter la bouteille, n'est-ce pas ? Si faute de votre part il y a, elle est là. Il faut fouiller systématiquement les hommes quand ils arrivent sur le lieu de travail. Un simple palpage par-dessus les vêtements n'est pas suffisant. Vous savez bien que les bouteilles sont cachées ailleurs que dans les bottines ou les poches des pantalons. Les gars lèvent les bras, les bouteilles sont dans les manches. Ils sont les artisans de leur propre malheur. » Des propos indignes… Je n'aime pas quand la faute est rejetée sur les victimes. Les grands patrons devraient vivre la vie de bête de somme de ces ouvriers pour comprendre qu'ils puissent avoir besoin de dérivatifs.

– C'était le cas de Bastien ? Il buvait ?

– Pas plus qu'un autre. Mais vu la vie qu'ils ont, je ne vais pas les blâmer. Je me contente de leur rappeler, dans leur intérêt, certaines règles de sécurité… Je sais bien qu'elles sont rarement appliquées. J'aurais dû être plus ferme, nous n'en serions pas là. L'an passé, une inondation a fait un mort, sans compter ceux qui, après avoir demandé l'impossible aux chevaux dans la mine, ont pris des coups de sabot… Un rouleur y est resté. Un homme blessé ou qui décède des suites de ses blessures au travail, c'est toujours un drame, pour lui et pour sa famille. Comment élever correctement des enfants quand le salaire ne rentre plus ?

Henriette s'approcha de lui, l'entoura de ses bras et embrassa ses cheveux.

Puis elle le massa. Il lui saisit les mains et posa sa tête tantôt dans l'une, tantôt dans l'autre.

– Si je ne t'avais pas…, murmura-t-il.

– Je pourrais te dire la même chose. Veux-tu que j'appelle Honorine pour qu'elle surveille les enfants, le temps que nous passions voir la femme de Bastien ?

– Je n'osais pas te le demander. Oui, je crois que ce serait bien que nous allions la rencontrer. Elle a besoin de toute notre compassion.

Comme ils sortaient de la maison, ils sentirent une odeur de feu… Un feu de paille, quelque part ? L'odeur était tenace, âcre, prenait à la gorge. Il se passait quelque chose d'anormal dans les environs. Voulant en avoir le cœur net, Eugène franchit la porte monumentale et se dirigea vers le haut de Dieuze. Henriette trottinait derrière lui.

– On dirait que ça vient de Buzémont, regarde…

– C'est sûr, le vent vient de cette direction et la fumée sur la colline… Ce n'est pas un feu de broussailles. C'est plus grave, je pense. Là-haut, il n'y a que la ferme de Buzémont. C'est elle qui brûle !

– L'orage a commencé là-haut. En fin d'après-midi, nous avons entendu les roulements du tonnerre et j'ai dû rassurer les enfants.

– Si tu peux, va chez la femme de Bastien. Moi, je selle un cheval et je vais voir de quoi il retourne. Peut-être auront-ils besoin d'un coup de main. Te sens-tu capable de visiter cette pauvre femme ?

– Mais oui, va vite. Je vais consoler la femme de Bastien et envoyer d'autres hommes à ta suite.

Le tocsin se mit à sonner alors qu'Eugène grimpait sur son cheval. Les hommes sortaient des logis. On attela les carrioles, on les chargea de barriques d'eau et on se dirigea vers Buzémont.

C'était bien la ferme qui brûlait. L'incendie avait commencé dans les greniers à foin attenants à l'écurie et à l'étable. La foudre était tombée sur les foins qui s'étaient embrasés dans des craquements terribles. Le feu avait de quoi se nourrir. Les gens de la ferme luttaient avec des moyens dérisoires. On faisait la chaîne des seaux, mais les flammes, poussées et attisées par le vent violent, les narguaient. Quand Eugène arriva, il donna l'ordre de lâcher les animaux encore dans les bâtiments pour éviter qu'ils ne périssent. Il voyait le feu lécher les murs. L'enclos des jeunes veaux s'embrasait déjà. Au péril de sa vie, Eugène ouvrit les portes tandis que des hommes jetaient des sauts d'eau sur lui pour le protéger. Veaux, vaches et chevaux s'élancèrent, les poules, les canards suivaient en caquetant et en cancanant d'effroi. Ça bêlait dans la bergerie comme si un loup venait d'y entrer. Un loup rouge, plus terrible qu'une meute du Grand Nord, un loup prêt à les dévorer sans pitié. Il fallait les aider à sortir et les diriger vers les prés alentour. Le troupeau restait groupé dans l'angle le plus éloigné de la porte de la bergerie. Ils attendaient en bêlant qu'un plus téméraire osât sortir pour suivre. Déclencher la panurgie ne fut pas aisé. Les animaux étaient terrorisés. Eugène brailla, les poussa en tapotant l'arrière-train des premiers. Il fallait les séparer de cette masse de laine agglutinée. Et soudain, ce fut la ruée, dans un seul bêlement terrifiant, apte à déchirer les tympans du plus sourd des hommes. Restait le bâtiment d'habitation qu'il fallait essayer de protéger. Vu le sens du vent, la mission s'avérait périlleuse.

– Que tout le monde sorte ! hurla Marcel en levant les bras vers le ciel.

Les pompiers arrivaient avec une citerne et une lance. Matériel utile, mais dérisoire face à l'ampleur du sinistre. La ferme n'était plus qu'un brasier géant.

– Il y a encore des gens à l'intérieur ? demanda un pompier.

– Germaine, ma femme, là-haut... La fenêtre de sa chambre, c'est celle-ci. Regardez, les flammes y arrivent, sanglotait Marcel. Elle est dans les douleurs et ne peut plus bouger.

Les pompiers, pas assez nombreux, luttaient comme ils le pouvaient et tentaient d'arroser le bâtiment d'habitation.

– Mettez une échelle et donnez-moi une couverture mouillée, vite ! cria Eugène. Tendez une toile au cas où.

Eugène s'élança, les pompiers l'arrosaient pour tenir les flammes à distance. D'un coup d'épaule, la fenêtre vola en éclats. Le plancher tenait encore, mais pour combien de temps ? Il appela Germaine. La chercha. On le vit réapparaître à la fenêtre en soutenant Germaine qui hurlait, paniquée par l'incendie et par la douleur qui lui laminait les entrailles.

– Courage, on va s'en sortir, Germaine ! Vous pouvez enjamber la fenêtre ?

– Non, le bébé, il vient, ça pousse.

Alors, Eugène envoya l'échelle à terre.

– Tendez la toile, vite, nom d'un chien !

– C'est fait, on attend.

Il obligea Germaine à s'asseoir sur le rebord de la fenêtre, le dos tourné vers l'extérieur.

– Je vais vous pousser, ne résistez pas, vous serez réceptionnée.

– À la grâce de Dieu, fit Germaine, je préfère mourir ainsi plutôt que grillée comme un cochon.

Et Germaine tomba, les mains sur son ventre pour protéger le bébé qui était en elle. Geste dérisoire auquel elle voulait croire.

– Maman, maman ! criaient les plus jeunes enfants.

Une femme les avait pris contre elle et les consolait. Elle se voulait rassurante.

– Elle est sauvée, grâce à ce monsieur… C'est un héros, monsieur Eugène.

On s'affairait auprès de Germaine qu'on avait installée plus loin, sur des couvertures, à l'abri des regards. Elle haletait sous la poussée de la vie.

– Eh, s'écria Eugène, ce serait bien si vous remettiez l'échelle en place près de la fenêtre ! Je voudrais bien descendre, moi aussi.

Il se tenait debout dans l'embrasure de la fenêtre, le sol de la pièce avait cédé sous l'assaut de l'incendie.

– Plus vite, bon sang ! Les flammes me lèchent le derrière !

– Oh, pardon, on a failli vous oublier sous le coup de l'émotion. Vous serez décoré Eugène, lança M. Parisot, le pharmacien de Dieuze.

– Je vous le promets, renchérit le maire de Dieuze qui donna l'accolade à Eugène dès qu'il fut tiré de sa fâcheuse posture.

– Je ne demande rien, chacun fait son devoir comme il l'entend et comme il le peut. Cet après-midi, un de mes socqueurs a été gravement brûlé aux salines. Et là, j'étais impuissant. Peut-être est-il mort depuis. Si, ce soir, j'ai pu sauver une vie et permettre, je l'espère, à un enfant de naître, ma peine sera moindre.

– Bravo, Eugène ! Vous êtes un homme de bien. Je maintiens, vous serez décoré, reprit le maire.

La conversation fut interrompue par un cri, un cri de bébé. Ainsi, il avait réussi à sauver Germaine qui venait de donner la vie à une petite fille. Tout son être frémit. Il entendait les exclamations de joie, les bravos et le bien qu'on disait de lui. Il secoua la tête. Ce cri d'espérance au cœur de l'orage prouvait que la vie pouvait fleurir au milieu des ruines. La vie arrachée aux flammes. Il s'approcha du groupe de femmes qui entouraient Germaine. On avait recouvert à la hâte l'enfant avec des tabliers. Marcel pleurait de joie et remerciait Eugène.

– Vous avez osé braver le danger, merci, mille fois merci !

– On va l'appeler Eugénie, c'est joli, glissa Germaine. En souvenir de vous qui nous avez sauvées.

Eugène s'inclina, eut un regard ému pour l'enfant et félicita la mère pour son courage.

– Avez-vous eu peur ? Avez-vous eu mal en tombant ?

– J'avais confiance en vous. Je n'ai pas eu mal. J'ai même eu l'impression que cette « descente » a permis à Eugénie de naître plus vite. Merci !

Trois veaux avaient péri dans l'incendie mais aucun être humain n'avait vraiment eu à en souffrir. Sauf Lothaire, le journalier qu'un retour de flammes avait surpris, lui mangeant une partie de la chevelure. Fort heureusement, Marcel avait eu la présence d'esprit de jeter une vieille couverture sur lui. Le feu avait battu en retraite.

– Je sens juste le cochon grillé, s'était efforcé de plaisanter Lothaire.

Mais de la ferme, il ne restait pas grand-chose. On n'eut guère le temps de faire les comptes. La nuit était tombée, trouée par quelques flammes voraces qui s'obstinaient à dévorer ce qu'elles avaient oublié d'engloutir. Il fallait trouver un abri pour la famille et ses employés. La pluie, qui avait tardé à venir, s'invita. Des précipitations drues, à la fois insolentes et bienfaisantes. L'orage s'éloignait vers l'étang de Lindre, tandis que le ciel s'ouvrait au-dessus des ruines fumantes.

Le maire mit la mairie à la disposition des sinistrés. Il y avait des salles libres et la générosité de tous s'organisa. On apporta des couvertures, des rechanges, un peu de vaisselle, de façon à accueillir et à réconforter au mieux. Ne voulant pas être en reste, le curé offrit ses services. Il y avait des lits au presbytère et aucune visite de Mgr l'évêque n'était prévue dans les jours à venir. Marinette allait préparer les chambres, installer draps et couvertures et faire une soupe pour tous. Déjà, des femmes suivaient Marinette pour l'aider. On n'est jamais de trop dans de telles circonstances.

Les hommes rassemblaient les bêtes et les répartissaient chez les uns et les autres, en attendant qu'on leur reconstruise un abri. Tous promirent de s'y mettre le plus vite possible. Il faudrait d'abord s'atteler à nettoyer le terrain, évaluer ce qui pourrait encore servir.

– On va encore être enquiquiné par les fouineurs de la gendarmerie. Ils sont toujours là où il ne faut pas et jamais où ils devraient être, ronchonnaient quelques anciens.

– On se demande de quoi ils nous protègent, n'est-ce pas ?

– En tout cas, pas de l'incendie, quelqu'un les a-t-il vus retrousser leurs manches ?

– Ben non, ça aurait sali leurs galons…

Fiers de leurs ouailles, le maire et le curé n'arrêtaient pas de s'envoyer des œillades et de se féliciter. À Dieuze, on avait de la chance, le peuple était généreux et fraternel. L'Empire comme l'Église pouvaient se réjouir.

15

Fin août 1864

Henriette était venue habiller Émilienne pour le grand jour. La cérémonie se déroulerait à Delme. Le curé de Laneufville n'avait pas vraiment été content. Il eût aimé que le mariage fût célébré dans son église. Émilienne lui avait pourtant expliqué qu'elle habitait Delme depuis plusieurs années et qu'elle s'y sentait bien, que ses parents ne possédaient plus la ferme familiale puisque le frère était devenu le seul propriétaire des lieux. Le fiancé habitait lui aussi Delme.

– En général, ce sacrement est donné dans l'église du village où est domiciliée la famille de la mariée, avait-il insisté.

Ce à quoi elle put répondre qu'elle l'invitait à venir officier avec le prêtre de Delme et qu'il serait le bienvenu au banquet de noces. Ce dernier argument avait redonné le sourire au prêtre de Laneufville qui avait fini par s'entendre avec celui de Delme.

– Nous avons évité l'incident diplomatique, raconta Émilienne à Henriette, tandis que celle-ci la préparait.

Les deux femmes papotaient de tout et de rien. Elles évoquèrent l'incendie de la ferme de Buzémont. Un drame, bien sûr. Émilienne loua l'héroïsme d'Eugène.

– Je crois qu'il avait besoin de ce geste, ajouta Henriette. Bastien se mourait. L'accident venait de se produire. Eugène était sous le choc. La vision de Bastien et de ses chairs brûlées le hantait. Il songeait aux conséquences de la mort de cet homme. Sa veuve est inconsolable, malgré les nombreuses marques d'amitié et les aides financières obtenues des salines et de tous ses copains de travail. Elle n'est pas dans le besoin et ne sera pas abandonnée.

– Ce sera sans doute difficile pour elle de vivre de la charité. La charité fait du bien à ceux qui donnent, mais ceux qui reçoivent se sentent souvent humiliés. Je la comprends et je me dis qu'il doit lui falloir un certain courage et beaucoup de grandeur pour affronter une telle situation.

– À propos d'incendie, poursuivit Henriette, es-tu au courant de ce qui s'est produit le 15 août de cette année à Limoges ? J'ai pensé à notre parente installée là-bas depuis son remariage avec un faïencier. Mais je sais qu'ils n'habitent pas le quartier où a eu lieu l'incendie. Ils vivent sur les bords de la Vienne, son Hector aime tellement pêcher… C'est un homme courageux qui a construit leur maison de ses mains, m'a dit Berthe.

– Ah, oui ! J'ai reçu une lettre de Berthe. Nous les avions invités elle et son mari. Mais elle m'a répondu que son époux se faisait vieux et souffrait de rhumatismes. Je suis au courant pour l'incendie. M. Worms, qui est abonné à de nombreux journaux, m'en a parlé. Il a duré plusieurs jours. Tout serait parti d'un lumignon tombé sur les chapeaux de paille d'une boutique, pendant la fête champêtre, juste avant que ne soit tiré le feu d'artifice au Champ-de-Juillet.

– Le plus dramatique, c'est que les gardes devant la préfecture n'ont pas cru bon de réagir, ni le maire, ni les autorités, tous occupés par les festivités. Ce sont de braves pompiers qui ont accepté de se rendre sur place mais avec plusieurs heures de retard et un matériel dérisoire. C'était un jour de grand vent après une période de sécheresse. Les flammes ont dévoré un ancien quartier où s'élevaient des maisons de bois. On parle de cinq cents familles, au moins, à reloger. Un très grand malheur. Le feu, on a du mal à l'arrêter quand le vent s'en mêle, comme à Buzémont où les bonnes volontés commencent à déblayer les décombres. Tu imagines, cinq jours après, malgré la pluie, le sol était encore chaud sous la cendre, alors à Limoges…

Henriette poudrait Émilienne lorsqu'on frappa à la porte.

– Je suis madame Worms, puis-je entrer ?

– Bien sûr, madame, répondirent en chœur Henriette et Émilienne.

– Je voulais prévenir Émilienne. Les gendarmes dont vous m'aviez parlé, ceux qui vous ont si souvent ennuyée, ils sont à Delme. Je me demande ce qu'ils vont encore inventer… Mon mari vient de les inviter à boire un verre au café en face, il va tenter d'en savoir plus. Nous resterons au fond de l'église pour garder un œil sur eux.

Ne craignez rien, Émilienne, nous veillons sur vous, nous vous aimons beaucoup.

Émilienne marqua un temps de silence avant de la remercier. Henriette en toucherait un mot à Eugène. « Pourvu que tout se passe bien et qu'il n'y ait pas de scandale, songea Émilienne. Que dirait la famille de François et François lui-même ? Il ne mérite pas de vivre une telle honte. Est-ce que les gendarmes de Dieuze peuvent intervenir à Delme ? »

Ils n'étaient quand même pas venus jusque-là pour la féliciter…

François se tenait debout devant son fauteuil et derrière son prie-Dieu. L'organiste jouait en sourdine. L'assemblée avait pris place dans l'église, qu'Henriette avait fleurie jusqu'au baptistère comportant une magnifique pietà de marbre blanc et bleu. Émilienne aimait cette église de style gothique. Elle avait été achevée en 1859 et, à Delme, on n'imaginait même pas qu'elle n'eût pas existé auparavant. Émilienne appréciait tout particulièrement le tympan représentant Jésus au milieu des femmes et des enfants. Une jolie interprétation de l'amour de Jésus pour l'humanité. Le chœur, plus étroit que les quatre travées, invitait au recueillement. Les architectes et bâtisseurs avaient paré l'édifice d'une profusion de colonnettes, de pinacles et de remplages des fenêtres à vitraux. Une beauté qui forçait l'admiration. La prière pouvait s'élever et la louange monter en majesté. Au bras de son père, Émilienne ressentait cette grâce qui la portait. Elle gravit l'escalier menant au parvis avec sérieux. Elle s'efforçait de marcher lentement, de ne pas se prendre les pieds dans ses jupons.

Et soudain, les orgues se firent entendre. Il était temps de faire son entrée dans l'église Saint-Germain-d'Auxerre. « Aidez-moi, vous, le protecteur de cette paroisse. » La future mariée implorait le saint à voix basse.

Elle pénétra dans l'édifice au bras de son père qui avait revêtu ses plus beaux vêtements. Il la conduisait à l'autel et l'offrait ainsi à François. Il fallait en passer par là. Un acte qu'on officialisait de manière traditionnelle. Elle sentit les regards rivés sur elle, elle perçut les sourires et les encouragements. Une autre vie commençait et tous en étaient les témoins. L'allée de la grande nef lui parut interminable. Son père devinait-il les sentiments qui l'agitaient ? Il lui murmura quelques mots :

– C'est ton jour, ma fille. Devant tous, tu te maries et ce sont de belles épousailles. Je suis fier de toi.

Un mariage à la sauvette n'aurait rien auguré de bon pour l'avenir. Les deux familles n'avaient pas lésiné sur la dépense. Il ne faut jamais rater l'occasion de rassembler les siens et de festoyer avec les amis. C'est un gage de bonheur pour tous.

Dans l'ombre, près du confessionnal, Émilienne aperçut son patron et, de l'autre côté du bénitier, son neveu.

Elle fut à la fois inquiète et rassurée. Il était bon de savoir qu'on la défendait, qu'on la soutenait. En son for intérieur, elle eût préféré que tout soit déjà terminé. Qu'on soit trois jours après la fête et que chacun soit retourné à ses occupations. Elle s'imaginait dans son logis, attendant François. Du moins, elle espérait qu'il en serait ainsi.

Une bouffée d'angoisse l'avait saisie. Elle vit les prêtres qui l'attendaient avec bienveillance au pied de l'autel.

Et la cérémonie débuta. Avant que le prêtre ne demande aux futurs époux : « François, voulez-vous prendre pour épouse… Et vous, Émilienne voulez-vous prendre pour époux… », il devait poser une question importante :

– Existe-t-il un fait susceptible d'empêcher cette union ? Est-ce bien libres et consentants que tous deux êtes ici ?

Il y eut bien quelques remous au fond de l'église, vite couverts par l'*Ave Maria* de Schubert. Personne, apparemment, n'avait fait attention au petit chahut, comme on dirait plus tard. Si la fête rassemble, elle peut surprendre. L'assemblée n'est pas forcément recueillie. Les consentements furent échangés, les alliances furent passées aux annulaires gauches et la bénédiction fut donnée. On signa les registres destinés à l'évêché. On félicita les jeunes mariés et leurs parents. On quitta l'église au son de ce qu'on allait appeler *La Marche nuptiale* de Mendelssohn, une première à Delme. Depuis le mariage de la fille de la reine Victoria, qui l'avait fait jouer en 1857, cette marche empreinte de majesté et de solennité se répandait dans toute l'Europe. Les partitions s'achetaient, se vendaient et se revendaient tels des petits pains. Une mode qui s'imposait, comme celles des robes blanches et de la fleur d'oranger. Une sortie d'église éclatante sous un magnifique soleil de fin d'été… Deux jolies demoiselles d'honneur de la famille de François et les deux pages, les aînés d'Henriette, distribuaient des dragées aux enfants du village. Et tout le monde applaudissait et criait : « Vive les mariés ! » Henriette s'était extraite du cortège pour contempler Émilienne dans sa robe dont toutes les dames disaient le plus grand bien.

« Mon triomphe, mon jour de gloire », songea Henriette en rejoignant les jeunes mariés, tout sourires, sur le parvis. Elle glissa dans le creux de l'oreille d'Émilienne des remerciements.

– Tu as cru en moi, je pourrai continuer. Mme Friant est fière de sa petite élève. Mme Parisot, la femme du pharmacien, m'a prédit un bel avenir en ce domaine.

Et l'on vit le photographe armé de son matériel s'installer sur la place…

Des hommes portaient des bancs. Il fallait organiser un savant dégradé pour que tous les invités figurent sur la photo. Un minimum de discipline était nécessaire. Le plus difficile était d'inciter les petits enfants à la patience. On les mit devant les mariés en leur donnant quelques dragées et en leur demandant de guetter le petit oiseau qui allait jaillir de l'appareil. Eux seuls le verraient, s'ils étaient sages.

– Le temps de pause sera assez long. Pour que cette attente ne soit point trop pénible, j'ai fait venir mon ami et associé. Il va vous distraire et interpréter quelques chansons que tout le monde connaît. Il sera là au bal, à la demande des jeunes mariés. Regardez et écoutez, c'est Giuseppe et son orgue de barbarie. Vous pouvez l'applaudir, mesdames et messieurs, il n'en jouera que mieux, chantera sans faute note. Les canards ne seront que dans nos assiettes. Allons, Giuseppe, que les ritournelles que nous aimons tant envahissent cette belle place ensoleillée.

Jean Walter avait le verbe facile, il savait mettre de l'ambiance, rassurer, enchanter… C'est le mot qui convenait en cet instant. La noce avait le sourire. La joie était dans les cœurs. C'est exactement ce que voulait Jean pour que les clichés qu'il allait prendre s'en imprègnent à tout jamais.

– Soyez heureux, ce grand jour va faire date ! Dans un siècle et plus, vos descendants vous contempleront attendris ! Un moment unique, mesdames et messieurs. On a le cœur qui bat. C'est parti !

– Ah oui, unique, et ça ne va pas durer longtemps, ricana une voix derrière lui.

– Pour sûr, un jour ou l'autre, il faut payer, dit une autre.

– Dommage, ils sont beaux ces jeunes mariés ! Ils riront moins dans quelques heures… quand le beau jeune homme découvrira le passé de sa jeune dame. Maintenant, on sait tout !

Derrière le photographe, les deux gendarmes de Dieuze, goguenards, observaient la scène. Le photographe poursuivait son travail, indifférent à leur présence et à leurs remarques. Du moins, en apparence. S'il était troublé, surpris ou choqué, il n'en laissait rien paraître.

Émilienne tremblait au bras de François qui, d'une main posée sur la sienne, tentait de la rassurer.

– Ne t'inquiète pas, mon ange, personne ne pourra jamais rien contre nous. Je sais peut-être des choses que tu crois que j'ignore. Dis-toi que, moi, j'ai foi en toi.

– J'aurais dû te parler… Pardonne-moi, ça a été si difficile.

– Nous aurons toute la vie pour nous parler, mais d'abord, nous avons à nous aimer.

Un point qui effrayait Émilienne.

Pourquoi fallait-il que le passé se rappelât à elle et fît écran à un avenir qui se présentait sous les meilleurs auspices ?

Que savait au juste François ?

Quelle serait sa réaction en découvrant qu'elle n'était pas vierge ?

16

Le repas se déroula dans la bonne humeur. Les deux familles s'entendaient bien. Celle de François disposait d'une grande demeure à Delme. Chez les Collinet, on cultivait la terre et produisait du raisin. Les aînés se partageaient l'exploitation. Ils avaient hérité de leur mère décédée. Le père s'était remarié et François était né. Cependant, M. Collinet ne voulait pas qu'il fût lésé et avait fait des économies pour qu'il pût s'établir. Peut-être à Socourt où les quelques terres de sa mère attendaient la charrue. Cependant, cette somme n'était pas suffisante pour se lancer… Aussi, l'offre de Balthazar l'avait séduit. François pouvait espérer être un jour son propre patron ou faire tout autre chose que cultiver la terre. Il était passé par l'école professionnelle de Nancy. L'horlogerie et la serrurerie le passionnaient. Il était même diplômé.

La grande salle à manger de ses parents s'ouvrait sur une cour que parcourait une vigne qui formait un toit protégeant du soleil ou d'une légère pluie. Les tables débordaient ainsi jusque dans la cour. Les anciens pouvaient prendre place à l'intérieur, les plus jeunes à l'extérieur. La cuisine n'était pas loin. Des jeunes filles du village avaient été embauchées pour servir et resteraient le soir pour le bal, car des buffets seraient dressés avec charcuterie, viande froide, quiches et desserts et, bien sûr, pichets de vin, de cidre, de jus de fruits à volonté. De cette façon, tout le monde profiterait de la fête. Les parents d'Émilienne, comme ceux de François, entendaient bien marier leurs enfants. Les plats étaient nombreux, raffinés aussi. La mère d'Émilienne avait été cuisinière dans sa jeunesse et il semblait qu'elle avait surveillé de près les préparatifs, sans regarder à la dépense. À la campagne, une telle fête est moins onéreuse qu'en ville. On dispose des volailles, des cochons. Les parents de François tenaient aux deux entrées avant les deux viandes. Il était indispensable, et la mère de François avait appuyé sur le mot *indispensable*, de mettre du poisson au menu.

– Des truites aux amandes, ce serait parfait, avait-elle déclaré.

Les truites avaient été pêchées dans le Spin. Mais il en manquait et puis on n'allait quand même pas vider le ruisseau, le garde champêtre avait surveillé cette grande pêche. Pour contenter toute la noce, on s'était adressé au poissonnier du marché. « Un jour béni », avait-il dit en préparant la commande. Les légumes avaient été récoltés en abondance. C'était une bonne année, assurait-on. Des haricots verts qu'on n'avait pas laissés grossir et qu'on rassemblait en petits fagots serrés dans de fines tranches de lard fumé, le tout parfumé à l'ail et au persil, ravi-raient les gourmets. De plus, bien disposés sur l'assiette auprès de la viande et des pommes de terre, l'effet était ravissant. Les cuisinières avaient dressé les plats en jouant sur les couleurs. Les grandes bassines emplies de graisse attendaient les frites pour un deuxième bain. Ainsi, elles seraient croustillantes à souhait. Et la mère d'Émilienne avait ses secrets : à partir d'une purée de pommes de terre, elle formait de petites boules qu'elle recouvrait de pâte et faisait frire.

– Des pommes de terre, telles des noisettes, proposait-elle, ça vous changera des frites…

Tout le monde se régalait.

Les fruits n'étaient pas en reste. Des mirabelles et même des prunes, qui s'étaient invitées avec un peu d'avance.

– Voici nos tartes ! disaient ces dames.

– Ah bon, pas de pièce montée ?

– Si, mais ce sera pour le repas du soir. Avant la fuite des mariés. Ils découperont la pièce, selon la tradition.

Le vin coulait. Chaque famille possédait ses vignes et faisait son vin. Et les jours de fête, on sortait les bonnes bouteilles. La noce ne manqua pas de riesling ni de gewurztraminer pour le dessert.

– Ah, c'est que c'est bien bon ! s'exclamaient les plus âgés. Il y a longtemps qu'on n'a pas fait une telle bombance. Rien ne manque à ce festin de prince.

– De prince ? lança un élu. De roi, oui…

– Je dirais même plus, messieurs, susurra Mme Parisot, la pharmacienne de Dieuze, invitée par la famille de François : d'empereur. La France a son empereur.

Tout le monde se mit à applaudir. On tapa des pieds sous les tables. Et les musiciens se précipitèrent sur leurs instruments quand l'un des plus anciens, qui avait accompagné le premier Napoléon dès l'âge de quatorze ans, se mit à chanter :

C'est à boire, à boire, à boire,
C'est à boire qu'il nous faut.

– Ah, non ! s'écria Émilienne. Pas la version de la servante de l'auberge qui les veut tous après les avoir mis tout nus. Il y a de jeunes enfants ici.

– Ah, belle Émilienne, ils en entendront d'autres. C'est comme ça qu'on grandit, sacré non ! Il ne faut pas en faire des poules mouillées. C'est dans une noce que j'ai vu pour la première fois l'intimité d'une jeune fille, ses tétons et bien d'autres choses. Je n'avais que quatorze ans. M'en rappelle encore…

– J'ai dit non, tempêta-t-elle en prenant une bouteille et en frappant la table. Sinon, je vous la casse sur la tête, vieux cochon.

– Vous me la donnerez à tosser[1] et je vous ferai mille papouilles pour vous remercier. Je sais encore y faire.

Tout le monde riait et, pour calmer le jeu, les musiciens entonnèrent *La Marche lorraine* et les gâteaux furent distribués dans la bonne humeur retrouvée.

Balthazar était là… Eulalie lui manquait, mais il sut faire bonne figure et honneur aux mariés. On lui avait donné une cavalière de la famille d'Émilienne, Gisèle, veuve depuis dix ans. Un accident du travail aux salines

1. À boire comme si on donnait un biberon.

lui avait pris son mari. C'était une convive agréable, pas du tout aigrie et peu avare de confidences.

– Notre vie commune a quand même duré vingt-cinq ans, lui dit-elle. Assez pour qu'on fasse quatre enfants, assez pour qu'on se supporte sans trop se crêper le chignon, pour que je puisse dire que j'ai de bons souvenirs avec lui sans avoir à mentir. Vous savez bien, nos défunts sont toujours les meilleurs êtres que la terre ait portés. Tout ça parce qu'on craint qu'ils reviennent se venger la nuit et nous tirer par les pieds. La mort vous blanchit. Du coup, le défunt est paré de qualités qu'il a rarement eues. De retouches en coups de pinceau, on obtient un portrait presque parfait. Bon pour Rome. Béatification assurée !

Ses réflexions firent rire Balthazar.

– Je vous trouve de très bonne compagnie, lui glissa-t-il dans la soirée, et ma foi, j'espère que vous m'accorderez une valse. Votre mari et mon Eulalie n'y verront sans doute pas d'inconvénients.

– Ah, cher monsieur, danser avec vous sera un vrai plaisir. Je vais croire avoir encore vingt ans.

– Nous attendrons que les mariés ouvrent le bal. Sont-ils beaux et amoureux ces jeunes gens, un vrai plaisir, n'est-ce pas ?

Et le bal démarra. Les musiciens attendaient ce grand moment. Ils avaient déjà déployé leurs talents pour faire chanter les convives. Mais les faire danser, c'était autre chose. Il y avait deux violonistes et deux joueurs d'épinette. On avait sorti le piano dans la cour. La mère de François en jouait souvent. Qu'elle consentît à ce qu'on installât le piano dehors relevait de l'exploit. Elle était heureuse de jouer avec d'autres musiciens. On avait poussé les tables contre les murs pour que la piste de danse pût accueillir un grand nombre de convives. On devait s'amuser. On dit qu'une fête d'épousailles réussie permet la rencontre d'autres couples qui s'uniront l'année suivante. Les anciens surveillaient les jeunes qui se faisaient les yeux doux et s'éloignaient pour se bécoter.

– Ah, c'est la vie qui continue.

– Ça nous promet d'autres réjouissances dans les mois à venir !

Et d'évoquer, le vin aidant, quelque souvenir semblable. L'un se rappela sa première fois avec une demoiselle délurée qui l'avait initié dans les bottes de paille après la moisson. Ses voisins renchérirent sous l'œil noir de leurs femmes. Et tous de rire ensuite, quand on apprit que la demoiselle délurée avait fini par entrer au couvent.

– C'est que sa réputation l'avait précédée. Aucun homme n'en voulait comme épouse. Ne restait que le couvent.

– Le bon Dieu n'est pas regardant, il prend toujours ce qu'on lui envoie.

Émilienne n'avait pas eu l'occasion de danser avec François avant leur mariage. Leurs pas s'accorderaient-ils ? Il semblait que oui. Ils formaient un beau couple et toute l'assemblée les regardait. Mais personne n'entendit ce que François susurra à Émilienne :

– Tu as remarqué, comme moi, la présence des deux affreux, comme je les appelle. Ils sont venus me parler pendant que tu faisais le tour des tables pour remercier nos invités de leur présence ou de leurs cadeaux. Ces deux affreux m'ont dit qu'ils nous laissaient cette soirée, mais qu'ensuite ils t'arrêteraient pour t'interroger sur la disparition de Jules, dont on aurait retrouvé les restes dans les décombres de l'incendie… Les charges pesant sur toi, ont-ils ajouté, seraient graves.

– Est-ce une mauvaise plaisanterie ? Ils sont venus gâcher notre mariage ? C'est pour ça qu'ils sont arrivés à Delme ce matin. Ils ont failli interrompre la cérémonie à l'église. M. et Mme Worms ont eu fort à faire pour les évincer. Mais ils y sont parvenus et l'organiste ne s'est pas démonté, il a joué l'*Ave Maria* de Schubert avant la bénédiction et la remise des alliances. Que sais-tu de plus ?

– C'est Marcel, deux hommes de la ferme et Charles, le fils du maire, qui ont découvert le corps.

– Non ?

– Si, en déplaçant le tas de fumier. Oh, il ne restait pas grand-chose, mais on ne peut pas confondre un crâne humain avec une tête de veau ou de mouton, ni deux tibias avec quatre pattes de cochon. D'autant qu'on a retrouvé un morceau de chemise et ses bottes. La Germaine n'a pu que confirmer que c'étaient les habits de Jules.

– Pourquoi est-ce que je devrais être interrogée ?

– Germaine aurait avoué avoir été ta complice dans cet assassinat. Tu aurais commencé et elle aurait terminé le travail.

– Ce n'est pas ainsi que ça s'est passé, finit par articuler Émilienne. Avant d'être arrêtée, je vais te raconter ma version : la vérité. Mais je te jure, François, que je n'ai pas tué Jules. J'en ai rêvé parfois, tellement il me faisait horreur. Mais comment aurais-je pu y parvenir ? J'avais dix-sept ans et je devais peser à peine cinquante kilos. Lui, tu l'as connu ?

– Non, jamais vu !

– C'était un colosse. Il avait de ces battoirs, dit-elle en montrant ses mains. Des paluches plus grandes que ma tête. Une gifle et j'étais assommée ! François, nous allons nous éclipser très tôt pour partir là où c'était prévu ou ailleurs, si tu connais un autre endroit. En chemin, je te raconterai tout. Tu n'auras pas besoin de me tenir dans tes bras cette nuit. Je ne serai pas à toi. Car ils vont me mettre en prison et m'y oublier. Je suis une femme, tu comprends. J'étais fille de ferme, j'aurai beau jurer que je n'ai pas tué mon patron, ce sera ma parole contre celle de Germaine. Gardons ce mariage blanc pour que tu puisses te remarier à l'église. Tu as fait de moi une jeune femme lavée de toute honte devant les hommes et devant Dieu. Je t'en suis reconnaissante. Ce sera mon plus beau souvenir. Ne gâche pas ta vie pour moi. Merci pour tout, ajouta-t-elle en se hissant sur la pointe des pieds pour déposer un chaste baiser sur son front.

– Dansons encore, j'entends bien que tu sois ma femme et que tu le restes.

– Je crois la chose impossible. Dans tes bras, j'ai fait un rêve, un trop beau rêve, murmura-t-elle, les larmes dans les yeux.

Il la serra contre lui et maudit ces deux affreux, tout comme cette Germaine. Il pensait à la générosité et à la bravoure d'Eugène qui l'avait sauvée. C'est ainsi qu'elle remerciait la famille, en accusant injustement Émilienne ?

La colère lui vrillait les tripes. Il n'avait pas l'intention de laisser sa femme entre les mains de ces gendarmes. Il fallait les saouler ce soir… Oui, qu'ils soient ivres morts pour qu'il pût conduire sa bien-aimée loin de Delme, pour l'aimer et la protéger. Il l'avait juré devant Dieu et les hommes et il tiendrait son serment.

Il fallait prévenir Balthazar et Henriette. Tous deux allaient filer à l'anglaise. Il était important d'en informer la famille qui devait les accueillir pour la nuit de noces. Un léger contrordre pour égarer les plaisantins du petit matin qui iraient, garçons et filles d'honneur en tête, dénicher les mariés. Ils feraient halte à la sortie de Delme, tandis que Balthazar prendrait soin de remplir les verres des gendarmes. Ils ne refusaient jamais. Ils rouleraient vite sous la table. On les porterait au lit. Pendant ce temps, Émilienne et François rejoindraient une maison appartenant à des amis des Worms. François allait tout arranger. Ils sortiraient discrètement par la porte donnant sur le jardin, vêtus tels deux garçons, pour se rendre chez le marchand de chevaux avec qui travaillait M. Worms. Tous deux savaient monter et c'est à cheval qu'ils s'en iraient à Metz. On n'est jamais si bien caché qu'au milieu de la foule.

Ils arrivèrent à Metz alors que le jour se levait. Ils aperçurent la cathédrale Saint-Étienne et ses merveilleux vitraux.

– Voici celle qu'on appelle la « lanterne du Bon Dieu », déclara François.

– Avec ses pierres jaunes que le soleil doit souvent caresser, elle est un vaisseau de lumière pour toute personne qui veut espérer, répondit doucement Émilienne.

– Allons prier, si tu veux bien, proposa François à son épouse. Soyons ceux qui espèrent !

– Oui, c'est une excellente idée. Que saint Étienne nous protège et que je ne sois plus persécutée !

– Tu vois ce que je vois, tu penses ce que je pense, Émilienne. Nous les avons bien eus, ces deux gugusses. Quant à moi, je te trouve magnifique en garçon. J'ai donc pour femme un superbe jeune homme. Ah, que j'ai hâte que tu sois à moi !

– Nous avons d'abord à parler, après tu décideras. Il est possible que je ne sois pas celle que tu espères et qu'après mes confidences tu m'aimes beaucoup moins. Je ne t'en voudrai pas. Ce sera ton droit. Mais je veux être honnête avec toi. On ne bâtit pas sa maison sur du sable ou des vérités masquées qui sont pires que des mensonges.

– Je suis certain que tu es digne d'être aimée. Viens tout près de moi que je t'embrasse comme j'en ai envie : un vrai baiser, celui qui scelle l'amour, celui qui ouvre le lit de nos rencontres.

17

Mi-décembre 1864

La nouvelle de la découverte des restes de la dépouille de Jules Waldmann sous un tas de fumier avait fait grand bruit. Germaine avait été arrêtée et gardée au secret en attendant qu'on retrouve sa complice, enfin, la vraie coupable. Quand on les aurait confrontées l'une à l'autre, les zones d'ombre seraient éclaircies. On saurait à quoi s'en tenir. On pourrait transmettre le dossier à un juge. Car procès il y aurait. Il ne pouvait en être autrement.

D'autres enquêteurs étaient venus remplacer l'équipe de Dieuze qu'on avait envoyée à Château-Salins pour remplir de la paperasse. Les gendarmes déplacés avaient fait croire à une promotion. Dieuze était trop petit pour de fins limiers comme eux. En fait, leur comportement à la noce n'avait pas été apprécié par leur hiérarchie. Ils étaient en service commandé et ils avaient laissé filer le gros poisson en échange de quelques pichets de vin d'Alsace. C'était indigne, tempêtaient leurs supérieurs qui ne voulaient rien entendre… Leur conduite était inexcusable. Mariage ou pas mariage, ils auraient dû agir. Cette affaire n'avait que trop duré. À se demander si l'incendie n'était pas volontaire, si quelqu'un n'avait pas eu l'idée de mettre le feu à la ferme pour faire disparaître toute trace.

Sauf que le fumier n'avait pas brûlé. Et en déplaçant ce tas malodorant, malgré l'opposition de Germaine, on avait vu des choses…

– Ah, pour sûr, avait dit Charles, le fils du maire venu prêter main-forte, on l'a entendue brailler, la patronne. Germaine interdisait qu'on s'approche du fumier. Personne ne devait y toucher. Il était là depuis ses arrière-grands-parents et il y resterait. La meilleure place, on n'avait pas à en changer.

Mais les hommes, qui voulaient reconstruire l'étable au plus vite parce que les vaches hébergées chez les uns et chez les autres, ça commençait à bien faire, avaient répondu :

– Au contraire, le fumier, faut l'aérer, sinon il sentira mauvais.

C'est en pelletant qu'ils avaient aperçu un bout de chemise à carreaux rouge et noir, puis les bottes, deux tibias et une tête. Charles était allé vomir. Il avait compris. C'est un homme qu'on avait jeté là. Les gendarmes avaient cuisiné tout le monde. Exténuée, Germaine avait lâché :

– Je vais vous dire qui a fait le coup… puisqu'on a trouvé le corps.

– Ce n'est pas vous, quand même ?

– Non, c'est la petite Émilienne, celle qui va se marier. Faut dire que la pauvre gosse en a bavé, comme toutes les femmes ici.

– Et vous avez gardé le silence ? Quand bien même c'était votre mari, le père de vos enfants !

– Je sais, mais Jules n'était pas un gentil. Il n'était pas l'homme que vous croyez.

– Ben voyons… La petite Émilienne vous a rendu service donc. Qui pourrait nous confirmer ce que vous nous dites ?

– Personne, les gens de l'époque sont tous partis depuis.

– Et cette fille, Émilienne, vous n'avez jamais pensé à la dénoncer ? L'affaire aurait été bouclée depuis longtemps et vous seriez déjà remariée.

– À quoi ça aurait servi ? Je l'ai simplement renvoyée en lui donnant des sous, j'ai eu pitié d'elle.

– Vous êtes, de ce fait, devenue sa complice. Car cela s'appelle de la non-dénonciation de crime, c'est grave ! Surtout après toutes ces années où vous nous avez fait tourner en bourrique. Vous avez fait obstacle à la révélation de la vérité. C'est très grave, répéta le gendarme.

Marcel n'avait pas bronché pendant tout l'interrogatoire. C'est alors que Charles, le fils du maire, l'avait interpellé :

– Et vous, Marcel, quelle est votre opinion sur le sujet ? C'était votre frère, vous étiez au courant ?

– Non. Je n'étais pas là à ce moment-là.

– Votre frère, quelle sorte d'homme c'était ?

– Dur et coureur de femmes, comme l'affirme Germaine. Il les lui fallait toutes.

– Vous croyez Émilienne coupable ?

– Si Germaine le dit…

Charles l'observait. Pour lui, quelque chose sonnait faux. Germaine n'était pas du genre à se montrer généreuse avec l'une de ses servantes. L'affaire était mal partie et il y avait fort à parier qu'on ne connaîtrait jamais le fin mot de cette lamentable histoire.

Au bout de deux semaines, l'enquête n'avait pas progressé puisqu'on n'avait pas réussi à trouver Émilienne. On relâcha Germaine en lui interdisant de quitter la ferme. Elle pouvait, à la rigueur, se rendre à Dieuze pour effectuer quelques courses, mais elle devait rester à la disposition de la justice.

Noël approchait et Eugène voyait combien Henriette était fatiguée. Il se reprochait de lui avoir fait ce bébé qu'elle allait devoir mettre au monde. Naïvement, il s'était dit qu'un enfant, c'était toujours une joie. Un enfant tisse des liens entre les membres d'une même famille. Un enfant, c'est un aussi un cadeau du bon Dieu que l'on se doit d'accepter. Et cet enfant, c'était l'enfant d'après les larmes, l'enfant de la consolation. Il voyait son épouse occupée près du fourneau, piquant d'une main les braises à travers la grille, l'autre posée dans son dos. Honorine, malgré son grand âge, continuait de l'épauler. Antoinette venait aider chaque matin aux grosses tâches. La lessive en faisait partie. Avec autant de personnes au foyer, il y avait à faire.

– Es-tu allée à l'exploitation ? François a-t-il des nouvelles d'Émilienne ? risqua Henriette.

– François est courageux. Mon père est satisfait de son travail. Il n'arrête pas et apprend très vite. C'est vrai qu'Émilienne lui aurait été d'une grande aide, mais que veux-tu ? Selon lui, elle est en sécurité. De toute façon, elle ne veut pas vivre avec lui. Elle ne lui fera pas honte.

– C'est dommage, car ils sont bien assortis et je crois qu'un réel sentiment les unit, soupira Henriette. Émilienne n'aura pas eu de chance dans sa vie. Naître longtemps après deux aînés. Être, comme on dit, le petit queulot[1], n'avoir droit à rien, sauf de servir ces messieurs, être placée par ses parents chez un obsédé… Tu crois qu'elle l'a tué ?

– Pas du tout. Il y en a une qui sait la vérité, c'est Germaine, et ça l'arrange bien qu'Émilienne ait pris la fuite. Ça lui évite une confrontation qui la mettrait dans l'embarras. Mais, tu vois, ils ne sont pas futés, nos enquêteurs, ça ne leur vient même pas à l'esprit. Germaine se met en ménage avec le frère de Jules et c'est tout naturel. Et tout Dieuze vient les aider à reconstruire leur ferme. On les plaint et on salit Émilienne. J'entends de bien vilaines choses, même aux salines. À force de réfléchir et de remettre de l'ordre dans cette histoire, je me suis fait une opinion qui vaut ce qu'elle vaut. M'est avis, ma chère Henriette, que le petit Marcel en sait plus qu'il ne le dit.

– Ce doit être proche de la vérité. Il a beau être frêle, c'est un coriace, un peu teugnard[2] même.

– Ce qui me rend triste, reprit Eugène, c'est le chagrin de François. Il n'y a pas d'issue possible. Il faudrait que tous deux puissent fuir pour rester ensemble. Mais

1. Dernier né d'une fratrie, longtemps après les autres frères et sœurs.

2. Qui ne dit pas ce qu'il pense, sournois, renfermé.

François est un homme de parole. Il a promis à mon père de gérer la ferme et il ne dénoncera pas Émilienne.

– Ainsi, tu sais où elle se trouve ?

– Honnêtement, non.

– Et François ?

– François ne me dit rien, sauf qu'elle va bien. Et mon père n'en sait pas davantage. Peut-il la voir de temps à autre ? Nous l'ignorons. Pour mon père, depuis le départ de Lucien et de Prudence, il passe tout son temps à travailler.

– Ce serait bien qu'il puisse se confier, qu'au moins, toi, tu saches ce qu'il en est d'Émilienne. Je lui avais demandé d'être la marraine de notre petit. J'ai l'impression que ça ne va pas être possible. J'aimerais tant que ce soit elle… Le parrain, ce ne sera pas difficile…

– Ah, oui ?

– Un de ses grands frères…

– Il en faudra deux, si nous ne retrouvons pas Émilienne.

Dans la nuit qui suivit, Henriette perdit les eaux…

– Il est pressé de sortir de mon ventre, ce petiot. Pas loin d'un mois d'avance… Si ce n'est pas trop te demander, pourrais-tu, en allant au travail, avertir Mme Bertin, la sage-femme ? En général, quand la poche des eaux se rompt, la naissance n'est pas loin…

Eugène promit et embrassa sa femme en caressant son visage et ses épaules.

– Nous serons peut-être un de plus à la maison, ce soir. Mais je te promets, ma chère Henriette, sauf accident, il n'y aura plus d'autres petits. Quatre, c'est bien, je ne t'épuiserai pas davantage. Sache que tu es une femme exceptionnelle et qui m'apporte le bonheur.

Il prit une de ses mains qu'il serra dans la sienne. Oui, Henriette le comblait. Une femme d'une grande qualité. Il pouvait remercier le Ciel de l'avoir mise sur sa route.

Au petit matin, il s'éveilla. Henriette marchait de long en large dans la maison. De la cuisine à la salle à manger et de la salle à manger au grand couloir qui menait aux chambres. Il la trouva très pâle.

– Tu ne voudrais pas t'allonger, tu serais mieux ?

– Je préfère marcher, ça accélère le travail. Couchée, je souffre trop. J'ai le bas des reins laminé par la douleur au point de ne plus pouvoir respirer. Je crois qu'il va te falloir aller tout de suite chez Mme Bertin. Je n'ai jamais ressenti ça.

Elle s'interrompit et tomba à genoux. Il la releva et passa son bras sous ses aisselles pour l'aider à gagner la chambre.

– Appuie-toi sur moi, nous allons y arriver. Il serait plus sage que tu restes allongée. Le bébé risque de tomber, essaya-t-il de plaisanter. Je vais réveiller Honorine, qu'elle conduise les enfants chez ses parents, comme prévu.

La sage-femme était là. Eugène n'était pas allé au travail. Il avait sorti du linge propre, mis de l'eau à bouillir. Honorine était revenue pour assister Henriette qui, épuisée, avait déjà perdu connaissance à deux reprises.

Henriette avait demandé deux mouchoirs propres pour les mettre dans sa bouche afin qu'on ne l'entende pas crier.

– Alors ? demanda Eugène à la sage-femme après l'avoir entraînée à l'écart.

– Je croyais à un siège. J'ai examiné votre épouse, il y a quinze jours. Je n'avais rien dit pour ne pas l'affoler. Je lui avais conseillé de prendre certaines positions et de masser son ventre. Apparemment, le bébé s'est mis en bonne position au dernier moment. À l'examen, je sens sa tête. Le col est ouvert, mais l'enfant ne progresse plus et Henriette est épuisée…

– Alors ?

– Il faut aller chercher d'urgence le docteur Muller. Dites-lui qu'il vienne avec les cuillers[1], sinon le bébé risque de mourir et la maman de faire une hémorragie.

Le médecin vint très vite. Henriette avait encore perdu connaissance. Le docteur en profita pour lubrifier les cuillers et les introduire dans le corps de la jeune femme. Il importait de bien saisir la tête de l'enfant au niveau des oreilles, sans blesser la mère, pour préserver ses chances de fertilité future. Il demanda à la mère, qui venait de recouvrer ses esprits, de pousser. Honorine et Eugène la maintenaient en position assise, tandis que la sage-femme appuyait sur le ventre pour empêcher l'enfant de remonter dans l'utérus. Henriette cria et s'évanouit. Le bébé fut extrait du ventre de la mère. Mais Eugène vit le visage du médecin s'assombrir en regardant son épouse livide.

---

1. Forceps.

Le bébé était une fille de sept livres, un peu cyanosée, mais bien vivante. La sage-femme la maintint la tête en bas pour qu'elle crie et respire, alors que le médecin s'occupait d'Henriette, qui avait perdu beaucoup de sang. Elle expulsa le placenta dans un jet de sang noir. Ce qu'il avait redouté s'était produit, une hémorragie utérine qui laissait présager une fièvre puerpérale dont aucune accouchée ne se remet. Henriette était si faible qu'il sut qu'elle ne passerait pas la nuit.

On emmaillota l'enfant et on le posa dans le creux du bras droit de la maman.

– Regarde comme notre fille est belle, murmura Eugène qui avait compris.

Henriette n'eut pas la force de répondre. Elle soupira, ferma les yeux avant de dire à voix basse :

– Cherche Émilienne, elle doit être sa marraine. Elle avait promis. Préviens le curé Berzinger, je t'en prie, cher Eugène. Ma vie s'arrête, je n'ai plus la force… Merci pour tout… Je t'ai aimé.

– Moi aussi, je t'aime, Henriette. Tu vas te reposer, te rétablir…

Elle battit des cils, serra les dents.

– Prie avec moi, et prie pour moi…

Henriette ferma les yeux avant l'arrivée du prêtre. Honorine bassinait ses tempes, mettait de l'ordre dans ses cheveux. Elle avait connu Henriette enfant et l'avait aimée comme sa propre fille. Les larmes coulaient sur ses joues en contemplant ce corps affaissé dans les oreillers.

L'hémorragie avait mangé les dernières forces d'Henriette, mais sa fille vivait. Il faudrait trouver une nourrice.

Honorine s'en chargerait. Le médecin posa une main amicale sur l'épaule d'Eugène.

– Courage ! Il va vous en falloir.

– Je l'aimais tant, répéta-t-il à plusieurs reprises. Pourquoi, pourquoi ?

18

Décembre 1864

Eugène organisa les funérailles de son épouse, bien jeune encore. Elle avait trente-trois ans. Toute la ville de Dieuze était présente pour témoigner respect et amitié à Eugène et à ses enfants. La direction des salines, le maire, M. et Mme Parisot, les pharmaciens, étaient présents. Honorine tenait la petite Émilie dans les bras, roulée dans une couverture pour la protéger du froid. François et Balthazar entouraient Eugène. Lucien et Prudence étaient absents. Le temps que la lettre leur parvienne, Henriette serait déjà mise au tombeau.

Chacun remarqua la gravité de Pierrot. Il allait sur ses quinze ans, se tenait droit devant son père et retenait ses larmes, tout comme Constant, âgé de sept ans. Nicolas, quatre ans, accroché à la main de son père. Plus loin, on pouvait apercevoir les parents d'Henriette et ceux d'Émilienne. Mais d'Émilienne, il n'y avait pas. Qui vit Eugène glisser une lettre dans la poche du veston de François ?

– À lui remettre, si c'est possible.

Le curé Berzinger prêcha avec beaucoup de tact et d'humanité, évoquant la vie d'Henriette, sa générosité, ses talents de créatrice et son courage. La chorale paroissiale offrit une messe chantée bouleversante et l'aspersion du cercueil recouvert de fleurs fit pleurer un grand nombre de paroissiens.

Vint le moment de l'inhumation au cimetière. Une terrible épreuve pour la famille, surtout pour Eugène et ses enfants. Eugène et François se crispèrent à la vue de Germaine et de Marcel. Germaine, la cause du malheur d'Émilienne, de François et de toute une famille. Le cercueil fut descendu dans le caveau, alors que le père Berzinger achevait de dire : « Reposez en paix, Henriette, vous qui fûtes un exemple de bonté pour tous. » Une dernière fois, le prêtre l'aspergea d'eau bénite en récitant un « Je vous salue Marie, pleine de grâce » que l'assemblée accompagna. La foule s'approcha de la famille pour présenter ses condoléances. On vit alors cette chose étonnante : le prêtre se diriger vers Germaine et lui dire à voix basse :

– Madame, j'ignore à quel titre vous êtes là.

– Mais par égard pour M. Eugène, qui m'a sauvé la vie.

– Et par égard pour François dont vous avez brisé la vie en mentant ?

– Je ne vous autorise pas à m'accuser, d'ailleurs…

– Vous êtes en service commandé, n'est-ce pas ? On espérait qu'Émilienne serait là. J'ai vu les hommes postés près du cimetière. Votre place n'est pas ici. Vous avez fait beaucoup de mal avec vos silences et vos mensonges. Veuillez avoir l'obligeance de quitter le cimetière.

La conversation, pourtant brève, n'avait pas échappé à François qui remercia le prêtre. Eugène observait. De toute évidence, le père Berzinger et François se connaissaient. François se confiait-il à lui ? Il eut envie d'en savoir plus et les invita tous deux chez lui, après la cérémonie où un autre jour qui leur conviendrait. Il avait besoin de parler, de s'épancher. Il fallait trouver une solution pour la petite Émilie qu'on avait baptisée dans l'urgence, le jour de sa naissance. Le médecin avait dit qu'au moins six semaines d'allaitement auprès d'une nourrice seraient nécessaires, avant de tenter de nourrir l'enfant avec du lait d'ânesse ou de jument. Eugène se rendrait à Delme chez M. et Mme Worms, où avait travaillé Émilienne. Ils élevaient des chevaux et des ânes. Peut-être pourraient-ils lui vendre du lait pour sa fille ?

Le père Berzinger et François acceptèrent l'invitation d'Eugène qui ouvrit une bouteille de cidre pour accompagner la brioche d'Honorine. L'ambiance était pesante, tendue.

– Ma chère Henriette est morte bien triste de n'avoir pu revoir Émilienne, dit enfin Eugène, moi-même je ne sais pas où elle se trouve.

– Il est préférable de rester prudent, de ne pas se répandre, répondit le prêtre. Il en va de sa sécurité. Du reste, je crois savoir qu'elle a demandé qu'il en soit ainsi.

– Vous êtes donc dans le secret, monsieur le curé ?

– On peut dire ça, mais je ne peux rien vous révéler de plus pour l'instant.

– Jusqu'à quand ?

– Jusqu'à ce que cette garce de Germaine (pardonnez-moi, Seigneur) dise la vérité, fit-il en joignant les mains et en fermant les yeux. Elle existe, cette vérité. Si elle était énoncée, elle laverait Émilienne de tout soupçon.

– C'est une coriace, ajouta François, comme son Marcel qu'on pense si fragile. Lui se retranche derrière sa Germaine, sa deuxième maman… C'est bien ça, une deuxième maman qui se venge du premier homme qui l'a sans doute fait beaucoup souffrir.

– Dites-moi seulement qu'Émilienne va bien. Est-elle au courant de ce qui s'est passé ? De la naissance d'Émilie et de la mort d'Henriette ?

Ni François ni le prêtre ne répondirent. Ils se contentèrent de baisser les yeux, fouillant le sol du regard, comme s'ils cherchaient une issue pour disparaître de la vue d'Eugène.

– Il faudrait qu'elle soit avertie, insista Eugène.

– Nous ferons de notre mieux, répondit le prêtre. Nous vous assurons, cher Eugène, de nos prières et de notre amitié.

François avait gardé un silence embarrassé. Que penser de tout cela ?

Eugène songea qu'il n'aurait pas aimé être à la place de François, obligé de se taire et de vivre loin de celle qu'il aimait. Combien de temps cette situation allait-elle durer ? Les pensées se bousculaient dans la tête d'Eugène : essayer de rencontrer Germaine, de la ramener à la raison… Peut-être pourrait-il tenter de parler à Marcel ? Comment percer l'abcès ? Il se souvenait des funérailles de Jules. Peu de personnes avaient pris place dans l'église. Pourtant, l'incendie avait créé un immense mouvement de solidarité envers Germaine et les siens, même si les gens étaient au courant des accusations qu'elle avait lancées contre Émilienne. On se rappelait les fastes du mariage de la jeune femme et de François. Un si beau couple ! Une si jolie mariée, toute menue, recueillie et en attente de bonheur. Oui, oui, affirmaient les proches, les amis, les connaissances, on avait atteint une sorte de perfection ! Leur joie faisait plaisir à tous. Sauf qu'à la fin de la fête on n'avait jamais trouvé les mariés ! Les interrogations avaient fusé. On avait avancé des théories fantasques. On avait eu beau vouloir éteindre le feu qui couvait, la fumée s'était échappée.

Pourquoi avait-il fallu que Germaine gâche tout ? Qui croyait Émilienne capable d'un tel geste ? Cela ne lui ressemblait pas, disaient les uns. D'autres grimaçaient, jouaient les sceptiques. « Faut pas se fier à l'eau qui dort. Si elle se cache, c'est que sa conscience n'est pas au clair. » Et pourquoi l'enquête piétinait-elle ? Les pour, les contre, les affirmatifs, les dubitatifs, tous avaient leur petite idée sur le sujet. Le meilleur et le pire s'acoquinaient pour faire tourner les langues.

Pourquoi n'avait-on pas mis Germaine en prison ? Il fallait la cuisiner, disaient les anciens, lui faire peur, elle aurait fini par avouer. « Car les femmes causent, clamaient les hommes. Et quand le petit muscle de la parole s'agite, que de ravages ! Ce qui est révélé n'est pas toujours joli. »

Germaine osa se rendre à la messe de Noël avec ses enfants. Le père Berzinger fronça les sourcils à sa vue, se racla la gorge et prêcha rien que pour elle, du moins c'est ce que pensa une partie de l'assemblée. Il commença par rappeler les circonstances de la naissance de Jésus : le recensement, les portes qui se fermaient devant ce couple dont la très jeune femme allait donner la vie. On leur répondait qu'il n'y avait plus de place. En réalité, aubergistes et hôteliers se méfiaient des étrangers et craignaient de n'être pas payés. Ils avaient l'air si pauvre. Et le père Berzinger se lança dans une prédication vibrante. L'assemblée était suspendue à ses lèvres.

– Mes sœurs, mes frères, la venue de Jésus, pauvre parmi les plus pauvres, doit faire réfléchir… Il est venu pour tous, pour apporter la paix, la vérité. Comment fêter Noël si notre cœur n'est pas pur ? On n'a pas le droit de masquer la vérité pour plus de confort. On n'a pas le droit de la travestir. Chaque acte engage. Quand ces mensonges entraînent la désolation, comme la séparation d'êtres qui s'aiment, il est bon de se questionner. De telles attitudes sont monstrueuses et, un jour, il faudra rendre des comptes. Parfois, ce jour vient plus vite qu'on ne le pense. Dieu sait tout. En attendant, en cette nuit de Noël, que de larmes inutilement versées ! Profitons-en pour réparer, il n'est jamais trop tard. Avant de s'approcher de l'autel, réconcilions-nous avec nos frères. Noël est pour tous. Nous sommes responsables de la joie d'autrui et, aussi et surtout, de ses peines. Prions pour que le Seigneur éclaire les cœurs et pour que justice soit faite ! Comment être heureux quand on a répandu le malheur ? Noël, c'est l'espoir de jours meilleurs, c'est le chemin d'une vie nouvelle et vraie. Que chacun y pense ! Alors, le bonheur pourra advenir et l'Enfant Jésus sourire dans la crèche. Amen !

François, Balthazar, Eugène et les siens espéraient que le sermon de ce brave curé, qui lisait dans les âmes sans se tromper, remue le cœur des plus aguerris.

Germaine n'attendit pas le chant final, elle quitta l'église juste après la communion, le plus discrètement possible. Le sermon l'avait mise mal à l'aise. Pourquoi avait-elle voulu assister à cet office ? Le besoin de se sentir une dame bien ? De se mettre en paix ? Avait-elle honte ? Quels remords la taraudaient ? L'assemblée remarqua son visage fermé et s'interrogea. Elle allait se remarier, c'était prévu pour le printemps. Pourquoi celui qui était déjà comme son mari ne l'accompagnait-il pas ? La nuit de Noël est faite pour rassembler les familles, non ?

Eugène rentra à la maison plus triste que jamais. Il y avait si peu de temps que le caveau avait été rouvert pour son épouse. Henriette aurait dû être là, à l'attendre à la maison, se reposant dans la chambre qu'il avait décorée pour elle.

Depuis la mort d'Henriette, Antoinette avait rangé, nettoyé la chambre, refait le lit, mais Eugène n'avait pu se résoudre à y dormir. Il avait préféré s'installer sur le divan de la salle à manger. Il avait demandé à Honorine et à Antoinette de faire la crèche sur la belle commode Empire au-dessus de laquelle était suspendue l'étoile des mages avec les noms de leurs enfants inscrits en son centre. Les garçons avaient besoin de Noël, besoin de croire que Jésus les aimait. Henriette avait toujours veillé à leur faire suivre les fêtes religieuses.

« Une vie rythmée sur le calendrier religieux aide à grandir, répétait-elle. Nous sommes nés sur cette terre et le Ciel nous couvre de peines et de joie, mais c'est la joie qui aura le dernier mot. »

Elle voulait y croire de toutes ses forces.

Eugène se souvenait des paroles de son épouse et observait le visage de ses enfants. Pierrot restait silencieux, comme toujours. Constant regimbait, se déclarait fâché contre le bon Dieu qui prenait les mamans ; il ne s'était pas privé de le dire à Honorine et à Antoinette. Pierrot avait tenté de le raisonner :

– Le bon Dieu n'y est pour rien, tu comprendras plus tard.

Nicolas semblait ne pas vraiment réaliser la situation. Certes, il cherchait sa maman. Quand on lui expliquait qu'elle était avec Jésus, ou le bon Dieu, il observait les crucifix dans chaque pièce et se mettait à pleurer. Honorine finissait par lui donner un biscuit ou un bonbon, le câlinait, le berçait, l'embrassait pour que le chagrin s'apaisât.

Bien que les cadeaux, en Lorraine, soient offerts aux enfants à la Saint-Nicolas, Eugène prit soin de faire préparer un paquet de friandises pour chaque enfant et pour Honorine et Antoinette. « Noël, c'est le partage », avait-il déclaré. Au matin, chacun trouverait dans le sachet quelques pralines, du pain d'épices, un bonhomme de Noël et sa bourrique, une orange et des petits jésus en sucre qui fondaient entre le palais et la langue et qu'il avait commandés au marché.

Le retour de la messe de minuit rassembla toute la maisonnée autour d'un chocolat et de quelques tranches de baba aux raisins et aux amandes. Henriette n'aurait pas voulu qu'il en fût autrement.

II

ÉMILIENNE

1

Dieuze, juin 1866

Eugène se donnait entièrement à son travail. Les enfants grandissaient. Honorine était une perle, mais vieillissait doucement. Ses forces déclinaient peu à peu. Les enfants l'entouraient. Elle sentait venir le moment où elle quitterait cette terre.

– Mes pauvres petits, comment ferez-vous quand j'aurai rejoint notre chère Henriette ? Je n'ai pas peur de fermer les yeux pour toujours, confiait-elle à Pierrot qui comprenait tant de choses, mais je me fais du souci pour vous.

Pierrot la serrait dans ses bras et lui donnait un baiser.

– Mais non, Honorine, tu es là, avec nous, pour longtemps encore et pour toujours dans nos cœurs. Aujourd'hui, nous veillons sur toi.

Elle fit un malaise au sortir de l'hiver. Elle tomba sans se relever. La pâleur que l'on voyait sur son visage faisait peur. Pierrot l'installa sur le divan, dit à l'un de ses frères de lui bassiner les tempes avec du vinaigre et courut chez le docteur Muller, qui se rendit aussitôt au domicile d'Eugène pour ausculter la vieille dame.

– Je vais mourir, n'est-ce pas ? C'est bien ainsi.

– Mais non, Honorine, pas encore.

Il la rassura et lui prescrivit un remontant. L'hiver avait été long et les hivers lorrains sont éprouvants pour l'organisme des personnes âgées. Et comme Pierrot raccompagnait le médecin, celui-ci dit à voix basse à ce presque jeune homme en pleine mue :

– Honorine s'épuise de jour en jour. Son cœur faiblit. Elle a plus de quatre-vingts ans, cela n'a rien d'anormal, mais il faut calmer ses ardeurs. Sa vie est telle une bougie dont la flamme vacille. Elle se consume et finira par s'éteindre. Il faut prendre soin d'elle, ce que vous faites, je n'en doute pas. Elle doit se reposer.

– Ce sera difficile, docteur, vous le savez bien. En souvenir de maman, elle veut nous donner l'amour qui nous a été pris. Je l'aide autant que je peux… mais elle se fâche. Elle me répète que je dois penser à mes études, puisque j'ai la chance d'en faire.

– Tu vas étudier longtemps ?

– Sans doute, j'en ai envie. Je vais entrer au séminaire de Pont-à-Mousson. Si je travaille bien, à dix-huit ans, j'intégrerai le grand séminaire de l'Hôtel des missions royales, avenue de Strasbourg, à Nancy[1].

– Tu veux devenir prêtre ? C'est ton idée ou bien on te l'a soufflée dans le creux de l'oreille ?

---

1. Immeuble dessiné par Emmanuel Héré. À partir de 1936, le grand séminaire s'installera au domaine de l'Asnée à Villers-lès-Nancy, dont l'architecte est Jules Criqui.

– C'est mon idée. Il y a longtemps que j'en ai parlé au père Berzinger, j'étais enfant de chœur. J'ai bien réfléchi et beaucoup prié. Oui, je veux devenir prêtre. Je l'ai expliqué à papa. Il ne s'y oppose pas. Alors que j'aurais pu travailler aux salines ou bien à la ferme de Balthazar. Mais c'est prêtre que je veux être. M. le curé pense qu'il est mieux pour moi d'entrer au séminaire du diocèse de Nancy plutôt qu'à Metz ou à Strasbourg. C'est pour cela que j'irai à Pont-à-Mousson avant de rejoindre le grand séminaire, juste en face de l'église Saint-Pierre en construction[1].

– Et les plus jeunes enfants, qui va s'en occuper pendant que ton père travaille ? Honorine n'est pas éternelle.

– Antoinette a promis à papa de veiller sur eux… Elle viendra tous les jours à la maison pour qu'Honorine ne se fatigue pas davantage. Antoinette, c'est une perle. Honorine lui a tout appris.

– Et la petite Émilie ? Je ne la vois que rarement.

– Émilie est en pension dans une famille assez loin d'ici. C'est plus facile pour tout le monde. Elle a besoin de soins constants… C'est ce que papa nous répète.

– C'est vrai qu'elle est née dans des circonstances douloureuses mais il me semblait que tout allait bien pour elle.

– Elle va de mieux en mieux. Papa nous donne des nouvelles régulièrement. Il espère qu'elle reviendra bientôt vivre avec nous.

– Ah, je voulais vous prévenir : il y a une épidémie de choléra qui nous arrive du Nord de l'Europe. Elle est

1. Elle sera achevée en 1884.

passée par la Belgique et sévit déjà à la frontière. Surtout, que chacun se lave les mains au savon après avoir fait ses besoins. Et si l'on n'est pas certain de la qualité de l'eau tirée du puits, il faut la faire bouillir. Répète bien tout ça à tes frères et même à Honorine et à Antoinette…

– Merci, docteur, je transmettrai. Comptez sur moi !

Alors que le docteur Muller rentrait chez lui, Annabelle, sa bonne, accourut.

– Ah, docteur, un drame est arrivé à la ferme de Buzémont. Il faut y aller tout de suite. La fille de Germaine est venue à cheval… C'est Germaine et Marcel…

– Quoi, ne me dites pas que la ferme brûle, Annabelle !

– Non, mais il faut y aller tout de suite, sinon, ils vont mourir. Je crois que vous pourriez avoir besoin de moi, dit-elle, j'ai préparé des pansements.

Annabelle se hissa dans la calèche du médecin et tous deux prirent la direction de la ferme de Buzémont.

– Et si vous me racontiez ce que vous savez.

– C'est Félicia, une gamine de douze ans environ, une fille de Germaine, je suppose, qui est arrivée en me disant qu'il fallait que vous veniez tout de suite. Germaine et Marcel gisent dans la cuisine. Il y a du sang partout. Je savais que vous étiez chez Eugène Kessler, alors j'ai tout préparé et voilà…

– Qu'est-ce qu'ils ont encore fabriqué, ces deux-là ? Cette ferme doit être maudite… Jules, l'incendie, les fausses accusations et maintenant…

– Vous oubliez l'accident de Valère, l'un des gosses de Germaine, l'an passé. Il se raconte beaucoup de choses à propos de ce drame, mais on ne peut rien prouver.

– Vous paraissez plus au fait de la situation que moi qui ai soigné l'enfant !

– Je sais ce que tout le monde répète et même l'instituteur, M. Bagard, qui laisse entendre que ces gens-là ne sont pas très clairs et qu'il vaut mieux les voir de loin, sinon on risque la contamination. Ils sont pis que le choléra…

– Et que raconte-t-on ? Ces persiflages ne sont pas parvenus jusqu'à moi.

– Docteur, je ne crois pas qu'il s'agisse de persiflages. On ne peut s'empêcher de s'interroger. On imagine, on construit une histoire. Valère ne serait pas tombé tout seul du haut des greniers à foin sur la herse de la charrue posée juste en dessous et sur laquelle il s'est empalé. Le pauvre gosse a dû souffrir longtemps avant de clamser.

– On ne pouvait plus rien pour lui, sauf apaiser ses souffrances, ce que j'ai fait avec des injections de morphine. Je dois être un des seuls à l'administrer ainsi dans la région. Pour l'instant, on connaît l'usage des sels de morphine. Mais je sais que l'effet est plus rapide par injection intramusculaire. J'ai appris cela à Londres. Les congrès médicaux ne sont pas inutiles.

– Mais la morphine que l'on ingère par voie digestive est efficace, non ?

– À condition que le malade ou le blessé puisse encore boire. Par injection, le résultat est plus sûr et plus rapide. Je me souviens de la détresse de Valère, il ne pouvait plus parler. Il était parfaitement conscient et comprenait tout. J'ai dû le rassurer, mais pour y parvenir, il a été nécessaire d'éloigner sa mère. Germaine hurlait : « Ne meurs pas, Valère, mon enfant chéri, tu pourras faire tout ce que tu voudras. » J'avais l'impression d'avoir affaire à une comédienne ou à une démente. De toute évidence, une scène violente avait précédé l'accident. On avait refusé à l'enfant quelque chose. Mais quoi ? Germaine ne s'est pas confiée. Pourtant, j'ai essayé de la faire parler. Elle a simplement dit : « Il a de drôles d'idées, surtout quand il revient de l'école, et il n'est pas facile. » Reste que pendant les soins, Germaine nous a joué la comédie de la mère éplorée. Ses cris angoissaient le gamin. Il est mort dans mes bras. Je lui ai chanté une berceuse, j'ai menti en lui promettant qu'il allait s'endormir, ne plus avoir mal et guérir. Un mensonge pour pallier mon impuissance. Comment faire autrement ? La mort d'un enfant est quelque chose d'inacceptable, de tellement injuste… J'étais là et je ne pouvais rien faire sauf constater les limites de ma science, hélas ! Ce fut le cas avec Henriette Kessler. La petite fille a été sauvée, mais la mère est morte. Tant de fois, j'ai vu la Faucheuse me narguer. Le médecin voudrait réparer, restaurer la vie. Il voudrait distribuer la joie, voir renaître le souffle et le sourire… Il lui faut rester humble. Il n'est pas maître de tout. Et plus j'avance en âge, plus je pense qu'il n'est maître de rien.

Le docteur Muller ne s'attendait pas à trouver pareil spectacle dans la grande cuisine de la ferme de Buzémont. Non loin de la cheminée gisait Marcel, face contre terre.

Une plaie au visage montrait qu'il avait chuté contre la pierre de la cheminée. Mais le docteur Muller remarqua du sang dans son dos. Avec Annabelle, il le déshabilla et constata qu'une lame était entrée par-derrière.

– Ce n'est pas la chute contre la cheminée qui lui a fait cette blessure ! s'écria Annabelle.

– C'est parce qu'il a été poignardé qu'il est tombé… Pour lui, il n'y a plus rien à faire, constata le docteur Muller. Annabelle, s'il vous plaît, envoyez les enfants dans leur chambre si aucune fille de ferme ne peut s'en occuper.

Il s'approcha de Germaine, qui respirait encore et geignait. Elle avait un couteau planté dans l'abdomen. Apparemment, il s'agissait d'un petit couteau. « Ne pas le retirer, je risque de faire plus de dégâts. Il doit être extrait de manière chirurgicale en hôpital », pensa le médecin. Germaine ouvrit les yeux et reconnut le docteur.

– Il a voulu me tuer, gémit-elle.

– Qui ?

– Marcel ! Il voulait qu'on aille habiter ailleurs. Il avait bu. Je me suis défendue et il est tombé, le pauvre.

– Ne vous énervez pas. On va vous transporter à l'hôpital le plus proche pour retirer ce qui est dans votre ventre.

– Pas besoin, docteur, tirez, je serai courageuse.

– Non, un chirurgien prendra toutes les précautions nécessaires et sera à même de réparer votre intérieur endommagé.

– Et moi, je vous dis que… Tenez, c'est fait, ragea-t-elle en empoignant le manche du couteau. Toute ma vie, j'ai dû tout faire moi-même.

– Et maintenant le sang coule à flots ! À part des compresses, je n'ai rien pour l'arrêter et je ne puis évaluer la gravité de la blessure.

– Plus rien n'a d'importance. Même la mort peut venir, la garce. Ainsi, je serai libérée de tout, gémit Germaine avant de sombrer.

Le cœur tenait bon. Battait sans faiblir. Muller examina la blessure. Le couteau ne semblait pas avoir pénétré trop profondément dans l'abdomen et, comme Germaine était un peu enrobée, la lame devait seulement avoir traversé la graisse avant d'effleurer les muscles, mais sans perforer les intestins. Il fallait allonger la blessée dans un lieu propre, désinfecter la plaie, faire un pansement compressif et la transporter au plus vite à l'hôpital Saint-Jacques de Dieuze, où les sœurs de Saint-Charles la soigneraient avec dévouement. De temps à autre, Germaine ouvrait les yeux, reprenait ses esprits.

– Tenez, buvez cela, dit-il, c'est pour apaiser la douleur. On va vous transporter dans ma calèche, j'irai doucement. Zinzina, ma jument, est douce, elle a l'habitude.

Il lui parlait tandis qu'elle grognait pour elle-même :

– Marcel, tu l'as cherché, mais je ne voulais pas, tu sais. Je ne voulais pas, je ne voul…

– Est-ce que des personnes de la ferme peuvent m'aider à la porter ? Annabelle, s'il vous plaît, préparez la civière avec un drap propre.

– C'est fait, docteur. Joseph, son fils aîné, vient d'arriver. Il est en permission. Il revient du Mexique, comme vous le savez peut-être[1]. Il cantonne près d'ici. La jeune Félicia, qui était venue nous prévenir de l'accident, est allée le chercher à la caserne. Je les entends dans la cour.

– Très bien, en attendant, il faut tout de même prévenir les officiers de police. Il y a un mort. En ce qui le concerne, ce n'est pas de mon ressort. J'établirai le certificat de décès quand ils seront arrivés.

– Souffre-t-elle ? interrogea le militaire qui venait de pénétrer dans le couloir, alors que le docteur Muller sortait de la pièce où gisait sa mère.

– Nous faisons tout ce que nous pouvons pour que la douleur n'ait pas le dernier mot. Elle semble espérer s'en remettre, mais il y a peu de chances qu'elle se rétablisse.

– C'est-à-dire, docteur ?

– Ce n'est pas le couteau planté dans son ventre qui est en cause. Il n'a pas perforé le péritoine. Elle pourrait guérir. Mais le poids du passé l'étouffe. C'est elle qui veut en finir. Paradoxalement, elle craint de se présenter, comme elle dit, à Dieu, s'il existe. Elle aurait besoin de soulager sa conscience, mais elle refuse de parler au curé de Dieuze. Si vous pouviez l'aider…

– Je pourrais, je sais des choses. Ma mère n'a certes pas été heureuse avec notre père, qui était capable d'une violence qu'on ne peut imaginer. Si elle a appris à se défendre, elle refuse l'image d'une femme de caractère

1. L'expédition militaire décidée par Napoléon III pour tenter de maintenir sur le trône du Mexique l'archiduc autrichien Ferdinand-Maximilien de Habsbourg.

que tout le monde lui colle. Elle préfère être plainte mais garde cependant la tête haute. Elle use d'artifices, se crée d'autres vies. Ce n'est pas une femme facile. Entre notre père brutal et les ruses de notre mère, nous, les enfants, avons vécu sur un fil.

– Vous comprenez bien que votre père est mort dans d'étranges circonstances. On accuse une jeune femme qui a travaillé ici. Tout cela mériterait d'être tiré au clair. À cela s'ajoute l'accident de Valère…

– Pour la mort de Jules, mon père, je sais. Celle de Valère, je l'ai apprise en revenant du Mexique. Mes sœurs ont évoqué un dramatique accident, il est tombé du haut des greniers à foin sur une herse.

– Que savez-vous précisément sur la mort de votre père ? Il faut inciter votre mère à dire la vérité devant témoins assermentés. La jeune Émilienne doit être lavée de tout soupçon.

– J'ai juré le silence à ma mère et c'est en partie pour cette raison que j'ai accepté la conscription. Je pouvais en être dispensé puisque la « disparition » de Jules m'accordait le statut de chef de famille. J'avais peur de parler de ce qu'il ne fallait pas. Je ne voulais pas être parjure. Ma mère ne me l'aurait pas pardonné et je la craignais. Elle a toujours eu sur nous un grand pouvoir.

– Oui, mais Émilienne, sa vie brisée ? Vous y avez pensé ?

– Elle n'est peut-être pas tout à faire innocente…

– Comment cela ? Vous trouvez normal le comportement de votre père ? Un homme qui persécute les femmes, abuse d'elles ? Émilienne n'a pas été la seule à subir de tels outrages.

– Certes, mais la suite, elle la connaît, comme moi du reste. Et comme moi, elle a tenu sa langue.

– J'insiste, capitaine, car vous l'êtes, ce me semble, aidez votre mère à se libérer, vous soulagerez votre conscience. On ne gagne rien à se rendre complice d'une mauvaise action en se taisant. Aujourd'hui, votre mère a besoin de vous, tout comme vos jeunes frères et sœurs ont besoin d'elle. Ce serait faire preuve de charité de rompre les liens dans lesquels elle s'est empêtrée.

Le jeune homme s'éloigna, le pas lourd, la tête dans les épaules. C'est alors que Félicia, qui était venue prévenir Annabelle du drame, s'avança vers le docteur Muller.

– J'ai entendu. Je sais, ce n'est pas bien d'écouter aux portes. Docteur, je vais tout vous dire. J'ai parlé à notre mère. Elle veut bien que vous soyez au courant, mais pas le curé.

– Qu'est-ce que tu sais ?

– Pour la mort de Valère… J'ai tout vu.

– Si on allait chercher un autre prêtre qui ne la connaîtrait pas ? Tu pourrais lui demander si elle serait d'accord ? Il faut faire vite, elle risque de mourir.

– Oui, docteur. La mort de Valère et celle de Marcel, acquiesça-t-elle, me pèsent sur le cœur. Je ne dors plus et je ne veux pas devenir folle. Je n'ai rien promis à notre mère. Je n'ai rien juré. Alors, même si elle doit me tuer, je parlerai. J'ai l'âge de le faire, que notre mère l'approuve ou pas. Je ne veux pas être complice d'une injustice qui n'a que trop duré.

Le docteur Muller se gratta la tête, respira profondément. Se pouvait-il que des langues se délient et que tout finisse par rentrer dans l'ordre ?

Sur le chemin du retour, il était encore plongé dans ses pensées quand une intuition lui fit prendre la direction de chez Eugène.

– Déjà là ? s'étonna Eugène. Je suis allé chez vous et on m'a dit que vous étiez en visite à Buzémont.

– Un souci ?

– Honorine. Elle ne peut plus marcher ni parler. Elle a le regard fixe mais son cœur bat encore. Le curé vient d'arriver.

Le médecin comprit immédiatement ce qui venait de se produire. Honorine était victime d'une crise d'apoplexie et, vu son grand âge, le pire était à craindre. Elle ne semblait plus reconnaître personne. L'hémorragie dans le cerveau devait être importante.

Il tenta de la soulager en lui injectant de quoi soutenir son cœur. Mais le geste fut vain. Il vit la poitrine d'Honorine se soulever, le corps se raidir et le dernier souffle s'envoler, tandis que le prêtre continuait de prier à ses côtés.

2

Dieuze, Delme, mi-juillet 1866

Tandis qu'à Nancy, on accueillait l'impératrice Eugénie et son fils âgé de dix ans, festivités du centième anniversaire de la Lorraine devenue française obligent, le docteur Muller n'eut pas le temps de se réjouir et d'espérer être spectateur de ces célébrations. Le choléra venu de Belgique passa en Lorraine, Metz et les environs furent durement touchés et on compta les victimes.

Si le choléra n'avait pas sévi, Émilienne, Eugène et François, le maire de Dieuze et les notables de la localité se seraient interrogés sur l'absence de l'empereur à Nancy. Ils faisaient partie des personnes qui s'informaient, lisaient la presse. L'épidémie avait mis en sourdine ces grands événements. Seule, la vie menacée comptait.

L'impératrice tentait d'ouvrir les yeux de son fils. Il était prince impérial et devait connaître des contrées sur lesquelles il aurait à veiller. Voulait-elle lui transmettre l'histoire de la Lorraine ? Le pourquoi et les enjeux de son rattachement à la France ? Cette transmission ne devait-elle pas se faire d'abord par son père, l'empereur ? Le peuple de Lorraine se doutait-il que Napoléon III était en très mauvaise santé ? Eugénie entendait seconder son époux et prenait plaisir à le remplacer de temps à autre. Elle avait besoin de jouer pleinement son rôle d'épouse de Napoléon III et de mère auprès de leur fils.

Depuis l'accident à la ferme de Buzémont, François rendait quelques visites à Émilienne. Longtemps, il avait espéré reconquérir son épouse, la tenir dans ses bras et vivre auprès d'elle. Ils passaient de bons moments à discuter, à boire du café, du vin, parfois, issu des vignes des parents du garçon. Mais il semblait que le temps avait émoussé leurs sentiments réciproques. Ils le constataient l'un et l'autre. Ils avaient pourtant connu une jolie nuit d'amour à Metz, après leur fuite rocambolesque en plein dîner, le soir de leur mariage, pour échapper aux gendarmes, qui ne leur avaient même pas laissé le temps de découper la traditionnelle pièce montée.

François arrivait souvent en fin de journée dans la petite maison située dans le grand jardin du presbytère du père Berzinger.

– J'ai peur de ne jamais retrouver la jolie fille que j'ai épousée, déplora-t-il un jour en jetant sa veste sur le lit de l'alcôve de la grande pièce unique. J'aurais dû exercer un autre métier que celui de fermier. Nous serions partis loin tous les deux et aurions mené une vie d'amour… Mais j'avais donné ma parole à Balthazar et toi, la tienne, à Henriette. Et nous voilà tous deux tellement prisonniers que nous ne pouvons plus penser à nous.

D'un geste, elle lui désigna une chaise et sortit du bahut tasses et soucoupes, ainsi qu'une tranche de brioche soigneusement enveloppée d'un torchon à carreaux rouges et blancs.

– Tu ne dis rien ? reprit-il.

Elle haussa les épaules. Signe de lassitude ? Abandon à la fatalité contre laquelle on ne peut rien ? Vivre recluse, museler tout élan n'était pas une vie, malgré l'éducation et l'amour qu'elle s'efforçait de donner à sa filleule au nom de la promesse faite à Henriette. Elle soupira. Dans sa tête, les pensées allaient et venaient, menant tapage. « Si j'avais été arrêtée et conduite en prison, la réclusion eût été absolue. J'aurais sans doute fini par en mourir et être ainsi délivrée », songeait-elle bien souvent. Elle s'interdisait d'en parler à François, ne voulant pas ternir ses jours à venir. Elle puisait en elle la force d'inscrire un sourire sur ses lèvres. Mais il n'était pas dupe. Pas plus qu'Eugène quand il venait voir sa fille.

– Émilienne, que nous arrive-t-il ? se lamenta François en la prenant par les épaules. Où est la jeune femme que j'ai épousée ?

– Je regrette, François, dit-elle en s'approchant de lui, en prenant son visage dans ses mains. Tu méritais mieux, bien mieux que moi. Je suis triste pour toi. Tu gâches ta vie en espérant encore. J'ai été honnête, du moins, il me semble. Je t'ai révélé ce passé douloureux qui risquait d'être un frein à notre avenir, t'en souviens-tu ?

– Je t'aimais, ma belle. Je t'aimais. C'était toi et pas une autre, quoi que tu aies fait ou subi. Je voulais réparer ce qui t'avait blessée au nom de l'amour.

– Tu vois, tu parles de moi, de notre amour au passé. Il y a quelqu'un d'autre dans ta vie, ne me mens pas. Sois bien persuadé qu'il n'y a pas d'aigreur dans mon cœur. Pas de reproche qui me vienne là, dans la tête, martela-t-elle en se frappant le front de l'index. Je n'ai pas à t'en vouloir. Tout est de ma faute. Mais s'il en est ainsi, je me réjouis pour toi. Tu as le droit d'être heureux.

Il ne se défendit pas. Il baissa la tête, tel un enfant pris en faute, et elle eut pitié de lui. Il prit ses mains dans les siennes, les embrassa et des larmes coulèrent, telle une pluie trouble annonçant une catastrophe.

– Quel gâchis, ma belle Émilienne ! Je regrette mille fois, mais je veux que tu saches que l'amour planté par tes soins dans mon cœur fut semblable à un champ de blé qu'on ensemence en automne pour la saison à venir. Une merveilleuse promesse à laquelle je croyais…

– Mais nous ne lierons pas les bottes ensemble, n'est-ce pas ? Tu feras la moisson avec une autre, c'est ça que tu tentes de m'avouer ?

Que répondre à ces mots qui sonnaient juste ? Des mots impitoyables, cruels, telles des lames tranchantes. L'amour haché menu sur un plat de souvenirs doux qui risquent de virer aigre-doux, telle une denrée périssable. Rien n'est plus fragile que l'amour.

– Tu me pardonnes ? Dis-moi que tu me pardonnes, dis-moi que tu ne me hais point !

– Je n'ai rien à pardonner, je te souhaite le bonheur, même sans moi. Je te garde là, dit-elle en posant ses mains sur son cœur. Je t'ai estimé et je t'estime encore.

Je n'oublierai jamais que tu as cru en moi et que tu as osé t'afficher à mon bras. Je crois te l'avoir affirmé alors que nous chevauchions vers Metz. Je t'avais proposé de reprendre ta parole.

Il perçut les mouvements désordonnés dans la poitrine de la jeune femme, l'attira à lui et mit sa tête contre elle. Elle le serra très fort, puisant dans l'étreinte de cet instant la force de murmurer :

– C'est fini, François. Je t'en conjure, va la rejoindre et oublie-moi !

Il quitta la pièce à reculons, en la dévorant des yeux. Il chercha à tâtons la clenche qui ouvrait la porte. Le vent le saisit, l'enveloppa. Il ajouta : « Pardon, Émilienne », avant de fermer la porte. La nuit était tombée et l'aspirait. La nuit nimbait toute chose et laminait le cœur d'Émilienne. C'était sans doute mieux ainsi. « Qu'au moins un des deux connaisse la joie », se dit-elle en se laissant choir sur une chaise et en se prenant la tête dans les mains. Elle se mit à pleurer tout son saoul. La digue qu'elle s'était efforcée d'édifier pour résister au chagrin se rompait. Elle se leva et se dirigea vers la pierre à eau[1]. D'une main, elle actionna la pompe qui plongeait dans le puits juste à côté de la maison. L'eau jaillit. De l'autre main, elle humecta son visage. Laver les larmes, effacer le chagrin, se mordre les lèvres et s'essuyer le visage.

Elle serra les poings, sentit ses ongles rentrer dans la paume de ses mains et, rageuse, murmura pour elle-même :

– Demain, mais oui, il fera encore beau.

1. L'évier.

Émilienne ne regrettait pas d'avoir agi ainsi. François avait besoin de recouvrer son entière liberté. Elle avait rêvé. Le rêve avait été trop beau pour elle.

Le plus triste, dans ce ratage amoureux, était sans doute que Balthazar avait continué d'espérer envers et contre tout, envers et contre tous. Il aimait paternellement ce jeune couple et il avait fondé tant d'espoirs sur lui. Le travail de plusieurs générations ne pourrait être transmis à leur descendance. Il ne cessait d'en parler au père Berzinger, son ami de si longue date.

– Je ne sais que te dire, mon cher Balthazar. Dieu n'a pas le même regard que nous sur les hommes et leurs affaires terrestres. Il veut notre bien, mais notre bien ne se mesure pas à la même aune.

Émilienne sut que le choléra avait frappé son mari lorsqu'elle vit le curé de Dieuze entrer dans la cuisine qu'elle finissait de nettoyer en cette fin d'après-midi. Il était pâle, attristé.

– C'est François. Si tu n'as pas peur de la maladie… Sache que le docteur Muller veille et surveille tout. La pièce où ce pauvre homme subit la torture est régulièrement désinfectée. François est conscient et aimerait te revoir. Sans doute pour s'assurer de ton pardon. Il s'est confessé au prêtre de Delme, qui m'a prévenu. Je suis allé le visiter et me voilà. Nous irons à la nuit tombée, par mesure de sécurité, si tu en es d'accord. Eugène viendra garder l'enfant. Je l'ai informé.

– J'irai, monsieur le curé. Je ne crains ni la maladie ni la mort. Parfois, je vous l'avoue, je l'espère, je serais délivrée de tout. Ma vie n'a aucun sens et je ne vois pas le bout du tunnel.

– Aucun tunnel ne débouche sur la nuit. La lueur est toujours au bout. Il faudra te montrer prudente. Prépare des vêtements dans la grange et, à ton retour, ôte ceux que tu auras portés. Tu les mettras à tremper dans une solution javellisée. La petite Émilie, ta filleule, a besoin de toi, tu le sais mieux que quiconque. Tu es un peu sa maman.

– Je sais, monsieur le curé, je ferai de mon mieux. François reste mon époux devant Dieu, n'est-ce pas ?

– Bien sûr. Il a besoin de toi avant de clore les yeux, besoin de ton pardon pour paraître devant Dieu.

Elle guetta l'arrivée d'Eugène, lui remit l'enfant.

– Elle a pris son repas, je l'ai lavée et mise en robe de nuit. Ce serait bien que tu lui racontes une histoire, que tu chantes pour elle, elle aime beaucoup. Dès qu'elle dormira, tu pourras partir. La bonne de M. le curé gardera un œil sur elle. Je ne serai pas longue. François se meurt. Je ne sais pas où il a attrapé le choléra. Il n'y en avait pas ici. Il y a eu des cas à Metz et à Servigny-lès-Raville, m'a-t-on dit.

– Justement, il est allé là-bas avec son amoureuse… sa compagne, je ne sais comment l'appeler, pour aider un cousin dont la femme venait d'en mourir. Fais attention ! Que ferait Émilie sans toi ? Et… moi aussi, ajouta-t-il en baissant les yeux.

Émilienne ne broncha pas. Elle fit mine de n'avoir pas entendu. Elle se contenta de le rassurer sur sa propre santé. Il fallait faire preuve d'optimisme malgré la gravité de la situation.

– Je prendrai toutes les mesures nécessaires. Si Dieu veut, cette méchante bête de choléra ne passera pas par moi, lança-t-elle, rageuse.

– Ah, que j'aime te voir offensive et déterminée, chère Émilienne ! Cette vitalité me rend plus fort.

En chemin, le prêtre aborda avec Émilienne la question de sa réclusion.

– Sais-tu où en est l'enquête concernant l'assassinat de Jules ? demanda-t-il alors qu'il tenait les rênes du cheval qui les conduisait à Delme.

– Comme vous le savez, le docteur Muller m'a fait parvenir une lettre par votre intermédiaire. Il espère de tout cœur que tout sera rapidement tiré au clair. Mon honneur serait lavé. Je n'ai commis aucune faute, sauf celle de me taire. Le silence, pour la justice, est souvent considéré tel un aveu. Ou bien on vous accuse de faire obstruction à la justice. Il n'y a que les prêtres qui peuvent garder pour eux le secret d'une confession.

– Certes, et c'est bien douloureux, surtout quand des enquêtes sont en cours et que l'on voit des innocents injustement poursuivis. On peut dire à la justice : « Vous vous trompez, ce n'est pas lui, ce n'est pas elle… », mais l'on vous rétorque : « Prouvez-le. » Jadis, la parole du prêtre n'était jamais remise en cause. Mais depuis les révolutions, tout a changé. Que représente Dieu pour ces esprits cartésiens ?

– Malgré l'Empire ?

– Ça, c'est la façade, ma petite Émilienne. Notre empereur est gentil, mais peut-être n'est-il pas vraiment à la hauteur. Il agit pour lui, pour son prestige, pour sa dynastie. C'est un Bonaparte avant tout. Ce que je peux te dire, c'est que Germaine a parlé avant de mourir. Celles et ceux qui étaient présents à ses côtés n'oublieront pas ce moment. Son fils aîné, le capitaine, était là et Félicia aussi. Elle a été très ferme face à sa mère : « Puisque tu veux laver ton âme, il faut commencer par le commencement. Jules, notre père, c'est toi qui l'as tué, et Valère a été témoin de ce meurtre, il avait cinq ans. Il est devenu zinzin à cause de ça, mais personne n'a compris. Le jour de son accident, j'étais là. Valère voulait aller à l'école à Metz pour ne plus vivre sous ta coupe. Tu l'as coursé avec un martinet. Il s'est réfugié dans le grenier à foin. On venait de rentrer les dernières bottes. Debout près de la fenêtre, il a hurlé : "Si tu ne me laisses pas apprendre le métier que je veux, je dirai que c'est toi qui as tué notre père parce que tu étais jalouse des autres femmes avec qui il couchait." Et tu as frappé Valère jusqu'à ce qu'il tombe sur la herse. » Le docteur Muller a été témoin de la scène, il a vu le capitaine empoigner sa sœur et la gifler. Elle ne s'est pas démontée : « Tu peux frapper, la vérité est sortie de ma bouche. Maintenant, on sait. Tu t'es bien entendu avec notre mère pour menacer Émilienne et lui clouer le bec. Et notre mère qui se posait en justicière.

“Maintenant, il ne fera plus de mal. Aide-moi à le foutre sous le tas de fumier.” »

Émilienne frissonna. Le père Berzinger poursuivit :

– Il paraît que tu ne voulais pas. Malgré le mal qu’il avait fait, tu estimais qu’il avait le droit à passer à l’église. « Dieu seul est juge. Personne ne doit être traité tel un chien ou un rat. » Est-ce vrai que tu as dit cela, Émilienne ? lui demanda le prêtre.

– J’étais horrifiée. Germaine l’a pris en traître alors qu’il buvait son café au lait. Elle est arrivée avec un gros marteau et l’a assommé avant de l’achever de la même manière alors qu’il était à terre. Elle était comme folle. La tête de Jules était réduite à une vaute[1]. Elle a payé mon silence et m’a menacée. « Ne dis jamais que c’est moi. Je saurai t’accuser. Et on me croira, tu avais de bonnes raisons de le tuer. Combien de fois il t’a prise dans l’étable en se vantant de te faire chanter alléluia, ce porc ? »

Émilienne ne put retenir ses larmes.

– Ne pleure plus. Ça va s’arranger. Le juge qui a repris le dossier va rendre son verdict. Tu vois, il ne t’a pas fait rechercher. Il m’a dit, quand je lui ai rendu visite avec le maire de Dieuze, le docteur Muller et Eugène, qu’il ne trouvait pas cela nécessaire. Germaine a demandé au capitaine de se calmer. Malgré son état, elle voyait la colère monter chez son fils aîné. Il a fini par comprendre et exprimer ses regrets, demandant pardon à tous et à toi aussi. Je n’ai pas à juger de la sincérité de cette femme au moment ultime. Elle a ajouté qu’elle espérait que plus

1. Crêpe épaisse, en patois lorrain.

rien de laid ne viendrait troubler sa famille. C'est ce que t'a écrit le docteur Muller, je crois. Le lendemain, on a découvert Germaine sans vie dans son lit, sereine et apaisée pour toujours. Et je l'ai enterrée religieusement. Jésus avait bien pardonné à ses bourreaux. Tu vas être libre d'aller et venir.

– Certes, monsieur le curé, mais je serai sans François. De toute façon, il ne m'aimait plus et il avait ses raisons. Un homme ne peut pas rester sans femme.

– Le bonheur finit toujours par revenir. Voilà, on arrive. Sois forte. Je prie pour toi et pour lui.

Elle avait entendu parler des méfaits de la maladie, de cette infection qui semait désolation et larmes. Les symptômes étaient décrits. Les conséquences aussi, mais jamais elle n'aurait pu imaginer ses ravages. Le prêtre de Dieuze avait tenté de la prévenir : elle aurait du mal à reconnaître son François, un bel homme élancé à la chevelure châtain foncé et aux yeux clairs. Émilienne savait que le choléra vidait totalement et rapidement le corps du patient. Il y avait deux jours que la maladie avait frappé François. Malgré les litres d'eau salée qu'on lui faisait ingurgiter – car la déshydratation caractérise ce fléau –, le mal n'en finissait pas de manger toutes ses forces vives et de l'aspirer dans un gouffre sans fond. Il n'allait pas mieux. Il était veillé par le docteur Muller qui écoutait son cœur battre de façon désordonnée. Les sueurs le maintenaient dans une froideur cadavérique. Il fallait se hâter avant qu'il ne soit trop tard.

3

C'est à l'église Saint-Germain-d'Auxerre de Delme, dans les heures qui suivirent sa mort – il ne fallait perdre aucune minute –, que furent célébrées les funérailles de François. Le prêtre qui avait uni François et Émilienne prononça la messe de requiem, considérablement raccourcie. Il y avait très peu de monde. Le maire de Delme avait consenti à fermer les yeux sur le mal qui avait terrassé François. Dans d'autres communes du département de la Meurthe où le choléra sévissait, on enterrait aussi dans l'urgence pour conjurer le mal et éviter la contagion, mais on se gardait bien d'inhumer les corps dans l'enceinte des villes et des villages.

Le menuisier de Delme avait des cercueils tout prêts.

Le corps de François serait enterré dans le cimetière à bonne distance des autres tombes, dans un angle, là où le terrain était encore une friche. Le médecin avait certifié que le corps avait été enveloppé dans un linceul passé à la chaux et qu'un premier cercueil avait été chaulé avant d'être mis dans un autre, plombé. Émilienne était là. Eugène l'avait rejointe et se tenait à ses côtés avec Balthazar, appuyé sur sa canne. Le vieil homme secouait la tête de gauche à droite devant le malheur. Le père Berzinger concélébrait. La famille Worms, toujours fidèle, préféra demeurer au fond de l'église. Israélites, ils fréquentaient davantage la synagogue et n'osaient s'approcher de l'autel. Le chagrin de tous était sincère. Près du confessionnal, bien à l'écart, se tenait la compagne de François, qui avait refusé de se joindre à la famille. Elle estimait que ce n'était pas sa place. Elle savait qu'il était marié et il ne lui avait rien promis.

Qui pouvait se douter que, sous peu, ses hanches s'élargiraient, à condition que le choléra n'ait pas raison d'elle ? Dans une semaine, elle saurait si le bacille l'avait épargnée. Le médecin lui avait expliqué qu'on incubait la maladie pendant quelques jours avant qu'elle ne se déclare. Elle portait la vie, l'enfant de François. Un bâtard… Fille maudite à jamais ! Voilà ce qu'elle allait devenir : la mère d'un enfant marqué par l'enfer. On dirait de lui qu'il était l'enfant du choléra… Elle frissonna de terreur et de chagrin mêlés. On ne l'avait pas laissée approcher le lit du malade. Non parce qu'elle n'était que la compagne d'un homme qui avait jeté son dévolu sur elle pour son joli minois et son corps bien tourné, mais pour la préserver, tout simplement. Elle sanglotait. S'il ne lui avait jamais fait de déclarations, elle n'oublierait pas la tendresse témoignée et les sentiments qu'il avait éveillés en elle.

Le temps que dura cette cérémonie, Émilienne se souvint des derniers regards échangés avec François. Comment effacer à jamais la vision du corps décharné étendu sur sa couche ? Le docteur Muller était là, tentant encore de le faire boire. Il luttait avec le malade. Il ne voulait pas s'avouer vaincu. Combat ultime pour faire reculer le mal… Le rôle dérisoire du médecin face à l'inéluctable.

Que restait-il du bel homme plein de force qu'elle avait connu ? Elle avait vu ses yeux vitreux enfoncés dans son visage cyanosé et parcouru de veinules bleues. Les os des mâchoires supérieures et inférieures saillaient au point qu'elle avait craint que sa peau, devenue sèche et fine tel un vieux papier, ne se déchirât. Elle s'était dit que ce devait être pareil sous le drap et l'édredon qui le couvraient et elle ne se trompait pas. La peau avait déjà cédé au niveau des hanches et menaçait de le faire au niveau de la poitrine. Plus rien ne retenait ce corps réduit à l'état de squelette. Des bouts de chair collés les uns aux autres, voués à la putréfaction. Une pauvre membrane dérisoire entourant des os encore reliés les uns aux autres, mais pour combien de temps ? Une odeur de pourriture flottait dans l'air.

Émilienne récitait mentalement ses prières en latin. Arrivée à la fin du Credo, elle murmura :

– *Credo in beata illa resurrectione corporis*. Son corps frissonna, autant par rébellion que par dégoût. Elle eût voulu hurler : « Mensonge, tout ça est faux ! » Comment croire de telles affirmations quand, du vivant de la personne, le mal s'est hâté de tout prendre, de ronger ce qui était beau et célébrait la gloire du Créateur. Déjà, il ne restait plus rien ou si peu. « Dieu n'est pas un magicien. Comment pourrait-il faire revivre un corps putréfié ? Pourquoi cette décrépitude ? Mon Dieu, est-ce votre œuvre ou celle du diable ? »

Elle songea : « Suis-je sotte, peut-être que vous n'existez même pas. » Elle revoyait la grimace de Muller cherchant le pouls de François.

– Je ne perçois plus son pouls, tant il bat à la fois vite et faiblement. La pression artérielle s'effondre.

Dans un ultime effort, François avait tenté de parler. Il avait encore sa conscience. Il avait reconnu Émilienne, elle en était certaine. Mais sa voix était assourdie, lointaine déjà et quasi inaudible. Il voulut sortir un bras de sous le drap, mais les forces lui manquaient. Émilienne s'était agenouillée près de sa couche.

– Ne le touchez pas, avait supplié le médecin, ne frôlez pas les draps. Retenez votre respiration, gardez ce mouchoir sous votre nez. Ne mettez aucunement votre vie en danger, je vous en prie.

Elle n'avait pas entendu. N'écoutant que son cœur, elle s'était penchée vers lui. Du dessus de la main, elle avait frôlé le visage de l'homme qu'elle avait aimé chastement au temps de leurs fiançailles. Elle n'avait rien oublié de leur nuit. C'était lui, l'homme bon et généreux qui l'avait fait frissonner quand il l'avait dévêtue au soir de leurs épousailles. C'était lui qui l'avait lavée des outrages de Jules et qui, doucement, l'avait invitée au plaisir en lui murmurant mille mots d'amour. Il avait les mains si douces et les lèvres si chaudes que le désir était venu, jusqu'à la faire tressaillir.

Comment comprendre ce que la maladie peut faire d'un être humain ? Elle avait pris dans ses griffes un homme en pleine jeunesse, l'avait réduit à une enveloppe fanée, une peau sèche sur des os en souffrance car sans muscles auxquels se rattacher. Elle avait contemplé le lit de François. Était-ce sur cette couche que s'était épanoui l'amour donné, offert jusqu'au partage ? François resterait l'homme de la dignité restaurée. « Faire mémoire de cette nuit réparatrice, ne jamais oublier », avait-elle songé. Il semblait qu'un souffle de vie animait encore ce corps. Elle s'était agenouillée près de lui et avait murmuré :

– François, tu es courageux. On te soigne et tu es aimé. Tu te rappelles nos promenades au bord de l'étang de Lindre ? Je t'avais dit que les fées y dansaient les soirs de pleine lune et toi, tu m'avais répondu : « Non, pas les fées, les sorcières. » J'avais répliqué que les sorcières n'existaient pas. Tu l'avais reconnu avant d'ajouter : « Il n'y a que des bonnes fées, quand l'amour est là. Les sorcières ont peur de l'amour et s'ensauvent. » Sais-tu que, parfois, je deviens fée quand je pense à toi. Alors, je danse pour toi. Tu me verras là où tu vas, tu me feras signe les nuits de pleine lune. Tu me piqueras le nez et, si j'éternue, je saurai que c'est toi.

Il avait fermé les yeux, semblé esquisser un sourire. Du moins, est-ce ainsi qu'elle avait interprété son étrange expression.

– Je veux te dire que je ne t'oublierai pas, François. Tu ne m'as pas trahie, nous n'avons pas pu faire autrement. Je veux te remercier de m'avoir conduite sur le beau chemin de l'amour. Tu as cru en moi, comme je crois toujours en toi.

Elle avait cru lire de l'apaisement sur son visage que les dernières sueurs froides couvraient.

Le message avait été entendu. Il pouvait l'emporter là où il allait. Il avait émis un grand râle. Elle avait caressé sa joue du bout des doigts et perçu le froid de la mort. C'était fini. Le cœur n'avait plus la force de battre.

– Mon Dieu, mon Dieu, soyez bon pour lui. Ouvrez-lui les portes de votre paradis. Il a assez souffert !

– Collapsus cardiaque, avait murmuré le docteur Muller en tirant le drap sur François. C'est fini, il ne souffre plus. Paix à son âme ! Vous êtes arrivée à temps, merci pour lui.

Il avait ajouté, à l'attention des personnes qui s'étaient occupées de François :

– Vous veillerez, mesdames, à ce qu'il soit mis avec ce drap dans le linceul que j'ai apporté. Brûlez toute la literie, le lit et le sommier, passez les murs à la chaux et le sol au chlore. Ne revenez pas dans cette chambre avant plusieurs jours. Vous-mêmes, changez-vous et lavez chaque vêtement à l'eau bouillie et chlorée, comme vous le faites dès que vous sortez de cette pièce.

Il fallait se reprendre et prier. Saisir le rameau de buis plongé dans l'eau bénite et tracer sur le cercueil le signe de croix. Rappel de l'eau du baptême qui lave de toute faute. Dernier hommage, ultime prière avant la mise en terre.

Quand Émilienne fut face au cercueil, elle hésita, le bénit, posa ses mains sur le bois.

Prête à défaillir, elle se tourna vers les parents de François, qui la prirent dans leurs bras et la serrèrent contre eux. Elle vit, à quelques pas, la jeune femme qui vivait avec lui depuis près d'une année.

– Ne l'oubliez pas, elle, dit-elle en faisant un signe de tête en direction de la compagne de François. Elle lui a donné du bonheur. Et son chagrin n'est pas moindre que le vôtre ou le mien. Si vous pouviez l'accueillir de temps à autre pour l'aider à surmonter son chagrin, j'en serais heureuse. Faites cela pour moi et pour votre fils.

– Nous essayerons, promit la mère de François, puisque vous nous le demandez.

– Merci, je ne doute ni de votre bonté ni de votre charité.

Émilienne s'approcha de la jeune femme qui recula d'un pas.

– Ne craignez rien. Dites-moi seulement votre prénom.

Elle dut réitérer sa demande, car la jeune femme, apeurée, gardait le silence.

– Personne ne vous veut de mal, au contraire. Merci d'avoir rendu François heureux et de l'avoir accompagné jusque-là ! J'insiste, votre prénom, s'il vous plaît, et venez avec moi. Je vais vous présenter officiellement aux parents de François.

– Vous êtes bonne, madame. Je vous en sais gré. Je m'appelle Edmonde Béranger et je viens de Château-Salins. J'aimais beaucoup François, mais je sais que, quand je le cajolais, c'est à vous qu'il pensait. J'ai tenté de l'aider. La solitude lui était douloureuse.

– Merci, Edmonde. Ses parents sont des personnes de qualité. Ne les craignez pas. Ils vous ouvriront leurs bras et leur cœur en souvenir de leur fils. J'espère que vous échapperez à ce fléau et que vous pourrez être heureuse et aimée comme vous le méritez.

Émilienne revint au presbytère dans la calèche du prêtre. Elle ne dit pas un mot, ne pleura pas. Une fois qu'ils furent arrivés, le prêtre lui annonça qu'il faudrait qu'elle se tienne à l'écart de l'enfant pendant une semaine.

– C'est une recommandation du docteur Muller. Ne le prends pas mal. Ma bonne va te préparer une chambre dans la tourelle. C'est une précaution, tu comprends ? Inutile de mettre des vies en danger. Eugène a ramené sa fille chez lui. Il pourra la faire garder le temps de ta petite quarantaine.

– Vous avez raison, je ferai comme vous dites, monsieur le curé. Et si Dieu veut, mais le doute ne me quitte guère après avoir vu la décrépitude de François, j'échapperai à cette maladie.

– Les doutes, chère Émilienne, font partie de nos chemins de foi. Dieu ne t'abandonnera pas. Je prierai pour toi. Dieu est toujours aux côtés de celles et ceux qui s'en remettent à lui. Même si tu désespérais de lui, il serait encore là à vouloir t'aider.

– François croyait en Dieu. François était bon, monsieur le curé, et vous avez vu comment tout s'est terminé. Le corps est le temple de l'esprit, de notre âme. Il y a quelque chose qui me dépasse, quelque chose que je ne pourrai jamais comprendre. J'ai vu le corps de François en loques avant que tout soit dit. Il ne rendait pas hommage à l'âme. Ce corps n'était plus le beau monument que j'avais connu, qui abritait une âme généreuse, tournée vers les autres et le Ciel. J'ai assisté à une fin abjecte, immonde, indigne de Dieu. Ce corps torturé, ravagé par la souffrance, montrait l'enfer. Pour François, Dieu n'aura pas été bon. Quel a été son crime ? D'avoir pris une compagne parce que moi, j'étais privée de liberté ? Si Dieu est, je le trouve trop sévère, insensible à la détresse des êtres humains. Pourquoi se tait-il ? Pardon, pour mes vilaines paroles. Mais c'est à cela que je pense. Je vais avoir bien du mal à dire ma prière tout à l'heure et les jours qui vont suivre. Le silence du Ciel aura aboli tout espoir.

– Cette prière, je la réciterai pour toi, ma chère Émilienne. Ce sera une sorte de communion des saints. Je sais ce que tu as fait pour Edmonde. Tu as une belle âme et Dieu s'en réjouit, crois-moi. Pour l'instant, ton chagrin est trop vif. Le bonheur te reviendra.

Elle ne répondit pas au prêtre, se contenta de le regarder à la dérobée. C'était un brave homme de Dieu. Elle ne voulait pas le blesser. Lui répandait la bonté tout au long de son sacerdoce.

Ce n'était pas le cas en chaque église.

4

Dieuze, printemps 1868

Eugène actionna la cloche de la petite porte du presbytère. Émilienne vint lui ouvrir. Elle souriait. Il la trouva plus belle que jamais et son cœur se serra.

Il se rappelait avoir compté les jours depuis la mort de François, être allé prier à l'église de Dieuze pour mettre, comme il l'espérait, toutes les chances de leur côté. Il ne fallait pas qu'elle attrape le choléra. Le choléra avait quitté la Lorraine en novembre. Et jamais saint Nicolas n'avait été si joyeusement fêté. La Lorraine respirait.

Ces visites à la nuit tombée touchaient à leur fin. Il le savait. Il avait cru qu'Émilienne pourrait sortir de sa réclusion plus vite. Mais le juge avait pris son temps pour laver l'honneur de la jeune femme. La confession de Germaine remontait à plus d'une année. Bien qu'il ait affirmé qu'elle pouvait aller et venir si elle restait discrète, Émilienne n'avait rien changé à sa façon de vivre. Elle était demeurée cachée dans l'annexe du presbytère, grâce à la complicité du père Berzinger. Ce soir, Eugène apportait la bonne nouvelle. Le juge, débordé par les affaires crapuleuses, avait enfin signé le papier établissant la non-culpabilité d'Émilienne dans la mort de Jules Waldmann. Les poursuites étaient abandonnées. Germaine, qui était morte, avait été reconnue coupable du meurtre de son époux et de celui de Marcel. Celui-ci en avait eu assez d'être mené par le bout du nez, il avait menacé de tout révéler, puisque Germaine s'était confiée à lui sur l'oreiller. Marcel voulait changer de vie. Germaine avait été catégorique : la ferme de Buzémont lui venait de ses parents, qui y étaient morts. Elle voulait y mourir aussi. Quand Marcel avait annoncé que, dans ces conditions, il la quittait, elle avait été prise d'une fureur meurtrière.

Germaine était aussi responsable de la mort de Valère. Oui, elle l'avait poussé, mais elle avait nuancé sa confession : « Est-ce qu'une mère peut vouloir tuer son enfant ? Valère était difficile, colérique. Il m'obligeait à le corriger. Je ne pensais pas qu'il tomberait sur la herse. » Son fils aîné n'avait pas été inquiété. Mais s'il restait capitaine, l'armée n'avait pas voulu qu'il réintégrât son bataillon. Il était devenu « officier de réserve ». Il avait repris l'exploitation avec Raymonde, une jeune femme de Château-Salins qu'il avait discrètement épousée. Ils veilleraient sur les deux enfants nés de Germaine et de Marcel. Ceux de Jules étaient en âge de se débrouiller. Maria avait déclaré vouloir entrer chez les sœurs de la Providence pour racheter les fautes des siens. Quant à Félicia, elle avait préféré se placer comme bonne à tout faire dans une maison nancéienne. Elle ne voulait plus entendre parler de cette famille de fous. « La folie, c'est pis que le choléra », avait-elle crié en faisant son baluchon. Elle ne se marierait pas.

Jamais. Ainsi, elle ne risquerait pas de transmettre les tares de son père ou de sa mère. Avant de quitter la ferme, elle avait demandé à rencontrer Émilienne pour lui demander pardon. Émilienne l'avait accueillie. Non, bien sûr, elle ne lui en voulait pas. Elle lui avait même souhaité bonne chance pour sa nouvelle vie. Elle comprenait sa situation et désirait pour elle un avenir ensoleillé.

Quand Eugène entra dans la cuisine, il fut accueilli par sa fille, heureuse de lui annoncer les progrès qui étaient les siens. C'était une petite fille vive et précoce.

– Papa, je sais écrire mon nom… Regarde, marraine m'a appris.

– Déjà, petite princesse ? Montre-moi !

Émilie se hissa sur une chaise, elle avait pris son cahier et un crayon à papier. Elle écrivit en caractères d'imprimerie É M I L I E.

– Je connais les lettres, ajouta-t-elle en les épelant.

– Ta marraine est une fée, n'est-ce pas ?

– Oui, papa. Et moi aussi, c'est elle qui le dit.

– Nous sommes d'accord. Dans cette maison vivent deux fées. Mais, maintenant, je dois parler sérieusement avec Émilienne. Tu vas aller te coucher, faire un gros dodo et danser avec les anges.

– J'irai au lit si c'est toi qui me racontes une histoire après ma prière.

– Pas de problème, répondit Eugène en l'attrapant et en la flanquant sur son épaule, ce qui fit glousser l'enfant qui n'attendait que cela et faisait semblant de résister en battant des jambes, tandis que son père chantait : « Les étoiles vont te bercer… »

– N'oublie pas de chasser les monstres, gentil papa !

– Oui, oui. Sais-tu que tu vas bientôt venir à la maison ?

– Avec marraine, j'espère ?

– J'espère aussi.

Émilienne avait frémi et détourné le regard en entendant le pas d'Eugène dans l'escalier. Émilie n'avait pas mis longtemps à s'endormir. Émilienne se dirigea vers la cuisinière, prit le tisonnier et souleva les rondelles du foyer afin de vérifier qu'il y avait assez de bois pour que le feu brûle une bonne partie de la nuit. Le printemps était frais. Les gelées étaient encore sévères au lever du jour.

Eugène s'approcha d'elle et posa ses mains sur sa taille, ses lèvres sur sa nuque. Elle tenta de se dérober en murmurant :

– Je t'en prie, sois raisonnable. Ce n'est pas bien ce que nous faisons. Je t'en prie, Eugène.

– Tu en as autant envie que moi. Je le sais. Nous avons à parler. Tu es libre d'aller et venir, maintenant. Tu n'as plus à te cacher, et moi non plus. Il a fallu batailler pour clore la procédure. Je sais que tu as reçu la lettre du juge qui te lave de tout soupçon.

– Oui, le facteur me l'a apportée ce matin contre signature.

– Tu pourrais vivre à la maison, sauf si tu n'as pas oublié François et que tu me jures que je te suis indifférent.

Elle ne répondit pas, rejeta la tête en arrière et la posa sur l'épaule d'Eugène, qui embrassa son cou. Il entendait battre son cœur. Le souffle d'Émilienne était court.

Elle savourait le trouble qu'il provoquait en elle. Devait-elle, pouvait-elle s'y abandonner ? Il avait l'air de l'apprécier, de la désirer. Un grand désordre gagnait son corps. Oui, oui, que ses mains la parcourent, encore et encore !

– Que crains-tu ? insista Eugène en la gardant contre lui et en la caressant par-dessus sa jupe.

– Je ne sais pas… Une peur irraisonnée sans doute. Tu étais le mari d'Henriette, j'étais la femme de François.

– Ils ne sont plus là. Ils sont absents à cette terre, même s'ils vivent en nous. Nous sommes là tous les deux, esseulés. Je suis certain qu'ils se réjouiront si nous décidons de faire un bout de route ensemble.

Tandis qu'il parlait, ses mains allaient et venaient sur le corps d'Émilienne. Elle ne se défendait pas. Un doux vertige la prenait, elle n'aurait pas la force de le repousser. Mieux, elle s'offrit à ce désir tout entière. Le flux qui courait dans ses veines avait gagné ses reins et son ventre. Elle manquait de souffle tellement son cœur battait. Il lui semblait qu'Eugène partageait le même émoi. Il accentua ses caresses, frôla ses seins. Elle se colla à lui.

– Tu désires cet instant autant que moi, murmura-t-il en pressant ses lèvres contre son cou.

Il la sentit frémir. Sa peau était chaude, appelait la rencontre. Il en était certain. Il parcourut sa nuque de petits baisers, comme s'il la picorait. Alors elle se retourna, lui fit face, l'enlaça. Avait-elle le droit ? Elle ferma les yeux en lui offrant ses lèvres qu'il prit avec gourmandise. Elle déboutonna sa chemise, palpa sa poitrine. Prendre peu à peu possession de ce corps d'homme qu'elle effleurait de ses lèvres. Elle aimait son odeur, son grain de peau.

Il dégrafa son corsage, découvrit deux seins fermes et doux. Il la souleva avant de l'emporter dans la chambre et de la dénuder lentement pour avoir le temps de la respirer. Elle ne résista pas et s'abandonna sans fausse pudeur. Il fit glisser les bas sur ses jambes. Il l'embrassait à mesure que la soie découvrait sa peau laiteuse. Elle avait de jolies jambes, des mollets bien galbés et fermes, des chevilles fines à faire se damner un saint. Elle lui rendait ses baisers entre deux petits gloussements. Elle se montra même audacieuse, s'allongea sur lui, ce qui le surprit agréablement. Le plaisir les inonda en même temps et ils s'endormirent, repus, au milieu de la nuit. Il se réveilla le premier. Elle dormait à ses côtés, nue. Ses longs cheveux tombaient jusque sur ses seins. Elle était belle, vraiment.

Le désir lui revint. Cette jeune femme le comblait.

L'aimait-elle ou aimait-elle simplement leurs rencontres ? L'un et l'autre avaient vécu dans une sorte de sagesse des sens pendant si longtemps. Ce dont il était certain, c'était que leurs corps assoiffés se plaisaient, avaient besoin l'un de l'autre et s'appelaient. Ils parlaient le même langage. Leur union pouvait écrire une jolie mélodie. Il écarta doucement ses cheveux, souffla sur elle délicatement et observa avec attention le moindre frémissement. Il croyait voir courir le désir sous sa peau. Les seins d'Émilienne se dressèrent. Il l'embrassa depuis le cou jusqu'au nombril, la fleur de son ventre, pensa-t-il. Il la sentit tressaillir. Elle ouvrit lentement les jambes en l'attirant et posa ses mains sur ses fesses pour le retenir. Il la remercia pour cette nuit, il lui dit qu'il l'aimait. Pour toute réponse, elle lui offrit son sourire et un petit cri de jouissance qui le rassura sur leur devenir. Elle était sienne. Il mit beaucoup de prévenance et d'ardeur pour être l'homme de cette femme qu'il voulait heureuse. Serait-il à la hauteur ?

Il avait tant aimé Henriette.

Et elle, Émilienne, avait été fort éprise de François.

Comment rattraper le temps perdu, effacer ces années de douleur, écrire une nouvelle page sur laquelle ils tenteraient de conjuguer le verbe aimer à tous les temps et à tous les modes sous le regard ou sans le regard des absents ?

Eugène avait préparé le café, beurré les tartines et ouvert deux verrines de confiture, l'une à la mirabelle, secret de fabrication de la bonne du curé, et l'autre à la fraise, préparée par Émilienne selon la recette d'Eulalie. Ils allaient partager le petit déjeuner quand on frappa à la porte d'entrée. Eugène alla ouvrir pour se trouver face à Justin, le paysan qui avait toujours secondé François et Balthazar.

– C'est votre père, Eugène. On a trouvé Balthazar tout froid dans son lit.

Eugène accusa le choc. Personne n'est éternel. Balthazar n'en finissait pas de réclamer ce jour depuis la mort de sa chère Eulalie. Mais on avait presque fini par oublier que viendrait cette séparation, tant Balthazar allait encore sur les chemins, échangeant avec l'un et l'autre, suivant les travaux, distribuant quelques conseils et s'offrant, mais oui, quelques visites, en tout bien tout honneur, chez sa cavalière rencontrée au mariage de François.

Eugène prévint Émilienne en déposant le plateau du petit déjeuner sur le lit où ils avaient été si heureux.

– Il fallait bien que ce jour arrive, mais j'aurais aimé qu'il ne vînt jamais et surtout pas maintenant. Je reviendrai te voir dès que je peux, murmura-t-il en embrassant ses cheveux.

Elle posa ses deux mains sur la sienne et murmura doucement :

– Va et fais ce qui doit être fait. Nous ne sommes pas maîtres de nos destinées, dirait le père Berzinger. C'est le Très-Haut qui commande.

5

Dieuze, 1869

– Je te trouve bien sombre, dit Émilienne en posant la soupière sur la table.

– Je m'informe, comme tous les gens de bon sens. Et je constate que la situation de notre pays n'est pas brillante, répondit Eugène.

– Tu veux parler des relations entre la France et la Prusse ?

– C'est cela même.

– On en parle souvent avec Mme et M. Parisot, à la pharmacie. L'autre jour, Mme Friant, qui était venue faire essayer ses travaux de couture à la pharmacienne, s'est jointe à nous. Elle aussi s'inquiète. Tous nous déplorons le comportement de Bismarck, qui a roulé Napoléon III dans la farine.

– C'est vrai, Émilienne. L'empereur est plein de bonne volonté, mais il ne semble pas voir plus loin que le bout de son nez. Ce n'est pas un fin stratège. On avait déjà eu la crise luxembourgeoise, ce grand-duché qui aurait dû revenir à la France. Au terme de négociations secrètes bien menées, Bismarck, ministre-président de Guillaume Ier de Prusse, poussé par les autres États d'Allemagne du Nord, a réussi à isoler la France.

– Il faut reconnaître que l'échec des armées françaises au Mexique et de la politique de soutien à la Pologne contre le tsar ont été des gifles pour la France. Notre empereur n'a pas été à la hauteur.

– Il ne voit pas à long terme. Gouverner, c'est prévoir et ne pas prendre pour argent comptant ce qu'avance l'adversaire. Cela étant, on peut s'interroger sur les agissements de Bismarck. À quoi pense-t-il en poussant Léopold de Hohenzollern-Sigmaringen, cousin de Guillaume Ier de Prusse, à se porter candidat à la succession de la reine d'Espagne qui a été renversée ? Il veut en faire un Charles Quint et mettre la France à genoux ?

– C'est cela, Eugène. M. Parisot m'a expliqué que la Prusse tente d'encercler la France. Bismarck sait parfaitement ce qu'il veut : unifier le pays et créer un nouveau Reich allemand. Les chefs militaires des pays du Nord estiment comme lui qu'une guerre contre la France sonnerait l'heure de gloire. Tous sont déjà prêts et marchent au pas. Et Bismarck est bien informé. Il sait ce que la France possède ou ne possède pas en matière d'armement. Il compare et jubile, car les équipements de la Prusse sont bien plus modernes.

– S'il en est ainsi, d'ici peu, nous devrons faire la guerre avec une armée française bien démunie. Nous verrons les Prussiens fouler le sol de notre pays. Ils en rêvent depuis si longtemps. Nos généraux sont en Afrique, se gaussent de leurs hauts faits de civilisation, chez les gentils ou méchants sauvages, mais ne comprennent rien à la situation politique réelle de l'Europe en général et de la France en particulier. Ils sont bêtement orgueilleux, et pas techniciens pour deux sous. Un seul raisonne différemment…

– Ah oui, et qui ?

– Thiers, il pressent le danger.

– Ça promet, soupira Émilienne. Je connais l'histoire du personnage. Il est républicain, certes. Mais quand il parle de liberté, il y met des restrictions. Pour lui, la République ne peut être que l'œuvre d'une élite. Ce n'est pas liberté, égalité, fraternité pour tous. Cette belle devise née de la Révolution n'est réservée qu'aux instruits, qu'aux riches, à la classe des possédants. Ça, je l'ai compris. C'est bien lui qui a ordonné l'écrasement des révoltes en 1848. Il n'est pas pour les petits. Il est avant tout orléaniste. Ce qu'il veut, c'est l'ordre.

– En tout cas, on en cause aux salines. Justement, Friant, qui échange assez souvent avec notre maire, prétend que Thiers s'est assagi et met en garde le gouvernement, qui pousse notre empereur à voler dans les plumes de la Prusse. Thiers répète à l'empereur que la France n'est pas prête pour une guerre.

Émilienne servit la soupe et risqua une question en lui tendant la coupelle emplie de crème fraîche.

– Tu serais mobilisable si la guerre survenait ?

– Comme tout le monde, oui. Mais je n'irais sans doute pas au front, vu mon âge et les enfants qui sont encore à ma charge. Constant a douze ans, Nicolas neuf ans et Émilie cinq ans. Je pourrais rendre quelques services. Peut-être garder un pont ou gérer un stock de munitions.

– Heureusement que nous n'avons pas d'enfants.

– Pourquoi dis-tu cela ?

– Nous ne ferons pas de nouveaux orphelins. Imagine que la guerre te prenne. En temps de guerre, le danger est partout. Nous avons encore trois enfants en bas âge. Si d'autres étaient nés...

– Tu as raison. Je ne voudrais pas les savoir dans le désarroi. De la même manière, je suis heureux que Justin ait repris la ferme de père et la gère avec intelligence. Lucienne, sa jeune épouse, est épatante et tous deux font merveille, ce qui a rendu mon frère et ma belle-sœur bien jaloux quand ils sont venus aux funérailles de Balthazar. Comme si leur réussite leur faisait de l'ombre... Mais c'est trop tard. Père avait organisé sa succession. Mon frère n'a pas été lésé. Père était un homme juste. Mais bon, on ne peut avoir le beurre et l'argent du beurre.

– Tu réussis presque à me faire sourire, mon cher Eugène. Moi, je ne songeais qu'aux enfants, à tes enfants.

– Je sais que tu veilleras sur eux avec dévouement, ce dont je te remercie.

– Grâce à eux, je me sens un peu mère.

– J'aurais été heureux d'en avoir avec toi. J'aurais été heureux de bercer les enfants de notre amour.

– Tu sais que la chose est impossible. Mais Henriette m'a fait un don précieux. Ta petite Émilie est un peu mienne. Elle est ravie d'aller à l'école, elle y a un bon ami. Car ils partagent tous deux la même passion.

– Laquelle ?

– Tous deux barbouillent leur ardoise de dessins.

– Je ne vois pas.

– Mais si, tu connais le père de ce garçon, tu travailles avec lui… C'est un serrurier des salines, il est agent de maîtrise. Et son gamin, le petit Émile Friant, est très apprécié par les Parisot. Mme Parisot reporte sur ce charmant bambin, le fils de sa couturière, tout l'amour qu'elle aurait donné aux enfants qu'elle n'a pas eus.

– Ah, c'est vrai, je croise régulièrement cet homme discret et efficace. Mais oui, bien sûr, ils habitent rue du Moulin, à deux pas de notre ancienne maison. Henriette connaissait bien les Friant puisqu'elle adorait coudre.

– Ben oui, sans l'aide de Mme Friant, une fée aux doigts d'or, elle ne serait pas parvenue à coudre la magnifique robe de mariée qu'elle m'a faite.

– Donc, le petit Friant est bien vu de la famille Parisot. C'est heureux ! En tout cas, cela confirme qu'on peut connaître d'autres formes de maternité et de paternité. Tu n'es pas seule dans ce cas, ma chérie.

– Oui, je me console ainsi, admit Émilienne, je me dis que d'autres femmes que moi ont le ventre sec. Peut-être n'ai-je pas tout à fait raté ma vie…

– Tu n'as rien raté. Tu as réussi ce qu'il fallait réussir. J'ai épousé en secondes noces une jeune femme que j'aurais aimé connaître avant tous les malheurs qui lui sont arrivés. J'éprouve pour elle plus que de la tendresse, un véritable amour, une authentique admiration. Me crois-tu ?

– Tu es bon, Eugène. Quant à moi, j'ai l'impression de ne pas te mériter. Nos épousailles ont recollé des morceaux de vies que le chagrin avait brisées. Nous étions, toi et moi, deux canards boiteux.

Dieuze, comme chaque année, allait célébrer la Sainte-Barbe et, évidemment, cette fête prendrait une dimension nouvelle. Plus rien ne serait pareil. En tout lieu de l'Empire où travaillaient des mineurs, on aurait le cœur serré en songeant à la grève de La Ricamarie, près de Saint-Étienne. Une grève juste, les ouvriers ne réclamaient rien d'autre que la dignité et l'amélioration de leur qualité de vie. La troupe, issue du 4e régiment d'infanterie, après l'arrestation d'une cinquantaine de personnes qu'on avait conduites à la prison de Bizillon, à Saint-Étienne, avait tiré sans sommation au lieu-dit Le Brûlé. Pourquoi cet excès d'autorité vis-à-vis du monde ouvrier qui n'avait pas vu d'un mauvais œil l'installation de l'Empire ? On racontait que Napoléon III, mécontent, avait destitué le conseil municipal de Saint-Étienne. Les mineurs condamnés avaient été graciés aussitôt. Il n'en restait pas moins que, dans le même temps, le capitaine Gausserand, responsable des opérations, avait été décoré solennellement.

– Honte à l'empereur et à ses sbires ! s'écria un mineur face à la statue de sainte Barbe. Puisse-t-il rôtir en enfer ! Un homme d'État responsable ne peut mépriser ainsi son peuple.

Aucun cadre des équipes dirigeantes, si haut placé fût-il, ne se risqua à contredire le jeune Augustin. Tous opinèrent du chef. C'était trop injuste, ce qui s'était passé.

– Nous nous souvenons de Saint-Étienne, dit un autre, mais savez-vous qu'à Aubin, dans l'Aveyron, un fait similaire s'est déroulé, le 8 octobre ? La troupe a tiré sur des manifestants, de mineurs aussi. Bilan : quatorze morts et vingt blessés… Soit quarante et un orphelins. Honte à l'Empire et aux soldats indignes de porter une arme ! On ne tire pas sur un frère. On ne tire pas sur des femmes et des enfants.

– D'où la chanson composée par Rémy Doutre, un Stéphanois, *La Ricamarie*[1]. Son texte a été envoyé à tous les mineurs de France. Je compte sur vous pour le faire circuler. On doit savoir ce que font nos valeureux soldats…

On a tué l'enfant dans les bras de sa mère,
Égorgé lâchement la femme à genoux,
Un paisible vieillard qui défrichait sa terre.
On parlera longtemps, soldats, de ce « fait d'armes ».
Soldats, quand vous frappez l'ennemi de la France
Dans un loyal combat, vous êtes des héros ;
Mais quand vous massacrez vos frères sans défense,
Vous n'êtes plus soldats, vous êtes des bourreaux.

– Mes amis, déclara Émile Rougerie, un chef de production, essayons de regarder vers l'avenir. Osons croire que les armes n'auront pas le dernier mot. Vous n'ignorez pas combien les relations de la France et de la Prusse sont tendues. Guillaume et son armée de casques à pointe ne rêvent que d'une chose : faire la guerre à la France pour fonder un empire allemand. Il suit les mauvais conseils de Bismarck. Comme notre empereur, du reste, qui écoute un peu trop son Eugénie, notre impératrice, qui se plaît

1. Victor Hugo, lui, a écrit *L'Ode à la misère* pour les mineurs de Saint-Aubin.

et se complaît à parader sur son yacht. Elle fait durer l'inauguration du canal du Suez pour montrer ses belles nippes, en attendant d'avoir le droit d'exercer le pouvoir. La politique la démange. Il nous faut admettre cela aussi. En attendant, continuons d'espérer et fêtons, comme il se doit, notre patronne.

Oh, sainte Barbe,
Douce patronne,
Veille sur nous.

Émile fut vivement applaudi. Les verres se levèrent en son honneur et en l'honneur de sainte Barbe, dont on se rappelait l'histoire.

La suite, les mineurs allaient l'écrire, la chanter, comme chaque année à pareille époque.

6

De juin à août 1870

Le Journal de la Meurthe et des Vosges, *Le Courrier de la Moselle* en firent leur une. *L'Espérance* et *L'Illustration* ne furent pas en reste.

La guerre avec l'arrogante Prusse était imminente. Mais qui se souciait des populations du département de la Meurthe, à la frontière de la Prusse ?

Des hauteurs de Forbach, on voyait la Prusse. La situation était la même en Alsace… Et les habitants de ces belles régions n'avaient nulle envie de faire ami-ami avec la Prusse. « Chacun chez soi, les vaches seront bien gardées », disait-on ici et là.

Il allait falloir se battre pour la France. Les anciens hochaient la tête. Quelques-uns avaient pris le train en 1866 pour assister aux célébrations du centenaire du rattachement de la Lorraine à la France, soit à Nancy, soit à Lunéville… On avait fêté ce centenaire à Bitche, à Verdun et dans toute localité où Stanislas aimait se rendre, lui qui avait tant voulu se faire aimer des Lorrains. L'impératrice Eugénie et son jeune fils, le futur Napoléon IV, étaient là pour rappeler au peuple qu'il faisait partie intégrante de l'Empire. C'était une manifestation dynastique plus qu'un anniversaire pour les Lorrains.

Mais ces honneurs, ces flonflons étaient-ils suffisants pour inscrire dans le cœur de tout un chacun cette identité française ?

On avait vu défiler les corporations d'ouvriers, les compagnies de francs-tireurs, les hommes politiques de Lorraine, on avait pu admirer les oriflammes à chaque coin de rue, revivre une partie de la vie de Jeanne la Pucelle, assister à une cavalcade dans la Grand-Rue pour ne point oublier que Charles le Téméraire, vaincu par les troupes de René II, avait été veillé avec respect dans cette même rue. Le duc n'était-il pas allé jusque sur le champ de bataille[1] pour récupérer le corps de l'adversaire que les loups commençaient à dévorer ? Lui et son épouse, Philippe de Gueldre, rendaient ainsi hommage à l'ennemi. Mais ressentait-on à cette époque le besoin d'appartenir à un royaume ? Qu'était la France ? Le peuple se savait lorrain et entendait surtout qu'on lui fiche la paix. La Lorraine de 1477 ne voulait ni des Bourguignons ni des Anglais.

La destinée en avait décidé autrement au fil des siècles. Et la Lorraine était devenue française. Soit !

– On va voir ce qu'on va voir, affirmaient les anciens. Puisque français nous sommes, que l'Empire veille sur nous et nous protège des Prussiens dont on connaît la sinistre réputation !

1. Actuelle place de la Croix-de-Bourgogne, à Nancy.

Au lieu de cela, à Dieuze et dans les environs, on comprit que ces festivités étaient un moyen de célébrer l'Empire, d'affirmer sa grandeur. Il fallait applaudir, exprimer sa joie ! Les consignes avaient été données. On devait faire confiance et mettre ses a priori de côté. La France était belle, forte et glorieuse. Rien ne pouvait lui arriver. Or les élections de mai et de juin 1869 furent un succès pour l'opposition. De quoi inquiéter l'empereur. Il fallait démontrer qu'il était seul capable de rassembler le peuple. Aussi organisa-t-il un vote destiné à recevoir l'approbation de tous. Ce vote n'était ni plus ni moins qu'un plébiscite. L'empereur envisageait de réformer la Constitution. Il voulait installer sa dynastie. Son fils Louis lui succéderait. Un Bonaparte ne pouvait faire moins que celui qui avait sauvé la France après la Révolution, qui n'en finissait pas d'éternuer avec violence.

Dans les grandes villes, le sentiment républicain prédominait. Dans les campagnes, on admirait Napoléon III. Il rassurait. La Lorraine avait dit oui à une majorité écrasante : trois cent huit mille voix contre trente-huit mille pour le non. L'empereur avait donc réussi ce tour de force : séduire l'une des régions les plus insoumises et les plus belliqueuses depuis le Moyen Âge. Quel profit pouvait espérer cette province ? Aucun. Pour prévenir d'éventuelles rébellions, on interdit aux sociétés de tir de posséder des armes. La jeunesse y perdit une école d'entraînement où se forgeait l'élite des soldats. L'Empire crut compenser en distribuant généreusement des grades à quelques cadres sans troupe. La garde nationale, sédentaire, était moribonde. En cas d'attaque, comment ferait-on ? Une telle éventualité était considérée comme chimérique. L'Empire se voulait fort, persuadé d'être craint, voire admiré partout dans le monde. Quel État oserait l'attaquer ? Des paroles qui ne rassuraient guère, mais dont il ne fallait surtout pas douter.

Metz gardait ses fortifications, mais ni Toul ni Bitche, pas plus que Forbach, n'avaient de quoi se défendre. La Lorraine semblait ne pas exister et, pourtant, elle était sur le chemin qui mène de Berlin à Paris.

Et quand la guerre fut déclarée à la mi-juillet, ce fut la stupeur. Certes, le préfet de la Meurthe avait écrit à l'empereur pour l'assurer de sa fidélité. La Lorraine combattrait avec fougue et générosité. On applaudissait aux défilés des troupes, au passage des trains en partance pour le front. On résisterait et les Prussiens allaient voir de quel bois on se chauffait en Lorraine. Des déclarations suivies de bien peu d'effets. Le cœur n'y était pas. Dans les campagnes, on avait compris que, sans arme, sans préparation, on ne gagne pas une guerre.

Le 19 juillet 1870, date officielle de la déclaration de guerre, Paris applaudissait. « Tous à Berlin ! Nous sommes prêts et confiants, avait déclaré le maréchal Le Bœuf, ministre de la Guerre depuis peu. Nous serons vainqueurs, même si la guerre doit durer deux ans. Il ne manque pas un seul bouton de guêtre[1]. »

Les journalistes, s'ils se réjouirent, sans doute pour plaire à l'empereur, allaient très vite déchanter.

Napoléon III voulait en tout point agir comme son oncle, Napoléon Ier, c'est-à-dire prendre le commandement

1. La phrase allait devenir célèbre.

des armées. Un Bonaparte se doit d'être à la tête de ses troupes. Il était arrivé à Metz avec son fils âgé de quatorze ans. L'impératrice exultait, c'était tout ce qu'elle avait désiré : voir le père et le fils partir à la bataille après avoir obtenu la régence de l'Empire. Enfin, elle jouait un rôle politique. Se prenait-elle pour Marie de Médicis, qui fut régente à la mort d'Henri IV puisque Louis XIII était trop jeune pour régner ?

Quand l'empereur arriva à Metz, il prit conscience de la situation et en éprouva un immense dépit ; le matériel manquait. « Ce n'est pas ainsi que l'on va au combat », songea-t-il. Déjà épuisé par la maladie[1], devait-il rendre le commandement aux généraux qui l'entouraient ? Il s'en ouvrit à Mac-Mahon et l'informa de son « abandon » à contrecœur. Mac-Mahon vit son empereur à bout de forces en ce 30 juillet 1870. Est-ce à Metz que tout allait se jouer ? Mac-Mahon promit de faire de son mieux. Bazaine aussi. Que dire des soldats qui en étaient à planter leur tente, à faire leur rata et qui disposaient de si peu ? Les distributions avaient été faites et les populations comblaient les manques, offrant linge et nourriture.

La bataille de Wissembourg fut un choc, le 4 août 1870. Les Français furent confrontés à une situation dramatique et imprévue. Les Bavarois disposaient de troupes bien supérieures, ce qui n'empêcha pas la résistance française. Les Français, soutenus par dix-huit canons, tinrent en échec pendant sept heures soixante-dix mille Allemands

1. Il souffrait de coliques néphrétiques dues à des calculs rénaux et urinait du sang.

appuyés par cent quarante-quatre canons. Les Français avaient mangé du lion, disait-on, mais ils ne tiendraient pas longtemps face à un tel déferlement. L'armée allemande savait où aller. L'armée française ne pouvait être que sur la défensive, car sans réelle stratégie. Les hommes avaient cru surprendre les Prussiens ! Les cadres comprenaient enfin ce que Thiers avait affirmé à plusieurs reprises : « Nous ne sommes pas prêts. » Certes, Bismarck avait humilié la France avec la dépêche d'Ems. Il avait fait publier un honteux communiqué certifiant que le roi de Prusse avait fait savoir par son aide de camp qu'il n'avait pas à recevoir l'ambassadeur de France. Un mensonge, une insulte ! La France lavait son honneur, se rebiffait. Haro sur le Prussien ! On allait compter les coups, juger, arbitrer. À Paris, on avait poussé à la guerre, voté les crédits dans l'urgence. Mais une guerre n'a rien à voir avec un gant jeté au visage… La France exigeait son duel, sûre de gagner puisqu'elle était dans son droit. La Prusse, qui voulait sa grande Allemagne réunie, se frottait les mains.

Mac-Mahon, à la tête des armées à Wissembourg, eut le temps de méditer sur ces sujets, mais son ardeur ne fut pas pour autant calmée. Il ferrailla, il encouragea du mieux qu'il put ses troupes. Ce fut un carnage sans nom, pas du tout à la gloire des Prussiens qui pénétrèrent dans chaque maison pour s'enivrer du sang qu'ils faisaient couler.

Et des batailles, il y en eut d'autres… Froeschwiller-Woerth[1], deux jours plus tard, allaient ouvrir les portes de l'enfer aux soldats français. Les Prussiens prenaient plaisir

1. Reichshoffen.

à semer la terreur, tuaient femmes et enfants, brûlaient tout sur leur passage. Ils poursuivaient les vaincus, s'en prenaient aux chevaux. La guerre n'est jamais jolie.

Et ce fut Sarrebruck. Tout commença le 2 août, quand le 2e corps de l'armée du Rhin, sous les ordres du général Frossard, passa la frontière. Il y avait peu de Prussiens à Sarrebruck, hormis quelques détachements d'avant-garde. Les Français l'emportèrent facilement. C'était ça, la guerre ! Un jeu d'enfants ! Mais les Allemands n'en restèrent pas là et lancèrent une offensive quelques jours plus tard dont ils sortirent victorieux, forcément. En quittant les lieux, Frossard avait commis plusieurs erreurs ; il avait négligé de détruire les ponts sur la Sarre et de couper le télégraphe qui servait à renseigner la presse et tout l'Empire. Frossard ne songea même pas à neutraliser la voie ferrée de Neunkirchen. Les Allemands disposèrent donc de tous les moyens de locomotion et de communication, car eux savaient faire, afin d'inciter les États allemands du Sud à les rejoindre. Jusque-là, ces États ne voyaient pas la France d'un mauvais œil. L'Autriche non plus. Or si les États du sud de l'Allemagne et l'Autriche se ralliaient à Bismarck, la France serait isolée et crierait grâce très vite.

Les Allemands possédaient une artillerie supérieure à celle des Français. Leurs canons Krupp en acier étaient très précis et tiraient à six kilomètres, quand les Français atteignaient péniblement une cible à quatre kilomètres. Les Français chargeaient leurs canons par la bouche, tandis que les Allemands le faisaient par la culasse. Mais les Français ne déméritaient pas, résistaient et repoussaient les assaillants, d'abord avec les fusils Chassepot d'excellente qualité, pour finir à la baïonnette. Ce qui n'empêchait pas les Allemands d'avancer. Les combats furent meurtriers, des corps-à-corps jusque tard dans la nuit ; la forêt gémissait et pleurait les vies fauchées. Frossard demanda des renforts à Bazaine, installé à Metz. En vain. Il fallut donc battre en retraite, rassembler des hommes qui, isolés, ne comprirent pas l'ordre de repli. Le lendemain, l'armée allemande pénétrait dans Forbach sans combat. Les chiffres étaient tragiques, on déplorait des pertes énormes de part et d'autre, on n'avait jamais vu cela. Des milliers de morts dans les fossés au milieu des chevaux agonisants. Frossard dut essuyer des reproches. Il avait sonné la retraite bien trop tôt. Lui avait estimé que Metz aurait besoin de soldats… Il fallait sauver ce qui pouvait l'être. Les Prussiens eurent le champ libre à Sarreguemines puis à Boulay, ensuite ce fut Puttelange, Saint-Avold, Sarrebourg. Les Prussiens n'en revenaient pas de progresser si rapidement en terre française. Une terre qui, la première, avait voulu la guerre.

Metz allait s'organiser pour soutenir un siège. La ville espérait des renforts pour prendre l'ennemi à revers. « On peut toujours rêver », grognaient quelques-uns qui comprenaient un peu tard qu'ils avaient été bernés.

– On n'est pas dans la merde, soupira Eugène en repliant *Le Paysan lorrain*. Je dois rejoindre Château-Salins pour y prendre des ordres. Cette guerre est mal partie, il me semble. L'Allemagne veut son Reich sur le dos de la France et elle ne va pas hésiter à mettre la main sur les provinces qui ont été siennes. J'ai l'impression, connaissant un peu l'histoire, que l'on rejoue 1814[1].

– Tu penses que nous pourrions devenir allemands ?

– Notre pharmacien, à Dieuze, M. Parisot, en est persuadé. Il espère pouvoir partir à Nancy si la situation se dégrade. Il dit que ce sera toujours mieux que de rester ici. Il mène campagne pour convaincre tous ceux qu'il aime de le suivre.

– Tu le ferais, toi ? Tu quitterais tout ce que nous avons ici ?

– Il me semble. Je n'ai pas envie de devenir allemand, et surtout d'être vaincu et traité comme tel. Quelle humiliation ! Je pense aux enfants.

– Alors, je te suivrai, tu peux me croire.

– Je n'attendais pas d'autre réponse que celle-ci… Je ne suis pas fier de faire ce que je fais à Château-Salins, le maire n'incite pas à prendre les armes. Ce n'est pas pour autant que j'ai envie d'aller tuer du Prussien. Mais le maire déclare ouvertement qu'il n'engagera aucun combat et remettra les clés au vainqueur, même si c'est à contrecœur. Il ne veut pas de morts inutiles. Je m'interroge. Cette manière de procéder n'est-elle pas déjà un pas vers la trahison ?

– Marsal a dû accueillir les Prussiens… Ils ont poussé toutes les portes, rugi tels des fauves, mis la main sur toutes les denrées, réquisitionné les bêtes et le fourrage.

– Marsal n'a pas tenu longtemps… La ville, signalée comme place forte, a été attaquée le 13 août et, le 14 août,

1. La guerre contre la Prusse et l'Autriche à l'origine de la chute de Napoléon Ier et de son exil à Elbe.

elle se rendait. Pas de quoi se moquer ! Il paraît qu'à Saint-Privat[1] la bataille fut rude et meurtrière.

– Peut-être est-il préférable de se rendre.

– Certes, mais un soldat se doit de combattre, ma chère Émilienne. C'est son honneur. Le devoir m'appelle, je retourne à Château-Salins. Sois prudente, pour moi, pour les enfants et surtout pour toi…

1. La France parlait de la bataille de Saint-Privat et l'Allemagne de la bataille de Gravelotte.

7

Dieuze, fin août 1870

La chaleur était épouvantable et nul ne savait où se mettre. Dans les jardins, les potagers faisaient jaune mine. On avait beau arroser matin et soir, rien n'y faisait. La terre buvait mais ne semblait rien donner aux plantes, dont les tiges et les feuilles demeuraient étrangement molles.

– La guerre n'est pas qu'au sein des armées, grogna Émilienne. Si la terre refuse de nous nourrir, comment ferons-nous ? Et je suis toujours sans nouvelles d'Eugène.

– Tu sais, Émilienne, lui dit Constant, j'ai l'âge[1] de travailler aux salines. Je me suis renseigné. Papa avait des économies, mais l'argent n'est pas éternel. Nicolas aussi voudrait y aller, mais le chef des embauches n'a pas voulu de lui. Pourtant, dans les mines de charbon, on fait travailler des enfants de sept ans. Pierrot aurait voulu nous aider mais, comme beaucoup de séminaristes du diocèse de Nancy, il s'occupe des blessés dans les hôpitaux.

1. Les salines embauchaient souvent dès l'âge de neuf ans.

– Tu veux aller travailler comme ces hommes qui s'usent à la tâche, qui boivent pour se remonter le moral ? Tu veux donc risquer ta vie ?

– On n'a pas le choix avec cette guerre. L'argent finira par manquer. Tes quelques travaux de couture rapportent peu et même si Antoinette refuse le salaire que tu lui dois pour rester avec nous, je vois bien que tu es soucieuse. Ma paye mettra du beurre dans les épinards.

Émilienne regarda Constant avec attention. Certes, il avait déjà belle allure. Mais il n'était encore qu'un gamin. « Treize ans », mon Dieu, songea-t-elle en portant une main à sa gorge. Elle n'ignorait rien des conditions de travail des enfants... Ils œuvraient autant que les adultes mais pour un salaire moindre. Était-ce pour cela qu'on donnait la vie ? Pour que de si jeunes enfants risquent la leur pour quelques sous ? À cet âge-là, un enfant a besoin d'amour et de recevoir les clés lui permettant de grandir. Qu'aurait dit Eugène ? Il n'aurait pas voulu que ses fils deviennent des forçats. Comment dissuader Constant ?

Leur conversation fut interrompue par la cloche d'entrée. Quelqu'un était à la porte. Émilienne alla ouvrir. C'était Justin, venu lui apporter ce qu'il pouvait. Il prenait souvent de ses nouvelles en l'absence d'Eugène et partageait avec elle l'inquiétude d'avoir si peu de fourrage pour nourrir les bêtes durant l'hiver qui s'annonçait. Les Prussiens s'étaient servis pour leurs chevaux, avaient prélevé bon nombre de volailles. Ils avaient pris un malin plaisir à mettre le feu en plusieurs endroits. Il lui raconta leurs beuveries et comment il avait réussi à cacher dans les caves ce qui pouvait l'être, en plaçant sur les trappes menant au sous-sol de lourds meubles.

– Ces gens sont des monstres de culot, ils me donnent envie de vomir. Il nous faudra sacrifier des bêtes, les vendre plus tôt que prévu. Les laitières ne donneront rien ou si peu… Ça me fait mal de voir leurs côtes saillantes, encore un peu et les os vont transpercer leur cuir. Mauvaise année que celle-ci et les nouvelles du front ne sont guère réjouissantes. Vous êtes sans doute mieux informée que moi.

– Mieux informée, c'est vite dit, mon cher Justin. J'essaie de lire notre presse régionale et un illustré que me prête Mme Parisot. C'est vrai, ça donne une autre idée de la situation.

– Et alors ?

– Rien de brillant. En tout cas, rien qui incite à l'optimisme. Les Prussiens se pavanent et, partout où ils passent, ils ne se privent pas de prendre ce dont ils ont besoin. Honneur aux vainqueurs et honte aux vaincus que nous sommes. Vous en savez quelque chose.

– Et l'empereur ?

– Mon Dieu, il serait bien malade. Il aurait presque abandonné le commandement tant il souffre, voilà ce que je sais, Justin.

– Alors, la guerre est perdue. Allons-nous vers une nouvelle capitulation, comme en 1814 ? Ce serait la fin de l'Empire.

– Je le crains, hélas ! Les Prussiens sont à Nancy. Le préfet s'est empressé de s'incliner devant trois uhlans[1]. M. Potdevin s'est soumis honteusement, déclarant que la ville ne courait aucun risque. Il suffisait d'accéder aux demandes des Prussiens, formulées avec la plus grande politesse.

– C'est ce qui s'appelle baisser sa culotte devant l'ennemi.

– On peut penser cela. Et Metz ne tiendra pas longtemps. Selon M. Parisot, Bazaine n'est pas à la hauteur. Il a pourtant bonne réputation… L'empereur est sur les routes et Bazaine s'est laissé enfermer dans Metz avec cent cinquante mille hommes dont la France aurait bien besoin.

– Ce n'est pas ce qu'on a lu dans la presse. Je suis tombé sur un article dans *Le Courrier de la Moselle*. Il y était écrit que les Français avaient obligé les Prussiens à se calfeutrer dans les carrières de Jaumont et qu'ils y crevaient de faim et de soif, tandis que les nôtres chantaient.

– Moi aussi, j'en ai entendu parler, mais c'est faux, protesta Émilienne.

– Et Mac-Mahon ?

– Il ferait route pour venir au secours de Bazaine… Il passerait par les Ardennes, toujours selon les dires de M. Parisot, fort bien informé.

– L'Empire est donc dans le pétrin, ma chère Émilienne.

– Eugène m'a raconté des scènes à peine croyables avant son long silence. Il a vu la population se ruer sur les chemins en n'emportant que peu de chose simplement

1. Cavaliers armés d'une lance.

parce qu'un ancien avait aperçu des Prussiens depuis son grenier. Une débandade sans nom… Le maire a dû leur courir derrière pour les retenir en leur promettant la vie sauve, puisque lui s'engageait à nourrir les soldats en échange de la paix dans sa localité. Mais ce qui s'est passé à Wissembourg, à Reichshoffen et à Saint-Privat n'est pas de nature à tranquilliser les familles, soupira la jeune femme.

Les Prussiens progressaient. Une partie de l'armée du Rhin était retenue prisonnière à Metz. La presse louait toujours Bazaine. Il était l'homme de la situation. Ceux qui l'avaient vu œuvrer au Mexique savaient à quoi s'en tenir. L'empereur avait quitté la ville avant le siège. Malgré ses maux, il avait tenté ici et là, avec l'aide de quelques soldats, de tenir en selle, au prix d'incroyables souffrances. Le dépit, la douleur le ravageaient. L'empereur avait eu connaissance de l'avancée des Prussiens vers Nancy. Et il avait compris qu'il était préférable d'aller jusqu'à Verdun et de gagner Châlons afin de couper la route à l'ennemi qui lorgnait, il fallait n'en point douter, Paris. Il voulait épargner la capitale. Sauf qu'aucune ligne de chemin de fer ne reliait Metz à Verdun. Cette retraite ne pourrait se faire qu'à pied et à cheval. Or il était à bout de forces.

Les Prussiens, eux, n'en revenaient pas d'arpenter aussi aisément les routes de France. Ce pays leur convenait. On y mangeait bien, on buvait jusqu'à plus soif et les filles ne manquaient pas. Ils exigeaient les meilleurs mets et les grands crus. Dame, la guerre n'a pas que du mauvais quand elle permet de telles ripailles.

La tactique des Prussiens semblait sans faille. Sur les chemins, ils rencontraient des hommes, des femmes qui n'avaient pu se dérober à leurs regards. Alors ils les enrôlaient de force, les faisant marcher en tête de leurs colonnes. C'étaient ces civils qui étaient exposés au feu des soldats français. On voyait des femmes, ivres de douleur, continuer de porter l'enfant mort dans leurs bras parce qu'il leur était interdit de s'arrêter. Les Prussiens les obligeaient à marcher. Qui osait les défier faisait connaissance avec la baïonnette ennemie.

Souvent, Émilienne songeait à Eugène. Faisait-il partie de ces Français réquisitionnés, poussés à l'avant des batailles ? Vivait-il encore ? Elle s'efforçait de ne rien laisser paraître et d'offrir un visage serein à défaut d'être radieux aux enfants. Elle tentait de prier et d'espérer. Que faire d'autre ?

Helmuth Karl Bernhard von Moltke, le Generalfeldmarschall, semblait fort bien renseigné sur les armées ennemies et, avançant à un rythme soutenu vers la Meuse, il allait pouvoir attaquer le gros des troupes françaises. Il connaissait les cartes, il avait étudié les Ardennes. C'était là qu'il fallait livrer bataille et coincer Mac-Mahon qui volait au secours de Bazaine à Metz. Mac-Mahon pressentait-il le danger ? Il eut la tentation de renoncer, de faire demi-tour et d'abandonner Bazaine pour faire route vers Paris. Mais, poursuivi par les Prussiens, il décida de se réfugier à Sedan. L'affrontement était inéluctable. L'empereur était présent. Il fallait gagner cette bataille pour remporter la guerre. L'armée française comptait cent vingt mille hommes et cinq cent soixante canons, l'armée prussienne, sous le commandement du futur Kaiser Guillaume Ier de Prusse, lui opposait deux cent mille hommes armés de sept cent quatre-vingts canons. L'empereur était encadré par ses médecins et s'exposait sans cesse face à l'ennemi, comme s'il cherchait la mort. Une mort sur les champs de bataille pour en finir enfin avec la souffrance et les hémorragies… Les Français étaient pris dans une tenaille de feu. Mac-Mahon donna l'ordre de gagner la citadelle de Sedan. La défense serait, pensait-il, plus aisée. Mais il vit, depuis l'une des collines, des Prussiens partout, en très grand nombre, et il eut l'intuition d'un imminent désastre. La géographie des lieux n'était pas favorable. Il voulait mettre ses soldats au repos avant la grande offensive. Ils avaient déjà tant marché. Or les Prussiens avaient remarqué les mouvements de l'armée française. Pour eux, il ne fallait pas attendre et, à la fin de l'après-midi du 31 août, les Allemands encerclèrent Sedan, coupant toute retraite.

Avant l'aube du 1er septembre, la bataille commencerait, rude et sans espoir. Un carnage !

L'empereur, voulant discuter avec Guillaume de Prusse, qu'il avait reçu trois ans auparavant aux Tuileries au cours de l'Exposition universelle, fit hisser le drapeau blanc pour demander un armistice… Entre personnes d'un certain milieu, bonne éducation oblige, on allait trouver un accord. Un officier prussien se présenta à l'entrée sud de la citadelle. On le conduisit à l'empereur qui lui remit une lettre pour le roi de Prusse : « Monsieur mon frère, n'ayant pu mourir au milieu de mes troupes, il ne me reste qu'à remettre mon épée entre vos mains. » Guillaume de Prusse désigna von Moltke pour négocier la capitulation. Guillaume de Prusse était un chef, il se voulait ferme. L'heure n'était plus aux politesses et à la courtoisie du passé.

Peut-être que cette guerre allait s'achever là…

Paris et le peuple de Paris ne voyaient pas la suite de l'histoire ainsi.

L'annonce, le 2 septembre, de la reddition de l'empereur devant Guillaume, roi de Prusse, au château de Bellevue, situé au sud de Sedan, sur les coteaux de Meuse, stupéfia les Français. Considéré tel un prisonnier de guerre, il allait être conduit en captivité en Allemagne, à Wilhelmshoehe, près de Kassel, par les armées prussiennes. Cette annonce sema colère et consternation. L'opposition républicaine estima qu'était venu le moment de mettre fin à ce second Empire. Le temps ne pouvait qu'être à la République, si l'on voulait le salut de la France. Gambetta œuvrait et l'on proclama la déchéance de l'empereur et du second Empire le 4 septembre. Il fallait sauver la France. Le général Trochu, qui avait été nommé gouverneur militaire de Paris par l'empereur, une distinction qui lui avait valu de nombreux quolibets, se vit confier la responsabilité de la défense nationale de la IIIe République mise en place par « acclamation ». Les Parisiens envahirent le palais Bourbon. La République proclamée à l'Hôtel de Ville par Gambetta devait faire preuve de célérité.

Qui connaissait le sort réservé aux soldats vaincus à Sedan ?

L'armée française défaite, prisonnière des troupes de Prusse, fut maltraitée, peu nourrie, laissée à l'abandon sous la pluie qui s'était mise à tomber. Beaucoup de soldats blessés, en proie à la folie, tentèrent de s'échapper, malgré la vigilance de leurs geôliers, qui tiraient sur ces pauvres hères déguenillés, affamés et sans forces. Ceux qui réussirent à fuir se réfugièrent en Belgique.

La République voulait tenir la dragée haute à ses ennemis et l'emporter. Terrible guerre où les sièges semblaient la norme du côté prussien afin de réduire les populations à quémander un peu de pain et d'humanité. Des faits qui allaient se répéter jusqu'au printemps. Paris se préparait à un siège… L'impératrice Eugénie et son fils avaient quitté la France. Elle avait choisi Hastings, en Grande-Bretagne, lui la Belgique.

À Paris, il fallait agir vite. Thiers partit pour Londres et le gouvernement à Tours. Seul Gambetta demeurait à Paris.

Toul était toujours assiégé, Strasbourg aussi, tout comme Belfort. Toul et Strasbourg durent capituler avant la fin septembre.

Victor Hugo s'était distingué. Il était rentré précipitamment en France, le 6 septembre, dès qu'il avait eu connaissance de la déchéance de l'Empire. Il avait pris la plume, s'était engagé ; il fallait s'armer avec les moyens du bord pour bouter les Prussiens hors de France. « Ils sont deux cent mille, trois cent mille soldats, mais en chaque maison, un homme peut se lever et partir combattre avec ce qu'il trouvera comme arme, y compris des pierres pour les jeter à la face de l'envahisseur. Les Français seront ainsi des millions face à cette armée honnie. » Les journaux se firent l'écho de ce texte et Émilienne eut les larmes aux yeux en le lisant. Où donc était Eugène, lui qui ne s'était pas dérobé à son devoir ? Justin s'était rendu jusqu'à Château-Salins pour tenter de savoir ce qui s'était passé. Il avait pu constater que, partout, régnait une grande confusion. On lui avait répondu qu'il avait été fait « prisonnier » par les troupes prussiennes fin août, que celles-ci avaient quitté Château-Salins avec lui et quelques autres Français qui leur servaient d'otages. Leur destination était en principe Nancy et ses environs. On pouvait espérer, s'ils s'étaient bien comportés, qu'ils y étaient arrivés vivants.

Le soir, quand les enfants étaient couchés, Émilienne, après avoir rangé la maisonnée, nettoyé ce qui était à nettoyer, tentait de s'informer. Parfois, elle n'y parvenait pas. Elle se prenait la tête dans les mains et pleurait. Sa vie passée la hantait. Elle revoyait sa petite enfance au sein d'une famille où on l'avait si peu regardée, si peu aimée. Très vite, ses parents avaient compris ce que son courage pouvait rapporter si on trouvait une ferme où la placer. Cela avait été Buzémont. Celle qu'elle avait appelée « la ferme de tous les maux », où son père, son frère s'en venaient chercher son salaire. Elle devait se contenter d'être nourrie et logée. Elle revoyait Jules la trousser et la nausée lui revenait. Oui, bien sûr, elle avait pensé mourir, en finir avec cette vie. Heureusement, Henriette avait été là pour la consoler. Et elle avait rencontré François, l'homme providentiel qui lui avait redonné son honneur, mais elle avait dû vivre cachée jusqu'à ce qu'elle fût lavée de tout soupçon.

Pourquoi n'avait-elle pas eu le droit de connaître le bonheur auprès de François ?

Ensuite, Eugène était arrivé, avec sa bonté, son sourire. Mais la guerre le lui avait enlevé. Elle espérait qu'il lui reviendrait. « Puisse la mort l'oublier », priait-elle. Et si ce n'était pas possible, elle suppliait Dieu de lui épargner la souffrance.

Ce fut un de ces soirs que l'on frappa à la porte. Son cœur se serra. Il était à peine 20 heures. Elle se leva.

– Qui est-ce ?

– Lisbeth, la nouvelle bonne de M. le curé.

Lisbeth était là, tremblante et apeurée.

– Que vous arrive-t-il ?

– Le curé m'envoie vous chercher. Il dit qu'il va mourir, mais qu'avant il a des choses à vous dire. Si vous voulez bien me suivre. C'est M. Vincent, le voisin, qui m'a conduite jusqu'ici en carriole. Il pleut enfin, après tous ces jours de chaleur.

– Puisse-t-elle durer, marmonna Émilienne. Que les prés reverdissent et que le regain soit généreux pour que le peu de bêtes qui nous reste ne crève pas cet hiver !

8

Dieuze, septembre 1870

Émilienne n'était pas partie seule au presbytère. Constant avait tenu à l'accompagner. Il doutait fort qu'au retour Lisbeth et Vincent la raccompagnent et, à Dieuze comme ailleurs, nul n'était à l'abri d'un soldat égaré, ivre et prêt à se repaître du corps d'une femme. La situation avait fait que ce jeune garçon raisonnait déjà en adulte et avait endossé un rôle de protecteur. Défenseur de la veuve et de l'orphelin.

Sur le chemin du presbytère, Émilienne s'interrogea sur les raisons pour lesquelles le père Berzinger l'avait fait appeler. Qu'avait-il à lui dire, ce saint homme de Dieu ?

Lorsqu'ils arrivèrent, Lisbeth la pria d'ôter son manteau et ses souliers et de poser ses pieds sur des patinettes pour gagner la chambre du prêtre.

– Il ne peut plus se lever depuis plusieurs jours et célèbre sa messe assis dans son lit, il y tient. Son cœur est capricieux, a dit le docteur Muller. C'est que M. le curé approche des quatre-vingts ans.

Émilienne acquiesça d'un signe de tête. Elle savait tout cela. Lisbeth était nouvelle en la demeure du prêtre. Elle ignorait qu'Émilienne y avait été hébergée pour échapper aux gendarmes. À la cure, elle était presque chez elle. Le soir, quand la bonne était couchée, M. le curé l'invitait à le rejoindre dans la salle à manger et tous deux devisaient. À ses côtés, elle avait beaucoup appris. Il lui parlait religion, non pour en faire une bigote, mais pour témoigner de ce qui était sa raison de vivre. Ce n'était pas sa famille qui l'avait poussé à entrer en religion. Avec le père qu'il avait ! riait-il. Mais sa mère le protégeait et le comprenait. « Une sainte femme, comme la plupart, sauf celle de Buzémont, corrigeait-il, mais je n'en dirai pas plus. Je ne suis pas apte à juger. Tout vient sans doute de son éducation, de son enfance. Je vais te dire ce que je pense et je ne crois pas que tu t'opposeras à mes paroles, car il me semble que nous sommes en parfait accord sur ce point : on a mal élevé les filles jusqu'à aujourd'hui. Elles ne sont pas moins intelligentes que les hommes, mais on les force à le croire pour mieux les dominer. Même l'Église est coupable de cela. Elle ferait bien de se rappeler que, sans Marie et son "oui", nous n'aurions jamais eu de sauveur. La mère du Seigneur, c'est bien elle… »

Traverser la salle à manger de la cure parée de beaux meubles de chêne sombre bien cirés eut sur Émilienne un effet réconfortant. Elle se trouvait en terrain connu. Elle appréciait l'ordre qui régnait, cette atmosphère de bien-être. Était-ce dû à la grande table recouverte d'une nappe brodée de coquelicots ? Ou bien au fait qu'on avait tant médité en ces lieux ? Tant de fois, elle avait vu le prêtre lire son bréviaire ou griffer le papier de sa plume pour écrire le sermon du dimanche sur son petit bureau aux pieds torsadés, alors que la bonne et elle-même brodaient.

Franchir la porte menant à la chambre du prêtre était une autre affaire. Elle n'avait jamais imaginé cet homme de Dieu alité, sur le point de quitter cette terre. Elle ne l'avait jamais vu souffrir. Si cela avait été le cas, jamais il ne s'était plaint. Le docteur Muller était là. Sa présence était celle d'un ami, d'un vieux complice. Le médecin hocha la tête en la voyant entrer et lui sourit.

– C'est bien que vous soyez venus, vous et Constant. Il a besoin de votre présence, besoin de vider son cœur. Tout à l'heure, M. le curé de Delme est venu et l'a administré. Il est prêt, mais ne peut partir sans vous avoir parlé.

– Constant a demandé s'il pouvait saluer monsieur le curé, qu'en pensez-vous ? Il attend dans la salle à manger.

– Constant peut entrer, M. le curé Berzinger n'est pas contagieux. Il voudrait encore vivre, servir, témoigner, mais son cœur faiblit et je ne puis plus grand-chose pour lui, sauf apaiser sa trop grande souffrance quand l'air lui manque.

La chambre était modeste. Un lit, dont la tête comme le pied étaient faits de barreaux de fer tourné terminés par des pommeaux peints en blanc. Une armoire lorraine sculptée de rosaces sur le haut comme sur le bas des portes, des cœurs se suivant telle une frise. Près de la fenêtre, une table de bois ciré où, sur un napperon fait au crochet, étaient posés un crucifix, une statue de la Vierge et un chandelier. Pas de tapis, juste une petite descente de lit de part et d'autre du couchage. Le sol était fait d'un plancher simple, ciré régulièrement, qui dégageait une chaude atmosphère de paix. Une chaise avait été tirée près du lit. Elle recevait régulièrement ses vêtements, quand il se déshabillait avant d'endosser sa longue chemise de nuit en flanelle.

– Ah, ma chère Émilienne, que je suis heureux de pouvoir te revoir avant de m'en aller vers le Très-Haut ! Malheureusement, ce n'est peut-être pas pour t'annoncer une bonne nouvelle que je t'ai fait mander. Assieds-toi près du lit pour ne pas m'obliger à parler trop fort, j'ai le souffle court. Il s'agit d'Eugène… Mais j'ai entendu, tu n'es pas venue seule. Il y a ici un de ses fils…

– Constant est déjà un petit homme, il comprend beaucoup de choses. Il peut tout entendre. Eugène est son père. Vous avez donc des nouvelles ?

– J'en ai reçu via l'aumônier prussien du régiment dans lequel, bien malgré lui, ton Eugène a été enrôlé. Tu te doutes de la façon de procéder des hommes de Bismarck. Ce que j'ai à te dire, à toi et à Constant, n'est pas facile. Soyez courageux, mes enfants…

Il s'interrompit un long instant, le temps de reprendre son souffle, et Émilienne osa poser la question qui lui brûlait les lèvres jusqu'au cœur.

– Il est mort ?

– Non pas ! Mais il a reçu une terrible blessure à la tête et, depuis, il ne parle pas, ne sait plus qui il est ni comment il s'appelle. Du moins, il ne répond pas aux questions. Les médecins qui l'ont examiné ont dit que c'était un miracle qu'il ait survécu à l'explosion qui s'est produite tout près de lui… On l'a soigné. Une partie du cerveau a dû être emportée par la déflagration… Voilà, il est resté à l'hôpital… Il voit, on en est sûr, il suit du regard ce qui lui est montré, mais entend-il ? Parfois, on pense que oui. Son corps réagit. Et le jour d'après, pour le même exercice, il reste comme prostré, indifférent.

– Où se trouve-t-il ? Monsieur le curé, je vous en prie…

– Il est à Nancy, dans un service tenu par des religieuses qui œuvrent avec bonté. Et c'est dans ce service que de futurs prêtres font des visites pour apprendre à soulager, à faire preuve d'empathie, à regarder aussi le passage de la vie à trépas. Et un jeune séminariste…

– Pierrot ! s'écria-t-elle, une main sur le cœur. Pierrot, l'ange de la famille !

– Oui, Pierrot, tu as raison. Il a reconnu son père adoptif. Mais il ne voulait pas t'affoler, ni toi ni ses frères et sœur. Il a pitié de vous tous.

Elle se redressa :

– Mais ne suis-je pas la femme d'Eugène ? Celle qui veille sur ses enfants ?

– Bien sûr, Émilienne, et Pierrot le sait, comme moi.

– Alors ?

– Il a réussi à se mettre en relation avec l'aumônier prussien qui m'a averti, voilà toute l'histoire… Au point où j'en suis, si je ne te parlais pas, tu serais restée dans l'attente et l'angoisse. J'ai préféré t'informer. Il me semble que je devais être parjure, malgré le serment fait à Pierrot…

– Vous n'êtes pas parjure et je vous remercie de m'avoir ouvert votre cœur. Au moins, je sais. L'incertitude est mille fois plus douloureuse qu'une cruelle vérité. Pensez-vous que je puisse lui rendre visite ?

– En auras-tu la force ?

– Vous me connaissez, vous savez qui je suis…

– Oui, je t'ai vue auprès de François, tu as une âme généreuse et belle. Mais Eugène, c'est ton homme.

– François l'était aussi. Et vous savez combien et pourquoi je l'ai tant aimé. Mais je me dois aussi d'être cette femme pour Eugène. Vous avez béni notre union et l'on s'engage pour le meilleur et, hélas, pour le pire. Le bon Dieu, dans ma vie, ne m'a envoyé que le pire.

– Mais non, Émilienne, et tu le sais bien.

– Moi, je pense comme ça. Il me suffit de faire défiler ma vie et le constat s'impose.

– Nous ne pouvons pas porter de jugement. Dieu voit les choses autrement. En tout cas, il ne veut pas le malheur de sa création.

– Revenons à Eugène, monsieur le curé. Je dois le revoir, je voudrais tenter de rallumer la lumière dans son cœur et sans doute fortifier la mienne, si souvent vacillante.

– J'irai avec toi, Émilienne, dit soudain Constant, les larmes aux yeux.

– Oui, Constant, ce serait bien, reprit le vieux prêtre. C'est moi qui vais ouvrir la porte du Ciel avant lui, n'est-ce pas, docteur Muller ? Vous m'avez parlé en toute franchise ?

– Mais oui, cher Anatole. Pardonnez-moi, mais même en cet instant, je préfère vous appeler par votre prénom. Ça me rappelle quand vous n'étiez pas prêtre… Vous portiez déjà la soutane avec fierté et vous veniez boire un café chez mes parents. Maman s'écriait : « Voilà Anatole, notre futur curé ! »

– Alors, docteur Muller, on dit quoi à Anatole ? Est-ce que je vais vivre encore un peu ?

– Nul ne sait, Anatole, vous le répétez assez. C'est Dieu qui commande…

– Je sens qu'il a déjà demandé au gardien, là-haut, d'entrouvrir la porte. Sera-ce pour moi ou pour Eugène ? Que le premier de nous deux veille sur l'autre !

– J'irai voir Eugène, répéta Émilienne avec une farouche détermination.

– Et moi aussi, ajouta Constant.

– C'est bien pour lui. Le maire d'ici va établir les sauf-conduits nécessaires. Je l'ai fait prévenir par Lisbeth… Ah, mon Dieu, comme il est difficile de venir à vous ! gémit soudain le prêtre en portant une main à sa poitrine, comme pour contenir la douleur. Jésus, vous avez fait ce chemin, vous avez souffert plus que nous tous et voici que je me plains, pardonnez-moi…

Il se tut un instant et garda les yeux clos avant de se redresser, le regard vif.

– Que le Seigneur soit bon pour chacun ! Ah, gentille Émilienne, j'ai oublié de te dire quelque chose… quelque chose de très, très important. Tu m'écoutes ?

– Oui, monsieur le curé, je suis là.

– Tu te souviens de l'amoureuse de François ?

– Edmonde Béranger.

– Eh bien, Edmonde est morte. On n'a pas vraiment su de quoi. De la poitrine ou de chagrin ? Sans doute un peu des deux. C'était il y a un an et sa petite…

– Une enfant de François ?

– Ben oui, de qui veux-tu que ce soit ? La petite Françoise va bientôt avoir quatre ans.

– Où est-elle ?

– Ne sois pas si pressée ! Tu sais qu'Edmonde était orpheline. Elle a d'abord été confiée aux parents de François. Mais le père de François est mort subitement, un matin, devant son bol de café et sa femme a fini par perdre la tête avec la guerre… Elle devenait violente, on a dû la placer.

– J'entends bien, monsieur le curé, dit Émilienne en prenant la main du prêtre dans les siennes. J'entends tout cela, mais la gamine, elle est où ?

– Chez les sœurs de la Providence, à Portieux, dans les Vosges. Une religieuse de la famille de François s'y trouve, sœur Rose de la Rédemption.

– Alors, j'irai la chercher. C'est la fille de François, je l'élèverai. Elle deviendra la sœur d'Émilie.

– Oui, dit Constant, resté silencieux jusque-là, il ne faut pas laisser cette petite fille chez les orphelines. Nous aussi, Émilienne nous a élevés, elle sait aimer. Et nous aimerons Françoise comme une sœur.

Émilienne réprima un sursaut d'émotion.

– Merci à tous les deux, glissa doucement le prêtre. Je loue le Seigneur de vous connaître. Ma vie aura été belle auprès de vous tous. J'espère avoir bien servi.

9

Dieuze, Nancy,
de mi-septembre 1870 à fin octobre 1870

Émilienne se demandait quand elle pourrait enfin se rendre à Nancy. Elle suivait du mieux qu'elle pouvait le conflit. On eût pu croire que, l'empereur fait prisonnier, les combats allaient cesser, mais Gambetta, Thiers et tous les républicains, soutenus par le peuple de Paris, ne l'entendaient pas de cette oreille. On avait créé, le 11 septembre, un Comité central républicain de défense nationale des vingt arrondissements, regroupant les différentes tendances républicaines : blanquistes, socialistes et radicaux. La Prusse était attentive, elle ne comprenait pas l'obstination de la France. Que de villes conquises à l'Est, au Nord et au Centre ! Et pourtant, elle ne voulait pas s'avouer vaincue. Les combats reprendraient avec les cortèges de maux qui en découlaient. Les armées prussiennes progressaient vers Paris et allaient entamer un long siège. Le général Trochu, gouverneur militaire de Paris, estimait disposer de cinq cent mille défenseurs. Mais tous n'étaient pas de vrais soldats. Il espérait s'appuyer sur douze mille gendarmes, environ cent trente-cinq mille gardes nationaux de province et trois cent trente-trois mille gardes nationaux de Paris… Avec deux cents canons, Paris allait résister et s'affirmer. De belles déclarations, sans grands effets !

La tactique n'était pas bonne et les défenseurs, malgré leur bonne volonté, allaient connaître des échecs répétés. Cela avait commencé par la bataille de Châtillon. À Ferrières, la tentative de paix entre Favre et Bismarck n'avait pas abouti. Les blanquistes soufflaient sur les braises et exigeaient une Commune de Paris comme en 1793… Pourquoi la France se tournait-elle sans cesse vers le passé ? Pendant ce temps, Toul, affamé, avait capitulé, juste avant Strasbourg. Les troupes badoises avaient envahi Mulhouse.

Un nouveau journal était né le 21 juillet 1870. *Le Progrès de l'Est* tentait de relater les événements. Il avait narré l'entrée des troupes prussiennes dans Nancy, le 12 août 1870. Tout s'était fait sans heurts, sans grandes douleurs, écrivait le journaliste, mais déjà la ville se voyait assujettie, obligée de verser cinquante mille francs aux Prussiens qui entraient dans les commerces et raflaient tout. On est vainqueur ou on ne l'est pas !

Mais quand avait-on vraiment eu connaissance de la chute de l'Empire en Lorraine ? Comment avait-on appris que Napoléon III était retenu prisonnier en Allemagne ? On savait que Paris grondait. Par déduction, on avait compris que la guerre ne tournait pas à l'avantage des Français. Si on avait proclamé la IIIe République, c'est que des événements graves s'étaient produits. Les nouvelles arrivaient au compte-gouttes dans le pays, souvent contradictoires. On pouvait se réjouir un jour et pleurer le lendemain. Quand elles parvenaient au plus grand nombre, c'était souvent par le biais de journalistes étrangers, anglais surtout, favorables à la Prusse.

Et chacun d'espérer que les troupes françaises allaient enfin être victorieuses puisque débarrassées d'un empereur malade qui ne pouvait guider son armée.

Émilienne se rendit chez les Parisot pour prendre conseil. Mme Friant s'y trouvait avec Émile, occupé à dessiner.

– Si vous deviez vous rendre à Nancy, chère madame Parisot, avec des papiers en règle, comment iriez-vous ? Avec une voiture et un cheval ou par le train, les jours où il circule ?

– Pas avec un cheval, vous risqueriez de vous le faire prendre par quelque Prussien en chemin. Dans un train, on est nombreux et on se protège mieux les uns les autres.

– Ah, merci, je pensais la même chose, mais j'avais besoin de vous l'entendre dire. J'ai toujours peur de mal agir, de me tromper. S'il ne s'agissait que de moi… mais j'ai charge de famille. Je vais aller visiter Eugène avec Constant. Antoinette restera à la maison pour s'occuper de Nicolas et d'Émilie. Si je devais ne pas revenir… auriez-vous la gentillesse de vous adresser à Justin et à son épouse ? Ils s'occuperont des enfants en attendant que Lucien et Prudence, leur oncle et tante dans le Jura suisse, viennent les chercher.

– Ne vous inquiétez pas, Émilienne ! s'écrièrent en chœur Mmes Parisot et Friant. Nous veillerons sur les enfants en votre absence.

Le voyage à Nancy fut retardé de trois jours. Le père Berzinger venait de rendre son âme au Très-Haut. Lisbeth l'avait trouvé, paisible et endormi pour l'éternité, au petit matin, les mains jointes sur la poitrine où était posée une croix.

– Regardez, glissa-t-elle au docteur Muller venu constater le décès, il a prié jusqu'au bout. Nous avons perdu un saint, vous ne croyez pas ?

– Nous avons surtout perdu un humaniste, un ami, ma chère Lisbeth. Le saint, c'est le Très-Haut qui l'a gagné, l'humaniste était pour nous, pauvres hommes sur cette terre.

Le jour des funérailles, un orage d'une rare violence éclata. Le ciel s'ouvrait sur Dieuze qui pleurait le prêtre aimé. Des arbres furent déracinés et quelques toitures emportées. Les vieux haussèrent les épaules et enfoncèrent leur chapeau jusqu'à la moitié des oreilles pour se protéger des bourrasques.

– Le diable n'est pas content, il n'a pas eu l'âme de Berzinger. L'homme de Dieu nous a quittés sans jamais faillir à sa mission. Il nous manquera longtemps…

– Il ne nous a pas quittés, corrigea Antoinette, il n'est plus visible à nos yeux, mais il continuera à nous protéger. De cela, je suis certaine. Il nous suffira de le prier pour qu'il allège notre peine. Il a toujours affirmé que cette prière-là était la communion des saints. Il restera avec nous.

– Sacré non, dit l'un, voilà l'Antoinette de chez l'Émilienne qui parle comme un curé.

– Curé, certes non ! Mais peut-être religieuse, un jour. J'y ai souvent pensé. Quand cette guerre sera finie. J'irai chez les sœurs de Saint-Charles à Nancy, des filles de Dieu qui soignent avec dévouement les cabossés de la vie. Si, toutefois, vous n'y voyez pas d'inconvénient, madame Émilienne, dit-elle en s'adressant à celle qui était plus qu'une patronne pour elle.

– Ma chère Antoinette, je n'ai pas à te mettre un fil à la patte. Tu es libre d'aller et venir comme bon te semble. Si tu te sens appelée, il ne faut pas hésiter, en dépit des enfants qui te sont attachés, je le sais. Nous trouverons bien une solution, mais je te regretterai. Cependant, j'aurais mauvaise grâce à m'opposer à ta vocation.

– Merci, madame. J'en avais parlé à M. le curé. Il m'avait rassuré, certain que vous comprendriez que Dieu m'appelait et qu'on ne peut pas ignorer un tel appel.

– C'est tout à fait vrai, Antoinette. J'espère que tu seras heureuse de ton choix. On en reparlera à mon retour. Tu sais que je dois aller visiter mon pauvre Eugène.

Le lendemain de l'enterrement, Émilienne et Constant prirent le train à Dieuze pour rejoindre Nancy. Émilienne avait pris soin de se vêtir de sombre. Elle avait tout de même orné son chapeau de perles, selon les conseils de la chapelière du marché de Dieuze. Elle voulait être belle, elle espérait qu'Eugène la reconnaîtrait, qu'il gardait une belle image de celle qui élevait ses enfants. Elle avait passé par-dessus ses jupons une jupe de velours à bandes noires et grises reliées entre elles par un liseré rouge sombre. Un caraco dans les mêmes tons était posé sur un chemisier blanc au buste de dentelle. Les manches et le col se terminaient par un friselis de petits volants plissés. Mme Friant l'avait bien conseillée pour les finitions. « Me voilà, grâce à vous, sur le même chemin qu'Henriette, lui avait confié Émilienne. Je prends goût à pédaler sur la petite Singer qu'Eugène m'a offerte avant la guerre. Et j'aime, je l'avoue, broder et tirer l'aiguille. Il me plaisait de regarder Eulalie travailler, ses doigts sont restés beaux et agiles jusqu'à la fin. C'étaient comme des oiseaux dessinant des arabesques. »

Elle savait que ce voyage n'évoquerait en rien la gaieté de l'inauguration de la ligne Nancy-Dieuze. On avait vu, à cette époque souriante où rien de mauvais ne pouvait arriver, une grande partie des notables de Dieuze faire le déplacement. Une journée à Nancy pour visiter la ville et déguster un bon repas dans la grande brasserie donnant sur le cours Léopold avant de rentrer tard dans la soirée. On avait ri, on avait bien mangé et bien bu. Certains hommes étaient un peu pompettes, mais si heureux qu'ils avaient chanté dans le train, marquant le rythme des pieds et des mains, tandis que les dames applaudissaient. Une bonne ambiance où le rire éclaboussait les lèvres les plus sévères.

Rien de tout cela en ce jour. Les visages étaient graves. On n'osait pas se regarder. Si dans le couloir du compartiment passait un casque à pointe, on fixait le sol, à la rigueur ses pieds ou ses genoux. Les femmes feignaient de fouiller dans leur sac à la recherche d'un mouchoir. « Un regard de travers, prédisaient les anciens, et tu es mort. Ces gaillards d'outre-Rhin sont des barbares. »

Émilienne avait pu écrire à Pierrot pour le prévenir de sa visite. L'attendrait-il sur le quai de la gare ? Elle lui avait adressé une lettre le jour de la mort du père Berzinger. Elle aurait tant aimé qu'il pût venir aux funérailles.

L'émouvant requiem avait tiré des larmes aux plus endurcis. La vue du cercueil, au pied de l'autel recevant chasuble, étole, crucifix portés par l'homme de Dieu, avait serré le cœur de tous. Secrètement, elle s'adressa au prêtre : « Ne nous abandonnez pas, monsieur le curé, vous êtes dans la lumière et je suis dans la nuit la plus totale. Faites que Pierrot ait reçu ma missive. Pardonnez-lui son absence à votre enterrement. Bien sûr, s'il avait été là, nous aurions voyagé ensemble et c'eût été plus facile pour moi. » Elle se raisonna, s'en voulut de ne penser qu'à elle. Elle se devait d'être à la hauteur. C'était à elle, la plus âgée, qu'il revenait de veiller sur tous. Pierrot était sans doute fort occupé et devait obéir aux supérieurs du séminaire. Elle soupira longuement. « Vivre est parfois difficile. Pourquoi faut-il éprouver autant de douleur ? »

Oser croire que la joie reviendrait n'était qu'un pari fou. Elle imagina la fin de la guerre, le retour de la paix, la vie qui reprenait, les prés reverdissant. Les flancs des bêtes se rempliraient et combleraient les creux des jours maigres. Elle se vit repeindre fenêtres et volets de la maison pour lui donner un coup de frais. Elle changerait nappes et rideaux, peut-être même les dessus-de-lit. Les projets font du bien, donnent du soleil et chassent les pensées grises. Elle se rassurait comme elle le pouvait. La solitude lui pesait. Les enfants l'occupaient beaucoup, c'est vrai et, jusqu'à la confession du prêtre de Dieuze, elle avait espéré retrouver Eugène tel qu'il l'avait quittée.

Ils avaient encore tant à se dire. À s'aimer aussi… Enfin à tenter de le faire.

« Pourquoi n'ai-je pas le droit d'avoir un mari à moi ? » François avait failli être l'homme dont toute femme peut rêver. C'était sans compter Buzémont. Il avait fallu vivre dans la clandestinité jusqu'à ce que les secrets de cette garce de Germaine finissent par s'éventer. Eugène, lui-même meurtri par la mort d'Henriette, l'avait consolée. Il affirmait l'aimer, ce dont il lui était arrivé de douter aux jours sombres, surtout la nuit, lorsqu'il parlait en dormant. Elle l'entendait : « Henriette, oh, chère Henriette. » Sa voix énamourée évoquait celle par laquelle le plaisir s'échappe de l'homme heureux entre les bras d'une femme. Elle ne pouvait lui en tenir rigueur. Elle savait qu'il avait besoin d'elle pour élever les enfants. Il avait été juste, tendre et caressant. Mais il aurait sans doute agi ainsi avec n'importe quelle femme, la première qui aurait croisé sa route en ces jours. « Un homme ne peut rester seul », se répétait-elle pour s'en persuader, tout en rendant à Eugène ses bontés avec application. Une phrase qui lui pinçait le cœur. Des accordailles honnêtes, une certaine complicité, ça, oui. Elle ne pouvait le nier. Elle y avait trouvé son compte, un équilibre. Celui du corps. Il ne fallait pas en douter. Mais du cœur ?

Était-ce le bonheur ?

Ou quelques instants de bien-être qui apaisaient les tensions ?

Qui pouvait définir le bonheur ?

Et la guerre était venue, lui avait pris son homme. Elle n'avait que trente ans et vivait déjà telle une veuve.

Elle eut envie de donner un coup dans la fenêtre du compartiment. Elle se retint. Constant l'observait. Il avait posé son regard sur elle. Elle sut qu'il lisait en elle et avait perçu sa colère. Elle reprit contenance et lui sourit. Il fallait le rassurer. Si Eugène était son mari, il était aussi le père de Constant. Elle se devait de l'accompagner, de l'aider à surmonter le choc quand il verrait cet homme dont la guerre avait mangé l'avenir en dévorant une partie de son visage et de sa raison.

Pendant le trajet, elle vit des soldats prussiens aller et venir. Elle dut montrer ses papiers et ceux de Constant et expliquer qu'elle se rendait à l'hôpital militaire visiter son mari, gravement blessé. Elle eut l'impression d'avoir affaire à un homme compréhensif.

– *Ach*, la guerre ! Toujours la douleur et le chagrin, *Frau*[1] Kessler ! Bon courage pour vous, glissa-t-il en lui rendant ses papiers. Vous êtes de Dieuze, alors je vais vous dire, vous allez devenir allemande. Vous serez des nôtres, *Frau* Kessler, pour la gloire du Reich.

Elle ne répondit pas, réprima un frisson. M. Parisot l'avait prédit. « Si la France perd la guerre, les Prussiens nous prendront. Ils se vengeront de l'affront que fit autrefois Louis XIV à l'Allemagne en accaparant Strasbourg. Et Strasbourg ne leur suffira pas. Ils agrandiront leur pays. Les Prussiens sont voraces. »

Ce Prussien parlait français avec un léger accent, mais ne ressemblait pas aux monstres que dépeignaient certains articles de presse. Émilienne se reprit. « Dignité, courage ! »

1. Madame.

se répéta-t-elle. La petite voix chantait en elle. Ne rien montrer, sourire. Un sourire silencieux peut orner l'étendard de la rage.

Elle reconnaissait les petits villages par lesquels elle était passée avec François… François qui, dans les cieux, devait à présent compagnonner avec le père Berzinger.

Les grandes pluies avaient cessé. Personne ne s'était plaint de cette eau que le ciel avait déversée après cette terrible sécheresse qui avait grillé toutes les pâtures et les cultures.

La gare de Nancy était annoncée. Le train avait ralenti, avant de freiner un peu brusquement. La locomotive avait corné pour signifier à tous que l'on pouvait descendre. Constant sauta sur le quai le premier et tendit une main à Émilienne, en parfait galant jeune homme. Elle sourit en observant l'enfant et se dit que, si son père l'avait vu faire, il aurait été très fier.

– Merci, Constant !

Elle était inquiète et regardait d'un côté, puis de l'autre. Apercevrait-elle Pierrot ? Elle l'espérait. Elle se dirigea vers la sortie de la gare. Si elle ne rencontrait personne de connu, elle demanderait à un fiacre de la conduire à l'hôpital militaire temporaire qui avait ouvert dans des locaux mis à disposition par la manufacture des Tabacs. Elle s'apprêtait à héler un conducteur quand une main se posa sur son épaule. Elle se retourna.

– Émilienne, Constant, je suis heureux que vous ayez pu venir ! Bon voyage ?

Elle ne parvint pas à répondre. Seulement un hochement de tête. L'émotion lui nouait la gorge en revoyant ce beau jeune homme vêtu d'une soutane.

– Ah, Constant ! s'écria Pierrot en prenant son frère dans les bras et en le soulevant de terre. C'est que tu as grandi ! Bientôt un homme…

– Et toi, cher Pierrot, te voilà devenu un monsieur le curé… Tu fais très sérieux, répondit Constant.

– Je ne suis pas encore prêtre. Encore deux ans et je dirai ma première messe. On fera une grande fête au séminaire. Nous serons vingt-cinq jeunes prêtres ordonnés. Voulez-vous boire quelque chose ? La brasserie de la gare est à deux pas. Il faudra être courageux, mon cher Constant, notre père est gravement blessé. Mais ses yeux sont les mêmes, son menton aussi. Peut-être nous reconnaîtra-t-il, peut-être pas… S'il est dans un bon jour, il sera heureux de te voir.

– On peut lui parler ? Il nous entend ?

– Je ne sais pas s'il entend, mais tu peux lui parler. Il comprendra, son cœur est assez grand. Que tu lui transmettes tes meilleures pensées ne pourra que lui faire du bien !

– Oui, Émilienne m'a expliqué tout ça. Je serai fort. Je veux lui dire que je vais travailler aux salines, en souvenir de lui.

Pierrot fronça les sourcils en entrant dans la grande salle commune où Eugène devait se trouver. Il n'y était plus.

Sœur Hélène, qui faisait un travail admirable avec les religieuses de sa congrégation, le rejoignit et lui parla à voix basse. Pierrot hocha la tête et se prit le menton entre le pouce de l'index avant de rejoindre Émilienne.

– Nous n'avons pas de temps à perdre. Eugène ne va pas bien du tout. L'infection se généralise. Ce qui est fréquent chez les sujets qui restent allongés et ne peuvent se moucher. Toutes les sécrétions descendent dans l'estomac, contaminent le corps… On a dû le mettre à l'isolement. Venez, suivons sœur Hélène, une sainte femme, et mettez sur votre nez un mouchoir. Dans ces pièces dites à l'isolement, la puanteur peut être insoutenable. Ça va aller, Émilienne ? Et pour toi, Constant ?

Ils ne répondirent pas et suivirent la religieuse. Ils traversèrent la salle commune où peu de blessés se trouvaient. La plupart, les moins gravement atteints, avaient été transportés à l'hôpital de Toul. Ceux qui restaient gémissaient, pleuraient. Certains appelaient leur mère, d'autres une fiancée. Quelques-uns criaient, s'agitaient et il fallait toute la patience et le dévouement des soignants pour apaiser ces corps révoltés et épuisés par trop de souffrance.

Ce que découvrirent Émilienne et Constant en s'approchant du lit d'Eugène dépassait l'imagination. Émilienne avait vu les ravages du choléra sur le corps de François. Là, elle observa un visage qui n'était plus un visage. Les bandages souillés laissaient apparaître deux yeux et un bout de menton. La religieuse expliqua doucement que la tête de l'homme tenait à peine. Il n'était plus possible de refaire les pansements depuis six jours. Le corps se décomposait mais le cœur s'obstinait à battre.

– Peut-être vous attend-il pour en finir, souffla-t-elle. Je ne peux plus que prier à ses côtés. Dites-lui des choses douces et apaisantes.

Ainsi fut fait. Émilienne salua Eugène, le rassura. Les enfants allaient bien. Elle aimait coudre, comme sa chère Henriette autrefois. Elle lui confia aussi que la famille s'agrandirait, car dès que possible, elle irait chercher Françoise, la fille d'Edmonde et de François. Françoise, la petite orpheline de Portieux. Elle parla de tant de choses alors que les larmes inondaient son visage. Elle ne pouvait le toucher. Elle eut l'impression que son œil s'agrandissait, elle pensa y lire un fugitif acquiescement. Elle voulut croire qu'il l'avait entendue, qu'il avait compris. Elle récita pour lui quelques prières et le confia au père Berzinger et à François, tandis que Constant sanglotait :

– Papa, je prendrai ta place aux salines. Je serai un chef droit et juste, comme toi.

Pierrot posa une main sur l'épaule d'Émilienne.

– Tu feras face à l'épreuve, j'en suis certain. Je ne cesserai de prier pour vous tous. Eugène m'a donné son nom et épargné l'épreuve d'être traité comme un bâtard. Il nous faut honorer sa mémoire en tentant d'être aussi bons qu'il le fut. Merci, Émilienne, pour ce que tu fais pour mes frères et ma petite sœur.

« Il parle bien, songea-t-elle. Il met du baume sur les plaies… Les études au séminaire en ont fait un homme de bonté qui sait manier la langue. Mais il faudra vivre l'après au quotidien. »

Elle savait par expérience combien il est difficile de regarder devant, quand la mort passe, frappe, détruit les corps et les cœurs.

Eugène mourut quelques heures après leur visite. Il fut inhumé au cimetière du Sud sur la route menant à Jarville. Émilienne n'aurait pas eu l'argent pour payer le rapatriement du corps. De plus, elle n'était pas certaine de demeurer à Dieuze. Lui revenait à l'esprit sa conversation avec le Prussien dans le train. Si Dieuze, comme les environs de Metz, devenait allemand, elle s'ensauverait de la région.

« Allemande, jamais ! » se promit-elle en serrant les dents.

10

Dieuze, de novembre 1870 à janvier 1871

Il s'en était passé des choses pendant qu'Émilienne se trouvait à Nancy. Happée par ses démarches, elle n'avait eu que peu de temps pour lire la presse. Bien sûr, elle avait appris la reddition de Strasbourg. Elle savait que Guillaume de Prusse avait établi son quartier général à Versailles. Se croyait-il déjà en terrain conquis ? Pour lui, la cause était entendue. Depuis la capture de Napoléon III, la France avait perdu. Sauf que Paris refusait de plier le genou, ce qui retardait cette paix sans condition voulue par Bismarck. Que penser du jeune Gambetta, qui avait quitté Paris assiégé en ballon ? Thiers s'en était allé chercher de l'aide à Londres. Ordre de Favre, aux Affaires étrangères. L'Empire n'était plus mais quel pays oserait soutenir la France ? Qui allait reconnaître cette nouvelle et jeune République ? Fallait-il organiser des élections dans l'urgence, créer un parlement pour donner à la France une crédibilité internationale ? Traite-t-on avec un État au bord du gouffre ? L'Allemagne, pour sa part, voulait aller vite. Que ses voisins fassent le dos rond et ignorent les demandes de la France l'arrangeait bien. Bismarck se frottait les mains. Qui donc avait envie d'aider ces arrogants Français qui se croyaient tout permis ? Les alliés d'autrefois n'avaient pas envie de rejouer la partie comme pendant la guerre de Crimée. Certes, cette guerre contre la Russie avait été gagnée mais les pertes avaient été lourdes.

Tout autre était cette guerre franco-prussienne ; la France allait de défaite en capitulation. Metz s'était rendu, les troupes prussiennes s'y étaient installées le 29 octobre. Thiers avait-il compris qu'il était préférable de négocier plutôt que de laisser la situation s'enliser ? Il avait accepté de rencontrer Bismarck à Versailles à la veille du siège de Belfort. Mais ces pourparlers de la dernière chance n'allaient mener à rien. Bismarck demeurait intraitable. Il avait bien fait remarquer que Verdun se trouvait dans une fâcheuse position. Le 8 novembre, la messe était dite : la ville se rendait. Une petite satisfaction, mais qui fut de courte durée. Orléans fut délivré le 10 novembre. Joie éphémère, car la ville fut de nouveau occupée début décembre.

Les villes tombaient aux mains de l'ennemi. Thionville capitula, Phalsbourg aussi. Celles de l'Est semblaient n'avoir aucune chance. Bismarck continuait d'exulter. Tout cela était de bon augure pour le futur Reich… qui s'agrandissait. La grande Allemagne naissait. L'Allemagne du Nord était déjà intégrée dans une confédération. On passait des conventions avec les États du sud de l'Allemagne : le Wurtemberg, le pays de Bade, la Bavière. Tandis qu'en France, on se battait sans grand espoir de victoire à Nuits-Saint-Georges, Beaune-la-Rolande…

Le 21 novembre, à Versailles, les portes du bureau de Guillaume de Prusse s'ouvrirent en grand et l'unité allemande fut déclarée. Le pays aurait son empereur.

Émilienne tremblait en lisant la presse. Elle comprenait que la guerre était perdue et que l'Allemagne allait dicter ses conditions, humilier les Français et demander des indemnités qui ruineraient à jamais le pays. Elle voyait se dessiner le spectre tant redouté : l'est de la France, l'Alsace et une grande partie de la Lorraine se retrouveraient sous la botte prussienne. Personne ne savait encore où s'établirait la frontière.

Elle avait espéré se rendre à Portieux pour y chercher Françoise. Elle avait adressé un courrier aux religieuses de la Providence, qui lui avaient signifié que les routes n'étaient pas sûres. La proximité de Charmes, qui avait osé défier la puissance prussienne, n'arrangeait pas les choses. Dans son intérêt et dans celui de la petite, il était préférable d'attendre et de profiter de ce temps pour mettre au clair les conditions d'adoption de l'enfant. Les religieuses ne voulaient pas être en faute vis-à-vis de l'administration. La mère supérieure de Portieux, dans une lettre fort aimable, lui avait expliqué que l'enfant n'était pas tout à fait comme les autres. Elle vivait sans vraiment communiquer avec son entourage, en retrait. Un état que personne ne comprenait. Était-ce dû à un traumatisme, celui de la perte de sa mère qu'elle avait peu connue, de la mort de son grand-père ou de la folie de sa grand-mère, ou bien à une sorte de déraison congénitale ? La supérieure s'interrogeait. La petite fille était arrivée dans cet état de semi-prostration et, jusque-là, rien n'avait pu l'en faire sortir. Pour ces femmes de Dieu, dont la vocation était de porter secours à l'enfance et de faire œuvre d'éducation, c'était une grande tristesse. Mère Rose de la Providence écrivait avec bienveillance à Émilienne : « Si vous deviez renoncer à votre beau projet, nous ne vous en tiendrions pas rigueur. Nous comprendrions parfaitement votre décision. »

C'était mal connaître Émilienne. Elle replia la lettre avec soin, la posa sous une cruche de faïence posée sur le grand bahut de la salle à manger et émit le vœu secret qu'enfin cette guerre cessât pour qu'elle pût se rendre à Portieux et rencontrer cette enfant. Elle ne doutait pas que le manque d'amour fût la cause d'une si intense tristesse.

Et vint ce 18 janvier 1871 où l'Empire allemand fut officiellement proclamé à Versailles… Dans la Galerie des glaces, tant aimée de Louis XIV. Quand Émilienne découvrit ce fait dans la presse, elle sursauta. Comment un « empire » étranger pouvait-il oser utiliser un monument français pour annoncer son existence ? Quelque chose ne tournait pas rond. S'agissait-il d'une revanche ? Était-elle si limitée, la reine des idiotes, pour ne point comprendre les fins stratèges de la politique guerrière ? Et le gouvernement français qui ne cessait de se replier, de Paris à Tours et de Tours à Bordeaux, qu'en disait-il ? Pourquoi courbait-il la tête ? La France n'était donc plus dirigée que par des incompétents, des orgueilleux qui ne voyaient que leur intérêt propre ?

Pourtant, ce qu'elle avait lu ici et là montrait une France qui était passée sans réelle difficulté de l'Empire à la République. Mieux, un certain sentiment patriotique avait vu le jour. Républicains et royalistes semblaient avoir enterré la hache de guerre. L'intérêt de chacun devenait l'intérêt commun. Il fallait sauver la France. On était français et on entendait bien l'affirmer face aux Prussiens. Dans l'Est, les troupes étrangères allaient et venaient, attendant les ordres pour prendre possession de ces lieux où il faisait si bon vivre. Alors que dans les autres provinces, elles se faisaient discrètes. C'est à peine si les populations les remarquaient. Le maire d'Épinal n'avait pas à se plaindre des troupes établies sur les terres spinaliennes. Ailleurs, on déplorait la présence de francs-tireurs qui ne faisaient qu'aggraver la situation. On disait qu'à Plombières des soldats français errants occupaient des hôtels et se comportaient en goujats, transperçant les lits de leurs épées, laissant traîner des ordures dans les fauteuils et les canapés. Qui allait remettre bon ordre à tous ces égarements ? Les grands bourgeois s'indignaient et pointaient du doigt le laisser-aller ambiant.

Gambetta entendait toujours résister. Il avait pour lui sa fougue et sa jeunesse. Résister, oui… Mais comment, sans armée cohérente ? Selon lui, la volonté suffisait. Il fallait seulement oser combattre. Ce qui énervait bon nombre d'hommes d'affaires qui désiraient qu'on songeât enfin à la paix. La paix, seule arme possible, plausible pour construire l'avenir.

Le froid s'était installé partout. Il neigeait sur le Bassin parisien. Paris grelottait et avait faim. Si dans les premiers temps du siège, la population avait feint de se moquer des armées prussiennes en organisant des dîners somptueux, en cuisant les morceaux de viande les plus coûteux, les plus goûteux, sous le prétexte : « Il vaut mieux que ce soit nous qui ayons une indigestion plutôt que l'ennemi », si les caves s'étaient en partie vidées et que les verres s'étaient levés avec une phrase devenue rituelle : « Encore un que les Prussiens n'auront pas », on commençait à s'inquiéter. Avait-on cru que ce siège durerait ? Les vivres n'entraient plus, les médicaments non plus. Il se racontait que la Grande-Bretagne, mais bien tardivement, s'émouvait du sort réservé aux Parisiens. On attendit un soutien qui, hélas, ne vint jamais. Il se disait que, si la situation s'éternisait, le froid et les maladies feraient plus de victimes que les armes. Les armées ennemies souffraient elles aussi.

Qui sut que Paris fut bombardé en janvier ? Bismarck avait estimé qu'il fallait en finir et entrer dans Paris. Paris défait, la France serait obligée de faire amende honorable. Gambetta continuait à se démener, tandis que Thiers préférait se taire. Gambetta courut à Lille pour inciter les gens du Nord à tenir encore trois mois. Mais qu'espérait-il ?

On avait envoyé le général Bourbaki dans l'Est.

Il ne pouvait que constater l'état lamentable des soldats dépenaillés, usés, qui se demandaient pour qui et pour quoi on leur imposait cette grande misère. Il était inutile de leur parler de grandeur et de gloire. Ils ne connaissaient plus que la souffrance et la honte. Les portes de l'enfer n'étaient pas loin. Pourtant, en se dirigeant vers Belfort, Bourbaki avait réussi à faire la nique aux Allemands à Villersexel. Le pont de Delle avait été démoli et les habitants avaient repris espoir. Ils avaient presque le sourire aux lèvres. Le froid s'était intensifié, les soldats mangeaient du pain gelé, sûrs que les Allemands allaient lever le camp. L'armée de Bourbaki se trouvait à Héricourt, Belfort n'était pas loin. Mais, à Belfort, l'ennemi se montrait tenace. Et les Belfortins n'étaient pas en reste. Plus décidés que jamais ! On résisterait jusqu'à la mort, si nécessaire, mais il n'était pas question d'ouvrir les portes de la ville aux casques à pointe. On mangerait les rats, mais on ne se rendrait pas… Il y avait longtemps que les chiens et les chats errants avaient disparu.

Émilienne glanait ici et là de rares informations. Le froid semblait figer tout projet de jours meilleurs dans la campagne lorraine. Elle fendait du bois pour alimenter la cuisinière. Constant et Nicolas lui prêtaient main-forte. Elle s'efforçait de leur cuisiner des plats qu'ils aimaient, tels que des vautes… Les poules faisaient de leur mieux pour donner quelques œufs. Le dimanche, un gâteau venait égayer le menu. Pour le préparer, elle gardait la peau du lait dans la cave et la transformait en une sorte de beurre. Émilie grimpait sur le banc, près de la table de cuisine, pour l'aider dans cette tâche.

Les basses-cours ne comptaient plus que quelques bêtes qu'on tentait de préserver pour les jours les plus sombres. De temps à autre, on en sacrifiait une pour le repas du dimanche. Les réserves de pommes de terre étaient épuisées depuis quelques semaines et la farine s'achetait à prix d'or. Les récoltes n'avaient pas été excellentes et pêcher dans l'étang de Lindre était impossible puisqu'il était gelé.

Le froid figeait le paysage et les actions des hommes. Le temps semblait s'arrêter. Mais les hommes affirmaient qu'il ne fallait pas désespérer. Après l'hiver viendrait le printemps porteur de paix et d'espoir.

Un nouveau curé était arrivé à Dieuze. Il ne ressemblait en rien au père Berzinger. Il faisait d'étranges sermons. Il voyait dans la guerre une punition du Ciel. Dieu éprouvait ses sujets. Le péché était partout et chacun devait réviser sa vie et se repentir. Mais si Dieu faisait prendre conscience à ses ouailles de la grandeur de leurs fautes, c'est qu'au fond il les aimait. « Dieu n'éprouve que par amour », affirmait-il. Émilienne haussait les épaules. « Puisqu'il en est ainsi, s'était-elle dit à plusieurs reprises avant de mettre son plan à exécution, ce curé me verra de moins en moins. »

– Pénitence, pénitence, répétait le prêtre à chaque sermon, pénitence pour préparer son Ciel. Sacrifice, ajoutait-il.

De saintes paroles qui passaient mal. Les vieux hochaient la tête et préféraient aller boire un coup plutôt que d'assister à l'office, pendant que les femmes, toujours plus dociles, essayaient encore de prier. Sauf Émilienne ! « On peut prier partout », se dit-elle le jour de l'Épiphanie.

– Je ne sais pas de quel séminaire nous vient cet illuminé, mais il va vider notre église des plus fervents en bien peu de temps, dit un homme au bar de l'Espérance.

Et d'avaler son café arrosé de mirabelle.

– Celui-là, il ne l'aura pas dans sa quête, tant pis pour lui !

11

Dieuze, de février à juillet 1871

L'armistice avait été demandé fin janvier. Les combats devaient cesser pour trois semaines, le temps d'aboutir à un accord. La libération de Paris avait lamentablement échoué. Trochu avait dû se défaire de ses fonctions tout en restant gouverneur.

Paris avait faim. Les réserves de vivres étaient épuisées depuis longtemps. La capitale ne tiendrait pas au-delà du 6 ou 7 février, disait-on. On ne comblait son estomac qu'avec du pain noir. Jules Ferry savait que jamais cette politique de rationnement ne lui serait pardonnée. On abattait six cent cinquante chevaux par jour. La viande, vendue à des prix exorbitants, était réservée à ceux qui avaient de l'argent.

– Bon, murmura Émilienne, notre pain n'est peut-être pas blanc-blanc, mais il n'a jamais viré au noir. Et nous arrivons à remplir nos assiettes. Je ne crois pas que les enfants se soient jamais couchés le ventre vide. Nous avons encore ce qu'il faut, bien qu'il faille nourrir la soldatesque allemande. Ceux qui nous occupent ne se sont pas montrés trop féroces. Ailleurs, ce n'est pas toujours le cas.

Elle savait que, dans l'Est, un désastre se dessinait. Bourbaki et Garibaldi avaient perdu beaucoup de terrain entre Dijon, Gray, Dôle, Arbois, Mouchard et Besançon. Les nouvelles n'arrivaient plus à Paris ou rarement. Le froid n'arrangeait pas la situation des rares pigeons voyageurs qui, vaille que vaille, sillonnaient les cieux. Il se racontait que, parfois, ils étaient interceptés, non pour les nouvelles dont ils étaient porteurs, mais pour finir dans une assiette. Qui sut qu'on trouvait encore quelques courageux soldats qui se battaient avec l'énergie du désespoir, alors que des centaines d'autres, à l'arrière du front, fuyaient, désertaient ?

Les armées, venues en renfort du sud de la France, découvraient l'horreur des frimas. Des armes, des chevaux morts jonchaient les rues à Pontarlier. On voyait la population accourir pour prélever sur eux un bout de viande alors qu'ils agonisaient. Un abominable spectacle ! Il restait bien peu de chose de la fierté française, du sentiment patriotique. Que dire des soldats qui cherchaient refuge en Suisse ? Le savait-on à Paris ? Qu'en pensait le fougueux Gambetta ? Les populations vivaient terrorisées. Elles entendaient des récits horribles, à la faveur de gens de passage, des personnes qui prenaient goût à relater les exactions commises par les Prussiens. Ajouter du malheur au malheur devenait un réel plaisir pour ces conteurs de drames.

Il y eut des actions laides qui soulevèrent le cœur des témoins. Ce fut le cas à Charmes, où le pharmacien fut exécuté parce qu'il avait osé parler un peu fort. Ce brave homme affirmait être un Français attristé par les événements. Il ne voulait la mort de personne, simplement qu'on respectât les habitants. Les Prussiens avaient-ils compris le discours de cet homme bon mais français ? À Charmes, on traîna son corps à travers la ville pour montrer ce qui pouvait arriver quand on résistait aux vaillants soldats, vainqueurs de ces orgueilleux Français. Charmes était à deux pas de Portieux, où se trouvait justement la petite Françoise.

On rapportait aussi qu'il ne fallait jamais braver la soldatesque ennemie quand elle avait bu. Elle n'hésitait pas à tirer, n'importe quand et n'importe où. Le sacristain de Château-Salins savait beaucoup de choses et pouvait en parler à Pierrot, que le séminaire de Nancy avait envoyé en mission. Pierrot était ravi de cette affectation. De là, il allait pouvoir couper à travers bois, la nuit, pour rendre visite à sa famille. Il pourrait ainsi inciter Émilienne à la prudence. Il la savait frondeuse. Ce n'était pas le moment de narguer les Prussiens.

Et tout bascula. On apprit que Paris avait ouvert ses portes fin janvier, faim oblige. Et lassitude plombant tout désir de résister. Les Allemands bombardaient les populations. Bitche, Longwy, Mézières, Verdun, Phalsbourg et tant d'autres localités assiégées en avaient fait les frais et avaient été obligées de se rendre.

À Paris, les premiers vivres arrivèrent début février, alors que l'armée de Bourbaki était passée en Suisse. Gambetta avait démissionné – qui l'eût cru ? – début février. Des élections eurent lieu. La IIIe République se cherchait une légitimité, sans doute. Des avis furent placardés un peu partout dans l'Est. « Cessez-le-feu général ! » À Belfort, les portes durent s'ouvrir. La ville avait résisté pendant soixante-treize jours, sous la conduite de Denfert-Rochereau. « Ce n'est pas nous qui nous sommes rendus, c'est la France qui nous a abandonnés », déplora-t-il. Furent-ils surpris, ces Allemands qui entrèrent dans la citadelle ? Ils durent traverser une ville morte dont tous les volets étaient clos. Fierté belfortaine oblige, on avait tenu la dragée haute à l'ennemi.

C'est Thiers qui allait mener les négociations de paix avec Bismarck. La guerre était donc finie. L'Allemagne pouvait exulter. Ses troupes défilèrent sur les Champs-Élysées début mars. Trente mille soldats allemands narguèrent les Parisiens, frappant le pavé de leurs bottes, fusils dressés vers le ciel. Ils étaient victorieux ! Le peuple de Paris tourna le dos à ce spectacle pour qu'on ne vît pas son chagrin.

Le 15 mars, Guillaume Ier quittait Versailles et s'en retournait chez lui, au-delà du Rhin. « Et maintenant, se demandaient les Français, à quelle sauce allons-nous être mangés ? » Elle ne serait sans doute pas du goût de tout le monde. Loin s'en faut !

– Il y aura encore bien des tours de passe-passe, prédit Pierrot, un soir qu'il était venu souper chez Émilienne.

Il était heureux de revoir les enfants, finalement très intimidés par ce grand frère portant la soutane et qui serait bientôt ordonné prêtre.

– La signature des accords de paix de fin février n'est qu'un préliminaire, ajouta-t-il. L'Allemagne assoit outre-Rhin son unité… Elle va reprendre les territoires qui furent les siens avant Louis XIV. Un traité se prépare, il devrait être conclu à Francfort.

– Tu en sais des choses…

– Nous avons des réunions à l'évêché… Car l'Église catholique de France est concernée. Si une partie de nos territoires à l'Est tombe sous le joug allemand, comment organiserons-nous nos cultes ? De qui dépendrons-nous ? Serons-nous obligés de nous exiler ou devrons-nous faire allégeance à l'autorité allemande ? Ce n'est pas simple. D'autant qu'en Prusse, pardon, en Allemagne, les protestants sont majoritaires. On a vu ce qui s'est passé à Strasbourg et dans les environs, comment les pauvres prêtres catholiques ont été malmenés quand ils ont refusé d'ouvrir leurs portes aux pasteurs allemands.

– Je t'entends, Pierrot, et en même temps je pense à la petite Françoise. Je m'inquiète pour elle. La supérieure, mère Rose de la Providence, m'a écrit. L'enfant se montre toujours aussi silencieuse. Elle pense qu'il serait bon qu'elle vive au sein d'une famille. Il est tout à fait possible que la situation se débloque. Cela pourrait être salutaire pour elle. Qu'en penses-tu ?

– Tu peux essayer de lui redonner le sourire. Veux-tu qu'après la messe de Château-Salins, ce dimanche, j'aille la chercher, du moins que je t'accompagne ? Les routes sont plus sûres, c'est peut-être le bon moment.

– Je ne refuse pas ton offre, mon cher Pierrot, ainsi tu me donneras ton avis sur l'enfant. J'aimerais tellement la sortir de son isolement. Un enfant dans la détresse est pour moi, qui n'en ai pas mis au monde, la pire des choses.

La route serait longue. Il faudrait dormir sur place. Antoinette, qui n'était pas encore entrée au couvent, avait rassuré Émilienne ; elle s'occuperait de la maisonnée jusqu'à son retour.

Émilienne, soucieuse pour Françoise, s'intéressait moins aux événements, au devenir de l'Alsace et de la Lorraine, une partie des départements de la Moselle et de la Meurthe étant promise à l'Allemagne.

Françoise allait d'une pièce à une autre, en serrant contre elle un ours en peluche. Elle tétouillait une oreille de ce pauvre ours comme s'il s'était agi d'un sein. Le plus difficile pour Émilienne était de réussir à la faire asseoir à table avec les autres enfants. Elle devait lui donner à manger en la prenant sur ses genoux. Parfois, elle remplaçait le repas par une bouillie épaisse qu'elle mettait dans le biberon Robert dont elle avait élargi la tétine pour en faciliter l'écoulement. Elle présentait la tétine vissée sur le tuyau flexible à Françoise qu'elle câlinait en même temps. L'enfant semblait heureuse de ce moment passé avec elle. La petite Françoise fermait les yeux et mangeait ainsi avec un réel plaisir. Émilienne comprit qu'elle était restée au stade de bébé. Elle profitait de ces instants pour lui parler, pour lui raconter son histoire.

– Je l'apprivoise, expliquait-elle aux autres enfants. Il ne faut pas vous moquer de Françoise, elle a eu beaucoup de chagrins dans sa vie.

– Ben, nous aussi, répliqua Émilie. Moi, ma vraie maman, je ne l'ai même pas connue.

– Si, tu l'as connue, Émilie, dans son ventre. Ce souvenir doit être caché dans un petit coin de ton cerveau.

– En tout cas, je ne m'en souviens pas.

– Tu es comme nous, ajouta Nicolas. Mais quelle chance pour nous d'avoir Émilienne !

– Bah, on arrête, rouspéta Constant. Nous sommes aimés, c'est le principal.

Les négociations s'ouvrirent le 6 mai et menées au pas de charge ; le traité de Francfort fut signé le 10 mai. Un honteux traité pour la France, que la grande Allemagne humiliait en exigeant des territoires et une rançon de cinq milliards de francs à verser en trois ans. Tant que les indemnités de guerre ne seraient pas payées jusqu'au dernier sou, on verrait les casques à pointe défiler sur le sol français. Était-ce ainsi qu'on allait bâtir la paix ? L'Assemblée nationale ne trouva rien à redire aux pertes territoriales. Un million et demi de Français allaient devenir allemands. Cette même assemblée consentit à payer. On savait ce qu'occupation voulait dire. Les troupes se servaient. Les communes étaient assujetties à des contributions qui laissaient les populations exsangues. Les localités qui manifestaient leur hostilité à la présence allemande voyaient le montant de leur taxe multiplié par trois ou quatre. Rambervillers dut verser deux cent mille francs parce que la garde nationale sédentaire avait osé résister. Épinal, plus docile, ne paya que cent mille francs et Nancy cinquante mille. Bar-le-Duc, qui n'aurait dû s'acquitter que de quinze mille francs, vit sa contribution grimper à cinquante mille. L'ennemi s'enrichissait à bon compte.

Pour s'informer, il ne fallait pas compter sur les journaux. L'Allemagne contrôlait la presse écrite. La censure pouvait aller jusqu'à l'interdiction totale de parution.

Le général Hasso Manteuffel fut nommé à Nancy par Bismarck, qui préférait le savoir loin de Berlin. Rivalité de chefs, probablement. Ce haut gradé ne serait jamais maréchal, mais ne semblait pas s'en offusquer, il restait l'ami de l'empereur de la grande Allemagne. Cultivé et racé, Manteuffel se comporta avec intelligence. Il parlait parfaitement la langue de Molière et entendait que les troupes allemandes respectassent les populations. Il n'hésitait pas à punir ceux qui faisaient preuve d'arrogance. Après Compiègne, il occupa le palais du gouvernement, heureux de vivre dans le faste de Stanislas. Il se promenait à pied dans les rues et aimait la ville. À Nancy, on s'était habitué à sa présence. Un bel homme vêtu de bleu qui distribuait saluts et sourires sans jamais rechigner.

À Paris, les réactions furent bien différentes. On n'acceptait pas la défaite. La Commune de Paris se révolta contre le gouvernement qu'elle qualifia de mou et d'incompétent. Jules Vallès, fondateur du *Cri du peuple*, était l'un des moteurs de la résistance, mais pas le seul. Les femmes soutenaient le mouvement, prenaient leur place. Elles n'étaient pas les dernières à lever le poing. N'avaient-elles pas déjà fait preuve de courage en pointant les canons sur les Prussiens ? Entraînées par Louise Michel et d'autres, elles voulaient obtenir plus et œuvraient pour la laïcité. Ce qui n'était pas du goût de tous. Pourquoi vouloir chasser les religieuses des hôpitaux, des prisons et des écoles ? Ces femmes de Dieu n'étaient pas le diable. Elles donnaient leur temps, leur vie pour un monde meilleur. Que craignaient donc les communardes ? Qu'on les prive de liberté ?

– Qu'on les empêche de se faire trousser comme bon leur semble, raillaient quelques hommes.

Émilienne secoua la tête en repliant le journal ce matin-là, alors que le printemps s'était installé avec une gentille arrogance sur la campagne. Elle se promit d'évoquer le sujet quand Pierrot passerait à la maison dans deux jours. Il avait fait des études, il saurait l'éclairer. Elle ne comprenait pas vraiment ce dont il s'agissait. Cette Commune risquait de faire advenir bien des maux au nom de la liberté.

Le mot « insurrection » n'était pas assez fort. On en appelait à la révolution pour faire entendre raison au gouvernement.

Révolution, comme celle de 1789 et de 1848 ? Le 21 mai, Paris érigeait des barricades. Les femmes répondirent à l'appel. Et cette fois, la révolution, venue de la base, des ouvriers, des commerçants et des artisans, ne fut en rien commandée par des bourgeois, comme cela avait été le cas en 1789. Les Allemands ne virent pas d'un bon œil ce grand désordre, jusqu'à cette folle flambée de violence qui ne fut soutenue par aucun grand esprit. Pour les grands bourgeois, il fallait utiliser la force et venir à bout de ces gueux. Flaubert, Zola, Barrès, George Sand, Théophile Gautier, Edmond Goncourt aspiraient à la paix, comme l'ensemble du pays. On ne pouvait tolérer ces braillards et ces assassins. Victor Hugo demeura sur la réserve. S'il avait eu quelque sympathie pour la Commune, juste après la chute de l'Empire, il ne voulait pas prendre parti. Lui aussi aimait l'ordre et souhaitait que le pays se ressaisît et travailla à son bonheur. Il était reparti à Bruxelles auprès de ses enfants. Il observait le mouvement de loin.

Et vint la semaine sanglante[1].

Quand les communards furent exécutés en masse, Victor Hugo désapprouva la répression. D'autres timides voix s'élevèrent en voyant le déplorable spectacle des suppliciés, les cohortes de celles et ceux qui allaient partir au bagne[2]. Edmond Goncourt exprima sa tristesse. Les rues jonchées de cadavres et les enchaînés dans les rues de Paris, c'était le prix à payer pour que revienne le calme. Au moins, tous ces morts ne se risqueraient plus à lever le rideau sur le sanglant théâtre de « leur » justice. Que diable, la France en avait assez de tant d'agitation ! Paris allait respirer.

L'ordre imposé par les fusils et les sabres, c'était voir à très court terme. Au nom de la paix, on avait tiré sur ses semblables.

---

1. Du 21 au 28 mai 1871.

2. De 1872 à 1880, plus de 1 000 insurgés de la Commune de Paris, hommes et femmes, furent déportés en Nouvelle-Calédonie, sur l'île de Nou pour les forçats, sur la presqu'île de Ducos, une enceinte fortifiée, pour les déportés, et sur l'île des Pins pour les déportés simples.

C'est ce que Pierrot confessa à Émilienne :

– La mort donnée à un frère, à une sœur ou à une mère est une chose atroce, Émilienne. On critique les communards parce qu'ils sont issus du monde ouvrier. S'il s'était agi de grands bourgeois, de nobles, les ordres n'eussent point été les mêmes.

Elle réprima un haut-le-corps, surprise par la remarque de Pierrot, un futur prêtre. Elle savait l'Église plutôt du côté des nantis, sauf évidemment le père Berzinger, une exception. Qui l'avait formé ? Étaient-ce ses pensées propres, son analyse personnelle ? Ou bien l'Église avait-elle changé en appliquant le message de Jésus aux petits, à ceux dont on parle si peu, qui n'ont jamais voix au chapitre, à ceux qui, jusque-là, étaient quantité négligeable ?

Émilienne apprit que la France et l'Allemagne allaient définir les conditions de la paix. On devait encore peaufiner ce fameux traité de Francfort qui prévoyait, pour les populations dont le territoire avait été annexé, le choix de leur nationalité.

Les liaisons étaient rétablies. Grâce au télégraphe, on savait ce qui se passait en des lieux éloignés. Le monde entrait dans une ère nouvelle, façonnée par les progrès techniques. Les moteurs électriques étaient sur le point de se généraliser. Cette même électricité produirait un jour de la lumière et éclairerait magasins et demeures. Finies les bougies, finis les lampes à pétrole et les becs de gaz, le soleil entrerait en tout lieu.

12

Dieuze, de juillet à décembre 1871

Adolphe Thiers, le président de la République, lança des emprunts pour avoir de quoi verser la rançon demandée par l'Allemagne. La somme était très élevée et aucune négociation ne parviendrait à faire changer d'avis le vainqueur. Jusqu'au dernier centime, il faudrait payer. L'obligation se traduisait par la présence des soldats allemands sur le sol français qui exigeaient d'être nourris, logés aux frais de la France et surtout des familles qui étaient obligées de les accueillir. Double peine pour les finances du pays. Adolphe Thiers sut expliquer aux Français cette nécessité de s'acquitter vite de la somme demandée. Ne rien devoir à l'ennemi était le seul moyen de recouvrer la liberté si chère à tous.

L'Alsace entendit son discours, tout comme une partie de la Lorraine autour de Metz et jusqu'à Château-Salins et ses environ…

« Et de nous, songèrent ces Français, que dit-il, ce cher président ? Il nous abandonne, c'est tout. Nous faisons partie du tribut payé à l'ennemi. Il ne nous reste que nos yeux pour pleurer et un an pour faire nos bagages et nous établir en Lorraine française ou ailleurs. »

Beaucoup allaient opter pour Nancy. Les facultés de Strasbourg, dont celle de médecine, s'établirent à Nancy, qui ouvrit grand ses bras et son cœur à ces cerveaux qui ne pouvaient que l'enrichir. Des industriels s'implantèrent aussi aux alentours. On quitta Strasbourg, on quitta Metz, on quitta Bitche, on quitta Dieuze, et Château-Salins aussi…

Quelques audacieux descendirent jusqu'à Marseille, prirent le bateau pour Alger, Oran, la Kabylie… Le pays était beau, chaud, on y ferait pousser la vigne. Mais si peu connaissaient l'histoire de ces lieux ensoleillés devenus français. Cela ne s'était pas fait avec des fleurs.

En 1827, Louis-Philippe avait eu l'idée de consolider l'influence française dans le Bassin méditerranéen. Se prenait-il pour Napoléon Ier ? Son « coup d'éventail » avait été un prétexte. Il voulait Alger. Elle sera sienne en 1830. Mais la paix était loin d'être installée. L'Empire ottoman restait présent. Et Abd-el-Kader combattait avec fougue et grandeur les généraux Clauzel et Bugeaud. Cela dura jusqu'en 1848. Ce fut le duc d'Aumale qui remporta la victoire et c'est Napoléon III qui en cueillit les fruits.

Pour les Français de métropole soumis à l'annexion, il s'agissait de poursuivre pacifiquement l'œuvre de civilisation. C'est ainsi qu'on leur présenta l'Algérie, la terre où coulaient le lait et le miel. Ils recevraient sourires et reconnaissance de la part des indigènes. Il ne pouvait en être autrement…

Ce ne fut pas aussi simple. Savaient-ils, ces Alsaciens et ces Lorrains, que la guerre, les conquêtes étaient loin d'être finies. Pourquoi parler de terres pacifiées ? C'était loin d'être le cas. On leur promit monts et merveilles et, en Algérie, après la révolte de 1871, on confisqua cinq cent mille hectares aux autochtones pour les leur offrir[1]. La France avait changé, la guerre franco-prussienne était passée par là. Qu'importe, si ce n'était plus l'Empire, la jeune IIIe République poursuivrait le grand œuvre de la France. Thiers n'était pas un tendre. « Je brûlerai vos villages et vos moissons... Nous resterons là jusqu'en juin, à nous battre dans la province d'Oran et à y ruiner toutes les villes. » La férocité n'était pas que le fait des Prussiens. Thiers se montra rude, dans la lignée du maréchal Bugeaud. Celui-ci n'était pas tombé sous les lances et les couteaux des Algériens, mais sous les assauts du choléra en 1849. La France ne l'avait pas oublié et Thiers marchait sur ses traces. Il fit ainsi franciser les noms, les identités. Le décret Crémieux de 1870, qui accorda aux juifs algériens le même statut que les Français d'Algérie, partait sans doute d'une bonne intention, mais il allait surtout contribuer à diviser les autochtones et les Français de France. On allait vivre ensemble contraints et forcés, en paix mais sans jamais, ou très rarement, se mélanger.

Tous les optants qui s'exilèrent hors de France métropolitaine ne partirent pas en Algérie. Quelques-uns osèrent regarder plus loin et embarquèrent au Havre ou

1. En fait, cent mille hectares seront distribués aux Alsaciens et aux Lorrains.

à Bordeaux pour rejoindre des familles françaises devenues canadiennes ou américaines un ou deux siècles auparavant. Ne dit-on pas que la chance sourit aux audacieux ?

Émilienne découvrait tout cela et se demandait s'il était opportun de s'y risquer. Elle avait à charge quatre enfants. Françoise semblait avoir fait quelques progrès et commençait à l'appeler « maman ». Émilie aussi, du reste, avant de se reprendre et de dire « marraine », puis de lâcher en riant :

– Oh, mince alors, je me suis encore trompée.

Jusqu'au jour où Nicolas eut une idée.

– Elle est comme une maman pour nous. On devrait lui trouver un nom tout doux rien que pour elle. Qu'en penses-tu ?

– On n'a qu'à l'appeler Momette, c'est un peu comme « moman »... Qui est pour, qui est contre ?

Émilienne, qui finissait d'éplucher les légumes pour la soupe, n'était pas intervenue et se réjouissait en entendant les enfants débattre. Constant n'allait pas tarder à rentrer du travail. Il était apprenti charpentier à la mine et affirmait aimer ce qu'il faisait. Un jour, il travaillerait à son compte. Il aurait son entreprise. Il couvrirait les toits des maisons, des bâtiments. Oui, ce métier lui plaisait bien. Il n'allait pas rester à la mine de sel... Même si les chefs le flattaient et le félicitaient.

Émilienne avait décidé de prendre quelques jours sur les conseils de Mme Parisot, qui l'incitait, comme elle le faisait avec ses autres relations, à opter officiellement pour la France. Être sous la tutelle de l'Allemagne ne leur apporterait rien de bon. Mme et M. Parisot organisèrent un voyage à Nancy et retinrent des chambres dans une pension de famille tenue par des amis.

– Profitons de ce séjour avec les Friant. Il y a mille choses à voir et à faire dans une ville comme Nancy. Et au moins, nous resterons français.

L'idée avait fait son chemin. Même Constant serait du voyage. Il avait obtenu deux jours de congés les 17 et 18 juillet. Ce fut donc le lundi matin très tôt que tous grimpèrent dans le train à Dieuze.

Émilienne avait prévu une visite au cimetière du Sud, sur la route de Jarville. Elle voulait montrer aux enfants l'endroit où leur père avait été inhumé. Un bouquet de fleurs serait déposé sur la pierre de granit gris où était gravé le nom d'Eugène. Françoise fronçait les sourcils.

– Tu te poses des questions ? lui demanda Émilienne. Ton papa n'est pas ici, il est enterré à Delme et ta maman aussi. Je t'y conduirai quand nous reviendrons.

Émilienne ne s'attarda pas en ces lieux, elle voulait surtout prouver aux enfants qu'Eugène n'était pas oublié et qu'il était normal de rendre hommage aux disparus. Ce nouveau cimetière voyait s'élever des chapelles, dont certaines très ouvragées.

– Des monuments, des maisons pour les morts qui ont été très connus, dit Nicolas.

– En fait, ils sont pour les riches, ajouta Constant. De leur vivant, ces gens étaient importants. Morts, ils veulent encore qu'on s'en rappelle. On doit se souvenir d'eux.

Émilienne ne se mêla pas à la conversion, mais s'en amusa secrètement. « La vérité sort de la bouche des enfants », songea-t-elle. Et en ce jour, c'était tout à fait cela.

Les promenades furent nombreuses. Émilienne fit une folie et loua une voiture pour se rendre du parc de la Pépinière au parc Sainte-Marie. Il faisait beau et l'attelage était découvert. Le cocher se rendit compte qu'il avait affaire à des touristes et entreprit de leur présenter les lieux par où il passait. Il semblait aimer sa ville. Il disait aussi qu'elle serait plus belle quand tous les Allemands seraient partis. Pour l'heure, il fallait bien vivre ensemble et surtout essayer de ne point se faire remarquer ; ils avaient l'esprit chatouilleux. On pouvait, si on leur avait manqué de respect, être condamné à verser une très grosse amende. Émilienne sourit, déplora tout comme lui ces attitudes qui n'allaient pas dans le sens d'une éventuelle réconciliation.

Le parc Sainte-Marie enchanta les enfants qui avaient besoin d'espace et de verdure. Un marchand de biscuits et de limonade à la grenadine ou à la menthe était installé sous de grands arbres. Quelques bancs pouvaient accueillir les familles ou les promeneurs qui s'approvisionnaient chez lui pour le goûter. Émilienne offrit aux enfants de quoi se régaler. Françoise avait les yeux qui brillaient de plaisir.

– Maintenant que vous avez repris des forces, déclara Émilienne, on peut revenir à pied en vieille ville. Nous avons encore beaucoup de choses à découvrir.

Elle se souvenait du voyage qu'elle avait fait avec Henriette et Eugène. Les enfants découvrirent la rue

Saint-Jean, Saint-Georges. En haut de la rue, la porte Saint-Jean était à moitié démolie. La place était promise au même sort. On voulait une grande avenue pour faire passer les tramways, d'abord tirés par des chevaux et sans doute électriques par la suite, progrès oblige. Au nom du progrès, on abattait, on rasait. Ils passèrent devant la cathédrale, traversèrent la place Stanislas, puis passèrent sous l'arc Héré avant de prendre sur la gauche et d'arpenter la Grand-Rue, là où se trouve le palais des Ducs de Lorraine, devenu musée depuis quelques années même s'il abritait un escadron de gendarmerie. Ils virent l'église des Cordeliers.

– Ah, ça, elle est bien plus petite que la cathédrale, dit Émilie.

– C'est normal. Une cathédrale doit être grande, car c'est l'église de l'évêque du diocèse. C'est là que nous irons à la messe ce dimanche. Ce sera une très belle cérémonie.

– Si j'ai bien compris, ajouta Nicolas, l'église des Cordeliers, c'est un grand tombeau, celui des ducs de Lorraine. Ils devaient être bien riches pour se faire construire une église rien que pour y être enterrés.

C'était une façon de voir les choses.

Il fallait être prudent quand passaient les calèches. Parfois, le cocher avait quelque peine à tenir les rênes pour obliger les chevaux à adopter une allure moins rapide et la Grand-Rue était étroite. Deux attelages ne pouvaient s'y croiser. Si en plus, il y avait des piétons… Il fallait se mettre sous une porte cochère dès qu'on entendait les sabots marteler les pierres de la chaussée. Françoise se serrait contre Émilienne, comprenant que la protection viendrait de cette Momette, comme en avaient décidé les enfants.

– Allons, les enfants, s'écria Émilienne ce mardi matin, il est temps de se lever ! Nous prendrons le train en fin de matinée, après le petit déjeuner. M. et Mme Parisot et la famille Friant nous attendent sans doute dans la grande cuisine.

– J'espère que nous reviendrons à Nancy, répondit Nicolas en s'asseyant dans le lit et en se frottant les yeux.

– Peut-être, répondit Émilienne. Et si un jour nous quittions Dieuze pour habiter ici, qu'en diriez-vous ?

– Ah, moi, s'écria Émilie, je veux bien ! Émile m'a dit que ses parents et lui allaient s'y installer. Je pourrais continuer à le voir. J'aime le regarder dessiner. Je voudrais faire comme lui, mais ce n'est jamais aussi réussi.

– Ah, oui, ce serait bien, nous ne serions pas trop perdus, dit Nicolas.

– On peut déménager, renchérit Constant. On apprendra à se faire de nouveaux amis.

Émilienne écoutait les enfants échanger et se réjouissait d'entendre leur point de vue. Elle savait aussi que d'autres familles s'apprêtaient à quitter Dieuze et les environs. Sa décision était prise. Sitôt de retour, elle entamerait les démarches et demanderait à rester française, elle et les enfants. Elle trouverait bien un travail. Constant comptait soit rejoindre les salines près de Nancy, soit poursuivre son apprentissage auprès d'un charpentier à Nancy même.

Mais qu'arrivait-il à Mme Parisot, d'ordinaire si diserte ? Elle avait le visage ombré de tristesse. Par discrétion, Émilienne n'osa pas la questionner. Elle songea tout d'abord que les soucis faisaient l'assaut. Elle voyait bien que M. Parisot était fatigué. Il n'était plus tout jeune. Elle devait redouter l'instant où ses yeux se fermeraient à tout jamais. Émilienne comprenait. Elle-même avait connu pareille solitude, il y a peu. Mais elle avait la chance d'avoir l'esprit occupé avec les enfants qu'elle élevait. Elle avait un but. Et la perspective d'en faire des femmes et des hommes accomplis la comblaient, du moins l'apaisait.

En reposant sa tasse de café sur la table, Mme Parisot soupira.

– Savez-vous ce qui est arrivé cette nuit ? Le palais des Ducs de Lorraine a brûlé. En une heure, tout s'est embrasé…

– J'ai appris cela en allant acheter le journal ce matin, répondit Joseph Parisot. Tout Nancy ne parle que de ça.

– Mais c'est terrible, fit Émilienne. Comment une telle chose a pu se produire ?

– Ah, ça ! Ce qui a été dramatique, c'est qu'il n'a pas été possible de prévenir rapidement les pompiers. Les Allemands ont interdit qu'on sonne les cloches… Au risque d'être emprisonné, le brave curé Guillaume de Saint-Epvre a cependant fait tinter les siennes et les Nancéiens ont lutté comme ils ont pu, avec l'énergie du désespoir. Ils ont mis en place une chaîne avec des seaux. C'était, hélas, bien insuffisant.

– Alors ? interrogea Constant.

– Il ne reste rien, paraît-il. Si vous le permettez, je vais aller voir.

– Nous aussi. On vous accompagne, n'est-ce pas, Momette ? murmura Émilie en s'essuyant la bouche du revers de la manche, tandis qu'Émilienne faisait les gros yeux et agitait l'index pour lui faire remarquer qu'on devait prendre sa serviette.

Émilienne acquiesça. Le petit déjeuner fut expédié. Il fallait voir de ses yeux ce drame. Ne jamais oublier.

– Le passé historique s'est envolé, dit Mme Parisot en aidant la jeune Marie à desservir. Vous vous rappelez la grande tour de l'Horloge qui, d'ailleurs, n'a plus d'horloge ? Eh bien, les flammes sont allées au plus haut. Tout n'est que ruine. La galerie des Cerfs, le lieu de réception des ducs que René II fit restaurer après la mort de Charles le Téméraire, s'est effondrée. Les flammes ont eu raison de cette pièce magnifique…

– Ah, oui, nous l'avions vue lundi après-midi, un plafond à caissons peints de toute beauté. Le guide a précisé qu'il était le plus ancien de France…

– Je doute fort, même si la ville et la République unissent leurs efforts, qu'on puisse un jour reconstruire ce palais, glissa Virgile Friant.

– Si on le refait et qu'il faut peindre, je peux essayer, lança Émile Friant, l'œil vif.

– Aujourd'hui, toute la ville est en deuil, ajouta Catherine Friant. C'est l'histoire de la Lorraine qui est partie en fumée.

– Il paraît qu'en une heure tout était joué. L'incendie avait gagné les toitures, la charpente était entièrement dévorée, soupira Mme Parisot.

Dans le train du retour, on se remémora ces quelques jours passés dans la capitale de la Lorraine. Et chacun d'évoquer les ruines fumantes de la Grand-Rue. Un grand malheur avait frappé Nancy. Même les soldats allemands encore en poste étaient abattus par cette catastrophe et prédisaient que l'empereur d'Autriche y serait sensible. Il aimait les beaux monuments, surtout ceux qui témoignaient du passé. Et le passé de la Lorraine était aussi le sien. La maison Habsbourg, pour la Lorraine, ce n'était pas rien. Léopold, dernier vrai duc de Lorraine[1], était un Habsbourg.

– Il faut espérer, conclut Émilienne, que sur ces ruines s'épanouira de nouveau quelque beauté que nous admirerons quand nous nous installerons à Nancy. Vous aimeriez vivre dans cette ville, comme nous en avons déjà parlé ?

– Oh, oui ! s'écrièrent les enfants en chœur.

– On t'aidera, Momette, pour faire les bagages, emballer la vaisselle et le linge, ajouta Émilie. Tu peux compter sur nous.

– Moi, je sais déjà fixer des étagères, affirma Constant. J'ai beaucoup appris aux salines et à Nancy, je retrouverai du travail.

1. Stanislas deviendra duc de Lorraine le temps d'une sorte de viager, après l'échange de la Toscane contre la Lorraine. Stanislas n'avait rien à voir avec les Habsbourg, lui était polonais, roi de Pologne sans royaume. Il avait reçu la Lorraine parce qu'il était le beau-père de Louis XV.

– Et moi, renchérit Nicolas, je peindrai…

– Peindre, toi ? Peindre quoi ? questionna Émilie. Avec Émile ?

– Ben, les murs, les fenêtres, pour que notre logis soit pimpant. Momette aime les belles maisons.

– Ah, moi, je pensais aux tableaux, comme dans le bel appartement de Mme et M. Parisot.

– Comme ce que tu essaies de faire quand tu copies Émile ?

– Oui, bougonna Émilie. Émile, lui, il a un don. Pas moi… Ça lui vient tout seul. Il regarde les paysages… Après, il rêve, il rêve beaucoup, on ne peut lui parler et puis, il attrape ses crayons, un pinceau et c'est parti. Même que la maîtresse soupire, car il ne fait pas ce qu'elle demande. Elle l'appelle l'artiste-peintre-perdu-dans-ses-pensées.

– Oh, arrête, glissa Émile, ne raconte pas notre vie à l'école !

Émilienne sourit. Elle allait œuvrer en ce sens. Oui, la famille s'installerait à Nancy. Plus rien ne la retenait à Dieuze. Le père Berzinger n'était plus, le docteur Muller l'avait suivi de peu.

Les Parisot, les Friant, les Kessler… Et elle avait ouï dire que d'autres familles nourrissaient le même projet.

13

Nancy, de septembre 1873 à juillet 1875

Constant s'était levé de bonne heure, comme chaque jour, pour se rendre sur le chantier de la reconstruction du Musée lorrain. Sa Majesté l'empereur d'Autriche, roi de Hongrie et de Bohême, avait envoyé cent mille francs. M. de Montesquiou, préfet de Meurthe-et-Moselle, coordonnait, avec le conseil municipal de Nancy, les travaux. Les Nancéiens se sentaient concernés et vidaient leurs bas de laine. Les dons arrivaient pour la restauration du bâtiment. Sensible à tant de générosité, le gouvernement de la République, malgré bien des difficultés financières dues au dernier versement de la dette à l'Allemagne, qui avait empoché ainsi cinq milliards de francs, avait accordé les crédits nécessaires. L'architecte Prosper Morey avait redessiné les plans, tenté de reconstituer la galerie des Cerfs. Il ne faudrait pas négliger la partie Renaissance et la tour de l'Horloge. L'horloge, absente depuis si longtemps, retrouverait-elle sa place ? Jusque-là, on avait hésité. S'attaquer à cette tour avait paru jusque-là impossible… À quelque chose, malheur est bon. On pouvait reconstruire et, cette fois, la charpente de la tour serait métallique, donc protégée contre les incendies.

Constant était heureux de travailler en ces lieux. Il se répétait, comme beaucoup d'autres ouvriers de différents corps de métier, qu'il perfectionnait un savoir-faire précieux. Il aurait ainsi un bon certificat et pourrait se diriger vers la restauration des monuments historiques.

– Apporter sa pierre à la beauté donne des ailes, expliquait-il à Émilienne qui appréhendait les risques. Ne t'inquiète pas, Momette, la rassurait-il en lui caressant la joue. Je suis aussi agile qu'un écureuil, je grimperai tout en haut de la tour de l'Horloge, j'y accrocherai les symboles de la Lorraine, les chardons et la devise qui va avec : « Qui s'y frotte s'y pique », la croix de Lorraine, la couronne de lauriers… Et je connaîtrai l'ivresse de la réussite. Et puis j'ai tellement envie de participer à ces vastes chantiers qui gravent la beauté dans les siècles et l'âme des habitants. Tu ne peux imaginer le plaisir qui est le mien.

– Ton père serait fier de toi.

– C'est aussi pour lui que j'agis ainsi, pour lui rendre hommage. J'ai eu l'occasion de rencontrer l'architecte du chantier, M. Mathieu-Prosper Morey, nous avons parlé. On le dit pourtant très mondain, il a été décoré des dizaines de fois. Il est allé à Paris, à Rome où il a été couronné. Ici, à Nancy, on pourrait presque écrire son nom en tout lieu : l'église Saint-Epvre, le marché, le kiosque de la Pépinière, Saint-Fiacre. Il connaît tout de Boffrand et Cyfflé, qui ont travaillé pour Stanislas. Je crois qu'il dessine les plans d'un nouvel hôpital[1]. Il s'intéresse au chantier et salue les uns et les autres. J'avais dit au chef d'équipe que j'avais quelques questions à lui poser. M. Raymond lui a parlé de moi et, ce matin, il est venu me voir. J'étais quand même un peu intimidé. On a parlé de mon avenir, c'est le mot qu'il a employé. Il paraît que je suis très débrouillard. Oh, je n'ai pas de mérite. J'aime lire les plans, convertir les données et les appliquer. Il m'a regardé faire. Il a même déclaré que je devrais entrer dans une école de dessin, parce que M. Raymond lui a dit que j'avais amélioré le tracé des chardons qu'on va accrocher à la tour de l'Horloge.

– Une école de dessin, pour être charpentier ?

– Dans les écoles de dessin, on apprend bien des choses. On dessine des monuments, des parcs, on calcule les mesures pour que l'édifice résiste au temps. C'est très précis. Ces écoles-là, qui se trouvent à Paris et en Italie, pourraient me former à son métier.

– Architecte, c'est ça ?

– Oui, et M. Prosper Morey est sûr qu'il n'est pas trop tard, même si je vais bientôt avoir seize ans. Tu te souviens de mon chef d'équipe aux salines ? Il pensait que j'irais loin. Eh bien, M. Raymond dit la même chose. Il paraît que j'ai des dons. Le grand architecte connaît des maîtres, il me recommandera. Je lui ai expliqué que j'étais soutien de famille et que partir loin, c'était impossible pour moi. Il s'est caressé la barbe et m'a promis d'y réfléchir. Il pourrait m'apprendre, mais le temps lui manque. Il est très pris.

1. L'hôpital Central ouvrira en 1883, avenue de Strasbourg.

– Et tu en as envie, c'est ça ?

– Tu sais, Momette, ce travail me plairait beaucoup, vraiment. Je sais que c'est un rêve trop grand pour moi. Nous n'avons pas d'argent et tu as besoin de ma paye pour les plus jeunes. Alors je vais essayer de n'y plus penser.

Émilienne se retourna et regarda par la fenêtre pour que Constant ne vît pas les larmes qui coulaient sur son visage. Elle ressentait si cruellement la solitude face aux angoisses qui la prenait lorsqu'elle songeait aux enfants dont elle avait la charge. Pourquoi fallait-il briser le rêve de Constant s'il était capable de donner le meilleur ? Comment aurait agi Eugène ? Elle se devait de trouver un emploi mieux rémunéré. Les travaux de couture et les quelques heures de ménage glanées ici ou là ne suffiraient pas à faire tourner la maison. Nicolas étudiait sérieusement, tout comme Émilie. Françoise restait fragile, un peu secrète, en dépit de ses progrès. Viendrait le moment où Émilienne ne pourrait plus faire face.

Constant avala son café et un quignon de pain sur le pouce. Il attrapa sa musette contenant le casse-croûte préparé par Émilienne, déposa un baiser rapide sur sa joue et sortit, tandis qu'elle se laissait choir face à la grande table de la salle à manger. La tête dans son coude, elle pleura longtemps.

– Comment faire, comment faire, répéta-t-elle à haute voix, pour leur permettre de faire les bons choix et d'exercer un métier qu'ils aiment ?

C'est dans cet état que Mme Parisot la trouva.

– Que vous arrive-t-il, Émilienne ? Je venais vous prévenir que j'allais avoir besoin de vos services ce dimanche et que j'espérais vous compter parmi mes invités. J'organise un repas rassemblant quelques optants qui ont reçu leurs papiers définitifs. Il faut fêter cela. Dites-moi tout, très chère. Si je peux vous aider…

– Ce n'est rien, madame Parisot, seulement un coup de cafard, comme on dit. La peur de mal faire avec les enfants.

– Oui et puis, même s'il y a les enfants, vous êtes seule, comme je le suis depuis la mort de Joseph en mai dernier. Nous savions bien que l'échéance se rapprochait, mais nous espérions toujours.

– Je ne devrais pas me laisser aller, je vous demande pardon…

– Mais non, Émilienne, il faut au contraire se serrer les coudes. Je le répète à Catherine et à Virgile Friant. Ils habitent rue Saint-Thiébaut, ce n'est pas si loin d'ici. Ils seront là dimanche. Mais j'y pense : est-ce qu'au moins l'armée vous verse une pension ? On a bien dû reconnaître que vous êtes veuve de guerre ?

– Veuve de guerre ?

– Enfin, quoi ? Votre mari a été mobilisé et pris comme otage…

– Il a été blessé par des soldats français, des francs-tireurs qui attaquaient les convois prussiens qui faisaient marcher en première ligne les prisonniers. Ma demande a été rejetée.

– C'est un monde, cela ! Nous allons y remédier, croyez-moi, et vous la toucherez, cette pension. C'est indigne ce qu'on vous fait subir. J'ai quelques relations, nous allons réparer cette injustice.

– Si vous saviez combien de fois je suis allée à la préfecture ou à la caserne Sainte-Catherine. On s'est bien moqué de moi. Pensez donc, une femme qui vient réclamer, alors que son mari est tombé sous les balles françaises. On m'a même dit qu'on allait afficher une pancarte à la porte des administrations : « Interdit aux mendiants ». On m'a humiliée…

– Fichtre ! Les malotrus ! Mais je vous annonce une bonne nouvelle : les troupes prussiennes font leurs bagages. Avant la fin du mois, il n'y aura plus un seul Allemand sur notre territoire et dans notre belle ville de Nancy. Nous allons enfin rire et chanter. On raconte que Manteuffel se plaisait bien parmi nous et qu'il serait volontiers resté, non comme soldat, mais comme habitant, tout simplement. « Il fait si bon vivre ici », a-t-il confessé dans les familles huppées qui le reçoivent. Il est déjà venu dans mon immeuble, chez Mme de Saint-Cervin, qui s'est fait un plaisir de me rapporter ses propos. Comment croire qu'il est allemand ? Il est cultivé et il est de bonne compagnie, admet-on. Mais, bigre, c'est quand même un ennemi, tout bien élevé qu'il soit !

Les relations de Mme Parisot aidèrent Émilienne à percevoir son dû : sa pension de veuve de guerre avec un rappel. Une coquette somme qui lui permit de mieux s'installer rue Jeanne-d'Arc, où elle occupait un appartement comportant une petite cuisine, une salle à manger et deux grandes chambres. Elle avait organisé les lieux : la chambre des garçons et la chambre des filles. Elle, Émilienne, dormait sur un lit qui faisait divan la journée dans la salle à manger. L'appartement disposait d'un joli balcon qu'elle pourrait fleurir aux beaux jours. Mme Parisot habitait rue Saint-Thiébaut, tout comme la famille Friant, entre la gare et l'église Saint-Sébastien. La rue Jeanne-d'Arc n'était pas loin. À Nancy, les propriétaires étaient heureux ; les appartements ne restaient jamais longtemps inoccupés, avec l'afflux de réfugiés des territoires perdus d'Alsace et de Lorraine. Il fallait même construire. Nancy se transformait. Partout s'élevaient de nouveaux immeubles. Nancy allait vite atteindre les cent mille habitants, alors que la ville de Metz se vidait et comptait désormais moins de soixante mille âmes. Les Allemands s'efforçaient d'arrêter l'hémorragie en envoyant des familles allemandes pour prendre possession des lieux.

Émilienne pouvait respirer. Pierrot passait la voir de temps à autre et, à Pâques, il lui annonça que le mois de juin serait à marquer dans les annales.

– Ça y est, je serai ordonné le week-end suivant la fête-Dieu… Tu viendras, n'est-ce pas ?

– Ta question est de trop, Pierrot. Bien sûr, je serai présente. Ton père nous verra du Ciel. Eugène doit se réjouir là-haut. Nous sommes fiers de toi.

– Il n'y a pas de quoi, Émilienne. Je dirai simplement « oui », officiellement, devant tous. J'espère que ce jour où je serai oint sera le plus beau jour de ma vie. C'est vraiment ce que je désire.

– Tu n'as pas le regret d'une autre vie ?

– Pas du tout. Depuis tout jeune, je sais. J'ai entendu l'appel, je ne pouvais pas me dérober.

– Tu te souviens de ce jour ?

– Oui, quand Eugène, que je considère comme mon père, a dit à Henriette : « Je vais faire de Pierrot mon fils légitime, je vais lui donner mon nom. » C'était comme si Dieu murmurait à mon cœur : « Je te connaissais avant que tu naisses et je t'ai appelé à faire de grandes choses… » Mais je dois reconnaître, chère Émilienne, que tu es de la même trempe qu'Eugène. Ta bonté, tout comme la sienne, m'aura aidé.

– Alors tu prieras pour moi, pour nous tous ici. Moi, je suis une mauvaise femme qui s'est repentie. Repentie, mais mauvaise quand même.

– Tu es toi, ma chère Émilienne. Dieu sait qui tu es et lui t'aime telle que tu es.

Elle se retourna, se moucha. Surtout qu'il ne sache jamais ce qu'elle avait fait sur les conseils de la mère Grisouille !

14

Nancy, juillet 1875-1878

Qui eût cru, quand le Musée lorrain prit feu en juillet 1871, que le deuxième congrès américaniste aurait lieu en ses murs au mois de juillet 1875 ? Un bâtiment magnifique s'élevait Grand-Rue, la splendeur du passé avait retrouvé son éclat. Les ducs René II et Antoine de Lorraine devaient être heureux de constater que les lieux reprenaient vie avec les fastes d'autrefois ou presque. On ne put refaire à l'identique les caissons de bois du plafond de la galerie des Cerfs mais la tour de l'Horloge était là, empreinte de majesté, avec tous les symboles liés à la Lorraine.

Émilienne, Mmes Parisot et Friant eurent la primeur de la visite, grâce à Constant qui, régulièrement, leur décrivait l'avancée des travaux. Les savants venus comparer leurs différents points de vue en ethnographie ne pourraient que s'extasier en pénétrant dans ces lieux.

– Nous avons travaillé jusqu'au dernier jour, les ouvriers se sont relayés pour que tout soit prêt.

Les souscriptions avaient porté leurs fruits. Les généreux donateurs avaient afflué.

Les belles tapisseries de la tente de Charles le Téméraire, la cheminée monumentale de Joinville, les statues d'un sire de Beauvau et de sa femme, signées Ligier-Richier, avaient pu être sauvées des flammes grâce à la chaîne de seaux des Nancéiens.

– Vous voyez, ces tableaux, leur expliqua Constant, ils ont été arrachés aux flammes, tout comme les statues de pierre et de bronze du rez-de-chaussée. Et aujourd'hui, ils peuvent reprendre leur place. Voici la victoire du courage.

En revanche, la bibliothèque était partie en fumée. Et un livre brûlé, ce sont des milliers de mémoires qui disparaissent. Chaque page est une histoire. Ce désastre avait touché le cœur de quelques êtres exceptionnels. Ce fut le cas de l'abbé Marchal, qui fit don d'une grande partie de sa collection, l'une de ses raisons de vivre. Il préférait se priver de plusieurs repas pour acheter des ouvrages dont il savait ce qu'ils représenteraient pour les générations qui lui succéderaient.

Face à tant de générosité, le préfet, M. de Montesquiou, ne put faire moins que d'offrir une riche cheminée de la Renaissance, découverte à Saint-Nicolas. Quant à Frédéric Sellières, il adressa au musée six tableaux de grand prix provenant de l'ancien château de Senones.

Le musée s'habillait, retrouvait une âme.

– Mais vous ne savez pas tout, le comité du musée a obtenu un meuble d'exception réclamé depuis plusieurs années. Oui, le lit du duc Antoine, une véritable œuvre d'art dont la légende a été popularisée par le brillant *Tableau de Nancy*[1].

– Eh bien, souffla Mme Parisot, le jeune Constant n'a pas seulement des talents de charpentier. Nous avons tremblé pour lui lorsqu'il a installé, tout en haut de la tour, les symboles de la Lorraine. J'y étais, je le voyais, dans son harnais, attaché à l'échafaudage par de solides sangles. Il donnait l'impression d'être aussi à l'aise qu'un oiseau tournant autour de son nid. Et aujourd'hui, on découvre en ce beau jeune homme un excellent guide… Bravo ! Mais dites-nous, vos études, où en sont-elles ? J'en suis restée à vos bonnes relations avec Mathieu-Prosper Morey. Enfin, je sais que cet homme du monde ne tarit pas d'éloges sur vous.

– Ça avance, madame Parisot, j'étudie le soir et il m'arrive d'aider M. le grand architecte quand il dessine. J'agrandis, je trace. Pour lui, on apprend très bien sur le tas.

– C'est vrai, jeune homme. D'ailleurs, on apprend à tout âge, répétait mon cher mari. Mais êtes-vous heureux ?

– Cela se voit, non ? La vie peut parfois ne pas être tendre, nous imposer des épreuves, mais il suffit de regarder devant, elle est belle.

– Vous me rappelez votre maman, Henriette, glissa Catherine Friant. Je n'ai jamais oublié sa soif de savoir. Vous tenez d'elle. Quand nous nous sommes rencontrées, elle pouvait enfiler une aiguille, coudre un bouton et faire

1. Référencé par la Société d'histoire lorraine ; pour en savoir plus, consulter Gallica.

des ourlets, mais guère plus. En m'observant travailler, en m'écoutant, elle est allée très loin, elle a appris à couper et à coudre des toilettes de grand soir, même des robes de mariée, elle s'est mise au point de Lunéville, n'est-ce pas, Émilienne ?

Émilienne approuva d'un hochement de tête. Émue, elle ne trouvait rien à ajouter. Elle sourit. Elle regardait le visage de Constant, heureux de partager, de se dépasser en s'affranchissant avec audace et courage de sa condition.

Elle n'ignorait rien des sacrifices consentis. Il avait dix-huit ans et consacrait tout son temps libre à ses études. Après le repas du soir, il s'installait dans la cuisine pour ne pas déranger les siens. Parfois, Émilienne se relevait dans la nuit et le trouvait endormi sur ses livres. Doucement, elle le réveillait pour qu'il aille se coucher. « Le sommeil est important pour ne pas oublier ce que tu apprends », lui répétait-elle.

Catherine Friant avait souri. Elle comprenait parfaitement qu'un enfant ait des rêves. C'était difficile pour les parents. Le choix d'une discipline artistique faisait peur. Quel avenir pour ces jeunes gens dont de telles aspirations gonflaient le cœur ? Émile, son fils, était capable de bien faire à l'école. Mais on le retrouvait souvent sur les bords de la Meurthe à observer la nature, la tête dans les mains, les coudes sur les genoux. Non, il n'était pas paresseux. Mais Virgile, son père, grondait. Il aurait tellement aimé un fils qui se passionnât pour les études et la pharmacopée, comme Joseph Parisot. M. et Mme Parisot considéraient Émile tel leur enfant. Mais Émile, lui, « photographiait » les paysages. Un jour, sur une toile, on verrait ces paysages tels que lui les voyait et le public serait en extase. Une plante, un oiseau, un visage surpris dans une barque qui passait le mettaient en émoi.

– Et Nicolas ? questionna Catherine.

– Il trouve sa voie. Il envisage de travailler le verre, de le graver, de lui donner de la couleur. Il a vu les réalisations d'Émile Gallé…

– Vous savez qu'une nouvelle verrerie et sans doute cristallerie verra le jour grâce à M. Daum et à ses fils ? Ils ont repris un atelier au faubourg Sainte-Catherine. L'entreprise périclitait. Je crois que les fils se sont associés et voudraient faire autre chose que des verres de montre, des éprouvettes ou des fioles pour les hôpitaux. Ils rêvent de s'installer rue du Pont-Cassé pour créer un département artistique. On les dit humains, chaleureux. Eux aussi sont des optants. Ils viennent de Bitche où leur père était notaire.

– C'est tout à fait exact, poursuivit Mme Parisot. Je connais Marguerite Daum, l'une des trois filles Daum. Une jeune fille sympathique et joyeuse qui s'est mise au service de l'industrie familiale. Si vous voulez, je vous mets en relation. Nicolas pourra faire un essai. Il verra de près le métier. Je ne suis pas certaine qu'il pourrait y recevoir un gros salaire. L'entreprise vivote. Cela étant, il ferait son apprentissage.

– C'est gentil, j'en parle à Nicolas et vous tiens au courant. Quant aux filles, elles sont studieuses : Émilie se prépare à passer le certificat d'études primaires. Elle est surtout éprise de création, elle voudrait fabriquer de la beauté, dit-elle. Elle a cru aimer dessiner, mais je la vois :

dès qu'elle peut s'acheter de l'argile... Elle aime façonner la glaise, la sculpture... Parfois, elle attrape des bouts de bois et les creuse.

– Et Françoise ?

– Il ne faut pas la bousculer, mais elle fait des progrès. Elle coud fort bien, y compris à la machine à piquer. Elle tricote, fait de la dentelle avec une minutie que je lui envie. Elle s'exprime davantage, mais elle a un peu peur du monde. Dans un cercle restreint, quand elle connaît bien les gens, tout va bien. Sinon, l'angoisse l'étreint, elle peut se mettre à crier sans raison et j'ai alors toutes les peines du monde à la calmer. J'aimerais trouver un médecin qui la comprenne, mais c'est difficile. Combien m'ont conseillé de la placer dans un asile... Je ne peux m'y résoudre.

Que répondre ? Personne ne pouvait aider Émilienne. Mme Parisot posa affectueusement sa main sur son épaule et murmura :

– Courage, très chère. Parfois, des solutions émergent. Je vous le souhaite. Ne désespérez pas !

Ces dames quittèrent le Musée lorrain et purent prendre le tramway qui passait non loin pour regagner le quartier de la gare. Elles continuèrent à s'extasier sur les constructions qui sortaient de terre un peu partout. La ville s'enrichissait et montrait son appétit de vivre. Aucune ne semblait regretter d'avoir quitté Dieuze. Du moins, aucune n'en parlait. Avait-elle des nouvelles de celles et ceux qui n'avaient pas opté ? Pas osé le faire. Pas pu, bien souvent.

Ce choix commençait par une montagne de papiers à remplir. On fouillait la vie privée en remontant les générations. Une commission examinait avec attention chaque demande. On avait conseillé à Émilienne de taire l'affaire de la ferme de Buzémont. Il ne fallait pas révéler qu'elle avait été fille de ferme. Mais gouvernante chez les Worms, oui, c'était bien. Elle pouvait mentionner qu'elle avait aidé à la cure aussi. Pour Buzémont, on savait que les archives du tribunal avaient brûlé dans l'incendie que les Prussiens avaient allumé. Et puis elle était veuve de guerre ! C'était presque un titre honorifique. On n'allait pas lui refuser de conserver sa nationalité puisque son mari avait combattu pour la France. Il fallait donner deux témoins pour attester de son honorabilité. Avant de mourir, M. Parisot s'était porté caution pour Émilienne, les Worms aussi.

Presque trois ans passèrent. La guerre semblait bien loin. On voulait l'oublier et penser à l'avenir. Les progrès techniques annonçaient des temps nouveaux, propices au mieux-être de tous. Le théâtre des jours heureux faisait entendre les trois coups. Le rideau rouge s'était levé sur la pièce du bonheur. Progrès, bonheur, la tentation était grande de vouloir faire rimer ces deux mots. Judicieux, illusoire ? L'avenir, en malicieux valet, comme dans toutes grandes pièces, le dirait. On ne pouvait qu'attendre et observer.

En ces jours de fin d'automne, à l'approche de Noël, Émilienne faisait le point sur sa vie. Pierrot avait été ordonné prêtre, elle avait assisté avec beaucoup d'émotion à la cérémonie d'ordination avec les enfants. Elle n'oublierait jamais ces vingt-cinq jeunes gens allongés devant l'évêque et les prêtres. Un immense parterre blanc dans le chœur de la cathédrale, formant le chemin menant à Dieu. L'onction avec le saint chrême, la remise des vêtements, chasuble et étole, le toucher du calice et le baiser de paix évoquant celui donné jadis aux apôtres par le Christ avaient fait pleurer Émilienne. Puis ce fut la première messe… Elle devina le trouble de Pierrot tandis qu'il élevait l'hostie. Elle songea à Henriette et à Eugène, à Balthazar et à Eulalie… Leur joie aurait été immense. Ne disait-on pas qu'une famille qui compte un prêtre est une famille comblée de bénédictions par le Très-Haut ? Mais de quoi voulait-on parler ? Émilienne cherchait… Lui revenaient à l'esprit la tragédie de la fiancée noyée promise au frère d'Eugène, celle de la mort d'Henriette et d'Eugène… Dans tous ces faits, elle ne trouvait pas vraiment trace des bénédictions divines. Qu'en aurait pensé Anatole Berzinger, lui qui avait été alerte jusqu'à la fin de sa vie et qui n'hésitait guère à allonger le pas jusque chez ses paroissiens les plus ordinaires ? Il aurait affirmé : « Dieu ne voit pas avec nos yeux humains. Un jour, nous saurons. L'essentiel est de faire confiance. » Elle secouait la tête, se refusant à chercher le sens caché pour en rester au constat de l'injustice.

Elle venait d'apprendre la nomination de Pierre : vicaire à la cathédrale. Elle s'en réjouissait pour lui. Pourtant, il était déçu. Il aurait préféré être envoyé à la campagne pour être au plus près du peuple, au plus près de celles et ceux qui avaient besoin d'une parole éclairante pour les guider. Il avait fait vœu d'obéissance. Il servirait.

Constant avait vingt et un ans et son chemin se poursuivait auprès des architectes... Il avait trouvé à se loger en ville, mais il ne négligeait jamais le repas dominical chez Émilienne. Les réunions familiales lui redonnaient force et courage, disait-il.

Nicolas avait dix-huit ans et aimait son métier de verrier qu'il exerçait chez les Daum, dont on commençait à parler. Émilie venait d'avoir quatorze ans et n'allait plus en classe. Les enseignantes de Saint-Dominique lui avaient conseillé de continuer à étudier mais la jeune fille avait refusé. Elle en savait assez. Elle voulait sculpter. La religieuse avait levé les yeux au ciel.

– Une femme sculpteur dans un atelier, au milieu de personnes nues ? Voyons, ce n'est pas raisonnable ! C'est un métier pour les hommes. Une femme est appelée à des tâches plus discrètes, mais pas moins nobles.

N'était-ce pas mettre un pied en enfer ?

Émilie avait haussé les épaules.

– Un homme, lui, a le droit de voir des corps nus pour les reproduire et moi, parce que je suis une fille, cela me serait interdit ? Un corps, c'est la création. Dieu qui nous a ainsi faits, non ?

– Oui, mais cette vision ouvre la porte à la tentation, ma fille...

Émilie avait quitté la salle de classe en claquant la porte. Elle irait travailler chez un peintre ou un sculpteur. Émile Friant n'allait pas la laisser tomber.

Officiellement, Émilie faisait le ménage chez un ami d'Ernest Bussières que connaissait Émile Friant. Elle nettoyait son atelier en échange de quelques cours et elle rentrait, heureuse, rue Jeanne-d'Arc. Émilienne ne posait pas de question. Fermait-elle les yeux pour n'avoir pas à s'inquiéter ? Il lui semblait que la très jeune fille savait ce qu'elle voulait et elle n'avait pas le courage ni le désir de s'opposer à elle.

Françoise était toujours là, auprès d'Émilienne. Ne faisant rien sans elle. Toujours ce besoin d'être confortée dans ses choix, encouragée dans les tâches entreprises. Elle avait appris à lire et à écrire, à compter aussi. On lui confiait de petits travaux de couture. Émilienne tenait à la faire travailler régulièrement. Elle savait qu'un jour Françoise se retrouverait seule et qu'il lui faudrait vivre…

Ce mercredi-là, Émilienne se risqua dans les rues de Nancy où tombait une pluie froide d'hiver, annonciatrice d'une neige qui blanchirait le paysage et le parerait d'une nappe de pureté. Elle arpenta les rues Saint-Jean, Saint-Georges, emprunta celle des Dominicains et passa devant la librairie-papeterie René Wiener, dont elle poussa la porte pour se fournir en enveloppes et papier à lettres. Elle entendit une discussion entre René et son père Lucien. René espérait exposer dans la vitrine des toiles des artistes lorrains, du moins celles qu'on avait remarquées au Salon des artistes. Il évoquait le talent d'un jeune artiste de quinze ans. Émilienne tendit l'oreille et devina immédiatement de qui il s'agissait. Émile Friant y avait présenté une peinture de la place Saint-Georges et un autoportrait saisissant. *Le Progrès de l'Est* s'en était fait l'écho et avaitencensé ce jeune artiste dont on allait parler longtemps. Elle frissonna. C'est vrai qu'Émile se révélait. Il suivait depuis 1874 les cours de Jules Larcher, peintre et directeur de l'École de dessin et de peinture de Nancy. Il fréquentait Ernest Charbonnier. Ces deux maîtres pensaient qu'Émile devait rencontrer Théodore Devilly. Mme Parisot l'y avait encouragé. Théodore Devilly avait été un élève de Delacroix. Il était à présent directeur de l'École municipale de dessin et de peinture et, surtout, il avait des relations. De plus, il comprendrait Émile, venu de Dieuze. Lui-même avait quitté Metz pour Nancy.

Le maître, lorsqu'il l'avait reçu, avait perçu les capacités d'Émile, mais s'il l'accepta comme élève, il le remit gentiment sur le chemin de l'école.

– Apprendre les techniques du dessin et de la peinture ne suffit pas pour vivre de son art. Il faut une bonne culture générale. Il est indispensable de connaître l'Antiquité, les dieux et les déesses que vous serez conduits à reproduire pour vous faire un nom et ne point passer pour un idiot. Comment ferez-vous si l'on vous commande une représentation d'Apollon ou d'Amphitrite et que vous ignorez tout d'eux ?

Émile accepta donc de suivre des cours de français et d'histoire.

Cette année-là, on célébrait Émile… qui jubilait d'être ainsi remarqué.

« Fasse le Ciel, songeait Émilienne, que les enfants d'Eugène trouvent eux aussi leur voie et vivent honnêtement de leur métier ou de leur passion ! »

Il arrivait souvent à Émilienne d'être saisie par des « crises de bête noire », comme elle disait, une bête noire qui la privait de tout élan. Elle se gourmandait, se forçait à se ressaisir, mais sombrait parfois. Les enfants étaient moins présents rue Jeanne-d'Arc et elle n'osait s'imposer chez Mme Parisot, encore moins chez Catherine et Virgile Friant. La bête noire faisait l'assaut et la laissait vidée, exsangue. Les grands espaces, les bords de l'étang de Lindre lui manquaient et, de cela, elle ne pouvait s'ouvrir à personne. Elle s'allongeait sur le divan de la salle à manger, quand elle savait Françoise occupée à lire, et elle croisait les mains sur son ventre. Ce ventre resté plat, qui n'avait plus jamais vibré et se desséchait. Elle aurait pu mourir là, sur l'instant. D'elle, il ne resterait rien et, au fond, cela ne serait pas dramatique. Elle aurait été ainsi délivrée de tout souci.

Ses parents étaient à présent allongés côte à côte dans un cimetière en terre allemande, son frère continuait d'exploiter la ferme. Il ne donnait plus de nouvelles. Ils étaient devenus des étrangers l'un pour l'autre.

Étrangers et, plus grave, ennemis.

III

ÉMILIE

1

Nancy, le 3 août 1879

– Non, monsieur mon voisin, je n'irai pas à l'inauguration de la place Thiers, du moins à l'hommage que l'on va rendre à ce président responsable de la mort de milliers de personnes pendant la Commune. M. Thiers voulait l'ordre. Et le pouvoir ne pouvait être réservé qu'aux gens d'une certaine classe. Non, monsieur mon voisin, je n'ai nulle envie de rencontrer notre président de la République, M. Jules Grévy, pas plus que Jules Ferry, ministre de l'Instruction publique et des Beaux-Arts, même si c'est un Lorrain. Je n'ai pas davantage envie d'apercevoir, parmi ces nantis, le préfet de Nancy, le sénateur et maire de Nancy. Tous se sont mis d'accord pour lancer cette souscription qui payera grassement l'auteur, à savoir Ernest Guilbert, de la statue de Thiers. On a sollicité le peuple de Lorraine des trois départements restés français. Pour ce faire, on a su s'adresser aux petits, qui n'ont pas le droit de vote réservé aux nantis, grands bourgeois. On n'honore pas seulement un ancien président de la République. On célèbre ses hauts faits, qui ne sont que ceux qui ont donné la mort. On prétend qu'il a libéré le territoire de l'occupation prussienne. Mais avec quel argent ? Celui des contribuables, comme toujours. Le prix à payer aura été l'abandon des Mosellans et des Alsaciens. De ce pain-là, moi, je ne veux pas manger.

Émilienne était remontée, comme aurait dit M. l'abbé Pierre Kessler, lorsqu'elle le taquinait en lui demandant de présider le bénédicité à sa table. Ce dont il s'acquittait avec le sourire.

Auguste Marville, son voisin de palier rue Jeanne-d'Arc, qui avait espéré qu'Émilienne l'accompagne, était fort dépité. Il voulait profiter de cette inauguration pour lui offrir un verre au café du Débarcadère[1], tout près de cette place Thiers, face à la gare. Il trouvait cette femme encore belle pour ses quarante ans. Mince, distinguée. Elle savait se vêtir, faire preuve d'élégance. Il l'aurait bien demandée en mariage, vu qu'il avait porté sa Léonie en terre six mois auparavant. Léonie était entrée dans une autre vie, elle ne lui en voudrait pas de poursuivre la sienne. Émilienne devait même être plus jeune que sa Léonie, partie de la poitrine. Émilienne avait deviné les intentions d'Auguste et l'avait prévenu :

– Monsieur mon voisin, mon état me convient et je n'ai nulle envie d'épousailles. Veuve je suis, veuve je resterai.

– Entendez bien, madame, que ce n'est pas pour la bagatelle, mais pour la compagnie. À deux, la vie est moins dure et je veillerai sur vos grandes filles.

1. L'emplacement sera ensuite celui des Magasins Réunis, qui deviendront le Printemps et la Fnac que l'on connaît aujourd'hui.

– C'est gentil, mais c'est non ! Jusque-là, mes enfants et moi, nous nous sommes débrouillés. Entre nous, Auguste, restons-en à « bonjour, bonsoir ». Un service, un sourire, à la rigueur une promenade à la Pépinière aux beaux jours, quand un petit orchestre donne un concert au kiosque, mais je ne peux rien vous offrir d'autre.

– C'est déjà beaucoup, madame Émilienne, répondit-il en baisant sa main. Vous êtes si bonne avec moi. Je n'oublierai jamais comment vous m'avez épaulé dans le drame que j'ai connu.

Elle sourit.

Elle avait aidé Auguste. Mais cela ne nécessitait pas qu'il lui fît la cour ; tout le monde ou presque en eût fait autant en pareille circonstance. Il ne lui devait rien. C'était un homme charmant, d'agréable compagnie, mais elle n'éprouvait rien pour lui qu'un peu de sympathie.

Elle se souvenait de leur arrivée dans la grande demeure, à hauteur du carrefour de la rue de Mon-Désert, rue nouvelle ouverte sur l'ancien chemin Sainte-Marie. C'était il y avait un peu plus d'un an. Auguste et Léonie venaient d'Alsace. Ils avaient d'abord trouvé à se loger à Lunéville avant de s'installer à Nancy, pour se rapprocher des médecins, précisait Auguste. Il avait cru pouvoir guérir sa femme. Ce ne fut pas le cas. La maladie avait été diagnostiquée trop tardivement et la gentille Léonie avait fini par mourir un dimanche, alors qu'Auguste était à la messe. Il avait trouvé son épouse à son retour, étendue dans la cuisine, dans une mare de sang. Désemparé, il était venu frapper à la porte d'Émilienne pour qu'elle l'aide à mettre Léonie dans son lit. Son cœur battait encore faiblement quand Émilienne finit sa toilette et remit de l'ordre dans ses cheveux. Lorsque le médecin avait franchi le seuil de la porte, tout était accompli. La mort était passée, figeant les traits de cette femme pour le tombeau. Émilienne demanda à Auguste s'il avait un chapelet, un peu de buis, d'eau bénite et deux cierges pour les disposer de chaque côté du lit. Le pauvre homme était perdu, assis sur une chaise, prostré, se tenant la tête dans les mains, pleurant tel un enfant.

– Ma pauvre Léonie, pourquoi m'abandonnes-tu ?

– Elle sera toujours là pour vous. Ce n'est pas un abandon. C'est la maladie qui vous a séparés. Vous l'avez aimée jusqu'au bout, elle le savait. Mais elle n'ignorait pas la gravité de son état. Elle voyait combien il était important pour vous de croire en sa guérison et n'a jamais voulu vous détromper pour ne pas vous peiner.

– Elle vous a confié tout cela ?

– Oui, elle acceptait son sort et espérait que vous garderiez le sourire même quand elle aurait fermé les yeux.

– J'ai eu de la chance de la connaître.

– Je crois.

Émilie n'avait guère l'air réjoui. Émilienne s'en aperçut alors que toutes deux mettaient la table.

– Quelque chose te tracasse ?

– Non, rien, protesta mollement la jeune fille.

– Mais si, je vois bien à ta mine renfrognée que quelque chose cloche.

– Moi, je sais, coupa Nicolas. C'est parce que Émile, en septembre, va vivre à Paris.

– Oh, toi, il faut toujours que tu te mêles de ce qui ne te regarde pas, gronda Émilie.

– Elle doit être amoureuse, la taquina Nicolas.

– Non, monsieur, ce n'est pas cela du tout. Mais quand je nettoie l'atelier avant le cours de sculpture, je préfère qu'Émile soit là…

– Ah…

– Raconte, insista Émilienne.

– Mais il n'y a rien…

– Tu as la trouille des hommes, c'est ça ? Tu ne crains rien avec Émile, mais avec d'autres…

– Bon, souffla-t-elle, c'est cela… Ils me font des réflexions que je n'apprécie pas trop. Mais pas d'inquiétude, je sais me défendre. Et puis poser un peu dévêtue, ça suffit. C'est long et j'attrape des crampes.

– Comment cela ? questionna Émilienne en fronçant les sourcils.

– Tu étais à poil ?

– Nicolas, ça suffit, laisse donc ta sœur tranquille !

– Oh, c'est bien elle qui a balancé à la bonne sœur de Saint-Dominique qu'un corps nu n'était pas honteux, puisque c'est Dieu qui nous a créés ainsi. S'il ne fallait pas se montrer dévêtu, il n'avait qu'à nous créer habillés, non ?

– Mais qu'est-ce que j'ai fait au bon Dieu pour avoir de tels effrontés ? se lamenta Émilienne, tandis que Françoise, près de la fenêtre pour bénéficier de la lumière du jour, avait l'air de s'amuser de la conversation tout en œuvrant sur son tambour à broder.

– Nicolas, tu aurais pu te taire, lâcha soudain Émilie d'un ton de reproche. Je ne te confierai plus rien, grogna-t-elle.

– Je vais sévir, fit Émilienne en agitant son index. Tu n'iras plus faire le ménage chez ce sculpteur, s'il en est ainsi. Je m'en vais aller le trouver rue de Toul, au quartier Saint-Mansuy, c'est ça ?

– Ah, non, ce n'est pas possible !

– Pourquoi, ce n'est pas possible ?

– Parce que je n'y fais pas le ménage ou très peu.

– Et tu fais quoi alors ?

– Je... je... pose, c'est vrai, ça paie plus que le ménage.

– Habillée ?

– Pas toujours, mais le monsieur est très correct avec moi. Et c'est comme ça que je peux prendre des cours. J'ai déjà réalisé des sculptures, peut-être qu'on les exposera au Salon des artistes. Maintenant, laissez-moi tranquille, sinon je quitte la maison.

– Du chantage ! s'exclama Émilienne. Pas de ça avec moi ! Tu n'es pas majeure, souviens-t'en.

– Je peux partir quand même et vous ne me retrouverez jamais ! répliqua-t-elle, hors d'elle.

– Écoute, on va trouver une solution à ton problème.

– Mais je n'ai pas de problème, je dois seulement apprendre à grandir.

– Bah, moins d'un mètre soixante, tu fais partie des petits modèles.

– Ne recommence pas, Nicolas !

– Oh lala, avec les filles, on ne peut jamais plaisanter.

– Qui t'a dit que tu devais apprendre à grandir ? demanda Émilienne.

– Le maître... J'étais énervée par les réflexions des autres élèves. Émile m'a défendue, mais je ne suis pas amoureuse de lui. Il est un frère pour moi, comme je suis une sœur pour lui. Mais le savoir sur le départ m'agace un peu. S'il prenait goût à la capitale et qu'il y restait…

– Il n'en est pas là.

– M. Devilly l'a fait entrer chez Cabanel, un grand maître parisien, celui dont les élèves décrochent, paraît-il, de gros succès aux concours ou dans les expositions nationales. Surtout, M. Devilly lui a obtenu une bourse de la ville de Nancy pour étudier à Paris.

– C'est une bonne nouvelle pour lui.

– Bien sûr. Cabanel est connu. J'entends les artistes en parler à l'atelier, rue de Toul. On dit qu'il collectionne les prix de Rome… Il prépare bien ses élèves, mais il paraît qu'il n'est pas toujours rigolo. Émile l'a déjà rencontré et, entre nous, il ne l'apprécie pas beaucoup. En revanche, à Paris, il retrouvera quelqu'un qu'il aime bien, le peintre Victor Prouvé, lorrain lui aussi.

– Tu rêves peut-être, toi aussi, de partir étudier à Paris ? la questionna Émilienne.

– Honnêtement, non. En tout cas, pas pour l'instant. Il faut déjà avoir fait quelques expositions, avoir été remarqué… Et il n'est pas certain que j'aie du talent. J'apprends, j'aime apprendre, on verra plus tard et puis le gros problème avec moi…

– Lequel, petite sœur ?

– C'est que je suis une fille. Une femme sculpteur, voit-on cela si souvent ?

– Et pourquoi pas ? Les femmes sont tout aussi artistes que les messieurs.

– C'est toi qui dis cela, Momette ? glissa Nicolas. Quant à toi, Émilie, tu es encore jeune. Tu n'as pas quinze ans. C'est vrai que tu changes, que tu te muscles. C'est physique, la sculpture, et je ne me risquerais plus à me battre avec toi, comme lorsque nous étions enfants, je ne serais pas certain de l'emporter.

2

Nancy, de 1880 à mai 1884

Constant venait de partir et Émilienne s'était assise à la table de la salle à manger. Ainsi, l'adjoint du grand architecte de Nancy comptait poursuivre son travail à Paris. Il avait peu de chances de se faire un nom en restant en Lorraine. Il pouvait et voulait voler de ses propres ailes. Il avait compris qu'il devait prendre des risques. Il avait tenu à rassurer Émilienne. Bientôt, il se marierait et il reviendrait avant la fin de l'année pour lui présenter celle qui faisait battre son cœur. Mais qui était l'heureuse élue ? Il n'avait pas répondu, tout juste un sourire.

– Elle te plaira, elle est jolie et intelligente…

– Et ?

– C'est quelqu'un de très bien.

Il n'avait pas voulu en dire davantage. Il gardait son secret. Ce bonheur, pour l'instant, n'appartenait qu'à lui. Qui était-elle ? Où vivait-elle ? En Lorraine ? La curiosité démangeait Émilienne. Comment faire ? Bien sûr, elle connaissait l'adresse de Constant, mais elle n'avait jamais osé le déranger. Constant passait parfois, mais de moins en moins. Il prétextait souvent un surcroît de travail. Mais elle voyait bien qu'il portait de jolis vêtements. Nul doute, il devait maintenant fréquenter les grands de ce monde. Du beau monde ! Elle espérait simplement qu'il ne serait jamais déçu et lui souhaitait le meilleur pour les jours, les mois et les années à venir.

Françoise lui donnait quelques soucis. Ses humeurs étaient loin d'être au beau fixe.

Elle donnait parfois l'impression que tout allait bien. Souriante, heureuse du travail accompli, de recevoir les félicitations des clientes pour la confection d'une jupe ou d'une robe. Puis, tout à coup, elle pouvait entrer dans une colère démesurée si une retouche était à faire. Jamais devant sa cliente, certes, elle prenait soin de la contenir mais, sitôt la porte refermée, elle surgissait. D'abord un monologue, souvent incompréhensible, qui mettait Émilienne en alerte, et puis les cris. Avec qui aurait-elle pu partager ses inquiétudes sur l'avenir de cette très jeune fille qui n'avait qu'elle au monde ? La situation devenait préoccupante. Les voisins se montraient suspicieux, la regardaient étrangement, du moins, c'est l'impression qu'avait Émilienne.

Pierrot leur rendit un jour visite à l'improviste. Françoise était alors dans une grande souffrance. Elle répétait :

– J'ai mal partout et personne ne veut m'aider. Personne ne le peut, pas même le bon docteur de Momette. Tous des incapables ! Pourtant, je ne suis pas folle.

Elle était hors d'elle, en sueur. Elle finit par tomber au sol, comme terrassée. Il fallut la relever, l'asseoir, la changer. L'apaiser avec des paroles douces, lui rappeler qu'on l'aimait. Pierrot parvint à la calmer. Était-elle impressionnée par la vue d'un prêtre, le reconnaissait-elle ?

– Tu ne pourras pas indéfiniment t'en occuper, son état empire, murmura Pierrot à Émilienne.

– Je sais, mais pour l'instant, je suis là.

– Et quand…

– Prendras-tu le relais ? Tu pourrais lui trouver un hospice convenable, c'est-à-dire où on ne l'enferme pas dans une cage comme on le fait avec les aliénés ? Elle a mal à son âme… Elle est née dans d'étranges circonstances, tu le sais. En souvenir de François, je l'ai adoptée. Peut-être ai-je mal agi ?

– Non, tu as laissé parler ton cœur, comme tu l'as fait en épousant Eugène.

– Certes. Et je n'ai pas eu à le regretter.

– Et pour moi, tu regrettes ? s'écria Françoise, soudain revenue à elle. Tu regrettes, je le sais, je suis la plaie de ta vie.

– Non, Françoise ! Je voudrais seulement t'aider et je me sens impuissante.

– Alors, fais-moi mourir, que j'aie enfin le repos !

Émilienne tourna la tête, regarda par la fenêtre. Le soleil pointait derrière les nuages noirs. Une belle éclaircie ! Ainsi était sa vie, tissée de crises, hantée de bêtes noires, assombrie par le départ progressif des enfants qu'elle avait élevés.

Émilienne tomba malade. Elle avait passé une semaine à frissonner. Ce matin-là, elle ne put se lever, du fait d'une forte fièvre. Françoise se rendit à la cathédrale pour prévenir Pierrot, qui appela le médecin le plus proche. Celui-ci ausculta longuement Émilienne. Les bronches étaient très encombrées. Les poumons semblaient pris sur une grande surface, surtout le gauche. Il fallait éloigner Françoise. Pierrot proposa qu'on la conduisît chez les religieuses de Saint-Charles pour quelques jours ou semaines, le temps qu'Émilienne se rétablisse. Émilie resterait auprès de la malade et Pierrot passerait chaque jour.

Il expliqua à Françoise qu'il ne s'agissait pas d'un abandon, mais qu'il leur serait difficile de veiller sur elle en même temps que sur Émilienne, qui risquait d'ailleurs de la contaminer. Afin de ne pas la brusquer, il lui proposa d'abord de visiter la maison Saint-Charles de Nancy. Elle pourrait poser des questions et elle verrait combien ces religieuses étaient dévouées et avaient besoin d'aide.

– Tu pourras travailler pour elles. Tes talents de couturière seront appréciés.

Françoise se laissa conduire chez les religieuses. Émilie et Constant se relayèrent au chevet d'Émilienne qui toussait souvent et beaucoup, ce qui inquiétait le médecin.

– Je crains une tuberculose, confia-t-il à Pierrot. Toussait-elle avant d'avoir de la fièvre ?

– Un peu, mais pas plus que tout un chacun quand survient l'hiver.

– Avez-vous remarqué un amaigrissement important, une grande fatigue ces derniers temps ?

– Ça, oui.

– Comment réagit-elle ?

– Elle met tout cela sur le compte de l'âge. Elle veut nous rassurer. Pour elle, tout est normal.

– Elle n'est pas encore si âgée. Et son moral ?

– Ah, ça ! Moi, je la trouve facilement soucieuse, surtout vis-à-vis de Françoise. Françoise n'est pas toujours facile à vivre. Quand elle est en pleine crise, tout laisse à penser qu'elle est aliénée.

– Cette jeune fille a toute sa tête. Mais l'amour ne suffira pas à la guérir. C'est autre chose qui manque à son équilibre. Il faudrait qu'elle consulte un spécialiste des nerfs, y avez-vous déjà pensé ?

– Non, pas vraiment.

– Il y a, à la faculté de médecine, un excellent médecin qui officie à l'hôpital. Il s'appelle Hippolyte Bernheim. Le cas de Françoise l'intéresserait, je peux vous faire une lettre. Il travaille sur les maladies de l'âme avec le docteur Liébault qui utilise l'hypnose. J'ai plutôt confiance en lui.

– Alors, faites-nous cette lettre, docteur.

– Mais il faudra préparer Françoise. Se plaît-elle chez les religieuses ?

– Au début, elle a sombré dans une sorte d'apathie mais, peu à peu, elle est sortie de son isolement.

– Parle-t-elle ?

– Je ne crois pas. Ou très peu. Elle se contente de suivre les instructions.

– Lesquelles ?

– Mettre le couvert, nettoyer quelques pièces, ravauder les vêtements.

– A-t-elle, comme vous dites, piqué des crises, sombré dans la violence ?

– Très peu, m'ont dit les religieuses.

– Et ses nuits ?

– Calmes. Mais je crois qu'on lui donne des médicaments à petites doses, pour éviter les cris et qu'elle ne se tape contre les murs.

Plusieurs semaines passèrent. Émilie avait pris l'habitude de conduire Françoise chez le docteur Hippolyte Bernheim. Il était alsacien. Comme la majeure partie des membres de la faculté de médecine, il avait choisi de s'établir à Nancy. Il parlait en accentuant les « f » et les « ch ». On percevait son humanité, ses qualités de cœur. Il ne posa pas d'emblée un diagnostic. Le cas de Françoise était complexe, selon lui. Il semblait s'intéresser à son passé. Lui avait-on parlé de son père ? Et en quels termes ? Et de sa mère ? Que savait-elle d'eux ?

– Maman lui a parlé d'eux, j'en suis certaine.

– Mais à leur mort, que s'est-il passé ?

– Son père était déjà mort à sa naissance. Et elle avait à peine trois ans quand sa mère l'a suivie dans la tombe.

– De quoi est-elle morte ?

– Ça, je n'en sais rien.

– Qui s'est occupé d'elle ?

– Ses grands-parents paternels, mais pas longtemps. Le grand-père est mort rapidement et sa femme est devenue folle.

– Folle ?

– Oui, elle faisait n'importe quoi, délirait. Elle voyait des monstres partout, craignait les épées qui allaient sortir de l'étang de Lindre.

– Alors ?

– On a mis Françoise chez les religieuses à Portieux et maman, enfin Momette, l'a recueillie.

– Quel lien de parenté existe entre Momette et cette jeune fille ?

– Le père de Françoise a été le mari de Momette, mais pas longtemps. Excusez-moi, mais je ne sais pas grand-chose de son passé. J'étais jeune quand mon père a épousé Émilienne. Je la connaissais, car c'était une cousine de notre mère et toutes deux s'aimaient beaucoup.

– Je fois, je fois, murmura-t-il en tapotant sur son bureau avec un crayon, les lunettes sur le bout du nez.

Émilie l'observait. Que voyait-il donc ? Rien, sans doute. Il n'en savait guère plus qu'Émilienne et la famille. Il était dans l'attente, il observait. Il lui avait bien dit, au cours de la précédente consultation, que chaque cas était unique. Une même souffrance engendre des troubles différents selon le caractère des personnes. Nul ne réagit de la même manière. Et Françoise, qui attendait jusque-là sagement assise sur le fauteuil à côté d'Émilie, s'écria soudain :

– Je suis aussi folle que la grand-mère ! C'est ça, on va m'attacher à un lit pour toujours ? Je ne veux pas être attachée. Plutôt la rivière...

La protestation de Françoise fit sursauter Émilie, mais pas le docteur. S'il était surpris ou touché, il ne le montra pas. Émilie admira sa réserve, tandis que les larmes lui montaient aux yeux. Elle baissa la tête, comme prise en faute. Une faute qui n'était pas la sienne, une faute qui n'était celle de personne puisque, si faute il y avait, elle avait été commise inconsciemment. Elle garderait le silence sur cette entrevue. Il était inutile de causer des tracas supplémentaires à Émilienne. Elle devait garder une certaine tranquillité d'esprit et d'âme pour se remettre. Pierrot le lui avait bien rappelé. Ses pensées furent bousculées par le médecin qui reprit la parole :

– Quand Émilienne ou Momette ira mieux, ch'aimerais la rencontrer.

Pour aider Françoise, il avait besoin de clarifier certains points. Du moins, il tenterait de le faire. Rien n'était gagné.

Émilienne n'était pas guérie, loin s'en faut, mais un léger mieux s'était fait sentir. Après avoir rendu visite à Françoise à la maison Saint-Charles, elle se rendit chez le docteur Bernheim. Une longue conversation eut lieu où Émilienne put parler librement, dire ce qu'elle savait de Françoise, de sa mère, de ses beaux-parents. La pathologie de la mère de François intéressait le médecin, ainsi que la mort d'Edmonde, la maman de Françoise.

Émilienne garda le silence avant de déclarer dans un souffle :

– Au fond, je ne sais pas. C'est le prêtre de la paroisse qui, juste avant de mourir, m'a appris l'existence et l'abandon de Françoise.

– Vous vous êtes sentie obligée de vous charger de cette enfant ?

– En quelque sorte, je ne pouvais pas faire autrement. J'avais l'impression de rendre ainsi à François, qui avait été mon mari, ce que je n'avais jamais pu lui offrir.

– C'est-à-dire ?

– Un enfant, tout simplement.

– En prenant soin de l'enfant, vous continuiez à aimer François ?

– Peut-être, mais je n'en ai pas eu conscience.

Un an s'était écoulé. Alors que le printemps s'offrait avec éclat et audace, une religieuse de la maison Saint-Charles et Pierrot vinrent frapper à la porte d'Émilienne.

– Nous voulions nous assurer que Françoise était bien ici, dit Pierrot.

Françoise ne s'y trouvait pas.

– Que se passe-t-il ? s'inquiéta Émilienne.

– Elle a pris de nouvelles habitudes depuis plusieurs mois, comme si le printemps lui était monté à la tête. Il lui arrive de quitter Saint-Charles, mais elle finit toujours par revenir. Et vrai, quand elle rentre, elle est apaisée, ajouta Pierrot.

– Alors, nous avons fermé les yeux. Elle prend goût aux promenades, ce n'est peut-être pas mauvais signe. Elle a envie de vivre, poursuivit la religieuse.

– Mais aujourd'hui, nous sommes inquiets, reprit Pierrot. Voici deux jours qu'on ne l'a pas vue.

– Oui, dit la religieuse, ses autres sorties n'ont duré que quelques heures. Cette fois, cela nous paraît grave.

– Et vous me prévenez seulement maintenant ?

– Les gendarmes sont alertés, ils enquêtent. Ils nous ont assuré qu'ils prenaient l'affaire en main. Mais comme nous ne voyons rien venir, nous poursuivons de notre côté les recherches.

Émilienne passa une main sur son front. Elle se sentait mal, très mal. Son cœur se serra. Elle eut le pressentiment qu'un drame épouvantable, contre lequel nul ne pouvait rien, venait de se jouer.

3

Nancy, 1884

Émilienne s'apprêtait à descendre les poubelles dans la cour quand elle vit la grande porte d'entrée s'ouvrir… Elle reconnut immédiatement Constant. Et son cœur se figea un bref instant. Il se jeta dans ses bras. Elle ne parla pas, recula, prit sa tête entre ses mains et le regarda longuement dans les yeux.

– Me pardonneras-tu, chère Émilienne, mon long silence ?

– N'es-tu pas libre d'agir comme bon te semble ? Je suis rudement heureuse de te voir, dit-elle.

– Quand même, j'aurais pu donner de mes nouvelles, pardonne-moi !

– Ah, certes, je les ai attendues longtemps avant de renoncer… Je me rassurais : « Bon, il est heureux, c'est l'essentiel. » Mais je te le répète, il s'agit de ta vie. Tu es un vrai monsieur, maintenant. Alors, elle est où la femme de ta vie ? Ne devais-tu pas nous la présenter ?

– Je ne veux pas t'en parler ici, dans cette cour. Je peux entrer ?

– Est-ce qu'un jour je t'ai interdit la porte de la maison ?

Les révélations risquaient d'être quelque peu douloureuses. Émilienne prépara du thé. Il préférait le thé. Elle sortit la boîte en fer où elle conservait les biscuits.

– J'écoute, cher Constant.

– Elle s'appelle Marie-Adélaïde de Saint-Rémy…

– Eh bien, tu fréquentes les gens de la haute, à ce que je vois.

– Ne te moque pas. Je l'ai rencontrée il y a un an à Nancy, grâce à M. Prosper Morey. Elle était là pour la célébration de la dédicace de l'église Saint-Nicolas, rue Charles-III. Sa famille fait partie des intimes de M. Morey.

– Tu m'as assez répété que le grand architecte de Nancy était un mondain… Il t'a entraîné dans son sillage, ce me semble.

– C'est un reproche ?

– Non, un constat.

– Donc, Marie-Adélaïde et moi avons vécu une sorte de coup de foudre. J'ai été invité chez ses parents à Paris, qui habitent près de l'église de la Madeleine…

– Et…

– Ses parents sont tout à fait charmants, mais j'ai compris que j'entrais dans un monde à des années-lumière du nôtre.

– Quand on se rend chez une jeune fille qui s'appelle Marie-Adélaïde de Saint-Rémy…

– De Saint-Rémy de Montpezas, pour être complet. J'ai eu peur de trébucher sur un tapis, de bousculer les guéridons Louis XV supportant des porcelaines de Chine… Je craignais de mal m'exprimer.

– Et…

– J'ai aussi eu l'impression d'être regardé telle une bête curieuse. Je suis architecte, certes, et l'adjoint de M. Prosper Morey, mais je n'ai pas de nom et pas de titre. J'ai failli jouer franc-jeu et déclarer : « Je suis amoureux de votre fille et j'aimerais l'épouser. » Heureusement, Marie-Adélaïde a toussé à s'en trouver mal et, quand nous avons été seuls, elle m'a expliqué que ce n'était pas à moi de faire la demande mais à quelqu'un de notre famille, plus âgé, à défaut de mon père.

– Bigre, l'affaire se complique.

– J'ai dû m'inventer une famille, je me suis présenté comme le descendant de nobles établis en terre canadienne à la fin du XVIIe siècle… Je leur ai raconté qu'un drame terrible m'avait privé des miens et que j'ai eu envie de découvrir la France, de retrouver mes racines… C'est ainsi que j'ai pu leur parler de toi, je leur ai dit que tu m'accueillais quand j'étais à Nancy. J'ai déploré le peu de fortune de ma famille demeurée en Lorraine, mais j'ai ajouté que les qualités de cœur prévalaient. Je crois qu'ils ont compris, du moins, il m'a semblé. À Marie-Adélaïde aussi, bien qu'elle m'ait prévenu : ses parents peuvent, surtout Mme sa mère, se montrer retors. Nous nous aimons beaucoup et il est arrivé ce qui devait arriver. Elle et moi avons cédé, comme on dit, à la tentation. Mais peut-on parler de tentation quand on s'aime ? Pas mariés, mais déjà amants… Et voilà qu'elle attend un bébé et que ses parents refusent toute idée de mariage.

Ils veulent faire passer l'enfant, ce que nous ne voulons pas. Si Marie-Adélaïde veut le garder, elle devra se soumettre à la volonté de ses parents.

– Laquelle ?

– Ils vont lui trouver un vieux monsieur dans la noblesse qui mourra très vite mais lui donnera un nom. Un vrai nom, n'est-ce pas… Marie-Adélaïde s'y est opposée. Maintenant, je ne sais plus que faire.

– Elle est majeure ?

– Oui.

– Alors, vous pouvez vous marier sans le consentement de ses parents. Tu gagnes suffisamment ta vie, ce me semble.

Il avait baissé la tête et saisi le bas de sa veste qu'il chiffonnait nerveusement.

Ils en étaient là, quand on tambourina à la porte. Émilienne se leva et se trouva face à deux gendarmes au visage grave. Ils se découvrirent et demandèrent à entrer.

– C'est au sujet de la jeune fille qui a disparu… Françoise Béranger…

– Vous l'avez retrouvée ? demanda Émilienne en pâlissant.

– Nous le pensons, madame, mais…

– Asseyez-vous, madame. Je vois que vous n'êtes pas seule.

– Constant, un de mes enfants, répondit-elle.

– Tant mieux, ce que nous avons à vous révéler est délicat, ajouta l'un des deux gendarmes d'une voix qu'il voulut douce.

– Voilà, reprit l'autre, un corps a été trouvé dans le bras de la Meurthe, à l'entrée de Nancy, et tout laisse à penser qu'il s'agit d'elle. Il faudrait venir la voir.

Émilienne porta une main à sa gorge, ferma les yeux. Elle retint un cri. Elle se leva en s'appuyant de la paume des mains sur la table. Elle chancela et Constant dut la soutenir.

– Je viens avec elle, avec vous, fit-il en aidant Émilienne à passer une cape sur ses épaules.

– Ce serait bien, ce serait mieux, glissa l'un des deux hommes.

– Elle est où ? questionna Constant.

– À la morgue, monsieur. Bien qu'elle ait séjourné quelque temps dans l'eau, le corps n'est pas trop abîmé. Ses vêtements vous aideront sans doute pour l'identification.

– Saura-t-on un jour ce qui lui est arrivé ? Deux mois de silence… Pourquoi ?

– Nous enquêtons, madame. Croyez bien que nous faisons tout pour découvrir la vérité.

La visite à la morgue fut éprouvante. Il s'agissait bien de Françoise. Émilienne fut ensuite invitée à passer dans un petit bureau, situé juste à côté de la pièce froide où était allongée Françoise. Le commissaire et le médecin légiste avaient besoin de lui poser quelques questions pour les besoins de l'enquête.

– Nous pensons qu'elle était déjà morte quand on l'a jetée à l'eau.

– Comment pouvez-vous l'affirmer ?

– Vous l'avez vue vêtue, répondit le légiste. Nous avons tenté de vous épargner. Malgré la dégradation d'une partie du corps, des traces de strangulation sont encore présentes. J'ai pratiqué une incision sur le thorax pour vérifier ses poumons… Il n'y a pas d'eau dans les bronches, elles sont contractées. Ce qui signifie que cette jeune fille est décédée par asphyxie…

Constant, très pâle, gardait le silence. Il triturait les bords de son chapeau.

– Mais il y a autre chose, madame… Cette jeune fille est très jeune…

– Dix-sept ans. Elle était neurasthénique, elle a eu une enfance difficile. Son père est mort avant sa naissance et sa maman n'a pu s'occuper d'elle que pendant une courte période. À peine trois ans. Ses grands-parents ont pris le relais, eux aussi pendant fort peu de temps. Le grand-père est mort et la grand-mère a perdu la raison…

– Bien triste, effectivement ! Cependant, madame, savez-vous que cette très jeune fille était enceinte ?

– Seigneur Dieu, non ! Je n'étais pas au courant.

– Enceinte, murmura Constant en écho, les yeux fixés à terre, comme s'il se parlait à lui-même.

– De plus de cinq mois… D'une petite fille.

– Mon Dieu, mon Dieu, comment est-ce possible ?

– Depuis combien de temps vivait-elle à l'hospice des religieuses de Saint-Charles ?

– Presque six mois.

Le commissaire se leva et vint vers Émilienne. Il s'appuya au bureau pour lui faire face.

– Quand l'avez-vous vue pour la dernière fois, madame ?

– Il y a trois mois. J'ai été malade. Dès que j'ai été mieux, je suis allée la visiter chez les religieuses, où elle semblait se plaire.

– Vous avait-elle fait des confidences ? Vous paraissait-elle soucieuse ?

– Aucune confidence, mais ce qui est étrange, c'est qu'elle avait meilleure mine, elle était plus volubile. Lorsqu'elle vivait ici, elle était plutôt secrète et ne s'adressait à moi que si elle était certaine que nous étions seules.

– Elle était suivie par un médecin ?

– Nous consultions parfois le docteur Bernheim pour essayer de la faire sortir de son isolement.

– Et qu'en disaient les religieuses ? demanda le commissaire.

– J'ai appris tardivement que Françoise sortait. Des petites fugues sans gravité, selon ces femmes de Dieu. Elle s'absentait une heure ou un peu plus, mais elle rentrait souriante, comme apaisée… Et un jour, elle n'est pas rentrée, on a prévenu les gendarmes.

– C'était quand ?

– Il y a deux mois et c'est aujourd'hui qu'ils sont venus me chercher pour m'annoncer qu'on l'avait retrouvée dans un bras de la Meurthe.

– Il va falloir enquêter, madame, dit le commissaire. Ce ne sera facile pour personne. Il n'y a aucun doute, cette jeune fille a été assassinée et il nous faut retrouver son meurtrier.

– Suis-je encore utile ? questionna Constant. J'ai un rendez-vous important. Pensez-vous, commissaire, que madame en ait encore pour longtemps ? Je ne voudrais pas qu'elle rentre seule chez elle.

– Nous la raccompagnerons. Je m'en occupe, répondit le commissaire.

Constant se hâta de quitter les lieux. Le commissaire s'approcha de la fenêtre et l'observa en silence.

L'enquête s'avérait délicate.

Délicate, parce qu'elle risquait de porter atteinte à la réputation d'un ordre religieux...

Néanmoins, les religieuses furent rapidement mises hors de cause. Aucun homme ne travaillait au sein de leur maison et, si un prêtre venait pour célébrer une messe, ce n'était jamais le même. Françoise n'avait pas été invitée à participer aux prières de la communauté. Dès son arrivée, elle avait prévenu qu'elle ne voulait pas devenir bonne sœur. Le dimanche, elle sortait de l'établissement. Nicolas ou Émilie venaient la chercher pour la conduire à la messe de la cathédrale, où elle pouvait voir Pierrot. Parfois, elle déjeunait chez Émilienne, du moins quand la santé de celle-ci s'y prêtait.

– Quel homme a pu abuser d'elle ? s'écria Émilie, que le commissaire avait convoquée.

– On n'a peut-être pas abusé d'elle. Elle est peut-être tombée amoureuse, rectifia-t-il. Les religieuses disent qu'elle était heureuse quand elle rentrait à l'hospice. Mais aucune n'a vu un homme l'attendre ou la raccompagner.

– Mais alors, s'il s'agissait d'une histoire d'amour, pourquoi la tuer ?

– Parce qu'elle était enceinte, mademoiselle.

– Est-ce qu'on tue quelqu'un qu'on aime pour ça ?

– Ah, ça ! Tout peut arriver. Peut-être s'agissait-il d'un voyou.

– Françoise ne se serait jamais laissé séduire par un voyou.

– Alors, un homme du monde qui aurait craint pour sa réputation.

Émilie se tut. Elle réfléchissait.

– Peut-être, oui, finit-elle par admettre. C'est une éventualité.

– Vous avez une idée ?

– Franchement, non. Mais vu le caractère que nous lui connaissions, il a fallu l'apprivoiser. Françoise ne se liait pas facilement. Elle était farouche et obstinée.

– Elle a passé peu de temps chez les religieuses… Elle devait connaître le coupable depuis longtemps. Un proche.

– Je suis bien incapable de vous répondre. Je n'imagine pas quelqu'un de notre famille…

– Nous enquêtons, mademoiselle, soyez assurée que nous cherchons.

Le docteur Bernheim fut interrogé, en vain. Il n'avait jamais reçu Françoise en privé. Les consultations s'étaient toujours déroulées en présence d'Émilienne ou d'Émilie, Françoise était bien trop craintive.

Qui, mais qui avait abusé de cette très jeune fille avant de la tuer ?

4

Nancy, 1884-1885

Les églises sont toujours froides les jours de funérailles et de chagrin, même quand le soleil brille à l'extérieur.

Les obsèques furent célébrées avec dignité et sobriété. À l'église, puisqu'on était certain qu'il s'agissait d'un assassinat. Simplement, on ne déclara pas qu'elle était enceinte. Enceinte sans être mariée et sans qu'un prêtre ait pu confesser la pécheresse constituait une offense à Dieu. Un corps souillé par le plus grand des péchés ne pouvait entrer dans le saint édifice. Pierrot ferma les yeux et officia. Émilienne l'en remercia.

– Tu es aussi bon que le fut le père Berzinger, quand on a retrouvé la petite fiancée de Lucien, le frère d'Eugène. Tu es, monsieur l'abbé Pierre Kessler, bon et humain. Ce sont des prêtres comme toi qui donnent envie de croire. Merci à toi ! Merci pour elle !

– Elle a plus besoin de nos prières que d'être blâmée.

– Si quelqu'un doit être blâmé, c'est moi ! Pourquoi ai-je accepté qu'on la conduise chez les religieuses ?

– Pourquoi t'ai-je incitée à le faire ? Tu étais souffrante, Émilienne. Tu n'es pas encore guérie, d'ailleurs.

– Crois-tu que je le puisse ? J'ai sans doute attrapé la même maladie que Léonie, ma gentille voisine. Il faudra bientôt arrêter de me voir, si vous ne voulez pas que je vous contamine. Je sens ce chaud qui me brûle, là, dit-elle en portant la main à sa poitrine. Ainsi en a décidé Dieu. Pourvu que je ne souffre pas trop… Au fond, je serai délivrée de tout.

– Tu es cruelle pour nous, lâcha Pierrot. Mais je connais ta souffrance. La vie ne t'a pas fait beaucoup de cadeaux.

– N'en parlons plus, monsieur l'abbé, plaisanta-t-elle.

– Je vais bientôt quitter la cathédrale…

– Une promotion ?

– On peut dire cela. Me voici nommé curé à l'église Saint-Pierre, en face du séminaire.

– Eh bien, futur monsieur le curé… tu n'es pas nommé à la campagne mais dans une grande et belle église neuve. Ton évêque ne veut pas te perdre, si je comprends bien. C'est un signe d'estime, non ?

– Je ne sais pas. Mais devoir d'obéissance oblige, je m'acquitterai le mieux possible de la tâche qui m'est confiée. Il me suffit de faire confiance au Seigneur. Là où je suis envoyé, j'agirai pour lui. C'est tout !

Les funérailles avaient eu lieu dans ce qu'on aurait pu appeler une stricte intimité. Allait-on se déplacer pour une pauvresse qui n'avait pas toute sa raison ? Émilienne était lucide. Elle serra les dents. Qui se soucie des petites gens ? Si l'argent ne vient pas alimenter un avocat, les affaires sont oubliées au plus profond des tiroirs.

Émilienne perdait ses forces. Elle songeait fréquemment aux funérailles de Françoise. Une approche des siennes.

On n'y avait pas vu Constant. Elle avait essayé de lui écrire à son domicile nancéien, qu'il disait avoir conservé même si ses affaires l'appelaient souvent à Paris ou ailleurs.

Nicolas et Émilie se trouvaient à ses côtés, derrière le cercueil, puis à l'église et jusqu'à la mise en terre au cimetière du Sud. Elle les remercia en s'accrochant à leur bras. Quelques voisins avaient tenu à lui manifester leur sympathie. Auguste, le mari de l'épicière chez qui elle s'approvisionnait. Elle eut aussi l'heureuse surprise de revoir Mmes Parisot et Friant. Les fidèles de Dieuze ne l'avaient pas abandonnée. Au moment des condoléances, chacune la prit dans ses bras. À quelques rangs de la famille endeuillée, on avait pu apercevoir le commissaire. « Tiens donc, avait songé Nicolas, il espère que l'assassin, comme dans les affaires criminelles racontées dans les livres, vienne assister à l'épilogue de son acte monstrueux. »

L'automne passa, l'hiver aussi. L'enquête piétinait ou avait été reléguée en vue d'un classement sans suite. Comment savoir ? Comment interpréter la discrétion du commissaire Paul Renaudot ?

Émilienne continuait de s'interroger sur l'absence de Constant. Il n'avait pas donné de nouvelles depuis que les gendarmes leur avaient annoncé la triste nouvelle. Où en était-il avec Marie-Adélaïde ? L'enfant était-il né ? Au sein du couple ou dans un autre, imposé par la famille de Saint-Rémy de Montpezas ? Comment savoir ? La jeune fille de bonne famille avait dû se ranger à l'avis de sa famille. C'était plus sage et plus sécurisant. Constant devait cacher son chagrin.

Son cœur se serra. Elle aurait dû mourir, là, sur l'instant, se trouver au côté de Françoise, maintenant qu'ils étaient capables de voler de leurs propres ailes. Elle avait élevé les enfants d'Eugène, elle avait fait son possible pour pallier l'absence d'Henriette. Mais on ne remplace pas une mère. Il n'y avait plus qu'Émilie qui habitait encore rue Jeanne-d'Arc. Mais elle n'était pas présente chaque jour. Émilienne n'avait plus la force de lui demander des comptes. Elle était pratiquement majeure et semblait savoir ce qu'elle voulait.

Juste après Noël, la maladie refit l'assaut. Émilienne semblait s'offrir sans se défendre. Ne voulant contaminer personne, elle prit les devants et refusa toute visite.

– Si vous m'aimez, laissez-moi et vivez votre vie ! Pour moi, c'est fait, merci. Je ne vous demande qu'une chose, soyez heureux, autant qu'on peut l'être, mais dans l'honnêteté et la dignité, selon ce que vos parents avaient commencé à vous enseigner.

Nicolas, qui vivait dans les faubourgs de Nancy pour être plus près de la maison Daum où il travaillait, força cependant sa porte au début du printemps. Émilienne n'était pas trop mal. Elle s'empressa d'aller ouvrir la grande armoire lorraine dans le vestibule pour prendre un mouchoir propre qu'elle posa devant sa bouche.

– Je voulais, Momette, t'annoncer une grande nouvelle. J'ai trouvé l'élue de mon cœur et nous devrions nous marier à Noël.

– Voilà qui me réjouit pour toi, pour vous deux. Serai-je encore de ce monde ? soupira-t-elle.

– Mais oui, Momette, je te trouve bonne mine. Il faut que tu tiennes pour nous. D'ailleurs, Hortense, puisque c'est ainsi qu'elle s'appelle, viendra dimanche pour le café, tu veux bien ?

Elle haussa les épaules avant de lui adresser un sourire. On ne peut pas refuser le bonheur quand il germe chez ceux qu'on aime. Elle s'efforcerait à la prudence, se ferait belle pour Hortense. Elle espérait surtout que Constant reviendrait. C'était un bon garçon. Elle le revoyait petit, lui déclarant peu après la mort d'Eugène : « Je vais aller travailler aux salines. Tu as besoin d'argent. » La guerre avait changé la donne. L'établissement de la famille à Nancy avait permis à Constant de s'élever dans la société. Il était devenu architecte. Un vrai monsieur. Elle en tirait une certaine fierté. Mais il avait échappé aux siens, à son milieu. « La réussite a toujours un prix », lui avait dit un jour Pierre.

À la fin du mois de mai, le joli mois de mai, la France apprit la mort de Victor Hugo. En Lorraine, on fut un peu plus chagrin qu'ailleurs. Il avait des racines lorraines et franc-comtoises. Né à Besançon, son général de père se vantait de l'avoir conçu sur un haut sommet vosgien. Hugo avait gardé une certaine tendresse pour ces contrées froides. Il avait soutenu les amoureux de la porte Saint-Jean à Nancy, détruite malgré tout. Sa farouche opposition, en 1878, avait sauvé la porte Saint-Georges, à deux pas de la cathédrale. Pourquoi faire table rase des monuments historiques au nom du progrès ? N'y avait-il pas d'autre solution ? « Cela, songea Émilienne, c'était bon pour la gloire de l'écrivain. Mais quand on réfléchissait bien, le grand barbu, talentueux pour assembler les mots et les faire rimer, n'avait pas eu que de bonnes idées. Il était quelque peu opportuniste. » Elle se moquait intérieurement.

Pour en avoir souvent discuté avec M. Parisot avant sa mort, elle était au courant des quelques travers du grand homme. Hugo était ambitieux. Qui savait qu'il avait épousé Adèle Fouché, dont son frère était amoureux ? Il voulait tout pour lui. Il lui fallait séduire les politiques pour avoir de l'influence, il voulait son propre théâtre pour faire jouer ses pièces. Maire du VIIIe arrondissement de Paris en 1848, il avait bien fait partie de ceux qui avaient ordonné la répression. Des morts jonchaient trottoirs et chaussées de part et d'autre des barricades. Les caniveaux de Paris étaient trop petits pour absorber le sang des victimes. Au moment des coups de feu, lui, le grand humaniste qui célébrait les pauvres dans ses vers, à quoi pensait-il ? On a dit qu'il s'était repenti. C'était un peu facile… Et en 1871, il n'avait guère fait mieux. Sous prétexte d'affaires familiales à régler, il était précipitamment parti en Belgique. Ainsi, tel Ponce Pilate, il aurait les mains propres. Nul remords ne viendrait le tourmenter. Il était absent, loin de ce drame qui s'était joué entre les communards et le pouvoir. La République des nantis fit le coup de feu, arrêta, déporta au nom de l'ordre.

M. Parisot manquait à Émilienne. Elle aimait leurs échanges. Et maintenant, on allait faire au grand barbu des funérailles nationales parce qu'à la fin de sa vie il s'était opposé à l'empereur. Symbole de son engagement auprès des démunis, il avait demandé qu'on lui réserve le corbillard des pauvres. Et la communication avait fonctionné… Combien suivirent avec émotion le cortège funèbre de ce pair de France ? « Soit, monsieur Hugo, vous avez écrit *Les Misérables*, mais est-ce que ça suffit pour faire de vous le défenseur des petits ? Nous vous lirons encore, se dit-elle, vous écriviez bien, mais avouez que, même avec un corbillard de pauvre, nous aurons quelque peine à oublier vos turpitudes, mon Dieu, votre morale était loin d'être exemplaire, votre orgueil démesuré et les morts que vous avez sur la conscience. La mort de pauvres gens qui réclamaient justice. »

Elle se retint de rire en songeant à son accueil à la porte du paradis. Pourrait-il y entrer ? Devrait-il longtemps purger ses fautes au purgatoire ? Sa conscience était loin d'être sans tache. Il en avait connu, des femmes, il les aimait… Vraiment ? Ou bien était-ce parce que ça posait le monsieur, capable de séduire une jeunette ? Combien d'hommes sont ainsi ?

Surtout ne pas rire, pensa-t-elle, pour ne pas déclencher une quinte de toux douloureuse qui risquait de provoquer une hémorragie.

Après cette récréation toute personnelle, elle ferma les yeux un instant. « Fassent que ses écrits durent longtemps afin d'effacer les zones d'ombre du bonhomme ! »

5

Nancy, printemps 1886

Émilie marchait d'un bon pas rue Saint-Jean et s'apprêtait à emprunter la rue des Quatre-Églises pour se diriger avenue de Strasbourg. Elle devait se rendre à l'église Saint-Pierre pour y rencontrer M. le curé, qu'elle appellerait toujours, comme tous les membres de la famille, Pierrot. Si elle disait « monsieur le curé », elle y ajoutait le sourire, c'était une gentille façon de le taquiner. Il fallait mettre au point les derniers détails pour les funérailles de Momette. Pierrot la connaissait bien. Il était venu l'administrer juste avant qu'elle fermât les yeux pour toujours. Auparavant, il l'avait écoutée en confession et l'avait veillée jusqu'au moment ultime.

Émilienne avait tenu jusqu'au mariage de Nicolas et d'Hortense et, malgré le chagrin que tous portaient encore après la disparition de Françoise, ce fut un beau mariage. La famille d'Hortense venait de Metz… Comme si, entre optants pour la France, on se reconnaissait. Au moins, Momette emporterait un joli souvenir, avait songé Pierre.

Émilie, témoin du marié, s'était réjouie de l'instant. Ses yeux ravis allaient du couple de mariés à Momette.

La famille d'Hortense avait plu à Émilienne. C'était des gens honorables. Le papa était enseignant et la maman veillait sur le foyer. Leurs deux filles, Victoire et Hortense, avaient fait des études. Victoire était déjà infirmière et poursuivait ses études pour devenir médecin. Son admission à la faculté avait relevé d'un rude combat.

– Une fille en médecine, monsieur Brenner, avait-on dit à son père, vous n'y pensez pas !

– Je suis désolé, avait-il répondu avec un calme olympien, Madeleine Brès[1] a pu faire sa médecine en 1864. L'impératrice Eugénie l'a soutenue. Ma fille a passé son baccalauréat lettres et sciences. Elle peut donc, elle aussi, entrer en faculté.

Quant à Hortense, ses ambitions semblaient plus raisonnables, plus compatibles avec l'idée qu'on pouvait se faire des capacités d'une femme désireuse d'avoir un rôle utile dans la société. Comme son papa, elle voulait enseigner. « Le savoir sauve de tout », répétait-il sans cesse.

---

1. Née Gebelin, Madeleine Brès (1842-1921) n'était pas issue d'une famille scientifique mais d'un milieu ouvrier (son père était charron). Sa vocation était née à l'hôpital de Nîmes, auprès des religieuses qui soignaient les malades. Elle y avait appris à préparer remèdes et cataplasmes, alors qu'elle n'avait qu'une dizaine d'années. Sa candidature à la faculté de médecine dut passer par le ministre de l'Instruction publique, Victor Duruy (1863-1869), ainsi que par le Conseil des ministres, afin d'être validée. L'impératrice Eugénie poussa les ministres à accepter sa demande.

Hortense aimait apprendre à lire, à écrire et à compter à des petites filles. « Le chemin vers la liberté », se disait-elle. En fait, elle quitta rapidement l'institution religieuse où elle enseignait pour se tourner vers les orphelins recrutés comme apprentis par les frères Daum. Chez les Daum, on employait, comme ailleurs, des enfants, mais on avait le souci de les éduquer, de leur permettre de s'élever dans la société. On leur proposait même des cours de dessin le samedi matin dans une salle des Beaux-Arts. M. Brenner avait connu Jean Daum à Bitche quand il était notaire. Les familles se rencontraient et, tout naturellement, l'aîné des fils Daum lui avait demandé si Hortense accepterait de faire la classe aux orphelins. Hortense avait répondu « oui » sans hésiter. Transmettre le savoir à ceux qui n'ont pas eu la chance de naître dans des familles privilégiées, réparer des injustices, oui, bien sûr…

Hortense avait rencontré Nicolas presque par hasard. Au cours d'une exposition au salon d'automne de Nancy. Les artistes, toutes catégories confondues, y montraient leur savoir-faire, leurs plus belles œuvres. Nicolas était venu admirer les productions d'Émile Gallé. Hortense aussi. Chez les Daum, on commençait à fabriquer des vases et des lampes joliment décorés. Jean, le père, venait de mourir et deux de ses fils, Auguste et Antonin, avaient repris l'affaire. Très vite, Antonin, malgré sa grande jeunesse, avait eu l'intuition qu'il fallait s'orienter vers la verrerie artistique. Pour lui, le but était d'être un jour admis au sein des verriers d'art[1].

1. En 1893, ce fut chose faite.

Hortense invita Nicolas à venir parler de son métier aux orphelins qui balayaient les ateliers, remplissaient les sacs de jute de déchets, les œuvres ratées et autres rebuts. Il avait été heureux de partager sa joie de créer, de graver.

– J'inscris la beauté dans les vases. La beauté ouvre le cœur, avait-il dit aux jeunes élèves.

Hortense était admirative. Elle le resterait longtemps. Lui, tout en s'adressant à la classe, n'avait eu d'yeux que pour elle.

Le jour du mariage, les verriers avaient fait une haie d'honneur au jeune couple. À la fierté d'Émilienne se mêlait aussi la tristesse qu'elle gardait au fond de son cœur. Françoise n'était plus et Constant n'avait pas répondu présent à l'invitation des jeunes gens.

Tout en marchant rue des Quatre-Églises, Émilie se souvenait de ce jour. Beau mariage, certes, mais dont la joie avait été égratignée par la terrible vision de la veille. C'était rue des Dominicains, dans la vitrine de la librairie-papeterie Wiener qui exposait régulièrement les œuvres des artistes de Nancy. Pourquoi était-elle passée par là en revenant de chez Daum, où elle était allée porter un pli attendu par son frère ? Elle avait vu une peinture d'Émile Friant. Il cumulait les prix et les articles élogieux dans les revues d'art. Mais là, en vitrine, que signifiait ce tableau qui ne ressemblait à aucune de ses œuvres précédentes : portraits, paysage, scènes de vie, scènes familiales où l'on partageait le pain ? Sur la toile, on voyait une jeune femme au milieu d'enfants, dans l'eau. Ce n'était pas un bain joyeux. Ça, non. La femme tenait un nouveau-né contre elle. Le bébé, nu, tentait dans un effort désespéré de remonter à la surface pour respirer. Il dressait sa petite tête pour quérir la vie, alors que la tête de la femme, comme le corps, s'en allait toucher le fond. Et le tableau s'intitulait *La Noyée*. La femme était déjà morte. Indifférents au drame, les poissons nageaient autour d'elle. Une vision terrifiante…

Émilie avait retenu un cri et songé à Françoise, retrouvée noyée dans un bras de la Meurthe. Françoise portait un enfant.

– Cette toile est cruelle, n'est-ce pas, mademoiselle ?

Elle s'était retournée, interdite, et avait fait face à un homme qu'elle avait reconnu dès qu'il avait soulevé son chapeau pour la saluer.

– Mes hommages, mademoiselle. Vous savez qui je suis ?

– Oui, monsieur le commissaire.

– Cette toile est surprenante, énigmatique. On se demande ce qu'a voulu montrer l'artiste. Qu'en pensez-vous ?

Sa gorge s'était nouée, jusqu'à l'oppression, et les larmes lui étaient venues aux yeux. Aucun son n'avait pu franchir ses lèvres.

– Cette œuvre d'art ne vous laisse pas indifférente, dirait-on…

Elle avait acquiescé d'un signe de tête et cherché un mouchoir dans son sac pour essuyer ses joues. Il avait pris son coude et lui avait fait traverser la rue pour la conduire à la brasserie la plus proche, place Stanislas.

Après avoir avalé quelques gorgées d'un délicieux café, Émilie s'était ressaisie. Le commissaire continuait de l'observer.

– Vous aviez déjà vu ce tableau, vous qui connaissez l'artiste ?

– Non. Et il ne m'en a jamais parlé. Je lui demanderai pourquoi il l'a peint, s'il veut bien me répondre.

– Ce serait en effet fort intéressant. Moi, je l'avais vu, je crois, à une exposition ou dans un salon, je ne me rappelle plus. Pas vous ?

– Non, vraiment. Je ne suis pas Émile pas à pas. Je le vois de moins en moins. Il est très pris à Paris, sans compter les voyages qu'il effectue puisqu'on commence à lui attribuer des bourses d'études.

– Mais cette toile vous a bouleversée…

– Vous devez savoir pourquoi, vu ce qui s'est passé dans notre famille. Je ne peux qu'y songer.

– Nous y sommes, justement.

– Oui et alors ?

– On dirait que vous vous êtes confiée à Émile Friant ou qu'il sait des choses que vous-même ne savez pas et qu'il s'est ainsi libéré.

– Je vais être franche, monsieur le commissaire. Libre à vous de me croire. Je ne me suis jamais confiée sur la mort de Françoise, ni à Émile ni à personne. Nos proches ont appris son décès mais la plupart ne connaissent pas les circonstances de sa mort. Seuls Momette, Constant, Nicolas, Pierre, le prêtre et peut-être les personnes que vous avez interrogées sont au courant.

– Vous évoquez Constant. L'avez-vous revu ? Avez-vous eu de ses nouvelles ?

– Non. Il n'est même pas venu aux funérailles.

– C'est étrange, vous ne trouvez pas ?

– Il avait pris ses distances avec la famille depuis quelque temps déjà. Trop de travail, sans doute. Je ne sais pas.

– Votre frère Nicolas va se marier ?

– Oui, demain.

– Constant est-il invité ?

– Oui, bien sûr. Nous avons porté une lettre à son domicile nancéien, mais il n'a pas répondu. La concierge nous a bien précisé que le courrier était toujours relevé et le loyer réglé. Mais elle ne le voit jamais. Il glisse l'argent sous la porte de la loge, ou quelqu'un s'en charge à sa place.

– Oui, elle me l'a dit.

– Ah, vous avez interrogé cette brave Mme Berger ?

– J'ai fait mon travail, mademoiselle, et je continue.

– Et vous avez trouvé quelque chose ? Vous avancez ?

– Un peu, mais c'est long. C'est toujours long, de telles enquêtes, mais j'ai bon espoir d'aboutir. J'aimerais vous revoir…

– Pour l'enquête ?

– Pour l'enquête et aussi pour vous. J'aimerais mieux vous connaître, échanger sur ce que vous faites, votre travail d'artiste.

– C'est sans importance, monsieur le commissaire. J'essaye de sculpter, c'est tout. Ce n'est pas un métier de femme, dit-on… J'ai de drôles d'idées, n'est-ce pas ? C'est peut-être vrai, mais je ne sais pas vivre autrement.

– Justement, c'est ce qui est plaisant, rencontrer une personne différente, qui sort du lot.

– Si ça vous amuse, s'était-elle efforcée de plaisanter. Mes choix ne plaisent pas à tout le monde. Momette s'inquiète. Au début, elle craignait que je finisse mal. Elle me voulait dans le droit chemin, selon la promesse faite à ma mère et à mon père. Ne dit-on pas que beaucoup d'artistes vivent tels des débauchés ? En tout cas, au mépris de la morale. Il paraît que ça passe pour un homme, mais pas chez une femme. C'est injuste. Une femme se doit de rester l'être droit qui veille sur tout et sur tous. Elle est la gardienne.

– Votre analyse est juste, mais je partage aussi une part de votre révolte.

– Ah, oui ?

– Mon métier me conduit à ces constats. Je ne suis pas aussi rigide que l'exigerait ma profession, glissa-t-il en souriant.

Il paraissait fort amusé par leur échange.

Le tableau n'était pas resté longtemps en vitrine et elle n'avait eu l'occasion d'en parler avec Émile que bien plus tard.

– Je ne sais même pas pourquoi j'ai eu cette idée, lui avait-il répondu quand elle l'avait interrogé. Ou si j'ai su, j'ai en partie oublié.

– Serait-ce une histoire qu'on t'aurait rapportée ?

– Possible…

– Ou un roman policier que tu aurais lu ?

– Je pourrais répondre oui… Bien que je ne lise jamais de romans policiers, par manque de temps, tu le sais.

– Mais une femme dans l'eau avec un enfant nu…

Il s'était gratté la tête, comme s'il cherchait quelque chose à dire, quelque chose d'intelligent. Il avait froncé les sourcils avant de lâcher :

– Peut-être un rêve, celui des origines. L'être humain est un jour sorti de la mer, il y a des millions d'années. L'enfant naît de la mère. Et en naissant l'enfant peut la faire mourir. Mais tu sais, on dit que les artistes ont des intuitions que personne ne peut comprendre. Je me rappelle quand j'ai peint ce tableau. C'était après *Le Buffet.* Je t'en avais parlé, une toile qui devait servir de décor pour le troisième acte d'une pièce comique, *La Cigale*, d'Henri Meilhac et Ludovic Halévy[1]. Rien n'était cohérent. En tout cas, les artistes sollicités, dont moi, ont bien ri en travaillant. Une vraie récréation. Nous n'avions rien respecté : les proportions, la profondeur de champ… On devait verser dans une sorte de caricature et faire en sorte qu'on ne puisse pas reconnaître nos styles respectifs. Pourtant, nous avons signé.

– Je reviens à cette toile, *La Noyée…* Elle te ressemble si peu, même pour le trait, le coup de pinceau, comme tu dis. L'autre enfant qui nage ou erre en regardant le fond, que représente-t-il, ou qui ?

– J'étais sans doute encore sous le coup du *Buffet.* En fait, j'ai eu quelque peine à me remettre de ce temps

1. Pièce écrite en 1877 qui est une satire des impressionnistes. Elle s'inscrivait dans ce que certains appelaient l'Art incohérent.

un peu loufoque. Tu m'interroges sur le comment et le pourquoi de *La Noyée*… Sans mauvais jeu de mots, tu me plonges dans une eau trouble. Que représente le second enfant, le jumeau de celui que tient cette femme au fond de l'eau ? Peut-être les enfants qui jamais ne vivront, ou n'auront aucune chance dans la vie. Je ne sais pas, Émilie. Je suis incapable de te renseigner.

– Quelque chose cloche.

– J'ai dû peindre un rêve stupide, comme nous en faisons tous. Un rêve ou un cauchemar. Je sais seulement que cette toile m'a mis dans un état second que je suis incapable d'expliquer, c'est tout. Peut-être qu'à force de faire du canotage sur la Meurthe je vois des choses que d'autres ne verront jamais, s'efforça-t-il de plaisanter. C'est le propre des artistes.

La conversation s'était arrêtée là.

Émilie avait rapporté ses propos au commissaire, un jour où ils s'étaient croisés, rue des Dominicains.

– À moi aussi, il a raconté ce genre de choses, fit Paul Renaudot, dubitatif. Qu'il avait juste voulu s'amuser, rire de la gravité d'une situation, prendre de la distance, comme pour se protéger.

Longtemps, avant de s'endormir, Émilie songerait à ces mots : « S'amuser, rire de la gravité d'une situation, prendre de la distance, comme pour se protéger. » Elle penserait aussi à la noyée de l'étang de Lindre, celle qui aurait dû devenir la belle-sœur de son père, la petite Annette, la presque fiancée de Lucien, elle aussi repêchée avec un enfant de cinq mois dans le ventre. Elle s'interrogeait sur ces naissances hors mariage qui faisaient si peur, à cause du qu'en-dira-t-on.

– Et de Constant, toujours pas de nouvelles ? lui demandait parfois le commissaire quand ils se rencontraient.

– Non, aucune. Honnêtement, nous n'en espérons plus. C'est dommage, mais nous ne devons pas être assez bien pour lui.

– Et si c'était l'inverse, Émilie ? Et si au fond, c'était vous, Nicolas ou Pierre, qui étiez mieux que lui et qu'il ne se sentait pas à la hauteur ? Je pourrais vous raconter quelque chose… Mais je crains de vous blesser.

Elle se souvenait de cet instant. Elle s'était obligée à rester droite. Elle voulait savoir, même si ce qu'elle allait entendre risquait d'être un poignard fiché dans son cœur.

– Je vous écoute, monsieur le commissaire.

– Appelez-moi Paul, puisque je m'appelle Paul Renaudot. J'aimerais que vous le fassiez, s'il vous plaît. Ce serait le signe que vous avez un peu d'amitié pour moi.

– Je vous écoute.

– Votre frère n'a jamais fréquenté de Marie-Adélaïde de Saint-Rémy de Montpezas. J'ai enquêté…

– Ah !

– Chez les Montpezas, à Paris, il n'y a jamais eu de Marie-Adélaïde…

– Mais alors, cette jeune fille qui attendait un enfant de lui ?

– Dans ses rêves… Ou bien il s'agissait d'une autre… et il ne savait pas comment aborder le sujet avec Émilienne.

Il avait besoin d'un décor pour y inscrire une belle histoire et cacher sa douleur.

– Une autre ?

– J'ai parlé avec une religieuse de Saint-Charles. Sœur Marguerite avait besoin de libérer sa conscience. C'est la seule qui a osé lever le voile derrière lequel la communauté se cache.

– Je ne comprends pas bien.

– En deux mots, et croyez que je compatis : Françoise ne faisait pas de fugues. Un jeune homme venait la chercher. Elle paraissait heureuse. Personne ne s'inquiétait.

– Et ce jeune homme ?

– Tout laisse à penser qu'il s'agissait d'un proche, de Constant.

– De Constant ?

– Françoise s'était confiée à sœur Marguerite, elle disait que ce jeune homme était de sa famille, mais n'était pas son frère.

– Si c'est Constant, c'est vrai, il n'était pas son frère. On a grandi ensemble mais Françoise n'avait aucun lien de parenté avec nous.

– Je sais, Émilie. La dernière fois qu'elle est sortie, sœur Marguerite l'a vue partir avec le même jeune homme. Elle avait trouvé Françoise un peu tendue, inquiète.

– Et puis…

– Plus rien… Sœur Marguerite n'a jamais revu le jeune homme. Et moi non plus, depuis l'entrevue à la morgue. J'ai passé un temps fou à planquer près de chez lui.

– C'est horrible ce que vous me révélez…

– Il ne faut pas faire de déductions hâtives. J'ai reconstitué son emploi du temps sur les différents chantiers où il est intervenu. Tout s'arrête au moment de la disparition de Françoise. Il a laissé tomber un projet important. Vous n'ignorez pas que l'on envisage de construire une église rue de Mon-Désert[1] ? Il travaillait dessus.

– Ce que je ne comprends pas, c'est la confidence faite à Momette, le jour où les deux gendarmes se sont présentés à la maison… Existerait-il un lien ?

– Nous finirons bien par trouver.

Émilie arriva à l'église Saint-Pierre et se dirigea vers la sacristie où l'attendait Pierre. Émilie frissonna, comme si le souvenir de ses rencontres avec Paul Renaudot la poursuivait pour la mettre en garde. Quelle était cette sombre menace qui voilait son horizon ? Elle ferma les yeux.

1. La future église Saint-Joseph.

6

Nancy, 1887

Paul Renaudot avait pris l'habitude de croiser la route d'Émilie Kessler. Par hasard ? Elle s'en était ouverte à Pierrot, qui avait eu un sourire mystérieux.

Sourire qui avait éveillé la curiosité d'Émilie.

– Tu me caches des choses, monsieur le curé, lui avait-elle dit.

– Et toi, tu fais celle qui ne comprend pas. Ou bien ça t'amuse de te faire prier…

– Me faire prier ?

– Il me semble que cet homme est quelque peu amoureux de toi. Et quand tu me rapportes vos conversations, sans être un expert des relations amoureuses, il paraît clair que…

– Amoureux de moi ? le coupa-t-elle. Tu déraisonnes ! Comment lui, un commissaire de police, pourrait-il être amoureux d'une femme qui ne pense qu'à plonger ses mains dans la glaise, qui s'efforce de faire jaillir d'un bloc de marbre des êtres étranges auxquels elle veut donner vie ?

– Justement, cette différence lui plaît beaucoup.

– Il te l'a confié ? Serais-tu chargé de me transmettre le message ?

– Je ne suis chargé de rien de tout. Mais quand il me rend visite, on finit toujours par parler de toi.

– Rien que ça !

– Écoute-le, au lieu de te dérober ou de détourner la conversation avec une agilité qui n'appartient qu'à toi. Tu seras fixée. Il n'est pas si âgé, trente-deux ans, et tu vas avoir vingt-quatre ans.

– Ah, voilà, tu as peur que je coiffe sainte Catherine ! Son âge n'entre pas en ligne de compte. Qu'il soit jeune ou âgé m'importe peu. À cela, une bonne raison, qui n'a rien à voir avec les convenances et les codes de notre société : sache que je n'ai nulle envie qu'on me passe la bague au doigt. Je ne tiens pas à devenir la servante d'un monsieur.

Il regarda longuement Émilie. Une rebelle. Paul Renaudot allait devoir s'y reprendre à deux fois avant d'obtenir une promesse de celle qu'il convoitait.

– C'est parce qu'il a presque dix ans de plus que toi ? reprit-il d'un ton entêté, ignorant les arguments énoncés par Émilie.

– Pas du tout. Je constate que M. le curé, mon presque frère, a l'obstination farouche. Je reconnais que le commissaire est charmant, qu'il a belle allure. Il ne sera pas chauve de bonne heure. Mais j'ai besoin de liberté pour exprimer ce qu'il y a là, répondit-elle en montrant son estomac. Tu comprends, il faut que ça sorte, que mes mains parlent. Et mariée, je ne pourrai plus. La bague à l'annulaire sera si présente qu'elle me dictera la conduite d'une épouse : je devrai faire le ménage, lui préparer à manger, tenir un intérieur qui lui convienne, m'inquiéter pour lui, aider à sa promotion en m'obligeant à certaines réceptions… Rentrer dans le rang, c'est-à-dire être une dame très convenable. L'éducation d'Émilienne me revient parfois. M. le commissaire n'est pas mon seul prétendant. J'ai rencontré des jeunes gens sympathiques, voire épatants. J'ai accordé quelques baisers, parfois un peu plus, ce n'était pas désagréable, mais pardon, monsieur le curé, mais j'ai toujours repoussé les propositions de mariage… Peut-être suis-je méfiante vis-à-vis d'un engagement à la vie, à la mort. Le bonheur me pose question.

– Tu marches sur ton cœur alors ?

– Ce n'est pas tout à fait cela. Qu'est-ce que je sais de l'amour ? Le cœur est hélas si souvent brisé au cours d'une vie. On le déshabille, on le met à nu. On le malmène au nom d'impossibles rêves, me diras-tu, mais sans rêve, que serait une vie ? Monsieur le curé, je n'espère pas être célèbre, connue et reconnue de tous, je n'ai jamais sollicité de bourse – tiens, ça me donne des idées, j'aurais dû –, mais j'aimerais parvenir à réaliser quelques petites choses et m'endormir avec le sourire en pensant que, demain, je terminerai une œuvre dont je serai fière. Et si ce n'est pas le cas, avec froideur et détermination, je casserai tout et je recommencerai en chantant la petite musique du renouveau, celle de la main qui saisit allègrement les marteaux, massettes et ciseaux. Ces ressentis ne sont partageables avec personne. Et si au milieu de ces petites ou grandes folies, il me fallait penser à quelqu'un d'autre, je risquerais de faire couler quelques larmes. Alors, je préfère m'abstenir. Dieu, peut-être, pourrait comprendre.

– Puis-je rapporter notre conversation à M. le commissaire ?

– Ce n'est pas nécessaire, il peut venir me voir à l'atelier. J'y serai cette semaine et quasi seule. Ernest est à Paris. Et Émile va partir en Italie et en Tunisie, un voyage obligé, il a reçu de l'argent pour ça. Nous pourrons parler en toute liberté. Il verra ce que je fais. Du reste, il est déjà venu. Souvent sous prétexte de faire avancer l'enquête ou de m'interroger sur Constant.

– Ah, as-tu quelques nouvelles de lui ?

– Non ! M. le commissaire a appris par sa logeuse que le bail n'a pas été renouvelé. L'appartement va être reloué…

– Et les meubles ?

– C'est un meublé. La concierge gardera, un temps, ses affaires, que la police, je l'ai appris, examinera dans le cadre de l'enquête. Si personne ne les réclame, elle nous préviendra et distribuera ce dont nous ne voulons pas à des bonnes œuvres.

Émilie était en train de tailler le buste de Françoise dans un bloc de marbre. Il s'arrêterait à la naissance des cuisses, juste sous le sexe. De Françoise, elle gardait en elle le portrait vivant. À mesure qu'elle affinait son travail, à l'aide de poinçons et de ciseaux à graver, à dents plates ou sans dents, il lui semblait sentir la présence de Françoise. Émilie avait choisi de poser une main sur le ventre un peu arrondi. Mais la main était seule, comme détachée d'un bras qui n'existait pas ou était recouvert par la masse de cheveux. Il avait été difficile d'exprimer la légèreté d'une chevelure qui exécutait une sorte de danse macabre. Oui, la chevelure pouvait cacher le bras… On pouvait l'imaginer et c'était presque rassurant. Dans l'esprit de l'artiste, de bras, il n'y avait pas, puisqu'il n'avait pas la force d'ôter une main qui dissimulait le mystère de la vie. Selon Émilie, il eût fallu montrer avec fierté ce ventre porteur de vie, ce geste de défi aurait permis à Françoise de vivre. Mais elle n'en avait pas eu la force, ou bien elle avait pris peur. Oui, c'était son interprétation. Elle en était à sculpter le sexe, qui serait, si elle y parvenait, la fleur de la vie. Une fleur ouverte, qui déjà se flétrissait. Ce sexe qui se mourrait la hantait presque jusqu'au délire, celui de Françoise qu'elle faisait sien. On jugerait mal cette œuvre dans une époque hypocrite qui prenait un malin plaisir à crier au scandale. On dirait l'artiste impie, dévergondée. On dirait tant de choses laides, mais Émilie s'en moquait. Françoise commandait, une sorte de vérité à rétablir, telle une urgence. Soudain, une ombre la gêna. Le commissaire Paul Renaudot venait d'entrer. Il l'avait d'abord regardée travailler avant d'approcher. Elle prit un maillet de bois pour taper sur une pointe d'ébauche. Après avoir frappé avec une énergie précise autant que délicate, elle se saisit du torchon accroché à sa taille pour ôter la poussière afin d'évaluer le travail exécuté. La difficulté n'était pas mince pour Émilie : faire naître et mourir en même temps cette fleur, lieu de passage de la vie, du plaisir et de la mort. De mort, il était question dans cette sculpture qu'elle pourrait appeler *Chant de vie et mort*. Elle ferma les yeux, inspira et se redressa avant de tourner la tête.

– Bonjour, Émilie, je vous dérange. Vous étiez en pleine création.

– Bonjour, monsieur le commissaire.

– Paul, s'il vous plaît…

– C'est difficile. Je ne sais si c'est le commissaire qui est dans mon antre ou Paul, l'homme qui s'intéresse à mon travail.

– D'abord l'homme, d'abord Paul.

– Je vais essayer de le graver dans ma tête, dit-elle en appuyant son index droit sur son front. Mais ce sera difficile au regard de ce que je fais naître…

– Ou renaître.

– Selon vous ?

– Vous sculptez Françoise, c'est cela ?

– Bravo ! À mesure que je taille, peaufine, embellis, je l'entends murmurer. Elle guide mes ciseaux. Je dois vous paraître folle, n'est-ce pas ?

– Pas du tout.

– Asseyez-vous ! Il faut que je termine avec ce pétale qui se fripe de rage et de désespoir. Vous allez penser que je suis une dévergondée… On pardonne à un homme d'évoquer les choses du sexe, mais pas à une femme. C'est bien elle la responsable du paradis perdu à jamais.

– Ah, pas du tout, Émilie ! Le sexe, chez vous, est une fleur. Rien d'obscène, je vous assure. Tout est dans la délicatesse, mais il y a bien d'autres choses dans cette sculpture…

– Je vous écoute.

– La détresse de Françoise en découvrant son état. Et la mort qu'elle doit pressentir.

– Vous m'épatez. Vous êtes fin analyste… Il y a de ça, oui.

– À propos d'art, je voulais vous faire une proposition qui n'a rien de malhonnête… Surtout, ne riez pas.

– Pourquoi le ferais-je ? Ai-je l'air de me moquer ?

– Non, concéda-t-il. Votre talent m'impressionne et je me sens parfois tellement ridicule face à vous.

– Il n'y a pas de quoi, monsieur le… pardon, Paul. Moi aussi, je pourrais me sentir ridicule. Je ne ressemble en rien au modèle de la femme parfaite, une épouse, une mère, etc. Comme si seul ce modèle avait droit de cité. Comme si, nous, les femmes n'étions destinées qu'à combler les hommes, à transmettre certaines valeurs à la progéniture que nous faisons naître. Tout le reste étant pour les hommes.

– Vous avez raison. Il y a beaucoup trop d'injustices en ce monde et dans notre société. Pour moi, une femme peut exercer les mêmes métiers qu'un homme et s'adonner à n'importe quelle pratique artistique.

– Vous ne dites pas cela pour me flatter et emporter mon adhésion à votre projet, j'espère ?

– Non, bien sûr, Émilie. Je pense ce que je dis.

– Alors, cette invitation, Paul…

– Je bénéficie de quelques jours de congés. J'ai envie de me rendre à Paris. On dit qu'une tour métallique est en train de s'élever et qu'une partie des matériaux utilisés pour la réaliser provient de la Lorraine. Elle devrait être terminée pour l'Exposition universelle de 1889. Et puis les artistes du quartier Montparnasse foisonnement d'idées. Je suis persuadé que vous y seriez sensible. Vous m'expliqueriez ce qui est obscur pour ma petite intelligence en ce domaine.

– Quand envisagez-vous de partir ?

– Selon vos disponibilités, peut-être au début de l'été…

– Fort bien. Françoise m'aura tout dit, j'aurai fini de traduire son chant…

– Je suis curieux, chère Émilie. Quand vous sculptez une telle œuvre, vous savez où vous allez ? Avez-vous un croquis en tête ou sur papier ?

– En général, j'ai déjà travaillé la terre. J'ai donc un modèle. Pour cette Françoise, j'ai réalisé une terre cuite de petite taille.

– Vous l'avez encore ?

– Bien sûr, soulevez le voile sur l'étagère à votre gauche et vous verrez… Mon actuel maître, Ernest Bussière[1], avait paru enthousiaste quand je lui ai montré cette ébauche. Cependant, en cours de réalisation, la sculpture peut évoluer. Vous voyez, la terre cuite montre le bras… alors qu'il est caché par les cheveux ou arraché au marbre, on l'interprétera comme on veut, ce bras que je ne sculpterai pas.

– Alors, je peux espérer que nous ferons ce voyage ?

– Nous en reparlerons, mais je n'y suis pas opposée. J'ai votre parole, ce sera en toute amitié ?

– Ce sera comme vous le déciderez, chère Émilie, j'en serai très heureux. Merci d'avoir accepté.

---

1. Ernest Bussière, né en 1863 à Ars-sur-Moselle et mort en 1913 à Nancy, est un sculpteur et céramiste français de l'école de Nancy.

7

Nancy, juin 1887

Émilie avait conservé l'appartement d'Émilienne et continuait de travailler rue de Toul, avec ou sans Ernest, mais elle envisageait d'aménager son propre atelier à son domicile à elle. Chez Émilienne, la chose n'était pas possible, sauf si le local du rez-de-chaussée se libérait et rien ne disait que la concierge accepterait. Un artisan qui tape, meule, surtout quand l'idée surgit la nuit, représente forcément une nuisance pour le voisinage. Émilie ne pouvait pas imposer cela à Mme Lorquin, qui avait besoin de repos. Pour l'instant, elle se débrouillait entre la rue de Toul et la rue Jeanne-d'Arc. On verrait plus tard. Ernest d'ailleurs était peu présent, occupé, lui aussi, à Paris, ou à Lunéville et à Saint-Clément. Les commandes de la ville de Nancy commençaient à affluer. Des travaux qui l'obligeaient parfois à concevoir et à réaliser directement sur le chantier, quand il s'agissait de sculpter un fronton, par exemple. Chaque fois qu'il repassait par la rue de Toul, il annonçait son retour définitif à Nancy, où il envisageait de donner des cours aux Beaux-Arts[1]. L'offre lui était régulièrement renouvelée et il la jugeait plutôt intéressante.

Au mois de juin 1887, Émilie sut qu'elle pourrait effectivement accompagner M. le commissaire à Paris, où elle n'était jamais allée encore. Elle prendrait donc le train avec lui, s'il était toujours d'accord. Elle l'avait revu, le temps d'un café à une brasserie de la place Stanislas ou d'une promenade à la Pépinière. Il disait avoir tout organisé et espérait ne pas la décevoir.

Le mois de juin s'achevait sur une météo clémente, un temps enfin chaud après un printemps qui avait été gris et pluvieux. On savourait ces quelques journées ensoleillées.

En pleine nuit, un samedi, Émilie fut réveillée brutalement. On avait frappé à la porte de l'appartement de la rue Jeanne-d'Arc. Elle se leva précipitamment et entendit la voix de Nicolas.

– Viens vite, s'il te plaît… Hortense est dans les douleurs, sa sœur est à Paris et la sage-femme du quartier n'est pas là. Je ne sais plus quoi faire et je ne connais pas de médecin. Peux-tu nous aider ?

– Je ne suis pas infirmière, ni docteur, ni sage-femme, mais j'arrive. En passant, on essaiera de réveiller le médecin qui suivait Émilienne. Il habite en bas de la rue. Tu es venu comment, à pied ?

1. Ce sera le cas en 1889.

– J'ai une voiture, en bas de l'immeuble, une voiture à cheval. Nous devrions vite arriver rue du Faubourg-Sainte-Catherine[1].

Le médecin d'Émilienne était absent. Il fallait réagir vite, trouver une autre solution.

– Hortense est épuisée, dit Nicolas. Elle souffre depuis le début de l'après-midi. La sage-femme qui l'a examinée ce matin lui a dit de ne pas s'inquiéter, que l'accouchement ne devrait pas avoir lieu avant une bonne dizaine de jours. Néanmoins, elle lui avait conseillé de se reposer. En fin de grossesse, il ne faut jamais commettre d'imprudence.

Émilie l'écoutait et, soudain, la lumière lui vint. Alors que la voiture s'arrêtait devant le domicile de Nicolas, elle lui ordonna de se rendre chez les religieuses de Saint-Charles.

– Demande sœur Joséphine de ma part. C'est son nom de religieuse, elle est originaire de Dieuze[2]. Si mes souvenirs sont bons, elle s'est mise au service des médecins de l'hôpital. Elle sait aider à accoucher. Elle t'indiquera peut-être un médecin. Elle espérait intégrer la communauté des sœurs de la Providence, mais s'est finalement adressée aux religieuses de Saint-Charles qui visitaient la prison Charles-III et soignaient à l'hôpital. Je vais rester ici auprès d'Hortense. Allez, file, dépêche-toi.

1. Rue Bazin aujourd'hui.

2. Il s'agit de Marie Waldmann, fille de Germaine et Jules Waldmann de la ferme de Buzémont.

Les pensées tournaient très vite dans sa tête. Émilie savait comment elle était née. On lui avait assez raconté que sa naissance avait tué Henriette, sa mère. Était-ce pour cette raison qu'elle ne voulait pas se marier ? Pour n'avoir pas à mourir si vite ? Quoique mourir fait partie de toute destinée humaine. Au fond, si Émilie refusait le mariage, c'était bien pour les conséquences qu'il entraînait. Une femme mariée donnait la vie…

Elle n'avait pas envie de devenir mère, non qu'elle nourrisse quelque crainte pour sa vie, mais elle redoutait, si la mort s'emparait d'elle, de laisser un orphelin derrière elle. Le grand drame, c'était celui-là ! Elle avait eu de la chance d'être aimée par Émilienne qui, elle, n'avait jamais eu d'enfants. Aimée, oui, sans doute… Mais comment comparer avec celle qui aurait dû l'allaiter, la bercer, l'aider à grandir ? Quelle mère aurait été Henriette ? Les aînés n'en disaient que du bien, forcément. Aurait-elle compris ses aspirations ? Ses frères nourrissaient aussi beaucoup d'affection, voire de reconnaissance pour Émilienne. Mais ils admettaient que celle-ci avait connu des périodes sombres, plongeait dans un monde inconnu d'eux, s'évadait jusqu'à se perdre. On pouvait comprendre, sa vie avait été ponctuée de grands chagrins.

Émilie avait conseillé à la jeune Hortense d'adopter la position de la parturiente : jambes écartées, relevées et pliées depuis les genoux.

– Prenez appui sur vos talons.

Auparavant, elle avait changé les draps du lit. « Simple mesure d'hygiène, avait-elle précisé, comme cette eau que j'ai mise à bouillir. Nous allons nous en sortir, ma chère Hortense. »

Elle lui parlait pour la rassurer. Tout allait bien se passer. Elle devait lui faire confiance. Secrètement, Émilie s'inquiétait, regardait la pendule. Pourquoi Nicolas mettait-il autant de temps à revenir ? Elle voyait bien que les douleurs de l'enfantement étaient très rapprochées. Elle savait que c'était le signe que l'enfant se frayait un chemin pour naître. Elle rassurait Hortense, lui demandait de bien respirer pour que le bébé ait lui aussi de l'oxygène.

Hortense haletait, se crispait. Elle lâcha soudain un cri terrible :

– Je meurs, je sens que je meurs ! Tout se déchire.

Émilie toucha son ventre et regarda le vagin élargi d'Hortense. Elle comprit ce qui se passait. Rester calme, rassurer Hortense. Elle parlait pour apaiser Hortense, mais ce faisant, elle s'obligeait à garder son calme.

– Mais non, Hortense, vous ne mourez pas… Je crois que le moment est venu de pousser. J'ai remonté vos oreillers, cramponnez-vous aux barreaux du lit. Oui, c'est ça. Je vois les cheveux de votre bébé. Il vient… Et puis j'entends Nicolas qui arrive. Il n'est pas seul, vous allez avoir de l'aide. Bon sang, le voilà ce bébé ! Doucement, je le tourne, une épaule, l'autre. Hortense, Hortense, restez avec nous ! Vous avez une jolie petite fille, une belle braillarde, du reste !

C'est à cet instant que Nicolas entra, suivi de sœur Joséphine, qui se lava les mains et examina la jeune femme en souriant. Elle coupa le cordon et donna l'enfant à Émilie pour qu'elle le lave et l'emmaillote.

– Si on m'avait dit qu'un jour, j'aurais l'occasion de rendre aux Kessler leur bonté, de réparer l'injure faite à Émilienne… Monsieur Kessler, il va falloir être courageux… Vous aussi, madame. Il y a un autre bébé qui arrive. Mais oui.

– Un deu… un deuxième bébé… co… co… comment est-ce possible ? bégaya Nicolas, sous le coup de l'émotion.

– Ah, ne me demandez pas ! Ce sont les cadeaux du bon Dieu, répondit-elle en attrapant une seconde fille, aussi vigoureuse que la première. Elle est venue vite. Elle n'avait pas envie de traîner derrière sa cadette[1]. Tout cela est de bon augure.

La porte s'ébranla. Le médecin habitant rue des Quatre-Églises, non loin de la communauté des religieuses, et qui avait été prévenu par sœur Joséphine, arrivait. Tiré du lit, il n'avait eu le temps d'enfiler qu'un pardessus sur son pyjama.

– Docteur Boileau, c'est merveilleux ! s'écria la religieuse. Veuillez vérifier que madame va bien. Elle devrait expulser le placenta bientôt. Ces deux chipies sont apparemment de vraies jumelles, elles étaient dans le même nid et pressées de connaître l'été nancéien.

– Ma sœur, vous dites les choses de façon très poétique, constata le médecin. Je m'en vais rassurer le papa, c'est lui

1. En cas de naissance gémellaire, le premier-né est considéré comme le cadet, car conçu après l'aîné qui ne peut, de ce fait, sortir du ventre de la mère qu'après.

qui me paraît le plus épuisé. Mme Kessler a été courageuse et vous, mesdames, sœur Joséphine et madame…

– Mademoiselle Émilie Kessler, la tante des deux chipies…

– Eh bien, il ne me reste qu'à vous féliciter. Toutes deux, vous avez œuvré dans les règles de l'art. Félicitons aussi la jeune maman. Une naissance double, ce n'est pas rien ! Dites-moi, madame Kessler, il y a des jumeaux dans votre famille ?

– Maman avait une sœur jumelle qui n'a pas vécu.

– Donc, c'est dans la famille, et monsieur ?

– À ma connaissance, non.

– Parfait ! Le placenta est entier. Il n'y aura pas d'infection. La jeune maman est en bonne santé. Sa tension me paraît bonne. Je passerai demain dans la matinée pour m'assurer que tout continue à bien se passer. Il faudra vérifier que la mère a assez de lait pour nourrir les deux bébés. Ah, la maman va devoir bien s'alimenter. Et nous fêterons ça. Une double naissance en pleine nuit, un dimanche, ce n'est pas si courant, ça s'arrose. Les demoiselles sont ravissantes. Avez-vous pensé aux prénoms ?

– Nous avions choisi un prénom de fille et un prénom de garçon. Nous n'avions pas imaginé que nous aurions deux filles, répondit Nicolas.

– Vous avez encore un peu de temps pour y songer, fit le médecin, tandis que Nicolas se penchait vers son épouse.

– Je crois, docteur, murmura Hortense, qu'il y aura une Joséphine et une…

– Pas d'Émilie ou d'Émilienne ! s'écria soudainement Émilie. Féminisez, si vous le voulez, le prénom de ce bon docteur ou demandez-lui quel prénom il choisirait.

– Je m'appelle Jean… Ce pourrait être Jeanne, ma femme s'appelle Marie…

– Alors, ce sera Jeanne-Marie, déclara Nicolas. Nous avions pensé à Marie… Vous voyez, c'est tout simple ! Nos filles seront bien nommées. Si sœur Joséphine est d'accord…

Elle s'était détournée. Elle, la fille de Dieu, fille d'une mère qui avait tué, ne tenait pas à ce qu'on vît son émotion.

– La ville de Dieuze crée des liens, murmura-t-elle. Après le temps des peines vient celui des réconciliations, dit-elle en se signant. Ce fut une belle nuit que celle-ci. Je ne l'oublierai pas. Vous m'honorez, merci, jeunes gens, ajouta-t-elle en s'éclipsant.

8

Paris, juillet 1887

Émilie et Paul prirent le train le 9 juillet à Nancy. Il faisait beau. Un soleil éclatant dans un ciel d'un bleu merveilleux.

– Je crois que le beau temps nous accompagne, dit Paul en prenant la main d'Émilie pour l'aider à grimper dans le train.

Il avait déjà saisi sa valise. Il leur restait à s'installer dans le compartiment de première classe où leurs places étaient réservées. Émilie était souriante, mais silencieuse. Paul lui demanda si tout allait bien, si elle était heureuse de ce voyage à Paris.

– Oui, répondit-elle, je suis ravie, mais ne puis m'empêcher de penser à mes petites jumelles. Mes nièces sont nées il y a quinze jours. Hortense et Nicolas sont sur un petit nuage.

– Oui, une naissance est toujours une grande joie au sein d'une famille. Et pour votre frère, avec ses deux petites filles que j'espère rencontrer à notre retour, la joie est double.

– La jeune maman est courageuse et le lait ne fait pas défaut. Les gamines peuvent téter tout leur saoul. Je suis très fière d'avoir mis au monde la petite Joséphine... Je n'y connaissais rien.

– Vous avez dû laisser parler votre cœur, ou bien un ange vous a tenu la main.

– Ce n'est pas moi qui ai coupé le cordon, mais la religieuse de Saint-Charles que j'ai rencontrée autrefois à Dieuze. Maintenant, je crois que je saurai, si cela doit se reproduire. Les jumelles seront baptisées le 15 août, ajouta Émilie.

– En tout cas, ces deux demoiselles vous serviront peut-être un jour de modèles.

– Ah, mais oui, j'y ai songé, figurez-vous. J'aimerais les sculpter pendues au sein de leur maman. La madone aux deux enfants, ce serait un moment heureux...

– Ce sera magnifique, j'en suis certain... Sera-ce plus difficile que votre dernière œuvre, celle que j'ai vue en mai et dont vous peaufiniez les détails ? Quel nom lui avez-vous donné ?

– Celui qui m'a mise en route, *Chant de vie et de mort*. Je sais, c'est un peu triste, mais ce fut la réalité de Françoise.

– Et vous comptez présenter cette œuvre ?

– Ernest Bussière insiste pour que je le fasse au prochain salon d'automne des artistes de Nancy. J'hésite encore...

– Pourquoi ?

– Parce que c'est personnel, parce que c'est une histoire de famille... Je crains d'être impudique.

– Et si c'était l'occasion de démasquer le coupable ?

Face à la mine stupéfaite d'Émilie, il ajouta :

– Nous en reparlerons. J'ai ma petite idée. Mais ne soyez pas inquiète, Émilie, rien ne sera fait contre votre gré. En attendant, savez-vous comment nous allons inaugurer cette semaine parisienne ?

– Je vous ai donné carte blanche. Vous connaissez la capitale. Moi pas du tout. Vous serez mon guide.

– Vous avez donc confiance en moi ?

– Il semblerait, puisque je suis dans ce train.

– Ce dont je vous remercie. Savez-vous que je vous réserve quelques surprises ? J'ai quelques relations à Paris, où je suis né et ai vécu pendant quelques années avant de m'établir, allez savoir pourquoi, en Lorraine.

– Mais si je ne suis pas indiscrète, vous êtes arrivé quand à Nancy ?

– Après la fin de mes études de droit, il y a cinq ans. Une histoire personnelle avec laquelle je voulais prendre de la distance. Pour tout dire, un chagrin d'amour.

– Vous n'êtes pas obligé de tout me dire, mons… pardon, Paul.

– Si je vous en parle, c'est que je suis guéri.

– Paris vous manque ?

– Ah, pas du tout ! Nancy est en plein essor. Voir un tel foisonnement en tout lieu, c'est merveilleux. Et rencontrer des artistes de talent est un vrai bonheur pour le curieux que je suis.

– Les artistes vous intéressent-ils davantage que vos enquêtes ? Votre travail, les situations sordides auxquelles vous devez être confronté, n'est-ce pas parfois difficile ?

– Je cherche à comprendre comment et pourquoi certains actes, parfois horribles, ont été commis. Le meurtrier ou le voleur a toujours ses raisons. À un moment, tout a basculé pour lui. Alors je vérifie tout, je reviens sur les faits…

– Vous auriez pu être avocat ?

– J'y ai songé, figurez-vous, mais j'ai besoin de temps avant de me faire une opinion. J'ai un métier où il faut savoir user du temps pour cerner une personne. Au cours d'un procès, on doit faire preuve d'une certaine vivacité d'esprit et posséder une qualité dont je suis dépourvu.

– Laquelle ?

– L'éloquence… Je ne suis pas certain d'être très bon dans ce domaine. J'ai suivi quelques procès, j'ai pu admirer de grands ténors du barreau. En toute honnêteté, je suis loin de leur arriver à la cheville.

– Ce serait peut-être venu avec le temps, justement. N'est-ce pas en forgeant que l'on devient forgeron ?

– Peut-être… Mais il y a une autre raison. Si je pense que toute personne a le droit d'être défendue, je me suis toujours interrogé sur un point : aurais-je pu défendre un homme coupable d'un crime odieux ? Une victime, oui, mais un monstre… Aurais-je su trouver, au-delà de sa faute, sa part d'humanité ?

– Vous préférez confondre et arrêter les coupables tout en cherchant à comprendre leur comportement, avant de remettre l'affaire entre d'autres mains.

– Voilà, c'est cela, Émilie.

– Merci pour ces confidences. Mais je suis curieuse… Par quoi allons-nous commencer quand nous arriverons à Paris ?

– Selon vous ?

– Aucune idée… Vous m'aviez parlé de cette tour qui fait jaser tous les artistes et intellectuels et qui sera achevée pour l'Exposition universelle de 1889…

– Elle est déjà sortie de terre, selon les journaux. Les travaux ont commencé dès janvier. On dit qu'elle fera plus de trois cents mètres. Ce sera le plus haut monument de Paris. Nous irons sur le chantier demain. Quand nous arriverons, nous déposerons nos bagages à l'hôtel et marcherons un peu dans les rues autour de l'opéra Garnier, notre hôtel est à deux pas, vous verrez… Et nous irons nous restaurer. Paris recèle tant de bonnes tables.

– Je vous fais confiance. D'ailleurs, glissa-t-elle en riant, ai-je le choix ?

Émilie n'avait pas imaginé que la capitale pût être aussi vaste. Les rues lui paraissaient immenses. À Nancy, la rue Saint-Jean l'avait impressionnée quand elle l'avait vue pour la première fois. Lorsqu'elle se retrouva au pied de l'Arc de Triomphe et qu'elle observa la perspective jusqu'à la place de la Concorde, elle se sentit une minuscule fourmi. Bien sûr, elle admira les bâtiments, les magasins, les terrasses des brasseries où l'on flânait, sirotait un café… Il faisait beau à Paris, chaud et un peu lourd, mais les touristes, dont elle faisait partie, étaient heureux. Rien de mal ne semblait pouvoir arriver. Comme si la beauté était à elle seule capable de repousser le malheur. Les femmes étaient élégantes. Elle-même avait soigné sa tenue. Elle s'était renseignée à Nancy. Mme Parisot recevait *La Mode illustrée* et Mme Friant s'était fait un plaisir de la conseiller. Elle lui avait même confectionné deux jolies robes d'été. Les crinolines étaient moins imposantes, mais l'arrière demeurait rehaussé de rubans colorés. Pour le soir, la robe devait traîner à terre, ce que n'aimait guère Émilie. Mme Parisot avait insisté sur les chapeaux.

– À Paris, comme à Nancy d'ailleurs, on ne sort pas sans chapeau, jolie jeune fille. Il doit être en parfaite harmonie avec les autres accessoires : le petit sac ou l'aumônière accrochée au poignet, et on veille à tenir une ombrelle en cas de grand soleil.

Émilienne avait promis de ne rien oublier. Elle ne voulait pas avoir l'air d'une provinciale ni faire honte à Paul, dont la mise était toujours soignée et les costumes bien taillés dans de fort beaux tissus. Flanelle, lin et drap de satin harmonieusement assortis.

Chaque grande artère ravissait Émilie, qui allait de découverte en découverte. Elle venait de basculer dans un autre monde.

Elle admira l'étendue du Champ-de-Mars. D'un pont, elle aperçut l'immense chantier de la fameuse tour. La hauteur était déjà conséquente, trente mètres, peut-être plus. La base des quatre piliers était visible. On pouvait se représenter les lignes de la belle dame d'acier qui allait s'élancer vers le ciel, droites et courbes, reliées par des boulons posés à chaud, lui expliqua Paul, pour assurer souplesse et rigidité à cette carcasse métallique. Si une grande partie du travail se préparait à Levallois-Perret, Émilie savait que le fer puddlé était produit par les forges Dupont et Fould de Pompey, qui faisaient venir du minerai de fer des mines algériennes de Zaccar et de Rouina, sans oublier le minerai de fer lorrain, la célèbre minette. La Lorraine possédait un réel savoir-faire et elle en tirait quelque fierté.

– On pourra monter jusqu'en haut, assura Paul. J'imagine la vue dont on bénéficiera. Enfin, j'essaye. J'espère voir cette audacieuse tour terminée et jouir du panorama.

– Ah, moi aussi, je vous assure. Ce sera extraordinaire. Je me demande pourquoi Alexandre Dumas, Flaubert, Maupassant et tant d'autres grands intellectuels pétitionnent pour arrêter les travaux. Il faut vivre avec son temps et profiter des prouesses que la technique permet.

– Je partage votre point de vue, chère Émilie.

En suivant la Seine, ils arrivèrent au palais du Louvre, immense palais lié à l'histoire des rois de France et de la République, devenu musée. Ils visitèrent rapidement les galeries de peintures et, bien sûr, celles où étaient exposées les sculptures. Paul observait Émilie qui tournait autour des œuvres, cherchait à comprendre avec quels outils les artistes avaient obtenu telle expression ou tel drapé.

Paul lui conta l'histoire de la bibliothèque qui avait disparu dans l'incendie allumé par quelques communards, voulant sans doute ainsi effacer un symbole de l'Ancien Régime.

– Près de quatre-vingt mille volumes ont été la proie des flammes.

– Être en colère contre le gouvernement ne devrait jamais conduire à la destruction d'œuvres d'art ou de livres. La culture, c'est notre mémoire. L'éradiquer, c'est un crime. C'est une réaction primaire, gronda-t-elle en tapant du pied pour marquer sa désapprobation.

Paul sourit. Il aimait sa colère et pressentait un immense besoin de justice chez la jeune femme. Pour un peu, il lui aurait manifesté sa tendresse, par une pression sur le coude, par exemple, pour l'inciter à tourner son regard vers lui. Il aurait pu ainsi déposer un chaste baiser sur son front. Mais il se retint. Il ne voulait pas la brusquer. Il avait promis…

9

Paris, juillet 1887

Paul avait commandé un fiacre ce matin-là pour les conduire rue de l'Université. Le temps était orageux.

Émilie se demandait pourquoi ils se rendaient dans ce quartier. C'est dans la voiture qu'il lui donna l'explication.

– Cette sortie est surtout pour vous. Je voudrais que vous voyiez un grand maître œuvrer avec ses élèves. J'ai eu l'occasion de le rencontrer, il y a quelques années. J'habitais non loin et je croisais souvent cet homme à la boulangerie ou au kiosque où nous achetions nos journaux. Nous avons sympathisé, bavardé et gardé le contact. Il veut bien nous recevoir.

– Vous êtes vraiment gentil de vous donner toute cette peine pour moi. Je suis touchée et vous en remercie.

– Je suis aussi très heureux de revoir Auguste.

Auguste, Auguste… Elle cherchait… De qui pouvait-il s'agir ?

Le fiacre s'arrêta devant le 182 de la rue de l'Université.

– Nous sommes arrivés, chère Émilie, déclara Paul en tendant son avant-bras pour qu'elle pût s'y appuyer de la main droite et relever sa robe de la main gauche, afin de ne pas la salir en s'extirpant de la voiture.

Il frappa la porte d'entrée du heurtoir pour se signaler. Poussa la lourde porte qui s'ouvrit sur un porche au sol empierré. Il connaissait les lieux. Au bout du couloir voûté, se trouvait un vaste atelier. Il fallait contourner des blocs de pierre et de marbre pour y pénétrer… Dans l'immense pièce jonchée d'outils, de chiffons, de tabliers et de blouses, deux hommes frappaient, martelaient. Dans un angle, un autre meulait une petite pièce et, tout au fond… Émilie n'en crut pas ses yeux. Deux jeunes femmes travaillaient sous l'œil averti du maître, un costaud à la barbe fournie et en désordre. Dès qu'il vit Paul, il abandonna momentanément ses élèves pour venir saluer les visiteurs.

– Mon cher Paul, quel plaisir de te revoir, après toutes ces années !

– La même chose pour moi, cher Auguste. Je vois qu'on s'active chez toi. Je te présente une artiste nancéienne, Émilie Kessler. Elle sculpte elle aussi, une passion chez elle.

– Chère madame, Auguste Rodin est heureux de vous rencontrer. Venez, que je vous présente à deux personnes pour qui j'ai beaucoup d'estime, voire d'affection.

Il se tourna et appela Camille et Jessie[1], absorbées par un imposant bas-relief.

1. Camille Claudel et Jessie Lipscomb.

– C'est une commande, précisa Auguste. La municipalité de Calais désire une évocation de l'histoire des bourgeois de Calais. Mlle Claudel et Miss Lipscomb[1] y travaillent sous ma direction. Mlle Claudel sculpte d'admirables mains. Finesse et délicatesse sont de mise chez elle, tandis que Miss Lipscomb se réserve les drapés.

Camille Claudel posa ses outils et fixa intensément Émilie. On pouvait lire à la fois de la rage et du dédain dans son regard.

– Madame sera-t-elle ton prochain modèle ou l'une de tes collaboratrices ? questionna Camille d'un ton où pointait le défi.

– Non, non, répondit Émilie, j'accompagne seulement monsieur.

– Mais vous sculptez ? insista Rodin.

– Pas vraiment, ça m'amuse quand j'ai un peu de temps. Je suis très occupée par ailleurs, n'est-ce pas, Paul ? dit-elle en s'accrochant à son bras.

S'il fut surpris par son attitude, Paul ne broncha pas. Il posa une main sur celle d'Émilie en signe d'acquiescement.

– Émilie visite Paris avec moi. Elle ne connaissait pas la capitale. Je lui fais découvrir quelques lieux qui furent les miens, comme vous le savez, cher Auguste. Et puis nous irons à l'atelier de son ami d'enfance, Émile Friant, qui travaille rue Notre-Dame-des-Champs, quand il est à Paris.

---

1. Camille et Jessie se sont rencontrées à l'Académie Colarossi.

– J'avais un atelier au 117, ajouta Camille, à demi rassurée.

– Oui, intervint Jessie Lipscomb, nous y travaillions toutes deux à l'époque où notre maître, Alfred Boucher, aujourd'hui parti à Rome[1], a fondé la Ruche à Montparnasse, pour qu'y vive une communauté d'artistes.

– Et j'ai pris sa succession, reprit Auguste Rodin. Alfred ne voulait abandonner ni ses élèves ni la Ruche. Je n'ai pas eu à le regretter, ces femmes sont talentueuses. Des perles. Quand j'ai un doute, je consulte toujours Mlle Claudel. Elle est l'or de la création... Je n'ai nul besoin de lui montrer comment il faut faire. Je lui dis qu'elle possède en elle ce trésor et qu'il lui appartient de le faire advenir.

Camille avait rougi sous les compliments. Le regard qu'elle jeta à Auguste Rodin acheva de renseigner Émilie sur les relations qu'entretenaient le maître et l'élève, en dépit de l'importante différence d'âge qui les séparait. Auguste caressa le bras de la jeune femme pour montrer à Paul qu'elle était sienne.

– Si je ne t'avais pas, murmura-t-il en déposant un baiser sur l'oreille de Camille.

Émilie fit quelques pas vers le mur opposé et contempla quelques ébauches. Elle aperçut une petite sculpture saisissante de beauté. Une jeune fille nue, assise sur un siège de bois rustique, les cheveux dénoués. Le bras droit était replié et la main, posée sur l'épaule, cachait en partie le sein. L'autre s'offrait. Dans le dos de la jeune fille,

1. Il s'installa à la Villa Médicis, sans jamais décrocher le prix.

une gerbe de blé. La sculpture ne mesurait pas cinquante centimètres de hauteur[1].

– Elle vous plaît ?

Émilie sursauta et sourit à Camille.

– Elle est magnifique. C'est de vous ? Ça ne peut-être que de vous !

– Oui, je l'ai réalisée l'an passé. Sans doute mes souvenirs d'enfance à la campagne… Ou autre chose. On ne sait pas toujours d'où viennent les idées. C'est là, ajouta-t-elle à voix basse en montrant son cœur ou son estomac.

– C'est juste, admit Émilie. Et quel nom lui avez-vous donné, c'est une glaise à l'origine ?

– Une terre cuite, oui. Je l'ai appelée *La Jeune Fille à la gerbe*… La moisson est féminine, n'est-ce pas ?

– Oui… Je vous félicite. Puissiez-vous poursuivre votre œuvre et que votre talent soit reconnu !

– Oh, pour ça, soupira-t-elle, il faut des relations. Qu'accorde-t-on à une femme ? Des miettes… Alors que nous, femmes, donnons tout.

– M. Rodin vous apprécie. J'ai vu une tête vous représentant. Un artiste de sa renommée ne s'aviserait pas d'exposer une sculpture de la femme qui travaille avec lui s'il ne tenait pas à vous.

– Peut-être est-ce pour me remercier de le servir ? Je lui permets de finir à temps des commandes importantes.

1. *La Jeune Fille à la gerbe* de Camille Claudel, 1886, 40 × 18 cm. Rodin en fera une reproduction taillée dans le marbre, *Galatée,* en 1899, qu'il signera de son nom.

Je le conseille aussi. Mais quant à voler de mes propres ailes… Rien n'est certain…

– Mais s'il vous a prise pour modèle, c'est que vous comptez pour lui. Un artiste ne peut travailler qu'avec des modèles qu'il aime, non ?

– Je ne suis pas la seule femme dans la vie de M. Rodin.

– Il est marié ?

– Non. Il a une compagne, Rose Beuret, l'un de ses premiers modèles[1]. Elle a à peu près son âge, je crois, et il ne peut la quitter.

– Peut-être que les choses s'arrangeront, je vous le souhaite, chère Camille.

– Vous êtes gentille. Je crois que votre ami s'apprête à partir. Heureuse de vous avoir rencontrée. Vous me pardonnez, n'est-ce pas ? Je n'ai pas été très avenante… Tout à l'heure, j'ai cru que vous veniez travailler ici. Auguste aime la nouveauté, comparer les talents. Il est pour l'émulation et le dépassement. Je peux comprendre, mais parfois, c'est épuisant.

---

1. Fille de vignerons, Rose Beuret sait lire, mais pas écrire. Auguste Rodin ne la quittera jamais et l'épousera après cinquante-trois ans de vie commune. Rose meurt quinze jours après cet étrange mariage. Auguste lui survit six mois. Camille était très jalouse de Rose. Il lui aurait fait deux enfants. Lassée, Camille quitte Auguste en 1899, après dix ans passés auprès de lui. Mais on dit qu'elle continua à l'espionner. Elle lui reprochera ensuite de s'être mis en travers de sa carrière et sombrera dans des crises de folie de plus en plus violentes. Sa mère la fera interner et n'ira jamais la visiter. Paul Claudel, le poète, une ou deux fois. C'était une honte pour la famille. Camille meurt de faim dans un asile en 1943 alors que les Allemands occupent la France.

– Je vous rassure, Paul et moi sommes en visite à Paris. Nous rentrerons à Nancy après les fêtes du 14 Juillet. Je n'envisage pas du tout de m'installer ici. C'est trop grand pour moi.

– Merci de m'avoir confié tout cela. Paul a l'air de beaucoup vous aimer.

Émilie sourit en posant une main sur l'avant-bras de Camille, mais ne répondit pas. Ainsi, les sentiments qu'éprouvait Paul pour elle se voyaient ! Fallait-il s'en trouver flattée ? En tout cas, elle ne voulait pas le blesser. Elle s'interdit de le laisser espérer si elle n'était pas certaine de partager le même élan.

Ils étaient attablés à l'angle du boulevard Raspail et du boulevard du Montparnasse. On leur avait servi un délicieux plateau de fruits de mer et un vin blanc moelleux propre à faire tourner la tête et chavirer le cœur. Émilie s'en aperçut vite et se montra prudente.

– Êtes-vous contente d'avoir visité l'atelier d'Auguste Rodin ? s'inquiéta Paul.

– Oui, beaucoup, et je vous en remercie. J'ignorais que vous cultiviez ce genre de relations. Il est vrai que je vous connais peu, au fond. Du fait de votre métier, vous savez beaucoup de choses sur ma famille et donc sur moi. L'inverse n'est pas vrai.

– Il ne tient qu'à vous, chère Émilie, de me questionner.

– Vous savez bien que l'éducation que l'on donne aux filles interdit les questions trop directes. La curiosité est classée parmi les vilains défauts, nous disait-on.

– Vous en êtes encore là, vous, la jeune rebelle que j'admire ?

– Ah bon, mon petit côté sauvage aurait quelque chose de séduisant ?

– Ma foi…, plaisanta-t-il.

– Ce qui m'a surtout plu dans notre visite de ce matin, c'est de rencontrer Camille Claudel. Si j'ai bien compris, elle est la sœur du poète Paul Claudel ?

– C'est cela. De ce que je sais, Camille est la fille chérie de son père. C'est lui qui lui a permis d'étudier l'art. Sa mère n'a que dédain pour elle et se demande parfois, je le sais par Auguste, si elle a toute sa raison.

– En tout cas, elle sculpte comme personne, avec une sensibilité et une délicatesse rares. Et ce qui apparaît dans son regard, c'est sa passion pour son maître. Il y a du feu en elle.

– C'est vrai.

– C'est votre ami. Vous pensez que ces sentiments sont réciproques ?

– Je ne sais pas, Émilie…

– Moi, j'ai l'impression que le maître profite de son aura, de son statut pour séduire et faire travailler à son profit. En toute honnêteté, Paul, je ne le trouve pas très sympathique. M'est avis que la jeune Camille en souffre et je la plains.

– Vous êtes une fine observatrice…

– Je voudrais me tromper et que Camille n'ait pas le cœur meurtri.

– Bon, allons faire un tour rue Notre-Dame-des-Champs. Vous verrez ainsi où officie Émile Friant quand il est à Paris. Et par la même occasion, nous passerons devant le lycée où j'ai étudié, le lycée Saint-Stanislas. Et demain, nous irons à Montmartre, les artistes y ont aussi trouvé refuge, vous verrez. Sur la Butte, les travaux de la nouvelle église du Sacré-Cœur avancent vite, grâce aux dons des fidèles. C'est une idée de l'Église catholique de Paris pour que les chrétiens se rachètent de leur mauvaise conduite, de leur bassesse morale, à l'origine de la guerre de 1870, selon elle. Puis de cette terrible Commune.

– J'ai déjà entendu pareilles stupidités, dans la bouche du nouveau curé de Dieuze. Nous avions eu pendant des années un saint homme, d'une grande humanité. Celui qui lui a succédé terrorise les paroissiens. Cela étant, je me réjouis d'aller à Montmartre.

– L'histoire de la commune de Montmartre est un peu compliquée depuis la Révolution. Tout en étant attachée à Paris, elle se voulait indépendante et libre. Quand la révolte de la Commune a éclaté à Montmartre, en 1871, le jeune maire des lieux qui n'était autre que Clemenceau. Après les sanglants événements de mai 1871, le calme est revenu. De nombreux artistes se sont installés et on continue sur les coteaux à cultiver les potagers et à faire pousser la vigne. Mais il n'est pas recommandé qu'une femme seule se promène en ces endroits. Les voyous n'hésitent pas à les importuner ou à les embarquer pour des trafics honteux en certaines maisons.

– Avec vous, je ne crains rien, Paul.

– J'espère être à la hauteur, dit-il en réglant l'addition et en laissant un bon pourboire au serveur.

C'est en chemin que Paul commença à parler de lui. Il avait habité le quartier du Montparnasse. Ses parents avaient une bonne situation. Son père était fonctionnaire aux impôts et avait sous ses ordres tout un service d'agents. Sa mère, comme toutes les femmes de la bourgeoisie, s'occupait de lui. Ses parents n'avaient pas eu d'autres enfants. Ils lui avaient donné tout leur amour. Il avait fréquenté l'école, le collège et le lycée Saint-Stanislas rue Notre-Dame-des-Champs. Il s'y sentait bien et l'enseignement était de qualité.

– Vous parlez d'eux au passé, risqua soudain Émilie.

– Oui, le drame de la Commune a été un séisme pour notre famille. J'avais seize ans. Un soir, je suis revenu chez moi en rasant les murs parce que Paris s'était embrasé. Je n'ai pas pu rentrer à la maison. La concierge m'a attrapé et m'a caché dans la loge en me prévenant : je devais me montrer courageux. Les communards avaient voulu faire un exemple et avaient emmené mes parents en prison. Elle n'osait pas me révéler la vérité. Ces excités étaient allés chercher mon père à son travail. Le chef des impôts, c'est celui qui appauvrit les braves gens. Ils l'avaient conduit au bas de l'immeuble, ficelé tel un assassin. Ils avaient ordonné à ma mère de les rejoindre, sinon le pire arriverait à son mari. Ma mère a obéi, que pouvait-elle faire d'autre ? Ces voyous les ont fusillés tous les deux devant la foule et les voisins… Je n'ai su cette histoire que bien après. La brave concierge m'a gardé… Les frères marianistes m'ont aussi permis de poursuivre mes études. Je ne les en remercierai jamais assez.

– Je comprends mieux pourquoi vous aimez enquêter, ce besoin de faire justice…

– J'ai longtemps espéré retrouver les assassins de mes parents... J'ai appris beaucoup plus tard que ces voyous étaient eux-mêmes tombés sous les balles...

– Et...

– Si je m'en suis réjoui, je n'en ai pas été apaisé pour autant. J'aurais voulu qu'ils me disent pourquoi ils ont choisi mes parents. Ils ne leur avaient rien fait. Au contraire, mon père a toujours aidé les pauvres du quartier. Tout le monde le savait et personne ne les a défendus. Par peur, sans doute. Mais bon, je ne vais pas refaire l'histoire.

– Si je comprends bien, le vrai grand chagrin, c'est celui-là...

– Et mes fiançailles rompues avec une demoiselle du monde. Je plaisais bien à sa maman, mais le papa trouvait ma fortune un peu maigre pour sa fille, Agnès de La Margelle. Je venais d'obtenir mon diplôme quand j'ai reçu une lettre de ma fiancée m'informant de sa décision. Elle n'était pas certaine d'être la femme qui me convenait. Elle me demandait pardon par avance et me souhaitait d'être heureux. Ses parents pensaient qu'un jeune saint-cyrien, chef de sa promotion et fils de général, la consolerait de notre rupture. Je ne lui ai pas répondu. Je ne regrette rien. Les regrets, c'est stérile et s'y arrêter pourrit les bons moments de la vie. Voilà, vous savez tout ou presque, jolie Émilie. Je tenais à ajouter que je suis sensible aux toilettes que vous portez.

– Vous allez me faire rougir, Paul.

– Ça vous va très bien, dit-il en prenant sa main.

Elle ne la retira pas et sourit.

10

Nancy, août 1887

Émilie se réveilla d'humeur joyeuse en songeant à la nuit qu'elle avait passée. Finalement, il était arrivé à ses fins, ce beau commissaire de police. Le voyage à Paris, une main effleurée, ce n'était rien. C'était agréable. Il y avait eu les confidences, la fête du 14 Juillet, le bal populaire à Montmartre et ils avaient dansé place du Tertre à la terrasse du restaurant À la Mère Catherine[1]. On dansait partout, cette année-là, sous les lampions et au son d'orchestres parfois improvisés. Une polka endiablée les avait réunis et Paul n'avait pas hésité à porter sa cavalière. Et le public de taper dans les mains et de réclamer le baiser. Paul s'était exécuté. Émilie avait laissé faire et, le vin blanc aidant, en avait réclamé un autre.

Elle découvrait le plaisir de la fête et qu'il était bon de s'abandonner dans les bras d'un homme. Elle n'allait pas dire le contraire. Ils étaient rentrés à l'hôtel, il la tenait

1. Fondé en 1793, c'est le plus ancien restaurant de la place du Tertre.

par la taille. Il l'avait longuement embrassée devant la porte de sa chambre, mais n'avait rien tenté. Elle lui en était reconnaissante.

Ils devaient quitter Paris en début d'après-midi. Le train partirait de la gare de l'Est vers 14 heures. S'il était ponctuel, tous deux seraient de retour à Nancy vers 20 heures.

Ils riaient comme deux enfants. Ils avaient déposé les bagages à l'appartement et Paul avait attrapé Émilie par le poignet.

– Je vous propose un petit en-cas à la brasserie Mon Désert, vous voulez bien ?

Il n'y avait pas lieu de refuser.

Et il l'avait raccompagnée chez elle et l'avait embrassée sur le pas de la porte. Elle l'avait fait entrer pour qu'on ne les vît pas. Si quelqu'un s'avisait de monter, qu'aurait-on dit ? Dans le couloir, ils ne parvenaient pas à se séparer. Ils s'embrassaient et se caressaient à en perdre la tête. Quand il commença à la déshabiller, elle l'entraîna dans la chambre.

– Ne soyez pas surpris, j'ai connu des hommes avant vous.

– C'est parfaitement votre droit. Je vous aime. Vous êtes celle que je t'attends depuis longtemps et je vous trouve très belle.

– Alors, je suis à vous, Paul, répondit-elle en faisant voler corsets, jupons et frous-frous en riant, avant de se glisser dans les draps.

Cette nuit-là fut courte, mais riche. Elle ne croyait pas qu'aimer pouvait être si agréable. Elle avait connu, c'est vrai, quelques hommes. Mais n'avait jamais partagé avec eux une nuit entière. Cela avait été des amours à la sauvette. Des assauts brusques dans l'atelier, entre deux portes, ou dans les sous-bois du plateau[1] qui domine Nancy au-dessus du cimetière de Préville. Si elle avait déjà joui, elle n'en avait pas gardé de souvenirs éblouis. Il fallait faire vite de crainte d'être découverts. Oui, elle avait pu cueillir ce qu'elle appelait une fleur sauvage, se souvenait-elle. Chaque fois, c'est elle qui avait rompu. Elle l'annonçait en riant en leur caressant le bout du nez. « En amour, je suis ainsi, je préfère quitter avant d'être quittée. Nous avons eu quelques bons moments, mais je vous renvoie à votre bien-aimée. Elle vous attend. C'est la femme qu'il vous faut. »

Avec Paul, c'était autre chose. C'était une célébration, de celle qui fait battre le cœur, qui unit et transporte à mille lieues. Il prenait son temps avec elle, lui parlait… Il disait que l'amour se cultive, que chacun est le jardinier de l'autre et que les fleurs qui s'épanouiraient seraient les plus belles. Cette nuit, en laissant Paul la parcourir de baisers, elle avait compris qu'il était l'homme de sa vie. Mais voyait-il toujours en elle celle qu'il attendait depuis toujours ? En cet instant, elle regretta sa conduite passée.

« Si j'avais pu n'être qu'à lui, c'eût été plus beau », songea-t-elle et, se redressant, elle risqua un mot : « pardon », avant de s'effondrer en larmes.

---

1. Lieu-dit de la Cure-d'Air, qui deviendra un parc d'attractions dès 1900 et la maison de repos Saint-Antoine, qu'on reliera au cimetière de Préville par un funiculaire en 1905.

– Je ne comprends pas, souffla-t-il en lui en effleurant les lèvres.

Elle expliqua très simplement ses regrets.

– Très bien. Pour vous punir, ma chérie, nous recommencerons jusqu'à ce que vous ayez oublié ces petits mecs. Vous serez épuisée et je serai le plus heureux des hommes. Chassez ces idioties de votre tête ! Il va falloir que je vous demande en mariage à votre chanoine de frère. C'est lui, qui nous mariera, si vous en êtes d'accord.

– Paul, vous êtes le meilleur des hommes.

– J'espère bien, mais c'est grâce à vous.

C'est pendant que l'on découpait le gâteau de baptême des jumelles qui avaient été baptisées à l'église Saint-Pierre par leur oncle que Paul prit son couteau et le fit tinter sur une bouteille pour réclamer le silence.

– Monsieur le futur chanoine, mesdames et messieurs, et vous aussi, nouvelles enfants de Dieu, fit-il en se tournant vers les jumelles installées sur les genoux de Nicolas, voici que je réclame votre attention. Il me semble que ma demande ne peut être entendue que par le frère aîné d'Émilie. Pierre, je puis vous appeler ainsi car votre accord fera de moi un proche, j'ai l'honneur de vous demander la main d'Émilie, ici présente. Mon papa ne peut le faire, puisqu'il est là-haut, avec ma chère maman, mais à trente-trois ans dans un mois, je suis assez adulte pour solliciter votre bénédiction…, dit-il en fouillant dans sa poche afin d'en extraire une petite boîte entourée de faveurs.

Pierre se leva avec le sourire.

– Si Émilie vous accueille dans son cœur… je ne puis que m'incliner. Je me ferai une joie de recevoir vos consentements et de bénir votre union.

Paul s'inclina, une main sur le cœur, murmura « merci » et tendit la boîte à Émilie.

– Pour vous, ma chérie. Ce baptême sera aussi le début de nos fiançailles.

La boîte contenait une bague ornée d'un diamant. Émilie se leva, tendit ses deux mains à Paul qui les saisit et les effleura de ses lèvres. Tous les convives applaudirent.

– Des réjouissances en perspective ! s'écria le père d'Hortense. Cela fait chaud au cœur. Nous avons tous besoin de bonheur.

Toute la tablée réclamait le baiser qui officialiserait cet événement. Émilie tendit sa joue, se forçant à sourire. Qui s'en aperçut ? Paul, peut-être, qui lui glissa à l'oreille :

– Vous n'êtes pas heureuse, Émilie ?

– J'avoue que je ne m'y attendais pas. N'est-ce pas un peu rapide ?

C'était certes la première fois qu'une de ses relations durait, semblait s'établir sur des bases sérieuses, mais il restait un « mais »… Elle eût aimé être fixée sur la disparition de Constant. C'était son frère ! Que lui était-il arrivé ? Éclaircirait-on un jour le mystère de la mort de Françoise ? Qui l'avait jetée dans ce bras de la Meurthe ? Si elle était la sœur d'un assassin, elle ne se marierait pas. Depuis son retour de Paris, elle avait souvent pris le chemin de la maison Saint-Charles pour discuter avec sœur Joséphine.

– Deux filles de la fratrie Waldmann ont préféré renoncer au mariage. Ma sœur Félicia et moi-même. Je ne sais pas ce que deviendra Eugénie, « née et sauvée » de l'incendie de notre ferme par votre père, mais pour l'instant, nous, les filles Waldmann, ne voulons pas donner naissance à de futurs criminels, comme l'a été notre mère et, d'une certaine manière, notre père Jules… Si Pierre a choisi Dieu, ce n'est pas pour rien. Il a, comme moi, voulu racheter le crime des ascendants.

Émilie regardait la bague, n'osant la sortir de l'écrin.

– Elle est émue, déclara le père d'Hortense. Ça me rappelle ma demande en mariage. C'est beau, l'amour, et ça rend fort. Allez-y, Émilie, foncez vers le bonheur !

Paul sortit délicatement l'anneau de la boîte, prit la main d'Émilie, l'embrassa et lui passa la bague au doigt. Puis il tendit le bras d'Émilie, soutint sa main, pour que tous les convives puissent admirer l'éclat du diamant… On s'exclama. Le rouge aux joues, Émilie laissa couler quelques larmes. On pouvait les mettre sur le compte de l'émotion. Sans doute. Sauf que cette émotion n'était pas celle que croyaient deviner les invités. Elle était tissée de questions angoissantes.

Paul lui donna un discret baiser dans le creux du cou et murmura :

– Nous reparlerons de tout cela. Si je vous ai blessée, je vous demande pardon, mais ne doutez jamais de mon amour !

C'était entendu, elle respira. Il attendrait un peu avant le mariage. Il était impératif pour Émilie de tirer les choses au clair.

11

Vint le salon d'automne des artistes à Nancy. Comment Ernest s'y prit-il pour convaincre Émilie ? Finalement, elle accepta d'y exposer une seule œuvre, *Chant de vie et de mort,* qu'elle signerait simplement de son prénom. C'était à prendre ou à laisser, avait-elle déclaré. Ernest en fut fort heureux et fit jouer ses relations pour faire venir des journalistes. On prédit un grand avenir à Émilie. Une artiste, et on employait le féminin, était née. Elle en fut gênée et se confia à Paul.

– Si encore il s'était agi d'une sculpture de Camille Claudel, déclara-t-elle, je comprendrais…

– Ne soyez pas modeste, ma chérie, votre talent mérite cette attention.

En fin de journée, tandis que les Nancéiens se pressaient dans la salle d'exposition, s'exclamaient, bavardaient entre eux – dans ce genre de manifestation, on finit toujours par rencontrer des personnes connues –, Paul, en fin observateur, le vit déambuler. Émilie aussi l'aperçut et s'apprêta à le rejoindre. Paul la retint gentiment :

– Laissez-moi faire, je ne voudrais pas qu'il m'échappe… Je dois lui parler.

– Je vous en prie, supplia-t-elle.

– Ne craignez rien, je serai discret.

Si elle avait peur, il convenait de ne pas le montrer. Paul s'était approché de lui alors qu'il admirait l'œuvre et Pierre marchait à leur rencontre. Paul le pria de les suivre. Il marqua une légère hésitation. On vit passer dans son regard une inquiétude, il regarda autour de lui. Comment s'extraire de ce piège qu'il n'avait pas vu venir. Il consentit à suivre Paul dans une pièce qui jouxtait le salon d'exposition et où se trouvaient des policiers prêts à intervenir. Ce ne fut pas nécessaire.

– Il fallait bien que cela arrive, un jour, n'est-ce pas, Constant ? lui dit Pierre.

Il ne répondit pas et baissa la tête.

– Je vais vous conduire à mon bureau, monsieur Kessler. Nous serons plus à l'aise pour parler. Nous allons sortir par là, indiqua Paul. Il y a une porte de service. Personne ne nous remarquera. Ne tentez pas de vous échapper, des policiers sont postés sur le chemin.

– C'est insensé ! finit-il par s'exclamer. Je reviens de voyage, je vois un article concernant ma sœur, je viens admirer son travail et on m'arrête, c'est bien cela ?

– J'ai besoin de vous interroger assez longuement sur une affaire déjà ancienne.

– Une affaire déjà ancienne ?

– Oui, la mort de Françoise, vous savez bien. Nous nous étions croisés, à la morgue.

– Ah, oui, cette pauvre fille dérangée ! laissa-t-il tomber. Nous avons fait ce que nous pouvions pour elle.

– Oh, oui, s'exclama Paul, vous, surtout ! Elle vous aimait beaucoup.

– Certes.

– C'est bien vous qui veniez la chercher chez les sœurs de Saint-Charles où elle se trouvait hébergée pendant la maladie de votre mère ?

– Ah, non, jamais de la vie !

– Vous n'avez pas changé, je veux dire physiquement. Nous serons fixés très rapidement, concéda le commissaire.

– Comment cela ?

– Chaque chose en son temps, monsieur Kessler.

Au bureau de Paul Renaudot, se trouvaient déjà sœur Marguerite et la supérieure de la maison Saint-Charles. À quelques pas, Pierre, debout, les bras dans le dos, attendait dans le couloir. La confrontation était nécessaire. Sœur Marguerite reconnut immédiatement Constant comme étant le beau monsieur qui rendait visite à Françoise. Le beau monsieur qui faisait sa bonne action et à qui elle pouvait accorder sa confiance. Elle maintint sa déclaration sur la dernière sortie de Françoise, à savoir que celle-ci lui avait semblé tendue. Elle affirma qu'auparavant ce même beau monsieur avait toujours raccompagné Françoise et qu'il savait se montrer généreux pour les œuvres des religieuses. La supérieure était-elle au courant ? Elle ne parut, en tout cas, pas surprise et son visage garda son masque de sérénité. Pas l'ombre d'un doute…

– Donc, monsieur, le beau monsieur, comme vous appelle sœur Marguerite, comment se fait-il que Françoise ne soit jamais rentrée chez les religieuses de Saint-Charles ?

– Je ne comprends pas, il doit y avoir erreur. Je n'ai jamais fait sortir Françoise de l'établissement. Cette religieuse doit me confondre avec quelqu'un d'autre.

– Sauf qu'on vous a vu à plusieurs reprises sur les bords de Meurthe en compagnie de Françoise. Notamment des sportifs qui s'entraînaient pour une compétition et que Françoise avait encouragés. Vous aimez la nature, les promenades amoureuses ?

– Est-ce un délit ?

– Que non, mais vous admettez avoir fréquenté les bords de Meurthe ?

– Comme des milliers de Nancéiens.

– Sauf que, dans le cadre de notre enquête, il se trouve qu'on vous a vu et reconnu en compagnie d'une personne, toujours la même personne.

– En quoi est-ce mal ?

– Ce qui est ennuyeux, c'est que cette personne a été repêchée dans la Meurthe. Ne me dites pas que vous ignorez la mort de Françoise, vous étiez à la morgue avec Mme Kessler !

Constant ne répondit pas. Il baissa la tête, tel un enfant qui prend conscience d'une faute. À la demande du commissaire, Pierre entra dans la pièce. Le regard que les deux hommes échangèrent fut lourd, chargé d'incompréhension, de reproche et d'infinie tristesse.

– Cher Constant, il vaudrait mieux dire la vérité au lieu de fuir comme tu l'as fait pendant tous ces mois… Au nom de nos parents et d'Émilienne qui n'est plus, et pour Françoise qui t'a fait confiance, arrête de mentir, je t'en supplie. Tu l'ignores, mais je sais…

– Que sais-tu ? Tu trahirais le secret de la confession ? s'exclama Constant en se redressant.

– Françoise ne s'est pas confessée et toi encore moins. Je ne trahis aucun secret. Oublions le prêtre. C'est l'homme qui te parle, le frère.

Paul jouait nerveusement avec son crayon. Il attendait une réaction, un aveu. De longues minutes passèrent dans un impressionnant silence. Personne ne bougeait. Le commissaire posa son crayon, se leva et repoussa son fauteuil avec vivacité pour marcher de long en large dans son bureau. C'est alors que Constant fondit en larmes.

– C'est moi.

– Toi, répéta Pierre, incrédule.

– Oui, c'est moi qui venais chercher Françoise. Au début, avec le désir de bien faire. Je n'avais aucune arrière-pensée, je puis le jurer. J'espérais simplement la distraire. Je trouvais triste qu'elle soit reléguée chez des religieuses. Elle semblait m'apprécier. Elle était belle, fort belle, malgré les troubles qui l'agitaient. Je ne voulais pas profiter d'elle, je le répète. Pourquoi nos corps ont-ils communiqué avant nos paroles ? J'ai compris qu'elle avait besoin de caresses. Personne ne lui en avait jamais donné. Elle a été mienne. Je lui ai donné de la joie, j'en suis sûr. Elle m'a fait, elle aussi, tressaillir. Quand je la raccompagnais chez les sœurs, alors qu'elle ne cessait de s'agripper à moi, je me promettais de mettre un terme à cette relation trouble. On n'épouse pas de telles filles, n'est-ce pas ?

– Et pourquoi, s'il te plaît ? Tu as pourtant profité des bontés d'une « telle fille », comme tu dis. Quel égoïsme !

Il y a du mépris dans ta voix, c'est indigne, poursuivit Pierre.

– Sait-on ce qu'on fait ? Un peu d'ivresse et chacun y trouve son compte. J'en conviens, ce n'est pas très chic et…

– Et quoi ? questionna le commissaire.

– Et un jour où j'étais passé la prendre, elle m'a dit, très naturellement : « Constant, je n'ai plus le sang qui vient chaque mois. » J'aurais pu, j'aurais dû arrêter de la voir. Les religieuses auraient trouvé une solution, déposé l'enfant dans une maison ou dans une famille aimante. Pendant deux mois, j'ai tenté d'espacer mes visites. J'espérais qu'elle allait m'oublier et surtout qu'elle s'était trompée. Elle gardait le silence. J'ai voulu en avoir le cœur net. Peut-être qu'elle désirait un enfant et qu'elle s'était imaginé des choses. Je l'ai questionnée. « Le sang ne vient plus, m'a-t-elle répondu, regarde. » Elle avait écarté sa cape, son ventre s'arrondissait doucement. Elle se transformait. Sa poitrine était plus volumineuse. Elle en paraissait fière. « Je deviens belle de toi, et pour toi », répétait-elle, radieuse. Moi, j'étais terrifié. Elle n'était pas apte à devenir mère et moi pas davantage à être père d'un enfant conçu avec une folle.

– Folle, dis-tu ? Mais tu ne sais pas ce qu'aurait été cet enfant ! Françoise n'était pas folle, seulement dans son monde. Pourquoi n'es-tu pas venu m'en parler ? dit Pierre. En tout cas, profiter d'une folle ne t'a guère embarrassé. Comment en es-tu arrivé là ?

– Je… je ne sais pas moi-même. J'ai honte. Oui, c'est ça, j'ai honte.

– C'est un peu tard, soupira Paul.

– Nous sommes sortis ce jour-là. Nous sommes allés au bord de la Meurthe. La nuit allait tomber, on voyait sur l'eau les reflets des premiers lampadaires à gaz installés par la ville. Je lui ai dit de bien regarder le paysage, de s'accroupir et de ne pas se retourner, je lui préparais une surprise.

– Une surprise…

Constant avala sa salive avant de poursuivre :

– Un foulard a suffi. Elle a d'abord souri. J'ai vu cela à son mouvement d'épaules, presque un mouvement de ravissement. Elle pensait sans doute à un cadeau. J'ai serré très vite. Elle ne s'est pas débattue et je ne crois pas qu'elle ait souffert. Quand j'ai été sûr qu'elle était morte, je l'ai portée au bord de la Meurthe et je l'ai poussée dans l'eau. Au fond, je l'ai délivrée de ses peurs et de ses angoisses. Là où elle est, elle est heureuse et je lui ai donné du bonheur.

– Du bonheur, tiens donc ! s'écria le commissaire en colère. La folle, ce n'est pas elle, monsieur Kessler, c'est vous !

– Ce que tu as fait est monstrueux, Constant. Je ne puis croire que tu aies osé ôter la vie de Françoise.

– Était-ce moi ? Je ne sais plus. Je sais hélas que mes mains ont serré le foulard sur sa nuque.

Les deux religieuses tombèrent à genoux et se signèrent pour n'avoir pas à regarder cet homme à qui elles avaient accordé leur confiance. Leur attitude le surprit-elle ? Prit-il enfin conscience de sa faute ? C'est d'une voix froide qu'il dit :

– J'ai… j'ai perdu la tête et je n'ai aucune excuse. Pardon à tous.

Pierre était figé par la stupeur. Il pleurait doucement. Au bout de longues secondes, il parvint à articuler quelques mots.

– Ce que tu as fait est inqualifiable, Constant. Je pense à Henriette, à Eugène, si bon, si droit. Je pense à Émilienne qui s'est sacrifiée pour nous. Quant à Françoise, tu l'as privée du droit d'être mère. Elle portait ce petit ange qui n'a pas eu le droit de sentir la caresse du soleil ou la tendresse de la pluie. Il était ton enfant. J'espère que tes remords seront assez sincères pour que Dieu te pardonne. En attendant, il va falloir te soumettre à la justice des hommes.

« Le plus dur reste à faire », songea Paul. Comment dire à Émilie la vérité ?

Pierre lisait-il dans les cœurs ? Il se tourna vers Paul dès que Constant fut parti, escorté par deux policiers, et posa sa main sur son épaule.

– Nous sommes tous affectés par ce drame, murmura Pierre. Que Dieu nous vienne en aide ! Et merci, Paul ! Au moins, nous connaissons la vérité…

– Certes… Cependant, ces aveux ne sont que le début d'un chemin de douleur, je le crains, répondit Paul d'une voix accablée.

– À quoi pensez-vous ?

– À toute votre famille, monsieur le curé. Il n'est pas aisé d'être le frère ou la sœur d'un meurtrier… Cet assassinat est odieux et vous savez bien ce que risque Constant.

– La peine de mort, hélas !

– Qui va prévenir Émilie ?

– Je vais y aller…

– Pour moi, ce drame ne change rien. Je veux l'épouser. J'aimerais que le mariage ait lieu avant Noël.

– Je vais faire de mon mieux, Paul, mais ce ne sera pas facile. Émilie a son caractère. Farouche et rebelle. Elle risque de vous tourner le dos.

– C'est bien ce que je redoute.

12

Nancy, décembre 1887-juillet 1888

La rage au cœur, Émilie libéra l'atelier de la rue de Toul. Ernest, Firmin, Hyacinthe et ses amis lui avaient répété pourtant qu'elle avait toujours sa place parmi eux, qu'elle devait continuer à travailler avec eux. Elle n'était pas responsable des agissements de son frère. Pierre lui avait tenu le même discours au soir de l'arrestation de Constant. La vie devait continuer. Il fallait garder la tête haute. Bien sûr, les ragots iraient bon train mais ils finiraient par se tasser. Une autre affaire viendrait alimenter ces colporteurs de méchancetés. Mais elle secouait la tête, répétant : « Je sais, ce n'est pas ta faute, pas davantage celle de Paul. N'insiste pas, monsieur le curé. Je ne pourrai plus jamais regarder Paul dans les yeux sans songer à ce drame. Et je mettrai ma main au feu qu'il ressentira la même chose que moi tout en s'en défendant. Ne gâchons pas nos vies ! Je préfère m'éloigner. »

Les copains de la rue de Toul insistaient. Ils avaient besoin de sa présence, de son rire, des farces qu'elle leur faisait, en cachant leurs outils ou en cousant les manches de leur blouse de travail… Rien n'y faisait ! Elle rangeait, nettoyait.

Tout en enfouissant ses ciseaux dans un grand sac de toile de jute, elle secouait la tête. Non, plus jamais elle ne sculpterait en ces lieux. Elle tournait la page. Elle ne voulait dire à personne où elle s'installerait. Rompre avec le monde ancien ! Le faire disparaître à jamais ! Ne l'avoir jamais connu ! Et, devant tous, elle s'était saisie du plus gros marteau et avait fracassé *Chant de vie et de mort*. Quatre blocs gisaient à terre autour d'elle alors qu'elle sanglotait telle une petite fille. Ernest eut toutes les peines du monde à la calmer tandis que les élèves rassemblaient les morceaux de l'œuvre brisée. « Si j'avais quelque courage, songea-t-elle, je demanderais à la Meurthe de m'accueillir aussi. Après tout, la paix éternelle, l'oubli, ce ne serait pas douloureux. » Ne plus rien voir, ne plus rien entendre, ne pas ressentir la honte. Elle avait fait le tour du problème. Déjà, elle avait dû mettre des journalistes à la porte. Certains l'avaient suivie dans les rues de Nancy. Ils voulaient sa vérité et non celle d'un commissaire, d'un procureur au bureau obstinément clos ou de voisins mal intentionnés. Et des photos. Des photos ? Pourquoi ? Les bonnes sœurs ne parlaient pas. C'était déjà ça. Paul, pas davantage. Comment ces gaillards savaient-ils tout cela ? Qui avait bien pu les renseigner ? Dans les bureaux de la police, les cloisons sont minces. Une petite pièce à l'un, une bouteille à l'autre contre quelques informations… Paul lui en avait déjà parlé, il trouvait le procédé odieux.

Elle venait de dénicher un autre logement à la sortie de Nancy, bien au-delà de l'église Bonsecours, sur la route de

Jarville. Elle avait dit s'appeler Beauchamp. Le concierge n'était pas regardant, du moment qu'elle payait. Elle s'était acquittée de trois mois d'avance. Et si cela ne suffisait pas, elle irait plus loin. Mais oui, bien sûr, elle pouvait quitter Nancy. Qu'est-ce qui la retenait ici ? Elle pouvait travailler partout. Bien malin celui qui la retrouverait.

Elle regarda sa main gauche qui portait toujours le diamant offert par Paul. De rage, elle retira le bijou, le glissa dans une enveloppe. Elle le lui rendrait. Ou plutôt, elle le confierait à Pierre. Elle n'avait pas envie de le revoir, de se laisser séduire par ses belles paroles.

Pierre et Paul s'étaient entendus comme larrons en foire pour coincer Constant. Rien de plus normal que de vouloir connaître la vérité. Mais pas de cette façon ! Pas en pleine exposition. Elle ne parvenait pas à ôter de sa tête cette désagréable impression d'avoir servi d'attrape-mouche.

Elle ne serait jamais l'épouse de Paul, dont elle estimait qu'il l'avait manipulée pour parvenir à ses fins. Nul doute, il allait prendre du galon. Sa hiérarchie l'avait déjà félicité. Et il était préférable qu'il n'eût pas de lien avec la famille de l'assassin.

C'est bien Paul et Firmin, un brillant élève d'Ernest, qui avaient tout manigancé pour qu'elle participât au salon. Saurait-elle un jour qui avait payé les journalistes pour que des papiers dithyrambiques paraissent ? « Un nouveau talent nous est né… » « Les femmes bientôt égales des hommes. Elles manient marteaux, maillets et ciseaux aussi bien et même mieux car leur féminité transparaît jusqu'au bout de l'outil… » Tout cela pour piquer la curiosité de Constant. Paul avait fait son travail, mais il eût pu le faire sans ces procédés qu'elle estimait indignes. Lui jouer la comédie de l'homme amoureux… La colère revenait avec une violence inouïe.

Dire que tout avait commencé à Paris, dans l'atelier de Rodin… Il avait su la mettre en confiance, la traiter comme une grande dame et elle, la sotte, y avait cru. La séduction est un art… Elle ne niait pas le plaisir pris. Et c'est justement parce qu'elle avait donné sa confiance à Paul, que son cœur s'était mis à battre, que la désillusion la rongeait jusqu'au tréfonds. « J'ai la fierté bouffée, c'est tout », rageait-elle. S'être fait avoir telle une gamine !

– Fichtre, s'exclama-t-elle à haute voix en dressant le poing, fasse le Ciel qu'il paie !

Le frère curé pouvait bien aller au diable. Et maintenant, la presse allait faire ses choux gras de l'arrestation du monstre qui avait tué son amie d'enfance enceinte. Le monstre était son frère. Le nom des Kessler était sali ! Pour combien de générations ?

Restait à disparaître. Seule chose intelligente à faire afin de ne plus entendre parler de cette affaire et de cette famille. Tant pis pour Nicolas, Hortense et les jumelles. Ils avaient assez d'argent et d'amour pour s'en remettre.

Elle remplit deux énormes valises de vêtements et de linge et frappa à la loge de la concierge.

– Je m'en vais, madame Lorquin. Mon frère prêtre viendra s'occuper des meubles, lui ou Nicolas. Si ce n'est pas le cas, vous pourrez les vendre et donner l'argent aux nécessiteux.

– Mais vous…

– Ne vous inquiétez pas pour moi. Merci pour votre gentillesse, chère madame, portez-vous bien ! Adieu.

Elle s'était allongée après sa dure journée de travail aux ateliers de confection Jacquemin et Cie. Souvent, elle était prise de vertiges. Un voile noir passait devant ses yeux et lui faisait perdre l'équilibre quand elle changeait de position. Elle avait mis ces désagréments sur le compte du choc ressenti à l'arrestation de son frère. Des souvenirs lui revenaient et elle s'obstinait à les reléguer loin, très loin sous le voile noir faisant écran au réel. Quand elle était allongée, elle revivait malgré elle le jour où tout avait basculé à l'hôtel de ville, quand Constant était arrivé pour admirer son œuvre. On s'était retourné sur son passage. On le connaissait. Il avait fait sensation en apparaissant aux côtés de la bonne société nancéienne.

Émilie se tenait à quelques pas de sa sculpture, près des peintures d'Émile Friant, de retour de Tunisie. Il évoquait ses projets et affirmait, malgré l'accueil enthousiaste à Nancy de cette belle *Toussaint*, que jamais plus il ne concourrait au prix de Rome. En revanche, il estimait que les voyages permettent à l'œil de se renouveler. Ses voyages au nord de l'Europe lui laissaient des souvenirs impérissables. « Les Rembrandt, Vermeer, ça, c'est de la peinture », disait-il.

Il riait de ses débuts à l'atelier Cabanel. Camille Martin, un ami resté à Nancy, le taquinait sur cet épisode.

– Tu m'en as écrit, des lettres, sur ce ponte de la peinture et des moulages, mon cher Émile… Tu dirais toujours que c'est une boîte et non un atelier ?

– Plus que jamais, mon cher Camille !

Émile lui avait décrit les paysages outre-Méditerranée.

– Le dépaysement est total. C'est beau, mais ce n'est pas les bords de Meurthe.

Elle avait aperçu, dans la vitrine de René Wiener, certaines de ses toiles peintes après son retour de Tunisie. Elle avait été touchée par *Toëra, Tunisienne lavant* et *Léïla, Tunisienne brodant*. Le regard de cette jeune fille était saisissant d'interrogation muette. Toëra semblait surprise de découvrir qu'un étranger observait ses mouvements, veuille fixer la scène à la manière d'un photographe. Toëra regardait fixement l'artiste. « Pourquoi faites-vous cela, pourquoi volez-vous mon image ? » semblait-elle dire. Le visage était beau, élégant. On attendait une parole. Celle du sujet de la toile ou celle de l'artiste. La réponse se trouvait en chacun. En celui qui sait voir et observer. Elle était le cadeau de l'artiste.

Émile lui avait expliqué que ces tableaux ne figuraient pas dans cette exposition. Nancy les avait déjà vus dans la vitrine Wiener, il préférait montrer des paysages lorrains et italiens…

C'est à cet instant qu'elle avait vu Constant et que Paul lui avait demandé de ne pas bouger.

Il était temps de se lever et de manger pour reprendre quelques forces. À mesure que l'omelette grésillait dans la poêle, elle sentit venir la nausée. Ses yeux s'attardèrent sur le calendrier… Elle porta une main à son cou et l'autre à son cœur. Et elle sut.

– Ne manquait plus que ça, marmonna-t-elle en colère, et c'est bien ma faute. Me voilà grosse de Paul. Je suis maudite.

Elle retira la poêle du foyer et s'assit sur le bord du lit avant de s'y étendre, le visage dans l'oreiller, pour sangloter.

S'était-elle assoupie, bercée par le chagrin ? Elle se réveilla dans la nuit, regarda l'heure. Il était 2 heures du matin. Elle se souvenait de sa dernière pensée. Six semaines depuis les dernières menstrues. À n'en pas douter, elle était enceinte. Elle ne se confierait à personne. Elle travaillerait jusqu'au bout. Le chef d'atelier se moquait bien de la santé de ses ouvrières du moment que l'ouvrage était fait. Juliette, qui lui faisait face à la table où les dames piquaient les ourlets de pantalon, était fille mère. Sauf que Juliette avait une mère qui s'occupait de l'enfant. « Et moi, s'interrogea Émilie, qu'en ferai-je, de cet enfant ? » La réponse vint en même temps que la question. Elle le garderait. Il n'était pas question de devenir une mère assassine en recourant aux herbes amères. Il y avait eu trop de drames dans la famille. L'enfant n'y était pour rien. « Et s'il est niché dans mon ventre, c'est qu'il a envie de vivre », se dit-elle. Elle serra les poings. « Il vivra, je l'élèverai, se répétait-elle, du mieux que je pourrai. »

Émilie eut la chance de vivre une grossesse facile. Le chef d'atelier remarqua son état en juin.

– Vous vous portez bien, mademoiselle Beauchamp ? Vous n'auriez pas passé commande ?

– Il se pourrait, oui, pour le mois de juillet. Mais tout devrait bien se passer, je ne serai pas absente longtemps.

– En tout cas, dans notre entreprise, il y a une crèche, vous pourrez venir travailler avec le marmot et l'allaiter. Notre patronne y tient.

– C'est vrai, glissa Juliette, qui avait entendu leur conversation, c'est que j'ai fait avec mon petit Momo.

– Jusqu'à quel âge on peut mettre les bébés dans cette crèche ?

– Le temps que dure l'allaitement. Moi, j'ai eu de la chance. Ma mère ne m'a pas foutue à la porte. Elle a affronté le qu'en-dira-t-on avec courage, en disant que la faute ne revenait pas qu'à la jeune fille, qu'un enfant, ça se faisait à deux. Après ça, les cancanières m'ont laissée tranquille. Et vous ?

– Je suis seule, mes parents sont morts.

– Ah, ne désespérez pas, on va bien trouver une solution.

Ce fut le 13 juillet au soir, alors que les bals populaires attiraient les jeunes gens et les moins jeunes à la Pépinière, au parc Sainte-Marie ou place Stanislas, que l'enfant d'Émilie décida de naître. Elle pensa en souriant : « Un enfant de la République. Il vient pour la Fête nationale. » Elle eut le temps de se rendre à la loge du concierge pour lui demander d'aller chercher la sage-femme qui la suivait et habitait à deux pas.

– Vous avez de la chance, dit le concierge. Je m'apprêtais à partir danser au coin de la rue. Je la préviens en passant. J'y cours même. Ne vous inquiétez pas, Mme Rose est la meilleure de Nancy.

Émilie grimaça sous la douleur des contractions qui laminaient ses reins et son ventre.

– Ça va aller ? s'alarma-t-il. Vous allez pouvoir remonter chez vous ?

Elle fit signe que oui.

– Laissez la porte ouverte. Vous n'aurez pas à vous relever quand viendra Mme Rose. Je vais la prévenir qu'elle peut entrer sans frapper.

– Merci, mais qu'elle fasse vite.

Elle regagna sa chambre et vérifia que tout était prêt pour emmailloter le bébé. Il y avait de l'eau chaude dans un grand faitout, le lit était propre. Elle se sentait bien seule en ce jour. Il n'était pas question de reprendre contact avec Paul et encore moins avec les siens. Elle préférait les laisser en paix. Elle ne voulait plus voir Pierre, son frère aîné. Il n'aurait pas aimé que, dans la paroisse où il officiait, on lui glisse quelque phrase lourde, empoisonnée de fiel. D'ailleurs, il se disait que l'évêque allait le déplacer dans un autre diocèse pour que cessent certains ragots.

Émilie lisait *Le Progrès de l'Est*, qui se faisait largement l'écho du fait divers. « Un architecte tue une jeune fille simplette enceinte de ses œuvres. » Ou : « Comment devient-on le pire des assassins ? » « Il voulait lui faire un cadeau. Elle a regardé l'eau tandis qu'il glissait le foulard meurtrier qui allait l'étrangler. » « L'assassin a des remords. Il aurait perdu la tête et regrette. » « L'architecte demande pardon. Je ne réclame pas qu'on sauve ma tête. Il faut que justice soit faite, je m'y soumets et je demande pardon à celles et ceux que j'ai offensés. » Pas de semaine sans une évocation de l'affaire. On s'arrachait le journal.

Le procès eut lieu en juin. Cinq jours de débats publics qui avaient attiré les curieux de tout bord, des journalistes de Lorraine mais aussi de toute la France. Un homme instruit, beau garçon, qui se laisse aller à l'abjection, ce n'est pas banal. Il avait été condamné à la peine de mort. En plein tribunal, sitôt l'annonce du verdict, l'accusé avait déclaré : « Du fond du cœur, merci… S'il vous plaît, monsieur mon avocat, ne demandez pas ma grâce à M. le président de la République ! Je souhaite qu'on exécute la sentence le plus rapidement possible. Je m'y soumets en demandant pardon à tous et à Dieu. Que jamais personne ne commette le geste qui a été le mien ! Il y a toujours une solution pour préserver la vie. J'ai sombré dans le désespoir et ai suivi le plus mauvais chemin puisqu'il a conduit à la mort. »

En lisant ce compte-rendu, Émilie ne put s'empêcher de pleurer. Peut-être aurait-elle dû rendre visite à son frère. Qu'auraient fait Henriette et Émilienne ? Elle n'avait pas la réponse. Pierre devait l'avoir, du moins devait-il posséder, dans son immense bonté, un peu de la lumière qu'elle n'avait pas, qu'elle n'avait plus. Mais il s'agissait de Françoise. Peut-on tuer la personne que l'on aime ? Avait-il à ce point honte d'aimer une personne différente, heureuse de son corps plein de leur amour et porteur de la vie ? Non, elle n'irait pas visiter Constant. Elle était certaine que Pierre s'en chargeait. De Pierre, elle ne voulait plus entendre parler. Pierre et Paul… Ils allaient bien ensemble, ces deux-là. L'un pour Dieu, l'autre pour la République. Elle allait donc s'abstenir de sombrer dans une compassion qui lui aurait donné bonne conscience. Elle n'avait plus rien à voir avec la famille Kessler. Elle était devenue Émilie Beauchamp. Elle allait être mère. Elle n'avait nulle envie que son enfant ait à souffrir de la malédiction familiale.

Émilie mit au monde une fille de sept livres et demie.

– Un beau brin de gamine ! s'exclama la sage-femme. Vous avez été d'un grand courage. Comment va-t-on l'appeler, cette fille de la République ? Naître un 13 juillet, ce n'est pas banal !

– Charlotte.

– C'est tout ?

– Ajoutez Pauline, madame Rose, et aussi Françoise. Ce sera très bien.

– Vous êtes seule, si je comprends bien. Voulez-vous que je me charge de la déclaration à la mairie ? Je le ferai avec Marcel. Il a l'habitude et moi aussi.

– C'est que je ne sais plus où sont mes papiers…, paniqua-t-elle. Je les ai perdus en quittant les Vosges où les Prussiens, après les jours d'octobre en 1870, ont brûlé Saint-Michel-sur-Meurthe et Nompatelize, non loin de Saint-Dié, où habitait notre famille. Il n'est pas resté grand-chose des registres d'état civil.

– Ne vous inquiétez pas, on me connaît à l'état civil. L'officier n'est pas regardant. Une bouteille de gnôle, vous avez ça ? Il vous fera des papiers au nom de Beauchamp pour vous et la petite. La guerre a fait bien des malheurs, on ne va pas en rajouter. Vous, c'est Beauchamp, n'est-ce pas ?

– C'est ça. Je suis née d'Émilienne et d'Eugène Beauchamp, tous deux décédés dans cette guerre. C'est une voisine qui m'a recueillie et conduite dans un orphelinat.

Voilà qu'elle s'inventait une autre mère que la sienne. Sa mère, c'était Henriette. Il est vrai qu'elle ne l'avait pas connue. Morte avant que ses pieds ne soient sortis de son ventre ou presque. Elle avait assassiné sa mère en naissant.

– Alors, bienvenue à mademoiselle Charlotte, Pauline, Françoise Beauchamp, née d'Émilie…

– Marie-Eugénie Beauchamp. Merci, madame Rose.

– Y'a pas de quoi ! Le plaisir est pour moi. Donner la vie et la certifier, c'est faire preuve d'optimisme. L'avenir est à nous tous.

13

Nancy, décembre 1888-1889

Le Progrès de l'Est titra : « L'architecte assassin a été guillotiné au matin du jeudi 20 décembre 1888. »

Le bois de justice était arrivé vers 3 h 30 dans la cour de la prison Charles III. Après moult démarches auprès de la préfecture, en sa qualité de chanoine et soutenu par l'évêque du diocèse de Nancy, Pierre avait obtenu que l'exécution n'ait pas lieu à l'extérieur de la prison ni à proximité du cimetière du Sud, comme c'était parfois le cas. Ce qui n'avait pas empêché de nombreux curieux – gens de presse, militaires et même des artistes à qui, par le passé, l'accusé avait dû serrer la main – d'accourir. On voulait voir à quoi ressemblait un monstre. Ce brillant architecte, ne l'avait-on pas croisé aux côtés des grands de Nancy ? Prosper Morey l'avait pris sous son aile. C'était lui, ce bel homme, l'assassin ? Un si beau visage peut donc cacher une âme noire ? Son crime était horrible. On se le répétait pour ne pas l'oublier. On peut être béni des dieux et abriter en même temps l'esprit de Satan ? Pour une telle âme, aucune guérison n'est possible. Reste le couperet.

Ce fut Pierre qui accompagna Constant pour adoucir les derniers moments de sa vie. Constant avait été entendu en confession. Depuis son incarcération, il lisait et relisait la Bible, recopiant certains passages. Il trouvait l'apaisement en récitant des psaumes. Il y devinait la miséricorde du Très-Haut pour son peuple, pour les pécheurs. Il espérait que cette bonté s'étendrait jusqu'à lui, le couvrirait d'un voile protecteur. Le psaume de David qui prend conscience de ses fautes fut une révélation pour lui.

Ô Dieu ! ayez pitié de moi dans votre bonté ;
Selon votre grande miséricorde, effacez mes transgressions ;
Lavez-moi complètement de mon iniquité,
Et purifiez-moi de mon péché.
Car je reconnais mes transgressions,
Et mon péché est constamment devant moi.
J'ai péché contre vous seul,
Et j'ai fait ce qui est mal à vos yeux,
En sorte que vous serez juste dans votre sentence,
Sans reproche dans votre jugement.

Il avait assisté à la messe pendant qu'on préparait le bois de justice et, pieusement, en pleurant, il avait communié.

– Je regarderai la croix que tu portes. Ce jour est le mien, hélas, pas celui de cette foule de curieux venus assister au spectacle dont ils parleront au prochain dîner mondain. J'espère dessiner le courage presque aussi bien que j'ai dessiné certains clochers. C'était ma spécialité.

S'il te plaît, cher Pierre, mets bien ta croix par-dessus ta soutane que je la voie jusqu'au moment ultime…

– Il en sera ainsi, Constant. Cette croix sera notre lien avec le Ciel.

– J'espère retrouver nos parents, du moins les apercevoir et me réjouir de leur éternité. Dis-moi, Pierre, crois-tu que je verrai Françoise là-haut ? Me pardonnera-t-elle et me tendra-t-elle la main, comme elle le faisait quand j'allais la chercher ? J'ai été si lâche, si veule. Pourquoi Dieu m'a-t-il abandonné en ces instants ? Pourquoi n'ai-je pas compris ?

– Tu reverras tous ceux que tu as aimés. Françoise sera là, à la porte du paradis, pour te conduire auprès de Dieu. Là-haut, comme tu dis, nous nous reconnaissons, mais nous sommes déjà transformés par la grâce. Ici-bas, nous continuerons de prier pour toi.

– Et moi pour vous, si je peux, si je suis autorisé à le faire. Maintenant, je voudrais écrire à mon frère Nicolas et à ma sœur. Sais-tu que, depuis ma condamnation, Nicolas m'a rendu visite par deux fois. J'en ai été infiniment heureux. Ma sœur n'est pas venue. J'ai longtemps espéré. Comment va-t-elle ?

– Pour être honnête, je n'en sais rien, Constant. Elle a tourné le dos à toute la famille. J'aimerais pouvoir te dire qu'elle va bien. Il faut l'espérer pour elle.

– Dis-leur de changer de nom pour que les enfants n'aient pas à souffrir d'être apparenté au monstre que je suis. Pardon encore, Pierre, et merci pour ce que tu as fait pour moi. Dis avec moi le Je vous salue Marie… Répète cette prière jusqu'au moment où on me mettra sur la bascule… La prière s'achève par « Priez pour nous, pauvres pécheurs, maintenant et à l'heure de notre mort ». J'y suis, n'est-ce pas, Pierre ? Je ne veux pas qu'on me bande les yeux, je n'ai que ce que je mérite.

– Ton dernier souhait ?

– J'aurais voulu voir cet hôpital sur lequel je travaillais. J'aurais aimé le voir achevé. Dis à ceux qui restent que je les ai aimés, dis-leur que je leur demande de me pardonner et que je leur souhaite le bonheur. À Dieu, s'il me veut.

– Il t'attend, mon cher Constant. Il connaît ton cœur de ce jour, celui qui rachète tout.

Constant écrivit deux courtes missives qu'il tendit à Pierre, qui promit de les faire parvenir aux destinataires.

Ma chère Émilie,

Ce qui m'arrive en ce jour est l'épilogue du drame que j'ai provoqué. Je ne demande rien. Je me soumets à la justice des hommes. Sauras-tu un jour combien je suis désolé que mon crime t'ait fait prendre tes distances avec la famille. Je t'en prie, ne coupe pas ce fil. Imagine nos parents présents à tes côtés. Il faut rester unis. Je te demande pardon de tout mon cœur et j'espère que la grâce de Dieu aidera les uns et les autres à garder la tête haute. Ce monstrueux crime est le mien, pas le vôtre. Pas le tien. Je t'ai aimée, Émilie, petite sœur chérie. Encore une fois, pardon, pardon, pardon !

Constant.

Bien cher Nicolas,

Tu es le petit frère sur qui j'ai veillé, comme Pierre l'avait fait pour nous tous. Nous avons eu la chance d'avoir des parents extraordinaires, puis une maman de remplacement qui nous a donné sa tendresse. Malheureusement, je vous ai blessés en commettant l'irréparable. Je m'en vais puisque je dois payer mon crime. C'est normal. N'aie pas honte, ni toi ni les tiens. Ce que j'ai fait ne regarde que moi. Soyez assurés que je regrette du fond du cœur cet acte odieux.

Puissiez-vous un jour me pardonner ! Toi, mon frère, Hortense, ta belle épouse, et vos enfants qui sont le fruit de votre amour, essayez d'être heureux malgré tout ! Ne doutez pas de l'amour que je vous ai porté jusqu'au bout !

Pardon, pardon, pardon !

Constant.

Il se mit à genoux, face à l'autel, et récita le psaume de David :

Purifiez-moi avec l'hysope, et je serai pur ;
Lavez-moi, et je serai plus blanc que la neige.
Annoncez-moi l'allégresse et la joie,
Et les os que vous avez brisés se réjouiront.
Détournez votre regard de mes péchés,
Effacez toutes mes iniquités.
Ô Dieu ! créez en moi un cœur pur,
Renouvelez en moi un esprit bien disposé.
Ne me rejetez pas loin de votre face,
Ne me retirez pas votre Esprit saint.

Rendez-moi la joie de votre salut,
Et qu'un esprit de bonne volonté me soutienne !

L'avocat frappa à la porte de la chapelle, s'approcha de lui, toucha son épaule sans parvenir à l'extraire de sa prière. Pierre renouvela le geste pour ramener Constant sur terre. Bouleversé, l'avocat s'adressa à lui :

– Monsieur Kessler, je suis avec M. Renaudot. Nous venons vous saluer.

– Oh, excusez-moi ! Merci d'être là.

Il eut un sourire doux et triste pour Paul.

– Je devrais vous en vouloir, cher monsieur, mais vous avez fait votre travail, votre devoir. D'une certaine manière, vous m'avez libéré du poids qui pesait sur moi depuis ce que j'avais commis.

– Je voulais vous dire que j'admire votre repentir, que je crois sincère, répondit Paul. Puissiez-vous, dans cet autre monde auquel vous croyez, trouver la paix du cœur et entendre le chant des anges. Au revoir, monsieur Kessler.

Et Constant se présenta, droit, digne, pâle, évidemment. Il n'opposa aucune résistance. Ses lèvres remuaient au même rythme que celles de Pierre, qui récitait avec lui la prière adressée à la Vierge Marie. Le couperet tomba avec une brutalité sauvage sur le « maintenant et à l'heure de notre mort ».

Tout était dit, Constant venait de payer sa faute.

On pouvait bien ramasser la tête, la placer dans le cercueil, la mort de Constant ne ferait jamais revivre

Françoise. Parmi la foule, certains baissèrent la tête, se signèrent.

Une jeune femme se trouva mal. Pierre la reconnut. Il l'avait quelquefois vue en compagnie de Constant à la messe de 10 heures à Saint-Pierre. Longtemps, il avait cru qu'elle était sa promise, qu'il bénirait leur union. C'était avant que Françoise aille vivre chez les religieuses de Saint-Charles.

Émilie replia le journal qui relatait l'exécution par décollation de son frère. La sentence avait été appliquée. Elle était bouleversée, elle ne pouvait le nier. Lui revenaient des souvenirs d'enfance : les promenades au bord de l'étang de Lindre, ses sorcières, ses bons et mauvais génies. Elle voyait Émilienne rassembler les enfants autour d'un gâteau, d'un plat de vautes ou d'une bûche de Noël à la pâte fine qu'elle roulait dans du chocolat fondu. Que tout cela était loin ! Pouvait-on imaginer à cette époque que la famille aurait à endurer de tels drames ? Cependant, la foi et la dignité dont Constant avait fait preuve étaient un réconfort pour elle. Il n'était pas mort en lâche, ni tel un voyou qui se débat et refuse le châtiment en se démenant.

Le journaliste qui avait relaté l'événement n'était pas insensible à ce qu'il appelait une rédemption.

« Il y a, écrivait-il, un aspect pascal dans ce qu'il nous a été donné de voir. L'accusé, comme le bon larron au côté du Christ en croix, a déclaré se soumettre à la justice des hommes, reconnaître que le châtiment était juste eu égard à la faute commise. À tous et à Dieu, il a demandé pardon. »

Il disait combien l'accusé avait impressionné l'assistance par son courage.

« L'exécution se fit dans un silence étonnant. On entendit le chuintement du couperet descendre à une folle vitesse sur le cou de l'accusé et le choc des mâchoires d'acier se refermant avec un bruit sinistre, tandis que la tête roulait et le sang jaillissait. Muette, figée dans l'instant tragique, la foule s'était tue. Il arrive que certaines exécutions donnent l'impression de se trouver place du marché. Combien de fois a-t-on invectivé le condamné ? Il a, comme pendant son procès, fait montre de dignité. Il ne s'est cherché ni excuses ni circonstances atténuantes. Il a affirmé être coupable et responsable de ses crimes. Ce qui avait fait réagir l'avocat général qui, de son index accusateur, avait lâché : “Vous avez tué UNE JEUNE FEMME.” M. Kessler avait alors précisé : “Elle portait notre enfant. La mort de Françoise a entraîné celle de l'enfant. – Soit, vous tenez donc à aggraver votre cas ? – C'est une question de justice”, avait répliqué l'accusé. Ainsi, Constant Kessler est mort. Nous l'avons vu gravir l'escalier menant au supplice. Il priait encore. »

« J'aurais peut-être dû aller le voir », songea Émilie, en proie aux remords. Mais il était trop tard. Ce n'était pas de revoir Constant qui la tracassait ; elle craignait de croiser Paul. Elle comprenait ses obligations, il avait fait son travail. Mais épouse-t-on la sœur d'un meurtrier ? Elle pensait qu'elle avait été utilisée pour que ce meurtre non élucidé trouvât son épilogue. Lui révéler qu'il était le père de Charlotte reviendrait à l'obliger à reconnaître sa paternité. Quand on est la sœur d'un meurtrier, ne convient-il pas de faire profil bas ?

La distance lui paraissait préférable.

Jusqu'à l'oubli.

Charlotte était une enfant facile qui grandissait en sagesse et en beauté. Le joli bébé gracieux que toute femme aurait eu envie de serrer sur son cœur. Émilie reprenait confiance dans la vie. Elle savait que la maman de Juliette accepterait de garder Charlotte quand le temps de l'allaitement serait terminé. Il lui arrivait, certains soirs, de songer à la sculpture, à l'atelier de la rue de Toul, aux œuvres qu'elle avait réalisées. Elle fermait les yeux, soupirait. Quelques larmes s'échappaient et roulaient sur ses joues. Tout cela était loin et bien terminé. Elle n'avait jamais revu Émile Friant et ses amis. Elle n'osait passer par la rue des Dominicains. La crainte, sans doute, de croiser des têtes connues. Elle se voulait autre, différente, loin de cette terrible affaire qui avait ébranlé les siens. Charlotte ne saurait jamais qu'elle avait un oncle qui avait fini ses jours sur la guillotine. Dans une famille, une mauvaise action finit toujours par éclabousser tous les membres.

Elle croyait avoir réussi à s'affranchir de sa famille. Elle espérait même être oubliée, morte pour ceux qui demeuraient encore. Or, un jour de mai, le concierge lui remit un pli. Elle ouvrit l'enveloppe et découvrit le mot de Constant écrit dans la chapelle de Charles III, juste avant son exécution. Qui savait qu'Émilie Beauchamp était en réalité Émilie Kessler, la sœur de cet assassin ? Elle était démasquée. Il lui fallait fuir au plus vite. Elle demanda au concierge qui avait déposé le pli.

– Une vieille dame, répondit-il en haussant les épaules. Elle n'était pas bien bavarde.

Elle ne connaissait pas de vieille dame. On devait lui avoir remis l'enveloppe pour qu'elle la portât à son adresse. Désormais, pour Émilie, la route menant à Jarville n'était plus sûre. Elle devait partir mais pour aller où ?

14

Nancy-Paris, juillet 1889

Émilie ne savait pas si c'était une bonne idée. En tout cas, elle avait réussi à convaincre Juliette et Irène, sa maman, de l'accompagner à Paris pour célébrer le 14 juillet 1889. Elle leur avait expliqué que toute la ville serait en fête. L'Exposition universelle, qui célébrait depuis le mois de mai le centenaire de la Révolution, battait son plein. Et surtout elle leur avait chanté les louanges du monument le plus haut du monde, la tour Eiffel. Une tour pesant dix mille tonnes, dont la construction avait pris un peu plus de deux ans et dans laquelle on pouvait grimper pour jouir d'un panorama exceptionnel. Mais la tour Eiffel ne serait pas la seule attraction. Un peu partout, entre le Champ-de-Mars et le Trocadéro, des pavillons s'élevaient. Le monde entier se retrouvait à Paris pour exposer ses savoir-faire, présenter les techniques d'avenir, les machines qui fonctionnaient grâce à l'électricité. On n'avait plus que ce mot à la bouche : ÉLECTRICITÉ. Aller à Paris, c'était voyager dans le monde entier.

La sœur d'Irène habitait près du Père-Lachaise, en haut de la rue des Pyrénées. Et elle avait proposé de loger tout le monde.

– On se serrera. Plus on est de fous, plus on rit. Et s'il y a des visites que vous voulez faire, avait dit Yvonne, je garderai les enfants.

Émilie, Juliette, Irène et les enfants prirent le train le vendredi 12 juillet. Momo racontait à Charlotte comment c'était... Comprenait-elle les explications du jeune garçon qui allait avoir cinq ans à l'automne ? Rien n'était moins sûr. Les femmes souriaient en voyant Charlotte battre des mains, face à Momo qui sifflait pour imiter la locomotive. La petite fille gonflait ses joues, mais rien n'en sortait, sauf des bulles. Elle fêterait son premier anniversaire le lendemain.

– Il faudra, dit Irène, que nous trouvions un photographe pour que Mlle Charlotte voie plus tard qu'elle a soufflé sa première bougie à Paris. Ce genre de chose n'arrive pas à tout le monde. Apparemment, il va faire beau. Ce voyage s'annonce réussi, surtout si le temps se met de la partie. Et, mesdames, ma sœur aînée, qui n'aime guère sortir, gardera la jeunesse le soir du bal. Nous pourrons aller danser et qui sait ? nous faire un coquin[1]. Comme ce sera à Paris, personne n'en saura rien.

Émilie sourit en silence. Elle suivait la conversation sans vraiment y prendre part. Des souvenirs lui revenaient. Il y a deux ans, elle avait fait ce voyage en première classe.

1. Trouver un amoureux d'un soir. Dans ces cas-là, on ne s'attache guère aux qualités morales de la personne, pourvu qu'il soit sympathique et plutôt beau garçon.

Elle était en compagnie de Paul. Elle n'avait rien oublié de la capitale, de sa rencontre avec Auguste Rodin et Camille Claudel, ni de la Fête nationale à Montmartre, place du Tertre. Elle conservait secrètement ces images en son cœur, bien qu'elle se défendît d'aimer encore. Ils n'appartenaient qu'à elle.

Ce séjour à Paris était son idée. Elle voulait admirer la tour Eiffel. Elle pouvait se représenter l'édifice, puisqu'elle avait vu ses piliers sortir de terre. Mais le voir en vrai, c'était ce qu'il y avait de mieux. Tout au fond d'elle, Émilie tenait à ce voyage. La tour Eiffel n'était qu'un prétexte. Émilie se devait de vérifier si elle était guérie de son amour pour Paul. Elle savait qu'à son retour de Paris, elle s'établirait loin de Nancy. Tout était prévu. Juliette et sa mère ne savaient rien encore. Une page venait de se tourner.

Le soleil tapait fort. La foule se pressait pour grimper au plus haut de la tour. Il y avait des ascenseurs dans deux de ses piliers, mais le prix pour y accéder était élevé. Qu'importe, ces dames avaient encore des jambes de jeunes filles et la curiosité leur donnait des ailes. Elles s'élevèrent de marche en marche. Momo, en véritable petit homme, les précédait sous l'œil vigilant de Juliette et d'Irène. De temps à autre, il tendait ses mains à sa mère ou à sa grand-mère pour être aidé. Émilie portait Charlotte sur sa hanche. Parvenu au premier étage, chacun dut attendre son tour pour approcher du garde-corps métallique et admirer Paris. Charlotte s'énerva quelque peu, elle voulait quitter les bras de sa mère et marcher, comme elle le faisait à la Pépinière et dans le couloir menant à leur chambre à Nancy. La foule était trop dense. Émilie se fâcha, entreprit de la replacer convenablement sur sa hanche, alors que l'enfant se tortillait. Devant elle, un homme s'emporta. Les cris de l'enfant l'agaçaient.

– Comme si c'était un endroit pour les enfants ! s'écria-t-il en bousculant Émilie.

Alors Charlotte glissa des bras maternels et s'élança à quatre pattes, se faufilant entre les jambes des badauds. Émilie voulut attraper sa fille, mais la foule était si dense qu'elle n'y parvint pas. La gamine approchait du bord de la plate-forme. Émilie avait pâli. On se bousculait de toutes parts à proximité de la rambarde. Soudain, des cris de peur et d'indignation s'élevèrent. Émilie aperçut sa fille, à quelques centimètres du vide. Charlotte progressait en toute inconscience. C'était la chute assurée. Irène, Juliette et Momo, eux-mêmes refoulés par la masse des visiteurs, ne pouvaient intervenir. L'horreur se lisait sur les visages. Une vieille femme poussa un hurlement. C'est alors qu'un homme, en donnant des coups pour se frayer un passage, accourut. Sous les yeux médusés des badauds, il se saisit de Charlotte par un pied au moment même où celle-ci basculait. Il étreignit longuement la petite miraculée, tout étonnée de ce qui lui arrivait. Émilie venait de se trouver mal ; un groupe de touristes lui tapotait les joues en la rassurant.

– Tout va bien, madame, remettez-vous. La petite est sauvée, grâce à la présence d'esprit de ce monsieur. Bravo à lui ! Seul le chapeau de l'enfant s'est envolé. Quant à l'autre goujat qui vous a bousculée et séparée de votre enfant, il a pris la fuite.

Émilie ouvrit les yeux, reprit conscience... Un homme qu'elle reconnut tenait Charlotte dans ses bras. Il caressait ses cheveux bouclés.

– N'aie pas peur, je te protège, petite princesse. N'aie pas peur, maman va bien.

Émilie eut cette vision réconfortante d'un homme prenant soin de l'enfant comme un père, seul, peut le faire. L'émotion la saisit.

– Elle va bien, Émilie. Si vous saviez comme j'ai plaisir à vous revoir après tous ces mois. Enfin, je vous retrouve et je fais la connaissance de cette ravissante diablotine. J'eusse aimé que ce soit dans d'autres circonstances, mais j'aurai au moins réussi à sauver une petite fille qui... qui est... magnifique, murmura-t-il à son oreille. Dites-moi, Émilie, si cette petite est mienne, dites-moi, je vous en prie... Est-elle notre enfant ?

Elle ferma les yeux et les larmes roulèrent sur ses joues. Il y lut un acquiescement.

– C'est donc ça, Émilie, et vous vous êtes tue... Me laisserez-vous faire cette visite avec vous ? C'est que je me sens responsable, je ne voudrais pas qu'il vous arrive malheur à l'une ou à l'autre. Nous ne serons pas trop de deux pour la surveiller. Ne craignez rien, ici, personne ne nous connaît.

– C'est que...

– Je sais, vous n'êtes pas seule. Nous étions dans le même train, une heureuse coïncidence. Présentez-moi comme un ami de longue date, de l'époque de Dieuze, cela ira très bien. Je serai discret.

« Paul, Paul, se répétait-elle, je venais vous dire adieu et vous êtes là, vous sauvez notre fille. » Comment avait-il fait pour la retrouver ? Il la devança.

– Vous devriez savoir, ma chère Émilie, que mener une enquête est de mon ressort. J'ai longtemps cherché Émilie Kessler, j'ai espéré vous croiser ou vous apercevoir de loin, ce triste jour de décembre, dans la prison Charles III. Pierre ne me mentait pas en m'assurant qu'il vous avait perdue de vue, tout comme Nicolas. Je cherchais donc Émilie Kessler quand j'ai découvert une autre femme, Émilie Beauchamp, avec des papiers en règle. Ce fut un choc. J'ai cru qu'un autre vous avait épousée et avait donné son nom à notre enfant. Coup de chance, au marché, j'ai rencontré Mme Rose, votre sage-femme. Je la connais de longue date, ça, vous l'ignoriez. Nous parlions et elle a évoqué l'histoire d'une jeune femme courageuse qui élevait seule sa petite fille. Ce qui l'avait frappée, c'est qu'elle venait de Nompatelize, juste à côté de Saint-Michel-sur-Meurthe, qu'elle était sans papiers. Sans papiers et sans famille... Quelque chose me disait que... Évidemment, j'ai fait faire des recherches. C'est vrai que, du côté de Nompatelize, je ne pouvais rien trouver. Vous étiez bien renseignée. Mais j'en ai parlé à Pierre. De recoupements en déductions, j'ai compris... Votre concierge est un homme charmant, il vous tient lui aussi en grande estime. Il vous aurait même épousée, mais il s'est dit que vous refuseriez son offre. Il ne comprend pas que vous travailliez dans un atelier de confection. Pour lui, vous êtes tellement différente des femmes rencontrées là-bas...

– Ah, bon ? Elles sont comment, les ouvrières en confection ? Plus moches, plus sales ? Je viens moi aussi d'un milieu modeste.

– Vous êtes surtout une artiste et vous ne manquez pas de culture.

– Que de compliments ! Cela dit, vous l'avez constaté, je suis incapable d'être une bonne mère…

– Mais son papa peut vous aider, la preuve aujourd'hui…

– Il me semble, monsieur le com…

– Tut, tut, protesta-t-il, on va nous entendre. Je ne le suis plus…

– Pardon ?

– J'ai donné ma démission quand je vous ai retrouvée.

– ???

– J'ai l'intention, chère Émilie, de vous épouser. Rien ne s'y oppose, et je vous rassure, ma situation est très correcte. J'ai acheté un cabinet d'assurances, près de Saint-Nicolas-de-Port. J'ai un bureau à Nancy et un autre là-bas, avec une jolie maison. Je vous montrerai.

– Non, Paul, attendez, je ne suis pas remise…

– Dans mes bras, vous le pourrez, quand vous voudrez. Je vous attendrai. La seule chose dont je suis certain, c'est que je ne veux pas vous perdre et que j'entends bien assumer mon rôle de père auprès de Charlotte. Et cela, très chère, personne ne pourra me l'enlever, mariage ou pas. Mais je sais que vous me direz oui, dussé-je m'armer de patience ! Je saurai vous conquérir, mademoiselle Beauchamp.

Elle finit par sourire et lui tendit sa main, qu'il embrassa en murmurant :

– À votre joli doigt, je passerai cette bague de fiançailles qui vous attend, la preuve de notre union.

Tout le monde se retrouva au palais des Arts. L'Art nouveau s'y trouvait en bonne place et les artistes nancéiens prenaient plaisir à échanger avec les visiteurs. Victor Prouvé bavardait avec Émile Friant, qui exposait cette *Toussaint*[1] dont Nancy avait eu la primeur, une toile à laquelle personne ne pouvait rester insensible.

– Je vous donne ma parole, certifia Paul à tous, que ce tableau sera primé et très bien primé. C'est le plus beau, le plus réussi. Il est saisissant de réalité. Les visages expriment ce grand chagrin qu'est la perte d'un être cher. Et l'on va en famille au cimetière se souvenir des êtres aimés invisibles à nos yeux. Il y a comme une démarche un rien théâtrale qui ne nuit nullement. Mais il faut fréquenter les cimetières pour voir que ça se passe ainsi. C'est le théâtre de la vie et de la mort qui est montré ici.

– Et *Soir d'automne*, vous avez vu cette merveille, Paul ? Regardez ces amoureux sur la passerelle, c'est à Malzéville que la scène est campée. Il y a une telle mélancolie. Elle le regarde… Mais que lui dit cet homme ? Qu'il regrette, que leur histoire est finie ? Ils sont beaux et tristes à la fois. Entre eux subsiste encore le désir qui a fait flamber quelque chose qui n'est plus. Elle a l'air de lui demander : « Alors plus jamais vous ne pourrez m'aimer ? Ce n'était pas bien ? Nos chemins vont donc se séparer ? »

1. Friant recevra la médaille d'or de l'Exposition universelle et il sera fait chevalier de Légion d'honneur.

– Ce que vous dites est juste. Alors, récompense ou pas ? On parie, chère Émilie ?

– On parie quoi, une bonne bouteille ?

– Oui, ce me semble une bonne idée, un champagne frappé que nous boirons tous ensemble et, glissa-t-il à son oreille, on peut étendre le pari à notre mariage…

– Oh lala ! s'exclama Juliette qui semblait se douter qu'il y avait anguille sous roche, comme le lui avait suggéré sa mère, j'ai l'impression que M. Paul et Mlle Émilie nous font d'heureuses cachotteries.

– Mesdames, si vous le permettez, je vous invite à dîner sur la butte Montmartre, d'où l'on a un excellent point de vue sur la capitale. Vous verrez, c'est magnifique.

– Ah, dit Juliette, laissant échapper une pointe de dépit, alors on ne dansera pas…

– Mais si, jolies dame et demoiselles, les gens de la commune de Montmartre vous attendent. Je leur ai annoncé la venue de trois Lorraines d'exception.

– Vous jouez les séducteurs, répondit Irène. Nous acceptons avec plaisir, si toutefois Émilie est d'accord.

Elle rit, haussa légèrement les épaules.

– Je crois que nous n'avons pas le choix. Nous ne pouvons rien refuser à ce charmant monsieur, n'est-ce pas ?

– Merci, Émilie…

– Pourtant, je m'étais juré de ne plus vous revoir, de vous oublier à jamais après ce qui est arrivé, lui murmura-t-elle alors qu'ils avaient laissé Irène et Juliette prendre un peu d'avance.

– Et pourquoi ?

– Je le confesse, j'ai cru que vous m'aviez utilisée afin d'arrêter Constant.

– Vous avez douté de moi ?

– J'étais déçue surtout, j'avais mis ma confiance en vous. L'autre raison, et vous l'avez comprise puisque vous avez démissionné, c'est qu'il vous aurait été impossible de m'épouser et de demeurer commissaire. Je ne voulais pas nuire à votre carrière…

– Et Charlotte ? Vous l'auriez privée de son papa ? J'ai une année à rattraper avec elle. Mais vous allez m'y aider, n'est-ce pas ?

– Je vais essayer.

Comme Irène et Juliette se retournaient, il ne résista pas et effleura sa tempe d'un baiser. Toutes deux applaudirent.

– Le bonheur fait du bien ! s'exclama Irène. Je souhaite la même chose à ma Juliette.

– Mon petit doigt, prédit Paul, m'assure que cela se fera sous peu. Ce soir, nous boirons un verre pour appeler le bonheur sur nos têtes… Nous danserons, vous m'avez bien promis, mesdames, que dame Yvonne se chargerait des enfants ? En tout cas, inscrivez-moi sur vos carnets de bal, plaisanta Paul. La vie se danse et le bonheur a le droit d'être chanté !

Élise Fischer

Fontenoy-la-Joûte, le 30 janvier 2018

La suite des *Femmes des terres salées*
sera publiée à l'automne 2018.

Lexique

Bassoir : cuve en bois de chêne pour stocker les eaux salées.
Benner : charger le sel dans les bennes.
Boutefeu : artificier qui prépare les tirs pour récolter le sel. Chaque tir permet d'abattre 5 à 600 tonnes de sel. La préfecture, autrefois, devait donner un permis à l'homme qui était boutefeu.
Cabrouet : petite charrette, à deux roues, tractée par un animal.
Cage : ascenseur pour descendre à la mine.
Chevalement : le chevalement est un édifice de bois, métallique ou de maçonnerie (béton, pierre ou brique), construit sur l'ouverture du puits de mine. C'est un des éléments indispensable au bon fonctionnement du système d'extraction de la mine, lien stratégique de communication entre le fond et le jour. On englobe sous ce terme les édifices avec machine au sol mais aussi les tours d'extraction appelées chevalements avec machine en tête, comme dans les mines de sel où l'on pompait l'eau que l'on avait envoyée pour faire fondre le sel.
Cornet : sachet.
Fardeau : paquet de dix sachets de sel d'un kilo.
Fermiers généraux : dans l'Ancien Régime, employés au service du roi qui surveillaient ce que produit la terre et

qui appartient au roi de France. Le royaume de France était la ferme du roi.

Foncer : creuser un puits.

Fond : le fond, l'ensemble des installations situées au fond de la mine.

Foration : percement des trous à l'aide de jumbos qui seront remplis de l'explosif servant à abattre le sel.

Front de taille : lieu de l'abattage du sel ou du charbon.

Gabelous : gendarmes chargés du sel, ils sont ceux qui punissent les voleurs de sel.

Gossettes : quand l'artificier prépare l'explosion en sous-sol pour extraire le sel. Il cale les explosifs avec des sachets de terre ou autre. Ce sont les gossettes.

Granulométrie : grosseur des trémies de sel (grains) en fonction du temps de séchage. Plus le temps est long plus les grains sont gros.

Haveuse : tronçonneuse pour scier la couche de sel avant l'abattage.

Joy : machine pour percer les trous de mine et pour boulonner.

Jumbo : véhicule pour charger le sel avec des bras qui agissent comme un crabe.

Musette : sac dont se servent les ouvriers pour transporter leur casse-croûte.

Porion : contremaître.

Puits à furça : puits à balancier comme en Égypte ancienne jusqu'au XVe siècle.

Râble : pelle à l'envers et trouée avec un grand manche pour tirer le sel dans la poêle.

Raclotte : raclette, en patois lorrain.

Recette : intersection de galeries et du puits.

Rouleur : qui transporte le sel dans les wagonnets, ou skips.

Salinier : ouvrier qui travaille aux salines, préposé à l'extraction du sel ou qui récolte le sel après évaporation de l'eau des poêles. Le salinier est la personne employée dans les mines de sel, ou au puits permettant d'extraire le sel à partir de la saumure. Donc à l'intérieur des terres. Le saunier est un employé du sel de mer, sel de Guérande ou du sud de la France.

Salorges : magasins à sel.

Saumure : eau salée, remontée du forage. On envoie de l'eau douce qui fait fondre le sel et on pompe cette eau salée, la saumure. Après évaporation, restera le sel dans les poêles.

Sel gemme : sel dur extrait en sous-sol se trouvant à soixante-cinq mètres de profondeur.

Skip : grosses bennes pouvant transporter le sel concassé ou grené. Chaque skip peut contenir vingt tonnes.

Socqueur : c'est l'ouvrier qui surveille les poêles posées au-dessus des fourneaux pour en extraire le sel.

Travailler à fond : expression signifiant « travailleur au fond de la mine de sel ».

Volants : outils de bois pour racler le sel dans les poêles.

Voutin : ouvrage de maçonnerie cintré servant à couvrir un espace en s'appuyant sur des murs, des piliers, des colonnes.

Repères

En 1864, 450 000 tonnes de sel ont été extraites à Vic-sur-Seille.

En 1900, l'extraction et la production de sel débouchent sur la fabrication de produits chimiques. On produit ainsi des acides nitriques, sulfuriques, de la soude cristallisée, des phosphates de soude, du bicarbonate de soude, du PVC, etc.

Pour en savoir plus

Le musée départemental du Sel de Marsal
(proche de Dieuze) en Moselle
Porte de France
57630 Marsal
03 87 78 05 30

La Maison du sel
Musée à Haraucourt
Rue des Écoles
54110 Haraucourt
03 83 30 15 15

Le coin des Becs-Salés de Varangéville
saline-varan. blogspot.com

Bibliographie non exhaustive

Témoins du Sel, par l'association Mémoire de Varangéville, préface Michel Rémillon, président du musée du Sel de Marsal, 2014

Laneuveville et La Madeleine, terres de sel. Concessions et salines, Michel Dequéant, Société d'histoire de Laneuveville et La Madeleine, Sarreguemines, Imprimerie Pierron, 2008

La Mémoire du sel au pays du Sânon, par Les Foyers Ruraux, avec Pierre Marchal, René Oger, Colette Plaid, Madette Romac et Alain Wéber, Nancy, Presses du lycée Paul-Louis Cyfflé, 1994

Solvay, l'invention, l'homme, l'entreprise industrielle, Weissenbruch, Bruxelles, Jacques Bolle, 1864

Contes vosgiens. Le récit du père Jérôme, Erckmann-Chatrian, Paris, J. Hetzel et Cie Éditeurs, 1877

Mémoire de Varangéville, de la Meurthe au Rambétant. La ville par ses noms de rues, Madette Romac, Claude Toussaint, Yvette Moro, Michel Grange, Étienne Rémy, préface de Jean Lanher, Nancy, impression Apache Color, 2008

Varangéville sous l'occupation allemande, pendant la guerre de 39-45. Résistance et répression, préface de Claude Baumann, d'après les travaux de René Bourgeois et Roger Pétry, ouvrage réalisé pour le financement d'actions pour la paix. Imprimerie Idoux de Saint-Nicolas-de-Port, 1986

La Guerre de 1970, François Roth, Paris, Fayard, coll. « Pluriel », 2011
La Débâcle, Émile Zola
Boule de suif, nouvelle de Maupassant, 1880
L'Avènement de M. Thiers, suivi de *Réflexions sur la Commune*, Henri Guillemin, Paris, Gallimard, 1971
Gambetta. La patrie et la république, Jean-Marie Mayeur, Paris, Fayard, 2008
Jules Ferry. Sa vie, son œuvre, sa famille, Les Guides du musée de Saint-Dié, Imprimerie municipale, 1981
Jules Ferry, fondateur de la République, sous la direction de François Furet, EHESS, 1985
Jules Ferry, une volonté pour la République, Pierre Barral, Nancy, Éditions Serpenoises, 1985
Jules Ferry. La liberté et la tradition, Mona Ozouf, Paris, Gallimard, 2014
Jules Ferry, un amoureux de la République, Vianney Huguenot, Strasbourg, Vent d'Est, 2014
L'Affaire, Jean-Denis Bredin, Paris, Fayard/Julliard, 1993
Dreyfus, un innocent, Jean-Denis Bredin, Paris, Fayard, 2006
Plus noir dans la nuit. La grande grève des mineurs de 1948, Dominique Simonnot, Paris, Calmann-Lévy, 2014
Émile Friant, le dernier naturaliste, ville de Nancy et Somogy éditions, 2016
Une femme. Camille Claudel, Anne Delbée, Paris, Fayard, 1997
Le Piège des loups. Les 175 maisons de la Gestapo en France, Dominique Sigaud, Paris, Stock, 2012
Kinderzimmer, Valentine Goby, Arles, Actes Sud, 2013
La Traversée de la nuit, Geneviève de Gaulle-Anthonioz, Paris, Seuil, 1998
Le Secret de l'espérance, Geneviève de Gaulle, Paris, Fayard/Quart Monde, 2001
Geneviève de Gaulle-Anthonioz, Frédérique Neau-Dufour, Paris, Éditions du Cerf, 2004

Remerciements

Merci à Mireille Klein et à son mari Robert qui m'ont ouvert leurs portes, fourni les documents nécessaires, accordé leur temps. Mireille avait été la cheville ouvrière de Mémoire de Varangéville, témoins du sel. *Sans une rencontre il y a déjà quelques années dans un Salon du livre à Saint-Nicolas-de-Port, ce roman*[1] *n'aurait sans doute jamais vu le jour.*

Merci à Mireille et Robert, avec qui a été partagée la galette de l'amitié à Haraucourt. Un plaisir…

Merci à Noëlle Rémy, qui fouille pour moi les rayons de sa librairie de livres anciens mais uniques, rue Stanislas, à chaque fois que je remonte le temps.

Merci aux libraires du Hall du Livre qui m'approvisionnent, Corinne, Brigitte, Isabelle et toute l'équipe sous la houlette d'Astrid Canada.

Merci à Philippe Robinet, à Jeannine Balland, à Vincent Brochard, à l'écoute. À Cécile Rivière pour sa relecture patiente et judicieuse. Merci à Antoine Lebourg et à toute l'équipe de Calmann-Lévy. Écrire une telle saga nécessite d'être entourée, écoutée, entendue. Le doute est si souvent présent.

1. Et le suivant.

Du même auteur (suite)

Les Noces de Marie-Victoire, Calmann-Lévy, 2010
Le Rêve de la grenouille, Presses de la Cité, 2011
Les Amours de la grenouille, Presses de la Cité, 2012
Au péril de la vérité, Presses de la Cité, 2013
Je jouerai encore pour nous, Calmann-Lévy, 2013 (prix Marguerite Bahuet, lycée du même nom à Brive-la-Gaillarde)
La Tante de Russie, Presses de la Cité, 2014
La Lorraine au cœur, Omnibus, 2014
Villa Sourire, Calmann-Lévy, 2014
L'Étrange Destin de Marie, Calmann-Lévy, 2015
Le Jardin de Pétronille, Calmann-Lévy, 2016
Sur le fil, Presses de la Cité, 2016
Aux Deux Hirondelles, Calmann-Lévy, 2017

RECUEIL DE NOUVELLES

Quand je serai grand, Fayard, 2009 (prix Prouvé, décerné par les élèves du lycée Prouvé de Nancy)
Sous les mirabelliers, Presses de la Cité, 2010

POUR LA JEUNESSE

Meurtre au village du livre, Oxalide
Madeleine et le Dessert du roi, illustrations Amélie Dufour, Feuilles de Menthe/Le thé aux histoires, 2012
Si la bergamote m'était contée. Le bonbon soleil, illustrations Jude Leppo, Label Nancy Renaissance, Le Verger des Hespérides, 2013

En collaboration :

Pour les enfants du monde, sous la direction du professeur Alexandre Minkowski, Éditions n° 1/Unicef/MPLEM, 1991

L'Appel de Lunéville. Pour la résurrection du Versailles lorrain, sous la direction de François Moulin et Michel Vagner, éditions de l'Est-La-Nuée-Bleue, 2003

Paroles d'auteurs. La Lorraine, photographie Pascal Bodez, avec le soutien du conseil régional de Lorraine, Serge Domini, 2007

Les Plus Belles Saint-Nicolas, sous la direction de Marie-Hélène Colin, Place Stanislas, 2009

Les Plus Beaux Noëls d'Alsace, sous la direction de Michel Loetscher, Place Stanislas, 2009

Si Champigneulles m'était conté, sous la direction d'Élise Fischer, avec les élèves des écoles maternelles, primaires et collège de Champigneulles, illustrations Philippe Bajolet, Le Verger des Hespérides

Collection
FRANCE DE TOUJOURS ET D'AUJOURD'HUI

Jean Anglade
Une vie en rouge et bleu
Le Dernier de la paroisse
Le Choix d'Auguste
Le Sculpteur de nuages
Les Cousins Belloc
Le Grand Dérangement

Sylvie Anne
Le Gantier de Jourgnac
La Maison du feuillardier

Sylvie Baron
Un été à Rochegonde
Les Ruchers de la colère
L'Auberge du pont de Tréboul
L'Héritière des Fajoux
Rendez-vous à Belinay

Jean-François Bazin
Les Raisins bleus
Le Clos des Monts-Luisants
Le Vin de Bonne-Espérance
Les Compagnons du grand flot

Henriette Bernier
Le Baron des champs

Jean-Baptiste Bester
L'Homme de la Clarée
Plus près des anges
Les Amants de Sainte-Catherine

Françoise Bourdon
Le Moulin des Sources
Le Mas des Tilleuls
La Grange de Rochebrune
Retour au pays bleu
Le Fils maudit
Les Sentiers de l'exil
Les roses sont éternelles
Le Maître du Castellar

Édouard Brasey
Les Lavandières de Brocéliande
Les Pardons de Locronan
La Sirène d'Ouessant
Le Domaine des oliviers

Patrick Breuzé
Les Remèdes de nos campagnes
La Valse des nuages
L'Étoile immobile
Mon fils va venir me chercher
La Montagne pour refuge

Michel Caffier
Corne de brume
La Paille et l'Osier
Les Étincelles de l'espoir

Anne Courtillé
La Tentation d'Isabeau
Le Gaucher du diable
Les Damoiselles de Clermont

Annie Degroote
Les Racines du temps
D'infinies promesses

Jérôme Deliry
Une rivière trop tranquille
L'Héritage de Terrefondrée
La Maraude

Raphaël Delpard
L'Enfant sans étoile
Pour l'amour de ma terre
L'enfant qui parlait avec les nuages
Le Courage de Louise

Alain Dubos
La Mémoire du vent
La Corne de Dieu
Le Dernier Combat du Dr Cassagne

Marie-Bernadette Dupuy
Les Fiancés du Rhin
ANGÉLINA
Angélina. Les mains de la vie
Le Temps des délivrances
La Force de l'aurore

Élise Fischer
Les Noces de Marie-Victoire
Je jouerai encore pour nous
Villa Sourire
L'Étrange Destin de Marie
Le Jardin de Pétronille
Aux Deux Hirondelles

Emmanuelle Friedmann
Le Rêveur des Halles
La Dynastie des Chevallier
L'Orphelinat
La Faute des autres

Alain Gandy
Les Cousins de Saintonge

Gérard Georges
Une terre pour demain
Le Destin des Renardias
Le Bal des conscrits
Mademoiselle Clarisse
Anatole, fils de personne
La Mésangère

Georges-Patrick Gleize
La Fille de la fabrique
Pas plus tard que l'aurore
Le Serment des oliviers
Le Vent de la jeunesse
Quelques pas dans la neige

Yves Jacob
Sous l'ombre des pommiers

Hélène Legrais
L'Ermitage du soleil
Les Héros perdus de Gabrielle
Les Ailes de la tramontane
La Guerre des cousins Buscail
Les montagnes chantaient la liberté
Ceux du Château, ceux du Moulin
Trois gouttes de sang grenat
Les Anges de Beau-Rivage

Philippe Lemaire
Rue de la Côte-Chaude
L'Enfant des silences
L'Oiseau de passage
La Mélancolie du renard

Éric Le Nabour
Retour à Tinténiac
La Louve de Lorient
À l'ombre de nos larmes
La Frondeuse

Jean-Paul Malaval
L'Or des Borderies
Soleil d'octobre
Les Noces de soie
La Villa des térébinthes
Rendez-vous à Fontbelair
La Folie des Bassompierre
Chronique des Strenquel
La Bastide aux chagrins
Les Sœurs Querelle
Les Larmes de la pinède
La Belle Étrangère
Adélaïde au bord de la falaise
Les Gens de Combeval

Antonin Malroux
La Promesse des lilas
La Cascade des loups
La Pierre marquée
L'Homme aux ciseaux d'argent
Les prés refleuriront
Fenêtre sur village
Marie des Adrets
L'Espoir de belles aurores
Le Pain de paille

Jean-Luc Mousset
L'Enfant des labours
Le Secret de Neige

Nicole Provence
Le Secret d'Aiglantine

Joël Raguénès
La Maîtresse de Ker-Huella
La Dame de Roz Avel
La Sirène du port
Les Trois Saisons de la vie
L'Or du lin
Les Vies de Jeanne

Florence Roche
La Terre des Falgères
L'École du lac
La Réfugiée du domaine

Geneviève Senger
La Maison Vogel
L'Enfant de la Cerisaie
La Dynastie des Weber
Les Jumeaux du val d'amour
La Promesse de Rose
Les Bellanger

Jean Siccardi
La Source de saint Germain
Le Maître du diamant noir
L'Ivresse des anges
L'Auberge du gué

Bernard Simonay
L'Or du Solognot

Jean-Michel Thibaux
L'Olivier du Diable
Le Maître des Bastides
Le Rappel du tambour

Katia Valère
Après la nuit vient l'aube

Brigitte Varel
Le Secret des pierres

Louis-Olivier Vitté
La Guérisseuse de Peyreforte
Là où coule une rivière
Le Secret de Tire-Lune
La Statue engloutie
La Dame des vignes hautes

Colette Vlérick
L'Enfant sur le pont
Un air de liberté
La Nacre des abers

Collection

FRANCE DE TOUJOURS ET D'AUJOURD'HUI POLICIERS

Jean-Baptiste Bester
Meurtre au pont du Diable

Édouard Brasey
L'Affaire Cabre d'or

Alfred Lenglet
Du poison dans les veines
Jeux mortels en hiver
Temps de haine
Cœurs de glace

Bernard Simonay
Le Marais des ombres
Meurtres d'outre-tombe

Collection
ROMAN D'AILLEURS

Jean-Jacques ANTIER
La Fiancée du kamikaze

Jean BERTOLINO
Pour qu'il ne meure jamais

Jean-Baptiste BESTER
Les Neiges de Toula

Alain DUBOS
La Ferme de Bonne-Espérance

Marie-Bernadette DUPUY
VAL-JALBERT
I. *L'Orpheline des neiges*
II. *Le Rossignol de Val-Jalbert*
III. *Les Soupirs du vent*
IV. *Les Marionnettes du destin*
V. *Les Portes du passé*
VI. *L'Ange du lac*

LAC SAINT-JEAN
I. *Le Scandale des eaux folles*
II. *Les Sortilèges du lac*

Éric LE NABOUR
La Dame de Kyoto

Michel PEYRAMAURE
Les Villes du silence
Tempête sur le Mexique
Mourir pour Saragosse

Bernard SIMONAY
La Fille de l'île Longue
L'Amazone de Californie

ROMANS HORS COLLECTION

Jean-Jacques ANTIER
Blanche du Lac
Le Convoi de l'espoir

Jean BERTOLINO
Et je te donnerai les trésors des ténèbres

Jean-Baptiste BESTER
Le Cocher du Pont-Neuf

Èdouard BRASEY
Le Fils du patriarche

Nathalie de BROC
La Vallée des ambitions
La Robe pourpre

Lucien DE PENA
L'Argent des autres

Marie-Bernadette DUPUY
Le Val de l'espoir
Les Amants du presbytère
La Galerie des jalousies (3 vol.)
Amélia, un cœur en exil

Éric LE NABOUR
Retour à Glenmoran

Michel PEYRAMAURE
Les Folies de la duchesse d'Abrantès
L'Orpheline de la forêt Barade
La Maison des tourbières
Le Sourire du prince Eugène

Joël RAGUÉNÈS
L'Instinct du prédateur

Bernard SIMONAY
Le Lys et les Ombres

Jean-Michel THIBAUX
Le Maître des pyramides

DOCUMENTS

Jérôme DELIRY
Sept Enfants autour du monde

Charles GUILHAMON
Sur les traces des chrétiens oubliés

Frédéric PONS
Algérie. Le vrai état des lieux
Poutine
Le Martyre des chrétiens d'Orient

Georges VIEILLEDENT
Médecin de campagne, une vie

Photocomposition Nord Compo
Achevé d'imprimer en août 2018
par CPI
pour le compte des éditions Calmann-Lévy
21, rue du Montparnasse 75006 Paris

CALMANN LEVY s'engage
pour l'environnement en réduisant
l'empreinte carbone de ses livres.
Celle de cet exemplaire est de :
500 g éq. CO_2
Rendez-vous sur
www.calmann-levy-durable.fr

PAPIER À BASE DE
FIBRES CERTIFIÉES

N° d'éditeur : 7907093/01
N° d'imprimeur : 2038479
Dépôt légal : août 2018
Imprimé en France.